638일의
기적

638일의 기적

발행일   2017년 11월 15일

지은이   김 지 훈
펴낸이   손 형 국
펴낸곳   (주)북랩
편집인   선일영   편집   이종무, 권혁신, 최예은
디자인   이현수, 김민하, 한수희, 김윤주   제작   박기성, 황동현, 구성우
마케팅   김회란, 박진관
출판등록   2004. 12. 1(제2012-000051호)
주소   서울시 금천구 가산디지털 1로 168, 우림라이온스밸리 B동 B113, 114호
홈페이지   www.book.co.kr
전화번호   (02)2026-5777   팩스   (02)2026-5747

ISBN   979-11-5987-847-3 03810 (종이책)   979-11-5987-848-0 05810 (전자책)

이 도서의 국립중앙도서관 출판예정도서목록(CIP)은 서지정보유통지원시스템 홈페이지(http://seoji.
nl.go.kr)와 국가자료공동목록시스템(http://www.nl.go.kr/kolisnet)에서 이용하실 수 있습니다.
(CIP제어번호 : CIP2017030017)

638일의 기적

김지훈 지음

평범한 대학생의 인생관을
송두리째 바꿔놓은
대한민국 군대 이야기

북랩 book Lab

prologue

기적을 시작하기 전에 (2017. 10.)

아무것도 없이 빈손으로 군에 입대해 수많은 시간들을 거치며 어느 순간부터 군 생활을 통해 얻은 것이 많다고 생각하기 시작했습니다. 병장으로 진급한 이후, 남들 역시 군을 통해 무언가를 얻었으면 하는 마음으로 여러 가지 활동들을 해왔고, 결국 그 활동들은 '책을 출판해보자!'라는 결심에 이르게 되었습니다. 그렇게 2017년 4월경부터 막연하게 집필을 시작해 어느덧 10월. 6개월이라는 시간이 훌쩍 지났습니다.

처음 글을 쓰기 시작했을 때, 책의 제목을 '55123200의 기적'으로 하자고 생각했습니다. 군 생활을 표현하는 여러 가지 시간 표현에 의미를 두고 싶었고, 그중 초 단위인 55,123,200이 가장 마음에 들었기 때문입니다. 하지만 가독성이 떨어지는 등의 문제로 몇 가지 제목을 거쳐 '638일의 기적'이라는 제목에 이르게 되었습니다. 더불어, 638일의 군 생활은 또 다르게 표현하면 91주+1일입니다. 그 점 역시 활용해 책을 91개의 군 생활 에피소드에 프롤로그를 더해 총 92개의 소제목으로 구성했습니다.

아무리 즐겁고, 활기찬 내용으로 구성한다고 해도 군대는 군대입니다. 책에 군이 표현하지 않은 매일 똑같은 일상과 과업, 근무는 읽는 분들의 상상 혹은 경험에 맡겨두도록 하겠습니다. 또한 실제로 생활을 하며 쓰이는 말들과 상황들을 다소 순화했고, 군 생활의 의미와 가치를 느끼게 하는 것이 책의 목적인 만큼 군에 대해 부정적인 이미지를 심어줄 수 있는 표현이나 문장을 최대한 자제했습니다. 그리고 책에 등장하는 인물은 당사자의 동의를 받아 실명을 사용했고, 지명 역시 있는 그대로를 사용했으며, 일기장을 바탕으로 에피소드마다 날짜를 기록했습니다. 그것이 내용의 현실감을 조금이나마 높여 주는 효과를 가져왔으면 좋겠습니다. 책을 쓰자고 마음먹어 실제로 집필을 시작했던 시점이 병장 진급 이후이기 때문에, 기억과 일기에만 의존하는 일, 이병 때의 심리 상태의 표현이 다소 부족할 수 있습니다.

적지 않은 분량을 6개월에 걸쳐 써왔던 이유는 군에 입대해야 하는 대한민국의 모든 청춘들과, 그들을 군에 보내야 하는 모든 친구, 애인, 부모님들에게 '군대란 충분히 갔다 올 의미와 가치가 있는 곳이다'라는 사실을 알리고 싶었기 때문입니다. 저 스스로가 감히 누구보다 군 생활을 잘했노라고는 절대 말할 수 없지만, 각자에게 맞는 군 생활 목표와 지향점을 잡는 지표로 삼기에 제 군 생활은 충분했다고 생각합니다. 재밌게, 그리고 의미 있게 읽어주셨으면 합니다.

이 책이 세상에 나올 수 있게 도와주신 북랩출판사의 모든 관계자분들께 감사드립니다. 제가 무슨 일을 하든 지켜봐 주시며 지원을 아끼지 않는 부모님께 감사드립니다. 또, 전역 이후 글을 쓴답시고 매일같이 라떼 한 잔 시켜놓고 여섯 시간씩 앉아 있어도 항상 밝게 대해주신 카페 티아모 사장님께도 감사드립니다. 그리고 항상 응원과 격려, 쓴소리를 아끼지 않는 김소현, 전역 이후 떨어진 자존감을 붙잡고 있는 제게 그 무엇보다 든든한 정신적 버팀목이 되어주었던 천규영, 글이 풀리지 않을 때면 언제나 술과 함께 글에 관한 진지한 도움을 주었던 이명재에게도 감사함을 전합니다. 마지막으로, 이 책의 배경이자 항상 머나먼 서북도서 연평도에서 최전방을 사수하고 있는 90대대의 모든 장병들께 감사합니다.

contents

01
이등병의 편지 (2015. 10. 19)

눈을 떠 보니 아버지의 차 안이었다. 신체검사부터 시작해서 모병면접을 거쳐 입대에 이르기까지의 긴 시간을 꿈속에서 다시 만났다. 영겁의 시간 동안 잔 것 같았지만, 현실은 창원에서 포항, 딱 그 거리를 오갈 시간만큼이 지났을 뿐이었다. 운전석에는 아버지께서, 조수석에는 어머니께서 앉아계셨다. 나는 3명이 앉을 수 있는 뒷좌석을 가로로 누워 오롯이 나 혼자 자리를 차지하고 있었다. 현실감을 되찾기 위해 양손으로 얼굴을 가볍게 톡톡 두드리다가 손가락 한 마디보다 짧아져 있는 내 머리카락을 느꼈다.

'맞다. 나 지금 군대 가는구나.'

헛웃음이 나왔다. 아니, 어쩌면 사회에 모든 것을 두고 홀로 갈 수밖에 없는 내 처지를 비관한 쓴웃음이었을지도 모르겠다. 눈앞이 점점 생생해짐에 따라, 앞으로 내가 겪고 견뎌 가야 할 상황들이 기대보다는 걱정으로 다가왔다. 심장이 미친 듯이 뛰기 시작했고, 몸은 통제할 수 없을 정도로 떨렸으며, 눈시울이 붉어져 가는 게 느껴졌다. 부모님은 이런 내 마음을 아시는지 모르시는지 평온하기만 하셨다.

창밖은 끝이 보이지 않는 풀밭으로 이어져 있었다. 이따금 자그마한 건물들이 눈에 띄어 역시 부대는 부대라는 생각이 들었다. 평화로운 바깥을 보며 한참을 가다 부대 앞에서 시계나 깔창 등 훈련소 필수품들을 파는 곳이 보일 때쯤, 아버지는 차를 세우셨다.

"여기서 밥이나 묵고 가자."

지금까지 왔던 길과, 직진하는 길, 그리고 오른쪽으로 꺾는 길의 세 갈래에서 우리의 기준으로 가까운 오른쪽에 있는 한 국밥집을 보면서 아버지께서 말씀하셨다. 갈림길에서 오른쪽으로 가는 지점에 있는 '해병대 교육단, 1km'라는 이정표 앞 그 가게의 이름은 잘 기억나지 않지만, 입대 전 마지막으로 먹었던 수육정식은 꽤나 맛있었다. 식당에는 나와 같이 머리가 짧은 사람들이 많았고, 아버지는 "다 니 동기들이니 얼굴들 잘 봐둬라"고 하셨다. 사회에서의 마지막 식사를 마친 이후 부모님보다 일찍 가게에서 나와 사회에서의 마지막 담배를 천천히 피우며 '마지막'을 온몸으로 느꼈다. 다시 차를 타고 막히는 길을 걷는 것처럼 천천히 지나 언덕을 몇 개 넘어가니 저 멀리 위병소가 보이고 그 위에 '해병대는 이곳에서 시작된다'라는 표지가 보였다. 두려움이 내 온 정신을 감싸고 있는 와중에 그 속에 작은, 아주 작은 설렘이 있었다.

입영행사제가 열리는 광장에서 행사를 기다리면서 많은 사람들을 보았다. 여자친구와 마지막 순간을 애틋하게 보내고 있는 사람도 보았고, 친구들과 기념사진을 찍으며 입대를 만끽하는 사람들도 보았으며, 그땐 그게 무엇인지 몰랐지만 노랗고 하얀 글씨들이 빼곡한 군복을 입고 동생의 입대를 축하하는 듬직한 형들의 모습도 보았다. 이윽고 하얀 방탄모를 쓴 훈련교관들이 "입대 장병들은 앞에 보이는 김성은관으로 입장해주시기 바랍니다."고 하였다. 우리는 삼삼오오 행사장으로 들어갔다. 행사에는 의례적인 국기에 대한 경례부터 시작해서, 2대 해병가족 선발대회, 부모님이 입대장병에게 쓰는 편지 낭독, 삼성 프로야구팀 치어리더 공연 등 다채로운 프로그램이 마련되어 있었는데, 그중에서도 훈련교관들이 도열하여 입대장병들과 장병가족들에게 경례를 하는 모습은 지금도 잊을 수가 없다.

"쟤네가 지금은 다 착해 보이고, 멋있고 그렇제. 우리 가고 니네가 부대로 들어가는 순간 싹 바뀐다. 기대해봐라."

아버지가 반 놀림조로 하신 말씀이었다.

다시 행사장 밖으로 나간 후 장병들이 20열 종대로 집합해 부모님께 큰절을 올리고 모두가 떠난 이후, 아니나 다를까 훈련교관들은 180도 다른 태도로 돌변했다.

"빨리 안 뛰어! 너네가 아직도 민간인인 줄 아나!"

무서웠다. 입영행사장부터 신병 입교식이 있는 체육관 건물까지 다 함께 한숨에 뛰었다. 한 번도 겪어본 적 없는 분위기와 훈련교관들의 압도적인 카리스마에 너나 할 것 없이 대열은 자동으로 칼같이 만들어졌고, 누구 하나 귀찮다거나 반항하는 티를 내지 않았다. 체육관에 도착해 군번을 받은 후 드디어 우리가 생활할 건물로 들어가게 되었다. '인간 개조의 용광로', '해병은 태어나는 것이 아니다. 만들어지는 것이다.' 등의 무시무시한 문구가 보이는 곳마다 붙어있던 신병 제1교육대 건물이었다.

신병교육대 건물은 2층짜리 건물이었는데, 층마다 중앙현관을 기준으로 좌우로 생활반들이 쭉 배치되어 있었다. 하지만 생활반이라는 말이 무색하게 문이 따로 없었으며, 각 생활반에는 TV나 영화에서 보던 마루 두 개와 관품함들만 있었을 뿐이었다. 이름 순으로 나눈 생활반에서 내가 처음 묵었던 곳은 1층 우측 끝쪽의 생활반이었다. 처음 보는 낯선 얼굴들이 가득했다. 우리는 누가 그러라고 시킨 것도 아닌데 우리는 각자의 관품함이 나누는 마루의 공간만이 각자가 움직일 수 있는 공간인 것처럼 꼼짝도 하지 않은 채 인사하고, 서로에 대해 알아갔다. 며칠 지나지 않아 훈련을 포기하는 사람들로 인한 공백과 동명이인들 때문에 생활반을 옮겨야 했지만, 내가 처음 있던 생활반에는 나와 똑같은 '김지훈'만 3

명이나 있었다. 그리고 이름이 다 비슷한 탓인지 서로의 마음을 더 쉽게 이해하고 서로에게 더 공감할 수 있었다.

여전히 무서운 분위기 속에 입으로 먹는지 코로 먹는지도 모른 채 저녁을 먹고, 생활반으로 다시 돌아왔다. 첫날이라 특별한 훈련이나 교육은 없어 소등 시간인 10시만 기다리고 있었다. 입대 첫날의 기분을 어떻게든 남기고 싶었는데 펜만 있고 종이는 없었다. 그래서 찾고 찾아 보급품으로 받은 티셔츠의 모양을 유지하기 위해 있는 딱딱하고 두꺼운 종이에 일기와 부모님께 보낼 편지를 작성했다.

곧 소등 시간이 되었다. 당연하게도 나를 포함해 모두가 쉽게 잠자리에 들지 못했다. 하지만 훈련교관들이 돌아다니는 소리에 감히 이야기를 나눌 생각은 하지 못해 마음속으로만 자신의 처지를 한탄하고 슬퍼할 뿐이었다. 2015년 10월 19일부터 2017년 7월 18일까지, 638일이라는 긴 시간이 너무나 막막해 보였고, 그 시간 동안 받을 자유의 제약과 통제에 서러워서 나도 모르게 눈물이 났다. 스무 살을 넘긴 이후 처음으로 흘린 눈물이었다. 밤새 앞으로의 일들을 걱정하다 잠이 들었다. 그렇게 내 군 생활은 시작되었다.

02
인간 개조의 용광로 _ ① (2015. 10. 19 - 11. 22)

2015.10   2016.01   2017.01

정식 입소식을 거친 후 며칠 지나지 않아 생활반을 옮겼다. 여러 가지 이유로 퇴소한 사람들과 동명이인들 때문에. 이번엔 2층에서 좌측으로 가장 끝에 있는 생활반이었는데, 위치적 특성상 훈련교관들의 눈에 잘 띄지 않아 다른 곳에 비해 훨씬 좋았다. 소위 말하는 '꿀 생활반'이었다. 생활반을 옮긴다고 처음부터 무작위로 다시 섞는 것이 아니라, 이동이 필요한 사람들만 옮겼기 때문에 나는 이름순으로 나뉜 처음의 생활반 기준으로 문 씨와 박 씨, 민 씨가 모여 있는 곳으로 가게 되었다. 홀로 떠나온 나를 동기들은 고맙게도 거리낌 없이 받아주었다. 내 관품함이 정해준 자리는 입구에서 생활반을 보고 섰을 때 왼쪽 침상 안쪽에서 두 번째였다. 내 안쪽으로는 박성재, 바깥쪽으로는 문정호, 문주형, 맞은편으로는 민경환, 박범수 등이 근 6주간 인간 개조의 용광로에서 나와 함께 변할 동기들이었다.

"각- 소대 들어!"

"제8소대!"

"신병 1203기 제1교육대, 총기상, 총기상!"

과연 인간 개조의 용광로답게 매일 새벽 5시 반 기상이라는 생전 겪어본 적 없는 난관에도, 듣기만 해도 털이 바짝 서는 교관들의 목소리에도 우리는 적응해가고 있었다. 밥 먹는 시간만 제외하고 5시 반부터 취침시간인 밤 10시(대부분 '체력단련'으로 그 시간을 넘겼지만)까지 끝없이 이어지는 살인적인 훈련에도 마찬가지였다. 전국 어느 훈련소나 큰 차이는 없겠지만, 훈련은 총검술로 시작해 사격, 유격, 각개전투, 행군 등 여러 가지가 있었다.

총검술은 백병전 상황에서 총기에 대검을 부착하여 싸울 수 있도록 고안한 기술이다. 교관들의 시범을 보면 춤을 추는 것 같이 동작은 부드럽고, 마무리가 절도 있는 모양이 꼭 태권도의 품새와 비슷하다는 생각이 들었다. 내가 하면 이도 저도 아닌 볼품없는 모양이 나오는 것마저도 품새와 닮았다. 식당 앞 아스팔트와 신병교육대 연병장을 오가며 결국 완벽히 외웠던 26개의 총검술 동작은 아쉽게도 수료와 동시에 모두 잊어버렸다.

'군인→총'이 사회의 일반적인 인식인 것처럼 줄 하나짜리 계급장은 달았을지언정 군인은 되지 못한 나와 동기들 역시 마찬가지여서 사격훈련에 대한 설렘이 아주 컸다. 더군다나 사격은 무려 영외(!)로 나가야 했다. 꼭두새벽부터 행군 준비를 해 신병교육대 건물을 나서 연병장을 가로질러 큰길로 쭉 가서 위병소를 거치고, 입소 날 본 국밥집이 있는 세 갈래 길에서 오른쪽으로 간 후 언덕을 한참 내려가면 사격훈련장이 있었다. 모두가 위병소를 지나치면서 "와! 사회다! 사회의 공기다!"를 연신 외치며 감상에 젖었다. 하지만 미처 생각하지 못했던 것은, 사격 공간은 좁은데 훈련병이 500명이나 되니 기다리는 시간이 길어질 수밖에 없다는 사실이다. 기다리는 시간은 당연히 쉬는 시간이 아니었다. 쪼그려뛰기와 팔굽혀펴기 등 훈련교관들은 우리들의 허벅지와 가슴근육을 단련시켜주기 위해 끊임없이 노력해주셨다!

"맨날 기합만 받고…. 지친다 지쳐. 다리는 아프고 팔은 무겁고 귀는 시끄럽고…."

다른 소대의 총소리와 나머지 훈련병들의 고통의 찬 소리로 전쟁터를 방불케 하는 순간에 내 옆에 있던 주형이가 한 말이었다. 한~참이 지나 겨우 영점사격이라는 것을 할 기회가 생겼다. 영점사격이란 건 자신의 신체에 맞게 총을 조절하는 과정인데, 우선 중심이 있는 종이 눈금판을 일정 거리에 부착해놓고 10여 발 발사한다. 매번 중심을 보고 쐈다면 특정 지점을 중심으로 종이에 구멍이 뚫려 있어야 하는데, 그 중심과 눈금판의 중심 사이의 거리에 따라 총에 달린 장치를 조절해서 자신에게 총을 최적화하는 것이다. 즉, 특정 지점 주위에 구멍이 가까운 간격으로 모여 있으면 사격을 잘한다는 뜻이 된다. SNS에 간혹 보이듯, 종이 전체에 일정한 간격으로 예쁘게 쏜 것보다 벌집처럼 흔적이 모여 있는 것을 더 잘 쐈다고 하는 것이 이런 이유에 있다.

첫날은 영점사격을 끝낸 후 바로 복귀했다. 똑같은 길을 거쳐서 돌아왔고, 다음날 똑같은 길을 거쳐 다시 사격장에 갔다. 둘째 날은 주간 및 야간 실거리 사격이 예정되어 있었다. 기다리는 시간은 역시나 길었다. 체력단련도 역시나. 우여곡절 끝에 사격할 수 있었다. 주간사격은 일정한 거리(50, 100, 150m)에서 나타나는 표적을 빠르게 명중시키면 되는 사격이다. 방아쇠를 당길 때마다 나오는 연기와 열기로 눈이 너무나도 따가웠고, 결국 마지막 몇 발은 거의 보지도 못하고 발사했던 것 같다. 간신히 20발 중 14발을 맞출 수 있었다. 야간사격은 어두워진 후 가까운 거리의 표적을 맞히는 것인데, 이 역시 생각했던 만큼 쉽지는 않았다. 해가 다 떨어지고 난 후라 아무것도 보이지 않는데 옆 동기들은 쏘니까 나도 쏴야 할 것 같아서 그냥 막 쏴버렸다. 결국 10발 중 단 한 발도 맞추지 못했다. 시간이 늦어 어두워진 사회의 거리를 밟으며 신병교육대 건물로 복귀했다.

02
인간 개조의 용광로 _ ❷ (2015. 10. 19 - 11. 22)

"말년에 유격이라니! 말년에 유격이라니!"

리얼 군대시트콤, '푸른 거탑'의 명대사 중 하나다. 유격훈련을 떠난다고 했을 때 가장 먼저 생각난 것은 훈련병 주제에 '말년에 유격이라니'였다. 대부분의 병사가 가장 싫어한다는 그 유격훈련이었다. 유격훈련만을 위한 훈련장이 따로 있다는 전파를 받았고, 그곳에 가려면 산을 두 개나 넘어야 한다는 말도 들어버렸다. 아침부터 완전무장에 필요한 물품들을 챙기고 행군을 시작했다. 완전무장 행군은 처음이었는데, 생각했던 것보다 훨씬 더 힘들었다. 첫 번째 산을 넘었을 때 이미 발에 물집이 잡히기 시작했다. 그리고 두 번째 산을 넘어 유격장에 도착했을 때는 더 이상 아무것도 할 수 없을 만큼 너무 힘들어 주저앉고 싶을 정도였다. 바로 시설 내 임시 생활반에 짐을 풀고 훈련에 돌입했다. 사격훈련과 마찬가지로 훈련보다 체력단련이 더 많았다. 누운 상태로 다리를 들어 올려 좌로 내렸다 우로 내렸다 하는 동작부터 시작해, 온갖 신체를 단련하는 동작들을 다 겪었다. 1박 2일에 걸친 유격훈련 내용으로는 15m 높이의 벽에서 줄 하나에 의지해 벽을 타고 내려오는 레펠, 절벽과 절벽을 잇는 밧줄을 타고 건너가는 도하 등 힘든 것보다는 스스로 공포를 이겨내는 훈련들이 주를 이루었다. 훈련장에서도 어김없이 이어지는 불침번 근무에서 생각했다. 정신적으로 힘들고 육체적으로 지치지만, 나중에 지나고 나면 좋은 추억과 경험이 될 거라고. 덕분에 돌아오는 길의 발걸음은 올 때보다 가벼웠다.

11월로 넘어가면서, 날씨는 점점 추워지고 늦가을답지 않게 비가 정말 많이 왔다. 훈련 5주차는 통칭 극기주라고 해서, 식사량을 반으로 줄이고 각종 힘든 훈련들을 진행한다. 새벽 4시에 비상소집으로 전 훈련병을 연병장으로 모아 극기주를 선포하고, 목봉체조를 하면 그때부터 본격적인 훈련의 시작이다. 곧이어 행군을 준비해 각개전투 교장으로 향했다. 실제 전투와 비슷한 상황을 조성해놓은 훈련장에서 각종 장애물들을 통과해 목적지에 이르는 것이 각개전투 훈련이다. 며칠간 온 비 때문에 교장은 반쯤 물에 잠긴 상태였고, 엎드려 걷는 포복이 많은 각개전투라 이게 수영인지 포복인지 모를 상황들이 계속 연출됐다. 보호구를 했음에도 자갈에 쓸려 팔은 상처투성이가 되었을 뿐만 아니라 '분대-! 일제 약진 앞으로!'를 목이 터져라 외쳐 목 역시 정상이 아니었다. 3회의 반복 훈련이 끝나고 물에 빠진 생쥐보다 더 젖어 추위에 덜덜 떨고 있을 때의 순간이 생생하다. 교장에서 반합과 돌, 쌀 등을 이용해 밥을 해 먹은 후, 비 때문에 위가 막혀있는 우천 시 교장에서 다 함께 야전 깔개를 깔고 침낭을 덮어쓴 상태로 밤 11시부터 새벽 3시까지 쪽잠을 청했다.

"여러분 지금 힘든 거 소대장들도 다 알고 있다. 하지만 조금만 더 참아라. 이 또한 지나갈 것이고, 이 훈련 끝나면 자랑스럽게 빨간 명찰 달아서 수료식 날 부모님께 보여드려야지! 오늘 하루도 고생했고, 잘들 자라. 이상!"

훈련교관으로부터 처음으로 듣는 따뜻한 말이었다. 칼 같은 제식과 누구보다 무서운 카리스마로 훈련병들을 휘어잡던 진재희 소대장님의 이 말은 훈련병들의 사기를 불태우기에 충분했고, 나아가 어떤 이들에게는 코를 훌쩍이는 소리마저 나오게 하였다.

"신병 1203기 제1 교육대, 천자봉 행군 15분 전!"

4시간의 취침이 4초보다 짧다고 느꼈다. 진재희 소대장님은 다시 살기를 내뿜는 훈련교관이 되어 우리에게 다음 훈련을 설명했다. 천자봉. 까마득히 가파르고 높은 산꼭대기에 거대한 천자봉이라고 하는 암석이 하나 있는데, 그곳을 찍음으로써 해병이 되기 위한 훈련을 마무리하고 해병의 상징인 빨간 명찰을 가슴에 달 자격을 갖는 것이다. 준비를 마치고 새벽 3시 반부터 행군은 시작되었다. 어두운 밤에 랜턴 빛에 의지해 행군을 출발해 교장을 나와 비교적 도시화한 상점가를 거쳐 한참 동안 오르막을 걷다 보면 천자봉 행군로의 입구에 도착한다.

"10분간 쉬어!"

행군로에 진입하기 전 10분의 휴식시간을 받았다. 수통의 꿀 같은 물을 마시면서 다시 출발하기 위한 마음의 다짐을 하며 초연하게 출발을 기다렸다. 얼마 지나지 않아 드디어 산길에 진입했다. 등산로처럼 깔끔하게 포장된 길을 바라는 것은 욕심이었을까. 우리 앞에 놓인 길은 한 걸음마다 무릎 높이보다 높게 다리를 들어올려야 하고, 그마저도 비에 젖어 미끄러지기에 십상인 험한 길이었다. 끝이 보인다 싶으면 잠깐 평지를 걸은 뒤 또 똑같은 언덕이 보였다. 그러길 몇 시간. 정상에 도착하기도 전에 날은 밝아오기 시작했다. 한 산을 지나고, 지난 산과 다음 산 사이의 도로에서 10분간의 휴식이 주어졌다. 쉬는 동안 비가 오기 시작했다. 다시 걷는 와중에 무장에서 판초 우의를 꺼내 뒤집어쓰고 비와 우의로 가려진 시야를 뚫으며 한 걸음 한 걸음 나아갔다. 저 멀리 위에 '해병은 이곳에서부터 시작된다.'라고 적힌 팻말이 보였다. 왠지 모르게 가슴이 벅차올랐다. 그때부턴 더 이상 찢어지게 가파른 언덕은 아니었다. 산 능선을 타고 한참을 걷다가, 반대쪽에서 돌아오는 선두 소대 동기들을 보았다.

이때 내 훈련소 기간 중 가장 감동적인 장면이 펼쳐졌다. 비록 동기이긴 하지만 말 한마디 섞어볼 기회 없던 동기들이 쉰 목소리와 감동에 젖은 빨간 눈으로 '다 왔다! 힘내라!!!' 하고 소리치는 것이었다. 우리는 다 같이 '고맙다! 수고했다!'라는 말로 연이어 화답했다. 식구는 힘든 순간을 겪으면서 만들어지는 것이라고 했던 것 같다. 소대 순서대로 출발한 행군이라 거리를 계산하면 1소대와 8소대의 차이는 결코 '다 온' 거리는 아니었지만, 그때 받은 격려는 제법 긴 거리를 한달음에 갈 수 있는 큰 힘을 주었고, 무엇보다도 우리가 동기라는 끈끈한 유대감을 만들기에 충분했다. 쏟아지는 비 때문에 한 치 앞도 제대로 보이지 않는 상황에서 결국 천자봉에 도착했다. 날씨 때문에 사진을 찍지는 못했지만, 올 때보다 훨씬 가벼운 마음으로 왔던 길을 되돌아 부대에 도착했다. 입대 당시에 본 '해병대는 이곳에서 시작된다'의 의미를 제대로 몸에 새기며 위병소를 통과했다.

모든 훈련을 마치고 빨간 명찰을 받으며 진짜 해병이 되기만을 남겨놓고 있었다. 훈련을 겪으며 정말 죽고 싶은 만큼 힘든 순간들을 경험했고, 과정에서 동기들의 따뜻한 마음도 경험했으며, 훈련이 끝났을 때 나도 모르게 가슴이 벅찬 뜨거운 기쁨도 경험했다. 말로 표현할 수 없을 만큼 의미 있는 시간들이었다.

04
훈련병의 고뇌 (2015. 10. 26. - 11. 25.)

2015.10 2016.01   2017.01
├───

 밤이 되었습니다. 사회에 대한 온갖 근심·걱정은 고개를 들어 주십시오…. 마치 마피아가 밤이 되면 알아서 고개를 들고 다음 타깃을 지목하는 마피아 게임처럼, 밤만 되면 과거와 미래에 대한 후회와 불안, 실낱같은 희망과 의지 등 수만 가지 감정이 훈련병의 가슴을 찌르게 마련이다.

 소등시간이 다가오면 훈련병들은 묘한 긴장감과 눈치게임에 빠진다. 편지를 기다리는 것이다. 고된 훈련의 피로가 날아가고, 몇 안 되는 글자에도 보낸 이에게 무한한 사랑과 감사를 갖게 되는 것이 훈련소에서 받는 편지다. 자신이 이름이 건너뛰어 질라치면 행적 작업병에게 두 번 세 번 물어 제대로 된 것이 맞는지 확인할 정도의 의지를 갖게 할 만큼 편지의 힘은 대단하다. 그렇기 때문에, 그런 편지를 못 받는 날이면 입대 전 내 사회생활에 문제가 있었나, 내가 그렇게까지 사랑받지 못하는 사람이었나 하는 걱정과 자괴감에 시달린다. 나아가 '얘는 내 진정한 친구가 아니었구나.' 혹은 '전역하고는 어떻게 지내야 하나.' 하는 자아 성찰적인 단계까지 거치게 된다. 물론 이런 종이 한 장에 목숨 걸지 않는 인간관계에 달관한 훈련병들 역시 있었지만, 나를 포함해 대부분은 '편지=내 사회생활'이라는 등식을 세워 관품함에 쌓인 편지를 SNS상의 친구 숫자처럼 자랑 아닌 자랑으로 여긴다.

 편지를 많이 받는 훈련병은 필연적으로 "와…. 너 진짜 부럽다. 도대체

밖에서 뭘 하다 왔길래 그러냐?"라는 질문을 시작으로 "전역하면 뭐 하고 살 거냐?" 하는 질문에 이른다. 누군가가 그 질문을 다른 누군가에게 했다면, 신병교육대 건물이 앞서의 후회와 불안, 희망과 의지 등 복합적인 감정으로 뒤덮이는 것은 시간문제다.

"난! 전역하면! 아빠가! X스로이스! 차! 사준댔다! 그거 타고…!"

하는 식의 어쩌면 진짜일지도 모르고, 그러면 너무 부럽고 배 아프니까 차라리 거짓으로 생각해버리고 싶은 허세 아닌 허세를 부리는 훈련병도 있는가 하면,

"난 전역하면…. 그냥 어디 공장 다니면서 돈이나 벌려고."

하는 현실성 100%의 솔직한 대답을 하는 훈련병도 많았다.

나 역시 편지가 오지 않는 날이면 동기들과 서로의 과거와 미래, 앞으로의 꿈과 포부 등 많은 이야기를 나누었다. 한 다리 건너면 아는 친구를 만나 세상이 참 좁다는 생각도 했고, 이미 많은 것을 이루어놓고 입대해 나가서도 그 일의 연장선을 꾸리면 되는 동기를 보며 난 뭐 하고 살았나 하는 생각도 했으며, 자신의 존재와 가능성을 부정하는 동기를 보며 무엇이 저 친구를 저렇게 소심하게 만들었을까 하는 생각도 들었다.

"신병 제1203기, 소등. 소등!"

소등방송이 울리고 훈련교관들이 돌아다니는 소리가 들리면, 삼삼오오 이야기를 나누던 훈련병들은 각자의 공간에 누워 오롯이 자신만의 세계에 빠져든다. 밤은 길었고, 살아온 과정과 앞으로를 생각하기에 시간은 충분했다.

'난 창원에 있는 평범한 집에서 태어나고, 평범한 학교들을 나왔고, 평범한 키와 평범한 외모에 운동신경도 평범하고 뭐 하나 빼어난 게 없네. 심지어 이름도 대한민국에서 가장 많다는 김 씨랑 1995년생 남자 중 가장 많다는 지훈이고. 세상에 수많은 특별한 사람을 이기려면, 아니 최소

한 그 정도만 따라가려면 내가 뭘 어떻게 해야 할까.'

부끄럽지만 이런 고민을 끝도 없이 했다. 군대에 대해서 아는 것이라 곤 쥐뿔도 없는 나였지만 그때부터 서서히 내 군 생활의 목표는 잡혀가 고 있었다.

'난 그저 대한민국 99%의 평범한 사람이다. 하지만 평범함을 내 무기 로 만들어 그것에서 특별함을 찾아가자. 제일 먼저 일을 열심히 해서 누 구에게나 인정받는 사람이 되자. 그러고 나면 공부를 해보자. 평소 따고 싶었던 자격증도 따고, 필요한 공부도 하자. 담배도 끊고 각종 대회 같은 것도 많이 나가서 휴가랑 상장, 상금도 많이 따자. 책도 많이 읽어서 똑 똑한 사람이 되고, 운동해서 몸짱 소리도 한 번 들어보자. 무엇보다도 선 임한테 깍듯하게 대하고 후임한테 상냥해 모두에게 좋은 사람이 되자. 꼭 성공하자. 군 생활이라도 누구 못지않게 한번 해 보자.'

매일같이 이렇게 목표를 구체화하고 그걸 이뤘을 때 기뻐하는 내 모습 을 생각하며 설레고 벅찬 가슴으로 잠이 들었다.

대부분의 훈련이 끝나갈 때쯤, 공개 부대 배치가 있었다. 병과 선발 때 난 '무선전송장비운용/정비병'이라는 통신 병과를 선택했다. 이 병과 5명 은 각각 포항 1명, 김포 1명, 연평도 1명, 백령도 2명으로 배치된다는 사 실도 알고 있었다. 공개 부대 배치는 신병 입영문화제가 있었던 김성은관 에서 영화나 드라마의 엔딩 크레딧처럼 번호/이름/병과/부임지가 한 줄 씩 아래에서 위로 올라오는 형식이었다. 훈련병들은 어쩔 수 없이 손에 땀을 쥐고 화면만 뚫어지게 보았다.

얼마나 기다렸을까, '74/김지훈/기본보병/2사단'이라는 문구가 올라왔 고, 옆에 있던 정호와 성재가 '와 지훈이 개꿀이네!'라는 말을 했었던 기 억이 난다. 지금 생각하면 2사단이 편하다고 알던 동기들도 참 웃기지만, 어쨌거나 얼떨떨한 상태에서 2사단이라는 메시지를 흘깃 보고 마음속으로 받아들이고 있었다. 동기들의 부임지를 보기 위해 한참을 화면만 보다 보니, 또 내 시선을 강탈하는 문구가 떠올랐다. '764/김지훈/무선전송장비운용정비/연평부대'

'764/김지훈/무선전송장비운용정비/연평부대'

아까의 2사단 지훈이는 입소 첫날에 만났던 나와 같지만 다른 지훈이었나 보다. 공개배치 중에 다소 생소한 부임지가 보이면 박수 소리는 으레 나오곤 했다. 사령부와 국직부대 등은 부러움과 축하에서 나오는 박수, 연평도와 백령도는 동정과 격려에서 나오는 박수. 내 이름이 나오는 순간 박수 소리가 쏟아졌다. 적어도 30초는 멍하니 입을 벌리고 저 문구가 위로 올라가 없어질 때까지 보고 있었던 것 같다.

"뭐야, 너 연평도네? ㅋㅋㅋㅋㅋㅋㅋㅋ"

웃음을 글자로 표현하는 데는 여러 방법이 있지만, 그때 옆에 있던 동기들의 웃음은 'ㅋㅋㅋ'가 가장 정확하고 적나라하게 들어맞는 웃음이었다. 동기들의 연민 섞인 위로와 웃음을 애써 슬픈 척 받아내고는 있었지만, 사실 나는 보다 힘든 도서지역으로 배치되길 원했고, 연평도라는 섬은 그 목표를 충분히 이루고도 남았다. 그때 생각했다.

'그래. 내가 원하는 특별한 군 생활. 여기부터가 시작이다.'

05
수료식은 전역식이 아니지만… (2015. 11. 23, 26.)

극기주 훈련이 끝난 후, 입대 날 훈련병 번호를 받은 바로 그 강당에서 빨간 명찰 수여식이 있었다. 모든 행사가 그렇듯 교육대대장님께 대한 경례부터 시작해 국기에 대한 경례, 애국가 등 매일 했던 것만 반복하니(자랑스러운 국군장병이 그렇게 생각하면 안 되지만) 지루할 것이라고 생각했다. 행사 전 연습할 때만 해도 그런 생각이 들었다.

하지만, 훈련교관들이 우리에게 더 큰 감동을 주려고 그랬던 걸까, 연습과 실제가 다른 행사는 처음이었던 것 같다. 의례적인 절차를 모두 거치고, 행사 사회를 보는 간부가 '지금부터 빨간 명찰 수여식을 시작하겠습니다.'라고 말한 것이 시작이었다. 전방, 그리고 후방의 거대한 스피커에서 군가 '팔각모 사나이'가 흘러나왔다. 지금까지 우리가 들었던, 혹은 불렀던 육성으로만 이루어진 비교적 단조로운 노래가 아니었다. 좀 더 세련된, 락 버전이라고 해야 하나. 명찰을 받으려고 기다리는 훈련병들의 가슴을 두드리는 노래가 나오고 있었다. 그런 분위기 속에서 훈련교관들은 자신이 맡았던 소대 줄의 맨 앞부터 명찰을 차례차례 붙여주고 있었다. 이윽고 내 차례가 되었고, 우리 소대장이었던 김치현 소대장님이 내 한 발짝 앞에 멈추셨다. 소대장님은 내게 명찰을 주셨고, 난 배운 대로 하나는 주머니에 넣고 하나는 왼쪽 가슴에 살짝 붙였다. 곧바로 소대장님이 주먹으로 내 가슴을 살짝 쳐 명찰을 완전히 붙이면서 말씀하셨다.

"수고했다."

그러곤 악수를 청하셨다.

"이병 김지훈, 충성을 다하겠습니다!"

그렇게 소대장님은 한 명 한 명의 훈련병 모두에게 사랑과 격려로 명찰을 붙여주셨다. 소대장님들에 대한 감사와 해냈다는 뿌듯함, 심금을 울리는 군가 아래 모두가 가슴이 먹먹했다. 그것이 대부분의 해병들이 훈련소 시절 가장 기억에 남는다던 빨간 명찰 수여식이었다.

그 후 며칠간은 전투 수영, 이함 등 어렵지 않은 훈련들만 있었고, 곧 수료식이 다가왔다. 드디어 이 훈련소로부터 탈출한다는 생각과 부모님, 혹은 여자친구를 볼 수 있다는 생각에 모두가 들떠 있었다.

수많은 준비 끝에 수료식이 시작되었다. 행사장인 야외 연병장을 가득 채운 훈련병들은 어깨에 힘을 가득 준 채 위엄을 뽐내고 있었다. 970여 명의 해병들이 한목소리로 "필-승!"을 외치며 교육단장님께 경례하는 모습은 부모님과 가족들에게서 절로 박수소리가 나오게 했다. 나는 대열에 서서 우리 부모님이 어디 계신가 하고 찾아보았다. '무적해병 OOO, OOO아 수고했다!' 등 여러 가지 멘트가 담긴 팸플릿을 들고 부모님들은 자기 아들을 찾고 있었다. 신기하게도 그 많은 사람들 중에 우리 부모님을 찾는 일은 별로 어렵지 않았다. 어머니와 눈이 마주쳤다. 부모님이 보신다는 생각에 더 의젓하게 행사에 참여했다.

"장병 가족 여러분은 행사장으로 들어가셔서 늠름한 해병이 된 아들을 데리고 가시면 되겠습니다!"

사회자의 멘트가 나오자마자 부모님들이 자신의 아들 이름을 부르며 연병장으로 급히 뛰어 들어오셨다. 어머니는 눈물을 흘리며 나를 안아주셨다. 아버지는 "수고했다."고 하시며 등을 토닥여주셨다. 너무 기쁘고 뿌듯했다.

힘들었던 훈련 기간을 함께했던 동기들과 마지막으로 사진을 찍은 후 부모님을 따라 점심을 먹으러 출발했다. 외출은 약 11시부터 오후 5시까지. 허락된 시간은 6시간밖에 없었다. 마음이 급했다. 우선 가장 하고 싶었던 것은 다름 아닌 담배를 피우는 것이었다. 차를 타고 가다 편의점이 보이길래 아버지께 바로 세워달라고 해서 편의점에 들어갔다. 늘 피우던 담배 한 갑과, 훈련소에서 가끔 부식으로 주면 그렇게 맛있을 수가 없었던 트윅스와 핫브레이크 등 초코바를 여러 개 샀다. 근처 벤치에서 가장 급하지만 동시에 가장 느긋한 마음으로 담배를 한 모금 피우니 핑 하고 머리가 돌면서 그제야 수료가 실감이 났다. 비론 잠깐뿐이었지만, 그 자유가 너무나도 행복했고, 마치 전역을 한 듯한 기분이 들었다. 천천히, 하지만 빠른 템포로 담배를 마저 피운 뒤, 차를 타고 밥을 먹으러 갔다.

평소에는 구경도 하기 힘들던 소고기를 아버지께서 사 주셨다. 비싼 음식이었지만 고기가 너무 맛있고 그 순간이 너무 달콤해서, 먹는 건지 마시는 건지도 모르게 다 먹어버렸다. 그제야 휴대폰 생각이 나 어머니께 말씀드려 휴대폰을 받아 임시로 개통했다. 동기들은 벌써 단체 채팅방을 만들어 수료식 사진을 공유하고 있었다. 내가 제일 잘 나온 사진을 저장해 메신저 프로필 사진으로 올렸다.

배가 부르니 훈련소에서 고이 적어 간직했던 돈가스, 비빔냉면, 삼겹살, 오므라이스 등 먹고 싶었던 음식이 소용없어졌다. 그래서 2차는 아이스크림 가게로 정했다. 훈련소 기간 동안 겪지 못했던 온갖 단맛을 다 보니 사회와 자유가 너무나도 그리워졌다. 아이스크림을 먹으며 휴대폰으로 친구들과 연락하는 동시에 부모님과 그간의 이야기를 나누었다. 듀얼을 넘어, 트리플 플레이를 하며 시간을 아낀 것이었다.

그런데도 복귀시간은 속절없이 다가왔고, 어느 순간 다시 차를 타고 있는 내 자신을 발견했다. 입대 때 지나왔던 길들이 보였다. 하지만 왠지 그때보단 덜 슬프다는 사실에 안도했다. 휴대폰은 다시 어머니께 드리고, 너무 많이 사서 다 먹지 못한 초코바들은 군화와 양말의 틈 사이에 몰래 넣은 채 부대에 복귀했다. 하지만 소대장님들은 귀신같이 아셨다. 하긴 수많은 훈련병들을 거치며 수만 가지의 잔머리를 봐오셨을 테니까. 원래는 속옷 바람으로 짐 검사를 한다고 했는데, 사실인지 아닌지는 모르겠지만 어쨌든 군화를 벗으라는 말에 벗기 전 자수해서 내 생명과 같은 초코바들을 반납했다.

생활반에 복귀했다. 아주 잠깐 떨어져 있었을 뿐인 동기들을 다시 봤을 때 정말 반가웠다. 다들 얼굴에 '나 기름진 거 많이 먹고 왔어요.' 하고 써 있었고, 즐거운 분위기 속에서 오늘 있었던 일들을 이야기했다. 수료한 다음 날 바로 배치된 부대로 이동해야 했기 때문에 그날이 곧 동기들을 볼 수 있는 마지막 날이었다. 나의 경우 후반기 교육이 있었기 때문에 동기들을 몇 주 더 볼 수 있었지만, 어쨌든 동고동락한 신병제1교육대 8소대 동기들과는 마지막 날이었다. 전역하면 꼭 만나자고, 전역 날 바로 이곳 포항에서 만나자고, 그런 약속을 하며 밤새도록 이야기꽃을 피웠다.

06
안녕은 영원한 헤어짐은 아니겠지요 (2015. 11. 27.)

2015.10 2016.01   2017.01

시계를 마지막으로 봤던 것이 한 시쯤이었다. 물론 우리가 시끄럽게 떠들든다거나 하지는 않았지만, 마지막 밤에 대한 배려인 듯 훈련교관들은 늦게까지 이어지는 우리의 이야기에도 별다른 말이 없었다. 얼마나 잤을까. 후반기 교육을 받는 해병들만 기상하라고 해서 급히 일어났다. 아직 해도 뜨지 않아 연병장을 비추는 불빛이 아니었다면 한 치 앞도 보이지 않을 것 같았다. 곧 연병장에 각자의 행선지에 따라 대열이 갖춰졌다. 나는 대전으로 향하는 줄에 섰다. 전역한 지금도 어디에 무슨 후반기 교육장이 있는지 정확히 알지는 못하지만, 확실히 대전에 가장 많은 교육장이 있는 것 같다. 대전의 줄이 가장 길었고, 인원파악이 끝난 후 우리는 바로 출발했다. 아쉬웠다. 이야기만 들었던 '우리가 탄 버스 양쪽에 사람들이 길게 도열하여 박수를 쳐주며 환송해주는' 그런 걸 바란 것은 아니었지만, 왠지 도망치는 것처럼 동기들이 다 자고 있을 때 쥐도 새도 모르게 간다는 사실이 마음에 걸렸다. 분명히 떠나고 싶은 마음이 굴뚝같았고, 살아오면서 육체적, 정신적으로 가장 힘들고 피폐했던 순간의 연속인 훈련소였지만, 그래도 막상 떠나자니 훈련 기간 중의 좋았던, 행복했던 일들만 떠올라 울컥한 감정이 들었다. 평생에 두 번 다시 못 올 훈련소였기에 그 순간이 더욱 애틋했던 것 같다. 눈물은 나지 않았지만, 마음으론 울면서 버스에 올랐다.

"잘 가라!"

동기들의 말이 들리는 것만 같았다. 나도 마음속으로나마 "고생했다! 여기서의 순간들을 잊지 못할 것 같다-." 하고 대답했다.

버스를 타자마자 곯아떨어졌다. 잠에서 깨니 어느 휴게소에 와 있었다. 날은 밝아 있었다. 지금쯤 동기들은 어디서 뭘 하고 있을까? 생각해봤다. 대전, 경산 등 여러 후반기 교육장소로 이병들을 다 보낸 후면 바로 실무에 투입될 동기들을 부대로 보낸다고 한다. 그러고 나면 후반기 교육이 시작되기를 기다리기 위해 훈련소에서 대기하는 인원들이 남는데, 이들은 적게는 1주, 많게는 2주까지 훈련소에서 대기한다고 한다.

휴게소에서 가장 큰 고민은 웃기게도 '담배를 사? 말아?'였다. 사실 사도 될지 안 될지 잘 몰랐다. 분명히 우리는 수료했고, 후반기 교육을 받을 때부터는 담배를 피울 수 있다고 들었는데, 버스 맨 앞자리에 앉은 우리의 인솔간부는 하필 우리 소대장님이었던 김치현 중사님이었다. 그래서 고민했다. 그냥 몰래 사버릴지, 사도 되는지 물어볼지, 아니면 포기할지. 결국 포기했다. 그런 것을 물어보기엔 소대장님이 내게 너무 무서운 사람이었다. 어쨌든 오늘 안이면 후반기 교육장에 도착할 것이고, 그렇다면 그곳에서 구해서 피면 되지 않겠는가. 빈손인 채로 버스는 출발해 대전에 도착했다. 평생에 대전은 처음이라 전혀 처음 보는 것들만 가득했는데, 도착했던 그곳은 아마도 대전 종합터미널이었던 것 같다. 그곳에서 또 교육장에 따라 동기들이 나누어졌다. 나는 '육군정보통신학교'로 가야 했다. 그래서 우리를 데리러 오는 버스를 타기 위해 터미널에서 대기해야 했다. 터미널에는 낯선 민간인들이 많았다. 하지만 소대장님과 이별하는 순간에 혼자 낼 수 있는 가장 큰 목소리로 소대장님께 '필-승!' 하고 경례했고, 사람들의 시선이 쏠리는 것은 개의치 않았다. 얼마 기다리지 않아 육군정보통신학교에서 오는 버스가 도착했다. 우리는 그것을 타고 20분

가량 이동해 후반기 교육장에 도착했다.

'통(通)하라, 육군정보통신학교.'

나와 같은 무선전송장비운용/정비병인 구승모, 김정훈, 장준혁, 장동민을 포함해 총 5명이 그곳에 계신 해병 파견관 원사님의 인솔을 받아 입교를 대기하는 육군 동기들이 있는 곳으로 갔다. 입대 이후 처음으로 보는 베레모와 육군 전투복이었다. 신기하지만 기가 죽진 않았다. 우리는 5명이 나란히 줄지어 당당하고 자신 있게 지정된 자리로 갔다. 수료할 때쯤 육군 동기들에게 들은 이야기지만, 그때 우리의 걸음걸이가 그렇게 카리스마가 있었다고 한다. 바로 우리의 교육기수인 무선전송 15-24기의 기장 선출이 있었고, 동민이가 기장이 되었다. 나는 해병 5명과 육군 4명인 우리 생활반의 분대장이 되었다. 우리 기수의 담당 조교님께 앞으로의 교육 내용에 대한 설명과 함께 오는 월요일에 정식 입교 예정이라는 말도 들었다.

우리는 1, 2중대 건물 2층에 생활반을 받았다. 처음 보는 육군 동기들과 같이 훈련소를 나왔지만 어쨌든 그날 처음 본 해병 동기들과도 인사를 나누었다. 표민영, 허선오, 홍창석, 한현덕. 이렇게 4명과 아까의 해병 동기 5명. 3주 동안 함께 새로이 동고동락할 얼굴들이었다. 훈련소와 다르게 생활반마다 문이 있었다. 두 개의 침상이 있다는 건 똑같았지만, 무려 '켜지는' TV와 비교적 넉넉한 공간 등, 전보다는 훨씬 나은 환경이었다. 만남이 있으면 헤어짐이 있고, 헤어짐의 아픔은 만남으로 다시 치유되는 법이라고 생각한다. 새로운 인연들은 아무것도 의지할 곳이 없는 이 병들에게 서로가 서로의 버팀목이었고, 그렇게 서로에게 긍정적인 힘을 보태며 또 하루하루를 시작하려 하고 있었다.

"여기에 연평도 가는 애 있다며? 누구야?"

첫날 저녁, 우리 생활반 문을 두드리며 누군가 찾아왔다. 박문수 해병님.

나보다 한 기수 높은 1202기의 선임이었다. 훈련소에서 이발할 때 이후 선임이라는 존재를 완전히 처음 봐서 당황하고 낯설고, 조금은 무서웠다.

"예, 이병 김지훈!"

그때 박문수 해병님은 나와 같은 이병이었지만, 선임답게 근엄한 태도로 내 어깨를 토닥여 주었다.

"그래. 내가 뭐 줄 게 없지만, 이거라도 먹고 힘내라."

그 손에는 다름 아닌 보급 컵라면이 있었다. 어렵지 않게 구할 수 있었고, 전역 말년에는 있어도 먹지 않았지만, 당시 나에게는 금은보화보다도 더 소중한 것이었다. 그렇기에 감사했다. 선임이라는 존재가 마냥 무섭지는 않다는 사실을 처음으로 느꼈다.

"필승!!! 감사합니다!"

낯선 공간이라 생활반 밖으로 나가 정수기에서 뜨거운 물을 받아 9명이 있는 생활반에서 나 혼자 라면을 먹는다는 것은 엄두도 나지 않았다. 그래서 그냥 관품함 속에 라면을 넣어두었지만, 아무튼 그 라면은 내게 라면 이상의 가치가 있는 것이었다.

밤이 되었다. 인사와 통성명은 했지만, 여전히 어색해 첫날은 소등하자마자 다들 바로 잠이 들었다. 아니, 바로 자려고 노력했던 것 같다. 낯설고 불편해도 이 사람들과 함께라면 왠지 잘해나갈 것 같은 느낌이 들었다.

07
통하라! 육군정보통신학교! (15. 11. 30. - 12. 17.)

2015.10   2016.01   2017.01

마치 병장이 된 것 같았다. 모두가 똑같은 계급장에, 누구 하나 서로의 생활에 간섭하지 않으니 하고 싶은 것이라면 뭐든지 할 수 있었다. 밥도 천천히, 편하게 먹고 담배도 피우며, 처음으로 겪어본 군대의 '주말'에 족구도 하고 당직근무란 것도 서보면서 새로운 경험들을 했다. 주말이 지나고 첫 월요일에 정식으로 입교식을 하였다. 우리 무선전송 15-24기는 두 반으로 나누어져, 우리 생활반 9명을 포함해 옆 생활반 동기들까지 함께 수업을 들었다.

생활반이 있는 중대 건물을 나와 연병장을 가로질러 일직선으로 5분 정도 걸으면, '횃불관'이라는 학교 건물이 나온다. 그곳 4층이 우리의 실내 수업 장소였다. 교관님과 인사를 나눈 뒤, 가장 기초수업으로 군대의 무전기를 다루는 방법을 배웠다. 어떤 스위치가 어떤 기능을 한다는 하드웨어적인 것부터, 주파수나 코드 등 제원값을 입력하는 것도 배웠고, 영화 '포화 속으로'에서 "올빼미, 올빼미, 여기는 참새, 참새, 이상!" 하는 것처럼 상대랑 교신하는 방법 역시 배웠다. 교육이 끝날 때 성적순으로 표창을 준다는 말에 미친 듯이 새로운 지식을 배워 나갔다. 내 의욕이 너무 과했던 탓에 동기인 승모랑 트러블이 있기도 했지만, 우리는 서로가 더 잘하기 위해 열심히 노력했다.(결국 승모는 2등 수료로 성적 표창을 받았다)

수업은 생각보다 널널했다. 무전기 수업을 끝낸 다음 날부터는 우리가 직접 다룰 무선전송장비의 이론 교육을 받았다. 밴(VAN)처럼 생긴 차 안에 장비가 들어있고, 차 위에 달려있는 안테나를 설치해서 교신할 수 있도록 하는 것이 이 장비의 기능이었다. 그리고 우리의 후반기 교육의 최종 목표가 그 장비의 완벽한 설치와 고장 났을 때의 정비였다. 모든 학습과정을 컴퓨터로 미리 연습할 수 있는 데다, 중간중간에 쉬는 시간을 많이 주어 학습효율이 굉장히 높았다.

주어진 과제를 빠르고 정확하게 끝내면 선착순으로 쉬는 시간이 되기 전에도 교육생들을 내보내 주었는데, 그럴 때면 우리는 1층에 있는 '통하라 마트'에서 시간을 보내곤 했다. 그곳에서는 통하라 마트라고 불리지만, 결국 우리가 들어본 PX라는 곳이었다. 전반적으로 가격이 생각보다 훨씬 싸서 아무리 먹어도 큰 지출이 없었다. 각자의 취향이 다르지만, 나는 거의 6개들이 딸기 몽쉘 1박스와 비요뜨를 하나 사 몽쉘을 비요뜨에 찍어 먹었다. 그렇게 먹어도 3,000원이 채 안 나왔던 것으로 기억한다.

각자의 음식을 다 먹으면, 건물 밖으로 나가 앞에 있는 흡연장에 옹기종기 모여 담배를 피우고 다시 4층으로 올라가 수업을 들었다. 입교 후 첫 주는 그런 식이었다. 아침 먹고 햇불관, 돌아와서 점심 먹고 햇불관, 돌아와서 저녁 먹고 자습 후 청소. 짬짬이 생기는 시간마다 동기들과 친해졌고, 다시 주말이 돌아왔을 땐 옆 생활반의 원정빈, 소재인 등 친한 동기들이 몇몇 생겼다.

두 번째 주말은 지난주보다 더 편했다. 동기들과도 가까워지고, 부대시스템에도 적응하다 보니, 주말엔 TV를 보거나 밥을 먹는 평범한 일상에도 마음이 넉넉했다. 우리 생활반은 인기가요의 트와이스, 옆 생활반은 뮤직뱅크의 트와이스, 그 옆은 엠카운트다운의 트와이스. 그렇게 트와이스의 데뷔곡 '우아하게'에 빠져 무엇이든 우아했던 시절이었다.

다시 평일이 되었다. 이제는 실전으로 들어갔다. 장비를 직접 설치하는 것이었다. 우선 5~6명씩 조를 나누어, 어느 곳에 안테나를 세울지 지도를 보고 판단한 뒤에, 안테나를 눕히고, 세웠을 때 고정할 줄들을 부착한 뒤, 차에 있는 장비와 연결하고, 땅에 말뚝과 해머를 이용해 발판을 박은 뒤 안테나를 세우고 로프를 이용해 길게 뻗으면 완성이었다. 그 후 장비를 이용해 맞은편에 안테나를 세운 팀과 교신에 성공하면 정확히 설치한 것으로 판단했다. 배울 것은 그 과정밖에 없었다. 그리고 오로지 그것만이 우리의 시험 내용이었다. 처음 들었을 땐 정말 간단해 보였는데, 40kg이나 되는 안테나의 무게는 그렇다 치더라도, 말뚝을 박는 일이 생각보다 고된 일이었다. 안간힘을 쓰며 말뚝을 박았다가, 위치가 정확하지 않아 빼고 다시 박는 경우도 부지기수였다. 12월 초의 날씨에도 수업 후 복귀하면 땀 냄새가 생활반에 진동할 정도였다.

"일주일에 이걸 한 번만 설치해도, 제대할 때 너네 팔은 볼 만 할 거다."

교관님이 하신 말씀이었다. 아쉽게도 실제로 부대 배치를 받고는 이 일을 하진 않았지만, 만약 했더라면 정말 그랬을 것 같다. 매일같이 말뚝을 박아 장비를 설치하고, 교신하고, 해체하고의 과정을 반복하니, 어느 순간 또 그 과정이 익숙해지고 있었다. 자기 전에 동기들과 나누는 말도 '내일 또 개같이 말뚝 박으려면 빨리 자야지!' 같은 것이 되었다.

한창 교육을 받는 중에, 육군정보통신학교의 새로운 식당이 완공되었는데, 운 좋게도 우리가 그 첫 수혜자가 되었다. 자그마한 막사였던 식당이 제법 웅장한 건물이 되었다. 덕분에 많은 인원을 수용할 수 있어 새로운 얼굴들도 자주 만날 수 있었다. 다만 식당까지의 거리가 멀어진 탓에 중대로 다시 복귀할 때 다 함께 모여서 복귀해야 했다. 하루는 저녁을 먹고 점점 더 어두워지는 가운데 승모, 정훈이, 동민이와 함께 다른 동기들을 기다리고 있었는데, 군가 얘기를 하다가 새로운 해병 동기를 만났다. 김웅범이라는 동기였다. C4I라는 것을 배운다고 했다. 검은 뿔테 안경에 밝은 모습이 인상적인 동기였다. 나이도 같고, 사는 곳도 서울이라 뭔가 나와 잘 맞을 것 같다는 생각이 들었다. 웅범이는 아쉽게도 나와 교육과정이 다르기 때문에 어쩌다 만나 인사하고, 간단한 이야기를 나누는 정도밖에 하지 못했다.

12월도 열흘이 지나가고, 눈이 왔다. 쏟아졌다. 그날이 그곳에서의 마지막 교육이며, 동시에 시험이기도 했다. 교육장에 가는 동안 벌써 군화가 다 젖어버렸다. 깨끗하게 쌓여 뽀독뽀독 소리를 내며 으깨지는 눈을 밟으며 교육장에 도착했다. 시험은 별다른 게 없었다. 늘 하던 대로 장비를 설치하고, 교신하고, 해체하는 것이었다. 먼저 끝낸 조들에게는 휴식 시간이 주어졌고, 쌓인 눈을 보다가 누가 먼저랄 것도 없이 서로에게 눈을 뭉쳐 던졌다. 또 마지막이었다. 비록 3주의 짧은 시간이라 해도, 훈련소의 통제에서 갓 벗어나 제한적이지만 자유를 느낀 우리여서, 그 순간들이 소중했다. 이 수업이 끝나면 또다시 이별해야 한다는 사실을 알기에, 그리고 이 이별에는 재회에 대한 기약이 없다는 것을 알기에, 눈에 아쉬움과 고마움과 동기애를 담아 던졌다. 나만 그랬을는지도 모르지만. 아쉽고 애틋한 순간이었다. 또 하나의 군 생활 중 거대한 과정이 끝나가고 있었다.

08
4.5초의 위로 휴가 (2015. 12. 19. - 23.)

  동민이가 최우수상, 승모가 우수상을 받으며 후반기 교육은 끝났다. 학교 내 해병 파견관님의 인솔을 받아 각자의 부대로 향했다. 김포로 가는 승모와 백령도로 가는 동민, 준혁이 그리고 나까지 같은 버스에 탔다. 이대로 어디로 가버리는 걸까, 혹시 인천-연평도-백령도를 잇는 다리가 있어서 이 버스로 바로 갈 수 있는 건 아닐까. 온갖 상상을 다 했다. 결국 도착한 것은 인천 어딘가에 있는 군부대였다. 통칭 도서파견대라고 불리는 그곳은, 인천의 해군부대 안에 위치해 연평도나 백령도로 들어가는 해병들이 배를 타기 전날 하룻밤을 자는 곳이었다. 비록 차를 탔지만 의낭을 종일 짊어지고 있어서 굉장히 피곤했다. 짐을 푼 후 씻지도 않고 누웠고, 바로 잠을 자려고 했다. 그곳도 훈련소, 후반기와 마찬가지로 좌·우측에 각각 침상이 하나씩 있었다. 누워 있은 지 얼마 뒤, 한 선임이 나타나서 인원파악을 한다고 했다. 일병이었지만 하늘같이 높아 보였고, 이름이 성도현이라고 했다. 그곳에 있던 열댓 명의 인원들에게 각각 신상기록 카드를 나눠주었다. 그것을 작성하면서, 내일부터 4박 5일의 입도 휴가가 있으니 뭘 할지 생각해보라고 했다.

  카드 작성이 끝난 후, 각자 서로가 누구인지, 어느 부대로 배치되는지 등을 소개했다. 한 기수 선임이었던 1202기 해병이 3명 있었고, 그 외에는 전부 동기들이었다. 병기병 백재오, 보급병 이수훈과 방준석, 헌병이었던 김우도, 나와 같은 통신병 윤최용 등 여러 명이 있었다. 친해지기에 시간은 너무 짧았지만, 동기라는 공통분모 아래 유쾌한 분위기 속에서 밤을 맞이할 수 있었다.

다음 날 아침이 되었다. 우리는 그 무엇보다 기다려왔던 휴가를 떠나게 되었다. 아침 8시에 도서파견대가 있는 해군기지에서 나와, 각자의 길로 흩어졌다. 난 택시를 타고 동인천역으로 갔으며, 동인천역에서 용산행 1호선 급행열차를 타고 서울로 도착했다. 비록 입대한 지 2개월 정도의 시간이 지났을 뿐이지만, 사회 속에 섞여 있다는 사실만으로도 행복해서 인천에서 서울집이 있는 낙성대까지의 2시간이 전혀 길지 않았다. 회사를 가신 아버지께서는 집에 계시지 않아 나는 집 앞 단골 분식점에서 점심을 먹고 바로 학교로 갔다. 휴가 첫날부터 하기에 바람직하진 않지만, 학교 앞 PC방에서 게임을 하며 시간을 보내다 저녁 시간에 과 내 연극동아리에 놀러 갔다. 공연 연습이 한창이었는데, 도착하니 해병 선임이었던 선배 한 분이 기수경례를 쳐 보라고 하셨다. 기수경례가 무엇인지 몰랐기에 어물쩍하고 있으니, 선배이자 선임인 그분께서,

"필승! 1171기입니다! 이렇게!"

하고 알려주셨고, 나는,

"필승! 1203기입니다!"

라고 스튜디오가 떠나갈 만큼 크게 경례했다. 친구들과 선, 후배들의 웃음바다 속에서, 바뀐 내 모습을 보여주는 것이 부끄러웠지만 그래도 선임 말을 무조건 따라야 한다는 입대 전의 말들이 생각나 하라는 대로 했다. 곧바로 그분께서 만 원짜리 한 장을 주시며,

"형이 지금 돈이 많지 않아서 줄 게 이것밖에 없다. 맛있는 것 사 먹고, 너도 다음에 후임들 만나면 꼭 챙겨줘라. 연평도. 고생하고."

라고 말하셨다. 이게 바로 해병이 길을 가면 선임들이 당겨서 장난을

친 후에 용돈을 챙겨 준다는 그런 상황인가 하고 생각했다.

　이후에도 학교에서 여러 선배들과 동기들을 만나 인사를 나눈 후, 퇴근하는 아버지를 뵈러 집으로 갔다. 아버지께서는 군인이 된 아들이 자랑스러우신지 연신 흐뭇한 웃음을 지으셨다. 우리는 집 앞의 고깃집에서 삼겹살과 소주로 저녁을 먹었다.

　집에 도착해 술기운이 오른 채로 자려고 누워 핸드폰을 보고 있자니, 훈련소와 후반기 교육의 모든 과정이 마치 한 편의 꿈만 같아 이상한 기분이 들었다. '전부 장난이었고, 넌 내일 눈뜨면 평소처럼 학교에 가고, 저녁에는 게임을 하는, 그런 일상을 살면 돼.'라고 누군가가 말하는 것만 같았다.

　다음날 눈을 떴을 때 내 방 책상 앞 의자에 칼 각으로 걸려있는 전투복을 보면서 깨달았다. 역시 장난은 아니었다고. 1초가 아쉬운 휴가이기에 얼른 정신을 차리고 다시 전투복을 입은 후 곧바로 창원으로 내려가는 버스를 타기 위해 고속터미널로 향했다. 고속터미널 내 분식집에서 밥을 먹은 후 피 같은 4시간을 투자해 창원에 도착했다. 보통 첫 휴가라고 하면 부모님을 처음 만났을 때, '필-승! 신고합니다! 이병 ㅇㅇㅇ은…'으로 시작하는 긴 휴가 신고를 하는 것으로 알고 있겠지만, 그때의 나는 그런 것에 대해서는 배운 적이 없어 집 문을 열면서 "엄마, 저 왔어요!"라는 말로 첫 휴가를 신고했다. 저녁시간이 되었기에 어머니께서는 과연 내가 이런 밥을 먹을 자격이 있나 싶을 정도로 상다리가 휘어지게 저녁상을 차려 주셨다. 죄송하지만 감사한 마음으로 밥을 맛있게 먹었다. 내려온 첫날부터 밤에 나간다면 어머니께서 서운해하실 것 같아 집에서 자기로 했다.

　휴가 3일 차. 아침 산책으로 늘 가던 초등학교를 거쳐 멀리 성산구청까지 다녀왔다. 입대한 지 얼마 안 됐으니 변함이 없는 것은 당연하지만, 똑같은 거리와 풍경에도 신기했다. 집에서 어머니와 지금까지의 이야기를 나누며 시간을 보내다 저녁에 친구들을 만나러 갔다. 각자의 일로 바빠 많은 친구들이 오지는 못했지만, 소주 한잔하면서 '내가 군인이 되어 버렸소!' 하는 식의 대화를 나누기엔 충분했다.

다음 날, 다시 서울로 향하는 버스를 타고 또 4시간을 투자해 서울집에 도착했다. 아버지와 식사를 하고, 다음날 정확한 시간에 복귀하기 위해 일찍 잠이 들었다.

인천 도서파견대가 있는 해군기지로 가야 했기에 나는 상당한 시간이 걸릴 것으로 예상하고 아침 10시에 바로 집을 나섰다. 하지만 동인천에 도착했을 때 뜻밖에 시간은 12시도 되지 않았다. 하릴없이 동인천역에서 밥을 먹고, 보이는 카페에 찾아 들어가 핸드폰을 보며 시간을 보냈다. 웹툰에 한창 빠져있다가 보니 이윽고 오후 5시가 되어 그제야 택시를 타고 부대에 들어갔다. 며칠 전에 봤던 성도현 해병님이 나를 맞아 주었다. 배정받은 생활반에 자리를 깔고 앉아 4박 5일간의 휴가를 생각했다. 보통 일 단위의 휴가가 짧다고 초로 바꿔 4박 5일이면 4.5초라고들 표현하는데, 막상 겪어보니 그 정도로 짧지는 않았다. 소중한 사람들에게 연락하고, 항상 나를 기다려주던 부모님과 친구들을 만나 회포를 풀기에 시간은 충분했다. 도파대에서의 회상을 끝으로 첫 휴가가 완전히 마무리되었고, 이제는 연평도로 들어가 본격적인 군 생활을 시작할 일만 남았다.

09
신병 (2015. 12. 24.)

2015.10   2016.01   2017.01

2015년 12월 24일. 크리스마스이브기도 했던 그날. 나는 두려움과 긴장, 설렘을 한 몸에 모두 안은 채 연평도에 들어갔다. 새벽 5시 45분에 일어나 간단하게 씻은 뒤, 인천 연안부두에서 배를 타고 2시간을 기다리면 연평도에 도착한다. 연평도와 인천을 이어주는 배 이름은 '플라잉 카페리호'인데, 이 배는 매일 한 번 인천에서 출발해 소연평도를 경유하여 대연평도를 찍고, 다시 인천으로 돌아간다. 처음엔 배가 멈췄길래 눈앞에 보이는 섬을 보니, 정말 작아서 '겨우 이곳에서 내 인생의 1년 반을 넘게 써야 하나…' 하는 걱정을 했지만, 곧바로 배는 다시 출항해 대연평도에 도착했다. 실제로 본 연평도는 생각보다 거대했다. 적어도 배에서 내렸을 때 섬의 끝이 보이지 않을 정도는 되었다. 배에서 내려 선착장으로 나와 무슨 말이든 기다리고 있자니, 군인들이 정말 많이 보였다. 그중 대부분이 해병이었지만, 간혹 육군과 해군도 보였다. 어부 혹은 인부들로 보이는 민간인 역시 꽤 있었다. 곧 준비된 버스를 타고 부대 본청이라는 곳으로 이동했다. 부대장님께 전입신고를 한다고 했다. 이 커다란 섬의 부대장이면 대체 얼마나 높은 사람일까. 기대 반 두려움 반으로 기다렸다. 부대장님이 오신 후 곧바로 급하게 배운 신고를 올렸다. 부대장님은 대령 계급장을 달고 계셨는데, 연평부대 내의 최고 지휘관답게 근엄한 모습을 보여주셨다. 부대장님은 앞으로 우리에게 펼쳐질 군 생활에 대한 격려와 조언을 아끼지 않으셨다. 이후 우리는 각자의 부대로 보내졌다. 나를 포함해 재오, 수훈이가 배치받은 90대대 본부는 운이 좋은 건지 나쁜 건지 부대 본청 바로 옆에 있는 건물을 사용하고 있어서, 버스를 타거나 오래 기다려야 할 필요는 없었다. 90대대 본부의 건물로 들어가, 도서관에서 기다리라는 말에 기다리다가, 이번에는 대대장님 신고를 한다고 해서 우리 3명은 부대장님 신고와 똑같은 방법으로 대대장님께 신고를 올렸다. 중령 계급장을 달고 계시던 대대장님은, 지금은 다른 임무를 수행하고 계시지만 한 대대의 지휘관이라는 위치에 알맞은 풍채와 외모를 가지고 계셨다. 신고를 마치고, 도서관에서 기다리고 있으면 선임들과 담당 간부들이 데리러 올 것이니, 편히 쉬고 있으라고 했다.

가만히 앉아 기다리고 있으니, 한 선임이 나를 찾아와 짐을 가지고 올라오라고 했다. 1199기였던 이재환 해병님이었다. 점심시간이었기에, 밥을 먹으러 가자고 해서 "예, 감사합니다!" 하고 따라갔다. 그때 재환이가(실제로 지금은 이름을 부르고 있고, 매번 -해병님이라는 말을 쓰기엔 편의상 좋지 않아) 했던 말이 기억난다.

"어차피 니 교육은 진혁이가 시킬 거니까, 난 딱 한마디만 할게. '예'라는 말만 쓰지 마라. 해병은 '예' 안 한다."

"예! 아, 아니. 알겠습니다!"

정말로 그 말 딱 한마디만 했고, 둘이 나란히 식당에 밥을 먹으러 갔다. 옆에 있던 재환이도 낯설었지만, 식당도 낯설고 아무것도 아는 게 없어서, 밥이 어떻게 넘어가는지도 모르게 먹고 있었다. 그때 누군가가 말을 걸었다.

"야, 너 신병이야?"

"신병입니다!"

"나 몇 기 같아 보이냐? 얘는?"

"1200기 같아 보이십니다! 옆에 분은 잘 모르겠습니다!"

"그래? 내가 그렇게 후달려 보이냐? 재환아, 어떻게 된 거냐."

"아닙니다."

신병에게 으레 하는 기수 맞추기 놀이였다. 말을 걸었던 사람은 1195기의 이효진, 그 옆에 있던 사람은 1196기의 남영우였다. 어떻게 된 거냐? 이 한 마디에 나는 죽을죄라도 지은 것처럼 긴장했다.

"야, 야. 장난이야. 신병이니까 모르는 게 당연하지. 그래서 넌 어디서 왔냐?"

라는 말로 시작해 분위기는 다시 풀렸다. 나를 소개함과 동시에 그 선임들의 소개를 들었다.

밥을 다 먹은 후에 재환이를 따라 생활반으로 돌아갔다. 그리고 얼마 후 내 유일하고 영원한 맞선임이 되었던 1201기의 최진혁이 나타나 내 짐들을 풀어줬다. 아깐 정신없어 보지 못했지만, 훈련소와 후반기, 그리고 도서파견대의 생활반과 달리 이곳은 침상이 있는 생활반이 아니었다. 2층짜리 침대가 5개, 그리고 관품함이 10개 있는, 기대보다는 훨씬 좋은 생활반이었다. 빈 관품함에 짐을 하나하나 넣고 있으니 생활반 선임들이 하나하나 나타났다. 나는 짐을 풀면서 선임들의 얼굴을 익히느라 정신이 없었다.

"너 재밌냐? 난 재밌는 애만 좋아하는데."

훗날 내 과업 맞선임이 되었던 1193기의 박규민이 말했다. 1186기의 이동연 해병님부터, 1189기의 박건길, 1191기의 이성진과 당시 휴가 중이었던 1188기의 김규현 해병님까지. 그렇게 나를 포함해 8명이 통신병으로 같은 생활반을 쓰는 새로운 가족이 되었다.

짐을 다 풀고, 진혁이가 나를 도서관으로 데리고 가 신병에게 필요한 정보를 이것저것 가르쳐 주었다.

"이건 기수표고, 최대한 빨리 외워야 해. 그리고⋯. 알고 있는 것 같았지만 '예'라는 말은 쓰지 말고. 선임들한테 먼저 말 걸지 말고. 대답은 '그렇습니다, 아닙니다, 감사합니다, 알겠습니다.'로만 해. '잘못 들었습니다.'는 될 수 있으면 쓰지 말고. 일단은 이 정도만 알면 될 것 같다. 아, 절대 웃지 마. 일병 달고 두 달 되기 전까지는 절대로 웃으면 안 돼. 무슨 일이 있어도."

당시에 잔존하던 호봉제를 교육했던 것이었다. 지금은 존재하지도 않고, 있어서도 안 되는 악습이지만, 그때만 해도 그것을 위주로 병영생활이 돌아갔고, 신병이면 당연히 모든 호봉제의 가장 아래 계층으로서 숨 쉬는 것 빼고는 아무것도 마음대로 할 수 없는 것이 현실이었다.

그 외에도, 선임이 먼저 말하기 전까지 담배를 피우면 안 된다거나, 밥을 먹을 때 포크숟가락만 써야 하며, 짝다리를 짚지 말고, 앞짐을 지지 않는 등 여러 가지 쓸데없는 호봉제를 많이 가르쳐주었다. 그런 내용들과 선임들의 이름과 얼굴, 기수를 외우다 보니 어느새 밤이 왔다. 선임들이 정해준 내 자리에 누워 잠자리에 들려고 노력했다. 전입하고 1주일 동안은 신병 동화교육 기간이라고 해서, 무슨 잘못을 해도 선임들이 혼내지 않는 기간이었다. 그런 사실을 몰랐기 때문에, 생각보다 호의적인 선임들의 반응에 안도했다. 이곳도 지낼 만하겠다는 생각을 하며 잠이 들었다.

10
무적의 1주일 (2015. 12. 24. - 30.)

공교롭게도 나는 12월 24일, 크리스마스이브에 부대에 전입했기에 통칭 무적기간이라는 신병 동화교육의 1주일이 끝나면 2015년의 마지막 날이 되었다. 덕분에 남은 2015년의 기간은 연말연시의 설렘과 울적한 기분을 느낄 새도 없이 선임들의 기수, 이름과 얼굴, 생활할 때 주의해야 할 것들만 외우면서 지냈다. 어떤 군의 어떤 부대에서도 마찬가지이듯, 기존에 있던 병사는 많은데 신병은 하나이기 때문에(우리의 경우 재오, 수훈이를 포함해 셋이었지만), 신병에게 관심은 쏠리게 마련이다. 하지만 그에 반해 신병으로서는 수많은 선임을 보는 것이기 때문에 그 관심이 스트레스가 되는 것이 당연하다. 당시 최고 선임자였던 1184기의 원동연, 최선호 해병님부터 시작해서, 한 기수 위인 1202기의 김경현까지. 약 40명의 기수와 이름을 외우느라 여념이 없던 기간이었다.

무적기간에는 신병이 그 어떤 잘못을 해도 욕하지 않는다는 것이 불문율이었다. 예를 들면, 크리스마스를 맞아 TV 연등을 하면서 소등 이후에 다 함께 생활반에서 냉동식품을 먹고 있는 상황을 가정해 보자. 그 와중에 이병 김지훈은 음료수를 먹으려고 손을 뻗다 실수로 상병 박건길의 어깨에 손이 닿는 일이 발생한다. 그때, 이병 김지훈은 상병 박건길이 빤히 쳐다보길래 무슨 상황인지 이해하지 못했다가, 일병 최진혁이 눈치를 주는 덕에 배운 대로 '아, 필승!' 하고 앉은 채로 경례한다. 그 상황에서 이병 김지훈은 잘못한 것이 두 가지다. 우선은 선임의 몸에 닿았다는 사실과, 앉은 채로 경례했다는 사실이다. 근무 때문에 자고 있는 선임을 깨울 때를 포함해, 설령 간부가 시킨다고 하더라도 선임의 몸에 터치하는 것은 절대로 해서는 안 될 일이었고, 정말 부질없지만 앉은 채로 경례를 하거나, 걸어 다니며 경례하는 것도 일병 5호봉의 계급을 달성해야 할 수 있었다. (당연하게도, 병영문화 혁신 이후 지금은 이런 문화가 모두 사라졌으며, 선임의 몸에 닿지 않는 것만 예절 정도로 지켜지고 있다) 무적기간이 지나면 이런 잘못은 그날 밤을 곱게 잘 수 없는 정도의 꾸지람을 들을 것이다.

12월 24일은 목요일이었고, 따라서 크리스마스가 금요일, 이어서 주말이 있는 짧은 연휴 기간이었다. 그래서 목, 금, 토, 일의 나흘 동안 진혁이에게 생활과 과업에 대해서 집중적으로 교육받을 수 있었다. 앞서 이야기 했던 선임들에 대한 태도뿐만 아니라, 우리가 무슨 일을 하고, 근무는 어떻게 들어가는지 등 군 생활 동안 필요한 대부분을 배울 수 있었다. 내가 배속된 90대대 통신과는 90대대 전체의 유, 무선장비와 전산장비를 통틀어 유지, 보수하는 대대 참모실 소속이었는데, 위치를 정확하게 말할 순 없지만, 연평도 전방위의 해양경계작전을 맡고 있다고 해도 과언이 아니었다. 그렇기에 선이 끊어졌을 때 복구하는 방법이나, CCTV, 컴퓨터, 하다못해 전화기가 고장 났을 때 조치하는 방법까지 모두 알아야 했다. 다행히 통신과는 '통신 기재실'이라는 사무실이 본부 건물 3층에 별도로 있어 그곳에서 집중 교육이 가능했다. 첫날 점퍼선, 야전선, UTP선 등을 구분하는 수준에서부터 일요일에는 끊어진 점퍼 선을 붙이는 방법이나 랜 선을 제작하는 방법 등 사회에서는 비교적 전문적(?)인 수준까지 금방 달성할 수 있게 되었다.

연휴가 끝났고, 12월 28일 월요일. 드디어 첫 과업에 들어가는 날이었다. 긴장된 마음을 안고 과업지시를 받기 위해 3층에 있는 합동사무실로 올라갔다. 그곳에서는 통신과뿐만 아니라 병기, 보급 등 여러 병과가 마치 회사의 부서처럼 나누어져 각자의 임무를 수행하고 있었다. 우리는 한정호 담당관님과 박영민 반장님이 맡는 통신과 앞에 일렬로 서 오늘의 과업에 관한 내용을 전달받았다. 대망의 첫 과업은 선착장 부근의 통신 선로가 끊어진 보고에 그것을 확인하러 가는 것이었다. 통신과는 유선 가설차라는 차를 타고 이동해 작업에 임하는데, 그 차는 연예인들이 타고 다니는 차량과 비슷해 보통 '밴'이라고 부른다. 후반기 교육 때 보았던 무선장비의 밴과 거의 흡사하게 생겼다. 그 밴을 타고 직접 현장에 가 보니, 도대체 선이 어디 있다는 것인지 보이질 않았다. 그때 박건길이,

"아, 또 저거야?"

하고 하늘을 쳐다보고 있었다. 그 시선을 따라가 보니 전봇대에 UTP 선이 걸려있었는데, 무슨 원인인지 다른 전봇대와 이어주는 중간 부분이 끊어져 힘없이 처져있었다. 박영민 반장님은 선을 유심히 보며 고민에 빠지더니, 그동안 이성진이 사다리를 가져왔고, 이윽고 고개를 끄덕거리며 한 치의 망설임 없이 사다리를 타고 전봇대로 올라갔다. 선이 끊어진 위치까지 올라가 중심을 바로 잡고 있으니, 건길이가 아래에서 끊어진 반대쪽 부분을 당겨와 반장님께 올려주었다. 곧바로 반장님은 그것을 주말에 진혁이가 알려준 것처럼 '콩'이라는 도구를 사용해 연결한 후 테이프로 감아 선을 완전히 붙였다. '브릿지'라고 표현하는, 선을 붙이는 방법의 일종이다. 사회에서 그런 방법을 사용하는지는 모르겠지만 이런 방법이 완벽하게 선을 복구할 수 있는 것은 아니었다. 어디까지나 다시 선을 깔기 전의 임시 조치였을 뿐이다. 아무튼 나를 제외하고 일사불란하게 모두가 마치 짜고 움직이는 듯 작업을 완료한 후 가볍게 본부로 복귀했다.

주말에 TV만 보고, 심심하면 운동하다가 사지방에서 컴퓨터나 하는 선임들인 줄 알았더니, 과업에 임하면 이렇게 진지하고 효율적으로 일하

는구나. 하고 내심 감탄했다. 그리고 그 모습을 배워야겠다는 마음이 들어 첫 과업이 끝나자마자 담당관님께 찾아가 오늘 일했던 내용을 적고 싶은데 혹시 노트 같은 것이 있으면 하나 주실 수 있겠냐고 여쭤보았다. 담당관님은 흔쾌히 자그마한 수첩을 하나 주셨다. 나는 마치 일기처럼 그 노트에 그날의 과업을 적어 내려갔다. 무적의 1주일이 끝나가고 있었다. 그리고 나는 무적이 사라져도 욕을 먹지 않기 위해 노력하고 있었다.

11
회자정리요, 거자필반이라 (2015. 12. 31. - 현재)

모인 사람은 반드시 헤어지고, 떠나간 사람은 돌아오는 법이라고 했다. 나에게는 그 중 거자필반이 예상보다는 좀 빠르게 일어났다.

무적기간의 마지막 날이자, 2015년의 마지막 날인 12월 31일이었다. 평일이 그렇듯 과업지시를 받고 현장에 나가 작업을 마치고 돌아와서, 진혁이에게 또 새로운 내용을 배우러 병영도서관에 내려갔었다. 문을 벌컥 열고 들어간 그곳에는 의외로 사람들이 가득 차 있었다. 의낭이 여러 개 있는 것으로 보아 1주일 전의 나처럼 신병들임이 틀림없었다. 나도 당시 겨우 전입 1주일 차 신병이었지만 '내가 니네 선임이다. 이녀석들아!' 하는 자만 가득한 마음으로 도서관 안을 둘러보았다. 그리고 그곳엔 후반기 교육에서 종종 마주쳤던, C4I를 한다던, 밝은 모습이 보기 좋았던 젠틀 몬스터 뿔테 안경의 웅범이가 긴장 가득한 표정으로 앉아 있었다. 이미 부대가 돌아가는 분위기를 알고 있었기에 감히 웅범이에게 소리쳐 반가움을 표현하지는 못하고, "어!? 어!?" 하는 짧은 감탄사만 내뱉을 뿐이었다. 그러니까 웅범이는 "어, 지훈아! 너 여기야? 완전 반갑다야!"라고 말하며 세상 밝게 나를 반겼다. 호봉제가 뭐라고. 내 동기를 무시할 수는 없었다.

"응, 진짜 오랜만이다! 아니, 그렇게 오랜만은 아닌가. 아무튼! 넌 어디로 배치받았어?"

웅범이는 자신이 어디로 가는지는 모른다고 했다. 그저 일단은 이곳에서 대기하라길래 기다리고 있다고 했다. 나는 웅범이에게 어딜 가든 잘 지내라고 인사했다. 기회가 닿으면 또 보자고 하며, 쏠리는 전입 신병들의 시선을 뒤로한 채 도서관을 나왔다.

동기애란 이런 것일까. 같은 날 배를 타고 들어온 수훈이나 재오도 정말 소중하고 아끼는 동기들이지만, 같은 통신병과인데다가 함께 시간을 보낸 적이 있는 동기를 보니 그 반가움이나 애틋함이 말로 표현할 수 없을 정도였다. 아쉬움을 뒤로한 채 다시 일상에 임했다. 저녁을 먹은 뒤 이재환과 담배를 피우고 생활반으로 들어왔다. 진혁이는 또 누군가의 짐을 풀어 준다고 분주했다. 그런데, 옮기고 있는 관품함 뒤로 빼꼼히 보이는 얼굴은 다름 아닌 웅범이었다. 어떻게 된 일인지 영문을 몰랐지만, 선임들에게 물어볼 용기는 내지 못해 상황이 돌아가는 것을 지켜보고만 있었다. 짐 정리가 끝나고 선임들의 이야기를 들어보니, 오늘 내 동기인 신병이 두 명 들어왔다고 했다. 한 명은 수송병인 영헌이었고, 나머지 한 명이 통신병인 웅범이었다고. 90대대에 통신병으로 받은 1203기가 두 명이어서, 일단 대대본부에서 지낸 후 능력 여하에 따라 한 명을 예하 중대나 소연평도로 보낸다고 했다. 본부에서 살아남으려면 더 잘해서 능력을 증명하라는 선임들의 이야기였다.

나와 마찬가지로 웅범이에게도 1주일간의 무적 기간이 주어졌다. 웅범이는 생활면에서 나보다 더 빠르게 적응해 곧바로 선임들에게 사랑받는 후임이 되는 것 같았다. 그렇다고 일을 내가 더 잘한 것도 아니었고. 심지어 웅범이는 입대 전 서버관리 회사에 다녔던 경험이 있어 과업 수준이 일취월장하는 게 내 눈에도 보일 정도였다. 이런 식으로 계속 지내다가는 다른 곳으로 보내질 것 같은 그림이 슬슬 눈에 보이기 시작했다.

하지만 그렇다고 웅범이가 밉다거나 하진 않았고, 그런 감정은 웅범이 역시 마찬가지였던 것 같다. 우리는 선의의 경쟁을 하기로 했다. 누구 '

하나'가 이곳에서 살아남는 것보다는, 둘 다 팔려가거나 혹은 둘 다 남아서 끝까지 함께하자는 식으로 둘만 있을 때 종종 이야기했다. 나는 그날의 과업 내용을 노트에 적어 기억해 그것을 다음 과업에 적용하는 방법으로 내 능력을 발전시켜 나갔고, 웅범이는 그날의 과업 내용을 몸으로 기억해 유사한 상황에서 그때의 기억을 살려 작업하는 방식으로 능력을 키워 나갔다. 신병이라 감히 잘 수 없는 주말 오전에는 기재실에 올라가 과업에 대해 토론을 하기도 하며, 서로의 개인적인 이야기도 나누는 등 시간이 지날수록 끈끈한 동기가 되어갔다. 훗날의 이야기지만, 서로 일을 미루거나, 혹은 험담하거나 하는 등의 부정적인 일이 없고, 매사 함께하고자 하는 모습들을 선임들이나 간부들이 좋게 봐주었다고 했다. 그리고 일병으로 진급할 때쯤 통신 병과 내에서도 각자 병과를 받았다. 기록하고 유지하는 것을 주특기로 하는 나는 대대 내 통신장비와 전산장비의 유지, 보수를 주 업무로 하는 전산병 보직을 받았고, 항상 작업을 우선시하고 손재주가 뛰어난 웅범이는 대대 내 유선선로의 관리를 주 업무로 하는 유선병 보직을 받았다. 물론 보직을 받았다고 각자의 업무만 하는 것은 아니었다. 서로의 업무와 정보를 공유하며 더 나은 방향을 찾고자 서로가 노력했다. 결국, 그 결과 다행히도 둘 중 아무도 팔려가지 않았다. 나는 처음 전입한 90대대 본부에서 만기 전역을 했고, 웅범이는 군 생활에 뜻을 두어 전문 하사를 신청해 현재 하사로 복무 중이다. 그리고 아직도 우리는 '90통신'이라는 단체 채팅방 속에서 늘 그랬던 것처럼 항상 함께하고 있다.

12
두 가지의 첫 근무 (2016. 1. 4.)

새해가 밝았다. 군대에서의 새해는 정말 아무렇지 않게 밝았다. 매일같이 뜨고 지는 해. 똑같았다. 다른 것이 있다면, 아침에 본부 총원이 모여 부대에서 가장 높은 관측소에 올라가 새해를 관람하면서 서로에게 덕담을 나눌 시간이 있다는 것이었다. 하지만 모두 군대라는 폐쇄적인 공간에 있었기 때문에, 새해가 큰 의미로 다가오진 못했던 것 같다. 기껏해야 '드디어 전역의 해가 밝았다!' 혹은 '이번 해만 더하면 다음 해에는 전역이다!' 정도의 생각만 했을 뿐이다.

새해 첫날이 금요일이라, 크리스마스를 끼고 있던 지난주처럼 금, 토, 일의 3일 연휴가 있었고, 편하지만은 않았던 연휴가 지난 후 첫 근무를 들어가게 되었다. 당시 대대본부에서 통신병이 들어가야 할 근무는 두 가지가 있었는데, 한 번에 3시간씩 들어가는 입초 근무와 6시간씩 들어가는 통신 근무가 그것이다.

입초 근무는 본부 건물 중앙현관에 근무지를 두어 외부인과 지휘관의 출입 여부를 보고하는 역할을 한다. 나쁜 점은 근무 시간인 3시간 동안 무장한 채 총을 들고 가만히 서 있어야 한다는 것이고, 좋은 점은 그래도 건물 현관에 있으니 지나가는 선 후임들과 몰래 이야기할 시간이 있다는 것이다. 첫 근무를 들어갔을 때, 지나가는 선임들과 간부님들께 잘 보이고자 마을을 지키는 천하 대장군마냥 최대한 근엄하게 서서 본부

56 |

건물을 지키고 있었다. 얼마나 그러고 있었을까. 문제가 발생하고 말았다. 지나가던 1201기의 수송 정비병 이명재가 잔뜩 폼을 잡은 내 모습을 보더니 멈춰 선 것이다. 당시 갓 일병을 달았던 명재 역시 선임들의 눈치가 보였기에, 자꾸 주위를 훑으면서도 생전 본 적 없는 이상한 표정을 지어 나를 웃기려 들었다. 눈을 최대한 찢고 코를 들어 올려 괴기스러운 표정을 짓는가 하면, 그것도 모자라 일병 주제에 원숭이 흉내를 내면서 끽끽거리면 내 웃음을 자극했다. 한눈에 봐도 내가 웃는지 안 웃는지를 시험하려 하는 것이었기에, 마음속으로 후반기 때 교회에서 불렀던 '실로암'을 생각하며 꾹 참았다.

"야, 니 진짜 기합이네. 지켜본디!"

라는 말을 끝으로 명재는 올라갔다. 다른 생활반의 선임에게 인정받았다는 사실에 기뻐 더 힘차게 근무를 마무리할 수 있었다.

3시간의 근무가 끝나고 철수하니, 어느새 저녁이 되어 있었다. 저녁을 먹은 뒤, 늘 하던 대로 선임들의 개인정비를 위해 우리의 시간을 투자하며 소등을 기다렸다. 소등을 했지만 평소처럼 쉽게 잠에 들진 못했다. 첫 통신 근무를 눈앞에 두고 있기 때문이었다. 본부 건물 지하에 있는 지휘통제실에서는 상황병과 상황간부(혹은 당직자), 통신병이 근무를 서는데, 24시간 상황을 유지해야 하기 때문에 하루를 4교대로 쪼개어 1직 1인 6시간씩 근무를 서야 했다. 첫 근무가 1월 4일의 야간 2직, 즉 1월 5일 00시부터 06시까지의 근무였다. 통신 근무는 배워야 할 사항들이 많았기에 처음부터 혼자 들어갈 수는 없었다. 보통 1주일 정도 선임들과 합동으로 근무를 들어가 근무가 어느 정도 능숙해지면 그때부터 단독으로 근무를 설 수 있게 된다.

내 첫 합동근무 선임은 박규민이었다. 그 사실이 나는 너무나도 싫었다. 지금은 형, 동생 하며 잘 지내지만, 당시만 해도 압도적으로 가장 무서운 선임이었기 때문이다. 박규민은 후임이 무언가를 잘못했을 때 그 쳐다보는 눈빛 하나로 후임들의 기를 다 죽일 만큼 카리스마가 넘치는 선임이었다.

11시 30분이 되었다. 우리를 깨우러 온 전직 근무자가 왔다 간 후 나는 혼나지 않기 위해 빛과 같은 속도로 옷을 갈아입었다. 박규민보다 생활반을 먼저 나서서, 재환이가 졸지 말라고 낮에 줬던 조그만 비타민 알약 하나를 혹여 그 소리가 들릴까 숨죽여 먹은 뒤, 박규민이 나오길 기다렸다. 성공적인 근무 진입이었다. 하지만, 새벽근무다 보니 선임들은 모두 예민했다. 어떤 장비가 어디에 있어야 하는지 바로 외우지 못했다는 사소한 문제부터, 몇 직에 어떤 것을 해야 하는지 숙지하지 못했다는 중대한 문제까지. 사사건건 혼나고, 욕먹느라 내 정신은 피폐해져만 갔다. 재환이가 준 약 덕이 아니었더라도, 쉬지 않고 털리느라 졸 일은 없었을 것 같다. 아무튼 그 덕에 6시간을 눈 한 번 깜짝 안 하고 앉아있는 데 성공했다. 새벽에 근무를 서면 다음날 일은 어떻게 하나 궁금했었는데, 오침이라는 제도가 있어 06시 철수 후 11시 반까지 약 5시간 정도 잘 수 있어서 다음 날 일에는 무리가 없었다. 박규민과 오침을 하려고 건물 3층에 따로 준비된 오침실에 갔는데, 첫 근무 중 가장 힘들었던 순간이 바로 이때였다. 계속 근무 간 배웠던 내용을 물어봤는데, 처음 겪은 나에게는 너무나도 생소하고 어려운 내용이었기에 나는 제대로 대답하지 못했다. 한두 번은 그냥 넘어가다가, 여러 번 대답하지 못하니 결국 또 욕을 먹었다. 간부나 또 다른 선임의 터치가 없는 우리 둘만의 공간이었기에, 그때 들은 욕의 수준이나 내용은 상상에 맡겨도 충분할 것 같다.

"그래도 고생했다. 내일은 더 잘하자."

박규민의 이 마지막 말로 모든 첫 근무가 끝났고, 안도와 동시에 곧바로 잠이 들었다.

13
나를 잠들지 못하게 하는 것 (2016. 1. 22. - 2017. 7. 11.)

고단했던 일과가 끝나면, 오후 열 시에는 불을 끄고 자야 한다. 하지만 입대 전 매일같이 밤늦게 술을 먹거나, 게임을 하거나, 하다못해 공부라도 했던 청춘들이 열 시에 바로 잠들기는 힘들었다. 그래서 소위 '이빨연등'이라고 해 늦게까지 이야기꽃을 피워나가곤 했다. 신기하게 그 꽃에 물을 주는 사람이 누구인지에 따라 그날그날 밤의 분위기는 굉장히 달랐다. 주로 선임들끼리 이야기를 나누는 날이면, '오늘은 그냥 넘어가겠구나.' 하며 안도하고 편안하게 잠에 들지만, 선임들 중 누군가가 "재환이부터 기수 빨대로 재미있는 이야기 하나씩 해봐라."라고 말한다면 재환이부터 진혁이를 거쳐 내 차례가 오기 전까지 그냥 잠들어 버렸으면 좋겠다는 바람에 눈을 꼭 감고 기다리곤 했다. 그런 상황에서 당연히 잠이 들 수는 없었고, 어느새 진혁이까지 이야기가 끝나버렸다.

"다음은 누구지? 나다- 싶으면 시작해봐라."

군 생활을 쭉 해오면서 느낀 것이지만, 생활반이나 중대 분위기가 갈수록 아무리 편하고 우호적으로 변한다고 해도, 갓 전입한 이병이 불편함을 느끼고 힘들어하는 것은 똑같다. 하물며 당시 이병의 처지에 선임들 모두의 이목이 집중되고 심지어 긍정적인 반응을 끌어내려면 그들을 반드시 웃겨야만 하는 상황이었으니. 누워 있는 2층 침대가 덜덜 떨리고, 매트릭스가 식은땀으로 다 젖는다고 해도 이상할 것이 없다. 토픽이 생각났던 날이라면 그나마 다행이지만, 대부분은 그렇지 못했다. 그저 빨리 이 시간이 지나갔으면 좋겠다는 생각 아래 눈을 꼭 감고 입을 꾹 닫을 수밖에 없었다.

"하. 요새 애들은 왜 이렇게 기합이 없지."

기합이 빠졌다는 말은 정말 신병의 가슴을 후벼 파는 말이지만, 그 밤에는 아무래도 좋았다. 빨리 이 순간을 벗어나 잠들기만을 바랄 뿐이었다. 그렇게 내 차례가 끝나면 다음은 웅범이 차례였고, 웅범이도 나와 별다를 게 없었다. 어떤 날은 이야깃거리가 있었지만, 보통 그렇지 못해 어물쩍거리다 어떻게 넘어가는 식이었다.

하지만 주말은 달랐다! 그날의 당직 간부가 누군지에 따라 시간대가 많이 바뀌긴 했지만, 보통 오후 열 시에서 자정까지 TV 연등을 허락해 주는 것이었다. 남자들만 득실거리는 생활반에서 불 끄고 이야기나 하는 것보단 당연히 TV라도 보면서 사회의 느낌을 받는 것이 훨씬 좋았다. 하지만 아쉽게도 신병에게 TV 연등은 이빨 연등으로부터의 탈출이지, 기대하고 고대하는 달콤한 시간은 아니었다. 우선 TV 채널의 통제권이 없다는 사실은 너무나도 당연할뿐더러, TV 연등이 시작할 때부터 끝날 때까지 생활반 내 의자에 앉아 TV를 꼭 다 보아야 한다는 것이 문제였다. 침대에 올라가는 것은 감히 선임들을 무시하고 혼자 잔다는 인식을 받았다. 그래서 피곤해도 졸음 참아가며 끝까지 TV를 다 보고 자는 것이 주말 밤이었다.

그런 일상이 얼마나 지났을까. 2016년 1월 22일 금요일, 내 TV 연등의 판도를 바꿔버리는 프로그램이 시작했다. 프로듀스 101이었다. 총 101명의 연습생 중 순위를 기준으로 11명을 뽑아 아이돌 그룹으로 데뷔시키는 과정을 화면에 담아 보내주는 프로그램이었다.

그 프로그램에서는 격주로 순위 발표식을 진행해 자신이 가장 좋아하는 연습생이 몇 위에 있는지 실시간으로 볼 수 있었다. 금요일 TV 연등마다 영화를 볼지, 예능을 볼지, 아니면 드라마 다시보기를 할지 고민하던 선임들은 2016년 1월 22일 그날 이후 금요일 밤=프로듀스 101으로 대동단결했고, 나도 그 프로그램만큼은 초롱초롱한 눈으로 항상 끝까지 다 보았다.

연습생들이 성장하는 모습을 보여주는 프로그램인 만큼 출연자들의 성격이나 내면이 적나라하게 드러나는 부분 역시 많아 시청자로 하여금 여러 가지 이야깃거리를 만들어 주었다. 누가 좋네, 누가 나쁘네, 누가 예쁘다 하는 말들이 TV를 보는 동안 수도 없이 오갔다. 한창 이병이었던 시절에 나와 같이 힘들고, 외로운 연습생들의 모습에 많이 공감이 갔고, 그들에게 왠지 모를 동질감을 느꼈다. 그래서 프로듀스 101이라는 프로그램을 더 좋아했던 것 같다. 특히나 나와 웅범이는 프로듀스 101의 연습생 중 김소혜와 김세정을 좋아했었다. 그들의 외모나 성격도 물론 좋지만 프로그램에서 나타나는 서로 돕고 배우는 관계가 너무 따뜻하고 좋아 마치 우리를 보는 듯한 기분이 들어 애착이 갔기 때문이다. 아무튼, 첫 방송인 2016년 1월 22일부터 마지막 방송인 2016년 4월 1일까지. 이에 더해서 '스탠바이 아이오아이'나 '랜선친구 아이오아이' 등 이 연습생들의 성장기를 다루는 여러 프로그램들은 내 군 생활의 낙 중 하나가 되기에 부족함이 없었다. 작업을 하다가도, '야, 오늘 청하 몇 위 했지?'라는 질문과 '4위 했습니다!'라는 대답이 오갈 정도였다. '같은 곳에서'라는 노래에 감동하고, 'Bang Bang'의 춤에 전율했으며, 데뷔조가 최종 확정되는 마지막 순위 발표식 때는 마치 내 이야기라도 된 듯이 그들과 함께 그 현장에 빠져 있었다.

시간은 흘러가 나는 상병 말이 되어갔고, 내 일병 진급과 함께 데뷔했던 아이오아이는 당초 이야기했던 1년의 활동 후 해체 수순을 밟고 있었다. 그때쯤 나온 노래가 '소나기'라는 노래였다. 어떤 노래가 나오면 IPTV 의 뮤직비디오를 먼저 보는 우리였기에, '소나기'를 뮤직비디오로 처음 접했다. 뮤직비디오는 프로듀스 101에서 데뷔했던 연습생들의 프로그램 속 모습을 편집해 붙여 놓은 형식이었는데, 하이라이트 부분에서 바로 '마지막 순위 발표식' 현장이 나왔다. 이미 그런 뮤직비디오 없이 노래 자체만으로도 프로듀스 101을 봤던 사람이라면 충분히 가슴이 먹먹해지고 옛 추억을 떠올릴 만하지만, 뮤직비디오가 가미되면 처음 봤을 때 눈시울을 붉히지 않고서는 그냥 넘어가기가 힘들다. 프로듀스 101과 아이오아이는 내 군 생활 초반에 있어 그런 의미였다. 그것 때문에 산 정도는 아니었지만, 당시의 낙이었고 주말을 기다리는 버팀목이자 하늘같이 높고 대하기 힘들었던 선임들과 똑같은 입장의 시청자가 되어 TV 속으로 빠질 수 있는 시간을 제공해 줬던 고마운 존재였다.

사실 지나고 보면 이빨 연등도, TV 연등도 소중한 시간이었던 것 같다. 그 시간 하나하나가 어떻게 보면 결국 선임들과 나, 시간이 지나서는 후임들과 나를 더 가깝게 했던 매개체가 됐던 것 같다.

14
대대본부, 제설작전 생활반 떠나! (2016. 1.)

2015.10   2016.01   2017.01

창원에는 눈이 거의 오지 않는다. 창원에 20년 가까이 살면서, 쌓일 만큼 눈이 왔던 것은 손에 꼽을 정도다. 그래서 대학 때문에 상경했을 때, 쌓인 눈과 눈을 보며 걷는 것이 서울 생활의 수많은 로망 중 하나였다.

누군가 강원도로 배치를 받았다고 하면, 주위 반응은 "개같이 눈만 치우다 오겠네." 같은 놀림조나, "거기 눈 많이 온다던데…." 같은 걱정조 등 여러 반응이 있겠지만, 대부분은 눈에 관한 이야기일 것이다. 하지만 연평도로 배치를 받았다고 했을 때, 주위 반응은 "헐.", "와." 등 많은 감정을 함축하고 있는 감탄사일지언정 눈에 관한 이야기는 없었다. 그래서 연평도가 눈이 많이 오는 곳이라고는 딱히 생각해본 적이 없었다.

1월이 되고 나니, 날씨가 지독하게 추워졌다. 90대대 통신은 흔히 연평도로 알고 있는 대연평도의 통신망뿐만 아니라, 대연평도 옆의 작은 섬, 소연평도의 통신망 역시 관리한다. 그곳에 있던 CCTV 하나가 고장 나 이동연 해병님과 박영민 반장님, 그리고 이재환과 나 이렇게 네 명이서 작업을 갔던 적이 있었다. 바닷가에 있는 CCTV라 많이 추울 거라고 했고, 호봉제 같은 것은 다 무시하고 일단 따뜻하게 하고 나가라고 이동연 해병님이 말했었다. 얼마나 춥길래 그럴까 하는 의문으로 비니를 쓰고 귀마개를 하고 장갑을 끼고, 내피를 입는 등 온갖 중무장을 다 하고 소연평도로 갔다. 배를 타는 것부터가 문제였다.

대연평과 소연평을 이어주는 행정선이 있었는데, 조그마한 배였지만 들어갈 수 있는 내부 공간이 있었다. 하지만 그 안에서 난로를 켜고 있었음에도 지독한 냉기에 온몸이 얼어붙는 것 같았다. 이미 추위를 깨달은 상태로 소연평도에 도착해, 작업 현장에 가 보니 들은 대로 바람이 쌩쌩 불었다. 그때까진 장갑을 끼고 있었지만, 대부분의 통신작업은 니퍼를 주로 사용하다 보니 두꺼운 장갑을 끼고는 도저히 작업을 진행할 수 없어 하는 수 없이 벗고 작업에 임했다. 이동연 해병님이 사다리를 타 CCTV를 만지고 있는 동안, 이재환은 밑에서 영상선을 만들었고 나는 한 손으로 사다리를 잡고 나머지 한 손으로 이동연 해병님이 필요한 공구를 보조하고 있었다.

그때 느꼈다. 게임에서나 보고, 뉴스에서나 들었던 '칼바람'이 무엇인지를. 정말이지 바람이 나를 베고 가는 것 같았다. 장갑을 벗어버린 손과 비니와 귀마개가 가리지 못하는 얼굴 일부가 차갑다 못해 따갑고 아프기 시작했다. 입이 얼어버려 말도 제대로 나오지 않았고, 뭉개지는 발음으로 이동연 해병님이 공구를 달라고 하면 나도 "아게듭디다." 하고 간신히 대답하는 웃긴 상황이 연출됐다. 작업을 끝낸 후 얼어붙은 몸을 이끌고 다시 선착장으로 돌아와 바들바들 떨리는 손과 벌어지지 않는 입으로 함께 담배를 피우면서 배를 기다렸다. 체감온도가 영하 30도는 되는 날이었던 것 같다. 훗날에도 이재환은 평생에 그날만큼 추웠던 날은 없었던 것 같다고 소연평도에서의 그날을 회자하곤 했다.

그런 날씨가 연평도의 날씨였다. 당연히 밥 먹듯이 눈이 와 한겨울엔 언제 눈을 치우러 가야 할지 몰랐다. 눈이 오면 길이 얼어붙고 길이 얼어붙으면 차량이 다닐 수 없어 긴급한 작전상황에 대처하지 못하기 때문에, 북한이 포를 날리는 것만큼 그날에 눈이 올지 안 올지 파악하는 것이 중요했다. 쌓일 눈이면 바로바로 치워야 했다. 그리고 쌓였던 자리에 염화

칼슘을 뿌려 또 눈이 와도 녹게 해야 했다. 거대한 장비나 차량 같은 것은 없었다. 각 중대나 숙영지에 할당된 꽤 넓은 공간을 오로지 설비와 설삽으로 해결해야 했다. 처음엔 이것도 눈이라고 재밌어했지만, 하루 이틀도 아니고 계속 눈만 치우다 보니 눈이 괴물처럼 보이기 시작했다.

"대대본부, 제설작전. 생활반 떠나 5분 전. 생활반 떠나 5분 전."

하루는 새벽 다섯 시 반에 이런 방송이 나왔다. 계속 눈을 치우다 보니 이젠 제설작전 방송까지 환청으로 들리나 했다. 어둠 속에 주위를 둘러보니 웅범이도 나처럼 침대에서 벌떡 일어나있었다. 한숨이 나왔다. 잘못 들은 것이 아니었다. 침대에서 조심스레 내려와 창문을 통해 바깥 상황을 확인했다. 밤새 이미 쌓인 눈으로 세상은 하얗게 변해 있었다. 게다가 아직도 오고 있는 눈으로 하늘마저 하얗게 보였다. 어릴 적 만화『북극에서 살아남기』에서 보았던 '화이트 아웃'을 보는 것 같았다. 선임들을 한 명씩 깨우고 제설작전 준비를 했다. 말이 작전이지, 군대에서 하는 모든 것이 작전이라 제설작전도 그냥 눈을 치우러 가는 것일 뿐이었다. 곧바로 방송이 나왔다.

"대대본부, 제설작전. 생활반 떠나. 총생활반 떠나."

환청을 들었던 것이 아님을 확실하게 해 주는 방송이었다. 본부 건물 현관으로 나가, 생활반대로 줄을 서 상황을 유지하던 당직 간부에게 제설작전에 대한 설명을 들었다. 어차피 매일 하던 곳 그대로 하면 되니까 따로 설명이 필요 없었지만, 그러려니 했다. 생활반에서 가장 막내였기 때문에 당연히 누구보다 열심히 해야 했다. 눈을 치울 때 중앙을 기준으로 대각선으로 서, 가운데로 갈수록 조금씩 앞에 서고 앞으로 가면서 바깥 방향으로 눈을 쓸어 내면 깔끔하게 제설할 수 있다. 막내였기에 그런 구도에서 나와 웅범이는 함께 네 명치의 공간을 맡아 처리했고, 지정된 장소를 거의 다 끝내갔다. 문제는 그때부터였다. '다 했다!'며 기지개를 퍼고 뒤를 돌아본 순간, 쓸어내기 전의 상태를 이미 다 회복한 길을 봐버린 것이다. 눈은 괴물이었다. 쓸어도 쓸어도 다시 재생되는 징그러운 괴물. 염화칼슘도 소용없었다. 그날은 그렇게 아침 9시경, 눈이 그칠 때까지 쓸어내기만 했다. 다행히 과업은 없었다. 고생한 병사들을 위해 오전 과업을 휴식으로 대체한 것이다. 아침 댓바람부터 눈만 치우니 몸과 정신이 모두 피로해 막판에는 힘이 빠져 내 스스로도 모르게 대충 쓸었나 보다. 누군가 어떻게 그걸 봤는지, 한 선임이 진혁이에게 내가 눈을 제대로 안 쓴다고 잔소리를 했고, 그것은 내리 갈굼이 되어 나는 개같이 눈을 쓸고도 그날은 욕을 먹었다. 더 이상 눈은 안 왔으면 했다.

그리고 다음 날 아침. 5시 45분에 방송이 나왔다.

"대대본부, 제설작전. 생활반 떠나 5분 전. 생활반 떠나 5분 전."

15
최고참 선임의 전역 (2016. 1. 27.)

2015.10   2016.01   2017.01

　1183기가 2015년 12월 23일, 내가 연평도에 들어오기 딱 하루 전에 전역했기 때문에 내가 봤던 가장 높은 기수는 1184기였다. '지붕 뚫고 하이킥'으로 유명한 배우 윤시윤님의 기수이기도 한 1184기는, 나에게는 감히 말도 못 걸 어마어마하게 높은 기수였다. 내가 있던 대대본부에는 두 명의 1184기가 있었고, 둘 다 담배를 피웠기에 흡연장에서 볼 때마다 "넌 무슨 아직도 이병이냐."라고 말하던 선임들이었다.

　군마다, 그리고 부대, 심지어 중대마다 다르지만 통상 '왕고'라고 불리는 최고참 선임을 우리는 '마호'라고 불렀다. 그마저도 발음이 애매해 어떤 사람들은 '마오'라고 썼고, 어떤 사람들은 '마호'라고 썼다. 까마득히 높은 기수의 해병들은 그 유래를 정확히 알고 있겠지만, 나는 '마지막 호랑이'의 줄임말이라는 해석이 좋아 '마호'라는 표현을 주로 사용했다. '맏후임'과 '맞후임' 중 '마주 본다'라는 의미가 들어간 '맞후임'이라는 표현을 선호하는 것 역시 마찬가지라고 할 수 있다.

　아무튼 1184기는 적어도 나에게만큼은 마호다운 모습을 보여줬던 것 같다. 단순히 까칠하고 후임들을 갈구기만 하는 게 아니라, 엄할 땐 엄하지만, 반드시 그만큼 후임을 챙기는 진짜 선임다운 모습을 보였다고 생각하기 때문이다. 이병이라 주눅 들어 있는 모습이 가여웠는지, "내 대학 동문이니까 너네 잘해라!"라고 말해주며 데리고 다니거나 선임의 허락없이 일병 5호봉 미만은 갈 수 없었던 사지방에 데려가 SNS를 시켜주기도 했다(그 선임이 전역하고 한-참 뒤에 알았지만, 내 동문은 아니었다). 하지만 그러다가도, 내가 선을 넘을라 치면 으레 다시 엄한 모습으로 돌아가 기합 빠진 모습이 나오지 않게 통제해주는 역할까지 해주었다.

그런 선임들이 어느 순간부터 '연평 떠나 O일 전!'을 말하고 다니기 시작하더니, 얼마 지나지 않아 '내일이면 집에 간다!' 하고 말하고 다녔다. 처음으로 보는 선임의 전역이었고, 내가 대학에 입학했을 때 새 학기랍시고 매일같이 술만 먹을 시절에 입대했던 사람들이라 나와는 군대에서의 시간 차이가 너무 컸다. 그래서 그런지 그렇게 와 닿지는 않았다. 소등하고, 어김없이 이빨 연등을 하고 있을 때, 전역하는 1184기의 두 선임 중 한 명이 우리 생활반에 들어왔다. 동시에 후임들의 '재미있는 이야기'는 끊기고 이동연 해병님과 그 선임의 이야기가 생활반을 가득 채웠다.

"나가면 뭐 해야 할지 진짜 막막하다…."

"뭐 다 그렇지 않겠냐, 여기서 열심히 했던 만큼 나가서도 열심히 살면 잘 풀리겠지."

대략 이런, 전역 후 진로에 관한 이야기였다. 한참을 이야기하다 막내, 즉 나와 웅범이에게 마지막 말을 남겼다.

"니네가 보기엔 지금 군대가 어떻게 되고 있는 것 같냐. 니네도 여기서 한 달 가까이 있었으니 이제 마냥 정신 못 차릴 신병 기간은 지나간 것 같다. '해병은 2기부터 흘렀다'고들 하는데, 내가 봤을 땐 지금은 진짜 심각하게 흘러가고 있는 것 같다. 그 분위기를 어떻게 막아보려고 내 나름대로 오도짓 하긴 했는데, 다 의미 없는 것 같다. 해병으로, 해병이고자 지내온 내 21개월이었는데, 결국 남는 건 없네. 당장 내일부터 뭐 할지가 걱정이다. 니네는 전역할 때 안 그랬으면 좋겠다. 진심으로. 선임들이랑 잘 지내고. 좀 심하게 말해서 니네는 선임들의 개인정비를 위해 있는 거라고 생각해라. 최대한 선임들이 편하게 쉴 수 있도록 하고, 그래야 다음 날 일이 더 잘 돌아가지 않겠냐. 그리고 그렇게 하면 언젠가 니네도 선임이 됐을 때 더 대우받을 수 있는 거고. 군 생활이 그런 것 아니겠냐. 대대 꽃봉이라는 것에 자부심 가지고, 끝까지 잘해라."

말을 마친 후, 이동연 해병님과 마지막 인사를 나누고 그 선임은 돌아갔다. 마음에 남는 말이었다. 해병으로, 해병이고자 지내온 21개월에 남는 게 없다고 했다. 그렇다면 어떻게 군 생활을 해야 하는 것일까. 많은 고민을 안겨준 말이었다. 근기수 사람들이랑 친하게 지내면서 인간관계를 쌓아가고, 얼른 공부를 시작해 자격증도 많이 따가야겠다고 생각했다.

긴 밤이 지나 아침이 밝았다. 아침부터 건물 앞 부대 본관 쪽이 시끌벅적했다. 재환이와 담배를 피우며 흡연장에서 부대 본관 쪽을 바라보니 연평도 내 1184기 총원이 모여 전역신고 연습에 한창이었다. 한창 떠들썩하다 싶더니 어느 순간 조용해졌다. 그렇게 1184기가 전역했다. 연평도의 특성상 다 함께 배를 타고 나가야 하기 때문에, 언론이나 TV에서 볼 수 있는 전역 장병 환송식 같은 것은 없었다. 전역할 사람은 가고, 남은 사람은 또 그날의 과업을 해야 했다. 시간이 흐른 후, 어느새 내 절친이 되어버린 1201기의 이명재와 야간에 이빨 연등을 하다가 그 선임에 대한 이야기가 나왔다.

"걔 진짜 대단했는데. 언제 한 번은 그런 적이 있었다. 걔보다 몇 기수 더 높은 선임이 장난으로 걔한테 총원 전투배치를 시켰는데, 걔가 '내도 이제 병장이오!'라고 소리치면서 그때 전투배치한 후임들 일렬로 세워가지고 뺨 겁나 때리고 조인트 엄청 깠었거든. 그때 그랬던 사람이 말년에 그렇게 변했다는 게 난 아직도 안 믿긴다. 자기가 겪었던 상황이랑 변해가는 상황 사이에 괴리가 그렇게 큰데 어떤 마음으로 후임들이랑 그렇게 잘 지낼 수 있었을까 싶네."

본부에 후임들을 때리는 악습이 남아있던 것은 명재가 막내일 때까지였다고 한다. 건물 4층에 빨래 건조실이 있었는데, 사소한 문제로도 4층으로 집합해 얻어맞는 것이 일상이었다고. 그러다가 명재가 막내일 때한 간부님이 4층에 올라오는 바람에 발각되고, 본부에 대대적인 병영문화 개선이 이루어졌다고 한다. 내가 이병이었던 그 순간에도, 병영문화혁신이라는 단어가 알게 모르게 확산되고 있었고, 전과 후의 심각한 괴리 속에서 마음고생을 했을 그 선임을 선임으로서 존경하지 않을 수 없었다.

선임의 전역이란 그런 것 같다. 항상 선임들은 '내 때는 말이야…'를 입에 달고 사는데, 나도 선임이 되고 난 후 그러지 않았다고 자신할 수는 없지만, 그도 그럴 것이 변해가는 군대 문화 속에서 그나마 더 이전의 오도되고 엄한 분위기를 겪으며 살아왔기에 그런 말이 나오는 것이 아닐까. 내 위로 한 명 한 명 갈수록, 어떻게 보면 나와 그나마 비슷한 문화를 겪었던 사람들이 없어지는 것이다. 김규현 해병님이 입초 근무를 서고 있을 때 내게 했던 말이 있다.

"그렇게 하나하나 전역하는 것 보면서 내 차례 기다리는 거지. 힘든 시절 같이 지내고 볼 꼴 못 볼 꼴 다 봤던 선임들인데 어떻게 아무렇지 않겠냐. 그래도 갈 사람은 가야 하고, 이 사람이 가야 내가 집 갈 날이 더 가까워지는 건 맞으니까. 나가서 또 보면 되잖아? 그렇게 버텨가는 거지."

군 생활을 '버틴다'고 표현하는 것을 좋아하진 않지만, 이 말이 정답이었던 것 같다.

16
니 군 생활 피고 싶나! (2016. 1.)

  짬밥이라 불리는 군대 밥을 오래 먹은 병사들은 여자친구가 없으면 무조건 외로운가 보다. 외로운 데다가 그것을 표출하고, 또 '괜찮은 애 있으면 소개시켜 줘.'라는 말을 대놓고 할 수 있는 나름대로의 위치에 있기 때문에 더 당당하게 외로움을 어필할 수 있었던 것 같다. 근처에 보이는 후임들과 이야기를 나눌 때마다 '아- 외롭다.' 하고 한탄한다면 그때부터 여자 소개를 찾아다니기 시작한다.

  나의 경우엔 총 세 명의 친구를 소개시켜줬다. 많다고 하면 충분히 그렇다고 대답할 수 있을 만큼이었다. 소개가 세 명이면, 그 소개를 위해 연락했던 친구들의 수는 꽤나 많아질 수밖에 없으니까.

  "이것만 잘되면, 내 남은 군 생활 동안 너 하나만큼은 책임지고 편하게 해줄게."

  소개를 받는 선임이라 치면 필연적으로 이 말이 입에서 나왔다. 하지만 그렇다고 내가 그 말 한마디만 바라보고 소중한 내 친구들을 소개해준 것은 아니었다.

  어떤 선임은 꽤나 적극적으로 나와 저녁 개인정비 시간마다 나를 사지방으로 데리고 가 내 페이스북 친구들을 하나씩 찾아보며 애는 어떠냐, 쟤는 어떠냐 하다가 결국 한 명을 찾아 소개받기에 이르렀다. 하지만 몇 달 정도 꾸준히 연락하나 싶더니 잘 안 된 듯했고, 때문에 내 군 생활이

필 첫 번째 기회는 날아갔다. 어떻게 보면 반강제로 소개해 준 것이었지만, 그 과정에서 어떤 사람에게도 악감정을 쌓았다거나 하는 일이 없었기 때문에, 나쁜 시간은 아니었다고 생각했다.

두 번째 소개 역시 내 생활반 선임 중 하나였다. 그 선임이 여자친구가 없어 한창 외로워할 시절에, 이번에는 내가 먼저 그에게 누군가를 소개해주고 싶었다. 일할 때 적극적으로 나서고, 작업 능력이 뛰어나다는 것은 군대뿐만 아니라 사회에 나가서도 매사에 충실할 사람일 것이라고 생각했기 때문이다. 그런 점에서 비록 나이는 같았지만 상당히 배울 것이 많은 친구라고 생각했다. 무엇보다도, 그 선임은 몸이 좋았다. 듣기로는 일병 시절부터 강제 운동을 하면서 좋아진 몸이라고 했는데, 누가 봐도 '와-'할 정도로 괜찮은 몸매를 가지고 있었다. 그리고 가끔 볼 수 있는 선명한 식스팩은 솔로로 지내기에는 너무나도 아까웠다.

이런 점을 강조해 찾다가 대학 시절 알게 된 한 사람을 소개해줄 수 있었다. 하지만 역시 잠깐 연락하나 싶더니 그대로 끝나버렸고, 이번에도 내 소개는 무위로 돌아갔다. 얼마 지나지 않아 전역한 그 선임은 말년에 자신의 친구로부터 또 다른 사람을 소개받아 꾸준히 연락하다가 결국 연애를 시작했고, 1년이 넘게 지난 지금도 그때의 여자친구와 잘 만나고 있는 것 같다. '내가 뭐 어떻게 해보려고 노력해봐야 아무 소용 없구나. 어차피 될 놈은 되고, 만날 놈은 만나네.' 하며 생각할 때, 군 생활 동안 세 번째이자 마지막으로 친구를 소개해줄 일이 생겼다. 겨우 3기수밖에 차이나지 않는 상황병 선임이었다.

기수도 가깝고, 상황실 근무 동안 만날 일이 많아 이야기할 시간도 많았다. 평소처럼 근무 때 이야기를 나누다 그 선임이 자기도 여자친구를 만들어 달라는 말을 했고, 내 페이스북을 찾아보겠다고 했다. 며칠이나 지났을까, 그 선임은 내 대학 동기 중 한 친구를 콕 집어서 이 사람이 정말 좋다고 했다. 그냥 좋은 정도가 아니라 이상형에 정말 가깝다고. 그러니 단번에 소개해줄 필요는 없으니, 자신이라는 존재를 이 친구에게 어필해 달라고 꾸준히 말했다. 제법 친하긴 했지만 자주 연락하는 사이는 아니었음에도 일주일에 한 번은 꼭 전화를 해야 했고, 그때마다 그 선임의 미담을 전달해야 했다.

시간이 지나 소개를 한 번 받아보겠냐는 말에 그 친구는 단칼에 거절해버려 그렇게 이 작업은 일단락되나 싶었다. 그래도 그 선임은 포기하지 않은 채 반복 작업을 진행하자고 했다. 결국 휴가 나오면 연락이나 해보라는 일종의 동의를 받아내기에 이르렀다! 그리고 그 선임이 휴가를 나갔을 때, 5일 동안 연락하는 데 성공했다.

5일 연락이면 냉정하게 봤을 때 실패였지만, 그 선임은 그 정도로도 만족해 이후에도 나와 함께 근무를 서면 6시간 중 한 번 이상은 그 친구 이야기를 했다. 일병 5호봉을 달면 입을 수 있었던 디지털무늬 셔츠(통칭 디티)가 있는데, 친했던 선임이 셔츠 아래쪽에 글귀를 새겨 선물해주는 것이 전통이었다. 그 선임은 내 디티에 "사랑한다! OOO!"이라고 새겨 주었고, 나 역시 그때의 추억을 살려 전역할 때 쓰던 물건 중에서는 그 디티만 가지고 나왔다.

그리고 그 선임이 전역할 때, 마지막으로 나에게 남긴 편지 역시 그 시작은 "넌 내 기억 속에 김지훈이라는 이름보다는 OOO의 친구로 남을 것 같다."였다. 소개의 성공과 실패를 떠나 여자친구가 없어 외로웠던 군인들에게 하나의 해프닝 혹은 추억으로 남을 수 있는 일들이었다. 선, 후임 간의 관계가 돈독해지고, 제일 중요한 것이지만 소개받는 민간인 당사자에게도 실례가 되는 일만 아니라면, 소개 자체는 좋은 것이라고 생각한다.

말년의 나. 존경했던 선임들도 많았고, 좋았던 선임들도 많았다. 닮고 싶은 부분들도 많았다. 하지만 여자를 소개해 줄 사람을 찾아다니는 모습을 닮고 싶진 않았다. 그러나 일병 말미에 시작한 공부가 끝나고 마지막 휴가를 다녀와서 군 생활이 정확히 6주 남았을 때, 도저히 할 게 없어서 그때 갓 들어온 이병 후임들에게 내가 이병일 때 당했던 것과 똑같은 짓을 하고 있는 내 모습을 발견했다.

"이것만 잘되면, 내 남은 군 생활 동안 너 하나만큼은 책임지고 편하게 해 줄게."

역시 돌고 도는 것이었다. 해병에서 인계되는 유명한 말들 가운데 '선임 욕하지 마라. 내가 걸어갈 길이다.'라는 말이 있다. 정확했다. 욕한 적도 없고, 욕할 생각도 없는 행동이지만, 그 행동을 정확히 답습하고 있는 내가 참 신기하고도 웃겼다. 아무튼, 소개를 제의받은 민간인들에게 군인이라는 이유로 소개를 단칼에 자르기보단, 친구 하나 만드는 셈치고 한번 받아보라고 권하고 싶다. 잘되면 좋은 것이지만, 어차피 대부분의 군인은 잘 안 될 것을 알고 있고, 그저 누군가와 연락한다는 그 작은 일상의 변화 정도에도 충분했었다.

곧 그 작은 승낙 하나가 누군가에겐 큰 기쁨이 될 수도 있고, 소개를 받은 선임과 중개해준 후임 사이에 길고 오래 갈 추억거리가 하나 생길 수 있는 일이다. 물론 서로 간에 예의를 갖추고, 연락이 끊기더라도 긍정적인 방향으로 끝날 수 있다는 전제조건하에서 말이다.

17
일병 진급 (2016. 2. 1.)

2015.10　　2016.01　　　　　　　　　　　　　　　　　2017.01

　1월 31일 밤. 잠이 오지 않았다. 열두 시가 되면 이병에서 일병으로 한 계급 진급하는 날이었다. 뭐 했다고 벌써 일병을 달았냐는 생각도 들었지만, 어느 새 일병이라니. 군 생활 정말 금방 간다는 생각도 들었다. 나와 같은 날 상병이 되는 1195기의 이효진과, 병장이 되는 김규현 해병님도 마찬가지 기분이었지 않을까.

　어떻게든 잠은 들었고, 날이 밝은 후 평소와 마찬가지로 아침점호를 끝내고 전투복으로 갈아입을 때, 야전 상의와 전투복 상의에 붙어있는 한 줄짜리 계급장을 혹여 선임들에게 소리가 들릴까 살살 뜯어내고 일병 계급장으로 바꿔 달았다.

　"오- 홉, 일병이냐!"

　건길이가 바뀐 내 계급장을 보고 했던 말이었다. 맞다! 일병이었다! 1196기의 영우부터 시작해 나와 항상 함께 다니는 재환이, 그리고 진혁이 모두 같은 일병이었다! 당연하게도 계급이 같다고 친구는 아니지만, 전화를 받을 때 "필승! 일병 OOO입니다."라고 말하는 것은 똑같았다. 근무를 서다 다른 중대나 소초로 전화를 걸 때도, 받는 상대방이 일병이라면 이제는 "필승, 1203기입니다."라고 기수경례도 해 볼 수 있는 계급이 되었다. 바뀐 계급장을 달고 과업 시작시간에 사무실로 올라가 '저 계급장 바뀌었습니다!' 하고 평소보다 가슴을 더 당당하게 내밀어 펴고 섰다.

담당관님은 "규현이 이제 병장이네! 곧 집가긋노!" 하고 김규현 해병님만 보셨을 뿐이지만.

웅범이와도 서로 축하의 말을 남들 듣지 않게 눈을 씰룩거리며 표정으로만 나눴고, 흡연장에서 만난 재오, 수훈이, 영헌이와도 "벌써 일병이다야! 조금만 더 고생하자" 하며 조심스럽게 서로 축하하고 격려했다. 과업이 끝나고 저녁 개인정비 시간이 되었을 때, 사지방을 하지 못해 만천하에 나의 일병 진급이라는 영광스러운 소식을 알리진 못했지만, 선임들의 빨래를 마무리하고 청소를 끝낸 뒤 부모님과 친한 친구들에게 전화를 했다. 이제 일병이라고. 군 생활 별거 없다고. 다 해가는 것 같다고, 할 만하다고. 그렇게 말했었다.

아직 겨울이 다 가시지 않아 쌀쌀한 날씨였지만, 그날따라 유난히 하늘이 맑아 보였고 밤마저도 평소보다 더욱 평화로워 보였다. 세상이 나와 1203기의 일병 진급을 축하하고 격려해주는 것 같았다. 개인 정비시간이 끝나고 청소 시간에 훈련소에서 받았던 이병 계급장들을 딱 하나만 남기고 다 버렸다. 그리고 21시 40분, 야간점호가 끝나고 소등까지 잠깐 남는 사이에 일병을 달면 쓰려고 입도 휴가 때 사뒀다가 관품함에 고이 모셔뒀던 로션이며 핸드크림 등을 꺼내 쓰기 편하게 두었다. 모든 것이 순조로웠다. 그날은 평소와 달리 선임들에게 욕 한 번 먹지 않은 채 깔끔하게 넘어갔다. 온 세상이 그날만큼은 내 것인 듯했다.

그땐 왜 몰랐을까. 일병 진급이라는 것은, 반(half)무적상태였던 이병의 끝을 알리는 것이며, 동시에 무언가를 잘못했을 때 이제 진혁이가 내 대신 욕을 먹는 방패막이 되어주지 않는다는 것이라는 걸. 일을 이제는 '열심히'가 아니라 '잘'할 때라는 걸. 후임들이 본격적으로 들어오기 시작하기 때문에, 선임으로서의 모습을 보여야 한다는 걸. 사회에 있는 사람들이나, 선임들의 입장에서 볼 땐 이병이나 일병이나 한 끗 차이고, 결코 대단한 것이 아니라는 걸. 이병 동안 선임들을 고발하거나 반항하는 티를 내지 않았다는 것은, 이곳에서의 적응 가능성을 보여준 것이기에 더욱 험난하고 고된 앞길이 펼쳐질 것이라는 걸. 가장 중요한 것은, 실제로는 이병에서 일병이 된다고 해도 내 생활, 근무, 과업, 여타 일에 변화가 단 하나도 없는, 군 생활을 채 20%도 하지 않은 가장 막내의 일개 병사일 뿐이라는 걸. 그저 계급장의 줄 개수만 바뀌었다는 것과, "피, 피, 필승, 9, 90대대 통신병 이, 이병 김지훈입니다!"라는 어설픈 전화 응대나 누군가 부를 때 "예, 이병 김지훈!"이라는 딱딱한 말투에서, "필승! 90대대 통신병 일-병 김지훈입니다." 같은 자연스러운 전화응대나 "일병 김지훈입니다?"라는 부드러운 대답밖에 바뀐 것이 없었다.

어쨌든 그런 사실을 전혀 몰랐던 일병 진급 그날에는, 군 생활에 대한 만족감이나 자신감이 하늘을 향해 치솟고 있었다. 갓 일병으로 진급한 모든 용사들이여. 힘내시길.

18
전산병 보직 (2016. 2.)

2015.10   2016.01   2017.01

드디어 보직을 받았다. 앞에서 한 번 이야기했었지만, 웅범이와 나 둘 중 한 명이 다른 곳으로 가야 했던 상황이었기에, 담당관님이나 반장님 모두 섣불리 우리에게 정확한 보직을 주지 않으셨다. 뿐만 아니라 담당 관님께서 우리 때부터 오는 신병들을 모든 병과에 능통한 'All-master'로 키우고 싶어하셨기 때문이기도 했다. 하지만 90대대 통신의 업무가 생각보다 워낙 방대해 유선-무선-전산의 세 병과를 모두 숙달하기엔 실무 생활 1년 7개월이 너무 짧았다. 셋 다 하자니 머리는 아프고, 몸은 힘들고, 이도 저도 안 될 것 같아 보였다. 담당관님과 반장님도 그렇게 느끼셨는지, 결국 우리에게 보직을 주었다.

그날은 작업이 없어, 과업 시간에 기재실에서 웅범이와 의자에 칼각으로 앉아 야전선 피복 벗기는 연습을 하고 있었다. 담당관님의 호출로 김규현 해병님이 잠깐 나갔다 오시더니, 또 잠깐 있다가 짐짓 아무렇지 않은 척 우리에게 말을 걸었다.

"너네는, 유선 무선 전산 중에 각각 무슨 병과가 제일 좋냐?"

잠깐 고민하다가 나와 웅범이는 마치 짠 것처럼 동시에 말했다.

"셋 다 시키는 대로 잘할 수 있습니다!"

거의, 선임 비위 맞추기의 FM에 가까운 발언이었다. 아쉽게도 김규현 해병님은 그런 것을 좋아하는 성격은 아니었지만.

"아니, 니네도 병과가 있어야 뭔가 전문적으로 일을 시작할 거 아냐. 뭐가 제일 하고 싶냐고."

밝은 표정에서 사뭇 진지한 모습으로 바뀌어, 지레 겁을 먹고 대답했다.

"저는 전산병이 하고 싶습니다! 밖에서도 비슷한 일을 했었고, 무언가 관리하고 체계를 잡는 일을 잘할 수 있을 것 같습니다!"

"그래? 전산병이 작업 잘 안 나가고 실내에만 있으니까 건지려고 그러는 거 아냐? 관리에 자신 없는 사람이 어디 있어?"

할 말이 없었다. 웅범이가 말했다.

"저는 유선병이 하고 싶습니다! 선을 까고 붙이는 게 제 적성에 맞고, 자신 있습니다!"

실제로 웅범이는, 이병답지 않게 작업 이해력이 매우 뛰어나고, 하루가 다르게 작업이 늘어 누가 봐도 유선병에 적합한 인재였다.

"흠… 음… 그래. 그렇단 말이지? 사실 그렇게 됐다! 니네가 말한 대로, 지훈이는 전산병, 웅범이는 유선병 됐어. 지훈이는 이제부터 규민이한테 배우고, 웅범이는 진혁이한테 배워서 더 잘해보도록 해봐."

그렇게 나는 갑자기 전산병이 되었다. 90대대 내부에 있는 모든 통신장비와 전산장비를 유지, 보수하는 직책이었다. 말이 유지 보수지, 실제로는 장비의 수량을 파악하고, 고장 여부를 보고받는 정도에서 그치지 않았다.

예하 중대에서 프린터 출력이 안 된다고 해도 달려가고, 국방망(군 인트라넷)이 안 된다고 해도 달려가야 하는 것이 전산병이었다. 작전이나 훈련 간에 통신장비 하나만 분실돼도 비상이 걸리는 것 역시 전산병이었고, 항상 장비를 조심해서 쓰고 아껴 쓰라며 내 것도 아닌 데 무지막지하게 신경 써야 하는 것도 전산병이었다. 연평도 특성상 장비가 고장 나면 육지로 보내 고쳐 와야 하는데, 짧게는 1달, 길게는 1년도 넘게 걸렸다. 그 기간 동안 장비가 언제 오냐고 재촉하는 목소리도 들어내야 하는 게 전산병이었다.

그때 90대대는 전산병이 박규민밖에 없어, 혼자서 그 많은 업무량을 감당해내고 있었다. 그보다 더 위로는 내가 연평도에 들어오기 하루 전 전역한 1183기의 박완희 해병님이 있었다고 했다. 그보다 더 위는 정확히 들은 바가 없다. 외울 것이 많은 전산병의 특성상 후임들에게 조금은 과하고 악랄하게 교육을 시킨다고 한 데다가, 박규민이 당시에 후임들 사이에서는 가장 무서운 선임으로 손꼽히는 사람이었기 때문에, 겁이 나는 것도 사실이었다. 그 때 모든 통신병이 기재실에 모여서 이야기를 나누고 있었는데, 박규민도 당연히 그 현장에 있었다. 내가 전산병으로 들어간다는 소식을 듣고서는 딱 한 마디를 말했다.

"X발."

난 생각했다.

"아, X 됐구나."

박규민은 그때 내가 전산병으로 들어오는 것이 마음에 들지 않았던 것 같다. 말년에 들고 나서는 확실히 부드러워졌지만, 그 때 당시만 해도 함부로 말도 못 걸만큼 포스가 넘쳐흐르는 사람이었다. 게다가 우리가 신병일 때, 나와 웅범이가 있으면 노골적으로 웅범이를 더 챙기는 등, 웅범이를 확실히 좋아하는 눈치였다.

나는 전산병 직책도 좋았고, 하는 일도 좋았다. 내 성향과 잘 맞는 듯 했다. 박규민이 내 과업 맞선임이 되었다는 사실만 빼면. 그땐 그랬다. 온갖 바닥에 폭격을 가하고 있고, 툭 하면 내 귀로 육두문자가 날아오는 그림이 눈앞에 지나가는 듯했다. 고생길이 훤했다.

19
악기 한 번 볼까! (2016. 2. - 6.)

　해병대만의 고질적인 문제이자, 사회적으로도 저명한 악습이 있었다. 통칭 '악기바리'라고 하는 일종의 식고문이다. 입대하기 전부터 해병대에 들어가면, 지나가던 콩벌레부터 시작해 메뚜기, 잠자리, 하다못해 지네까지 먹인다는 무서운 말들에 지레 겁을 먹었던 기억이 있다. 실제로 겪어본 악기바리는 다행히 그렇진 않았다. 도저히 상식적으로 먹을 수 없는 것들을 먹이지는 않았다. 작업하다 큰 방아깨비 같은 곤충이 보이면, "야, 저거 먹을 수 있냐?"라고 말하긴 하지만, 결코 실제로 먹이진 않았다. 내가 한 5년 전에 그곳에 있었더라면 또 어땠을지 모르지만. 적어도 내가 군 생활을 하던 기간에는 그런 일이 없었다.

　하지만, 무언가를 '필요 이상으로 많이' 먹는 일은 종종 있었다. 내가 후임들을 많이 데리고 있을 시절에는 당연히 그런 문화가 완전히 사라졌지만, 건빵부터 시작해 라면, 치킨, 피자 등 여러 가지 음식을 여러 차례에 걸쳐 많이 먹는 일이 잦았다. 최근에 페이스북에서도 그런 내용을 다루는 그림이 올라왔던 적이 있었다. 후임이 냉동만두를 먹고 있는 모습을 보았을 때, 군별로 선임의 태도를 보여주는 그림이었다. 그 중 해병대 선임은 "우리 후임이 만두를 먹고 싶었구나."라고 말하며 냉동만두를 10만 원어치 사준다는 내용이었다. 선임이 10만 원어치의 만두를 사줄 만큼 악기바리가 흥했던 시절에 후임이 선임 허락도 없이 혼자 냉동만두를 먹고 있었을 상황이 만들어질 수 없다는 모순점이 있었지만, 그래도 대부분의 해병들이 공감할 법한 내용이었다.

각설하고, 내가 있던 곳에서의 악기바리는 당시 막내였던 나와 웅범이, 그리고 우리의 맞선임이었던 진혁이를 위주로 이루어졌다. 특히나 진혁이가 가장 많은 피해를 보았는데, 시도 때도 없이 건빵과 라면을 먹어야 했다. 오죽하면 진혁이가 저녁에 생활반에서 건빵을 먹고 있을 때, 그것을 본 나와 웅범이가 대신 먹어주는 척하며 건빵을 봉지째로 화장실로 들고 가 볼일을 보는 척하며 건빵을 물에다가 내린 적도 있었다. 때로는 도서관에서 보급 컵라면인 짬뽕 왕뚜껑이나 짜장 비빔컵을 3개씩 먹기도 했다. 평일에는 건빵과 라면 정도로 끝났다면, 주말은 치킨과 피자였다. 그때 당시의 선임들은 어디서 그런 많은 돈이 나오는지, 거의 매주 PX를 갔고, 본부 특성상 마을에 있는 PX를 갈 수 있기 때문에 치킨과 피자, 각종 냉동식품도 먹을 수 있었다. 그렇게 PX를 가면, 근무자를 제외하고 생활반 전원이 함께 갔는데, 기본적으로 1인 1메뉴를 주문했다. 각자 시킨 양만큼만 먹으면 그나마 다행이었겠지만, 당연하게 1인 1메뉴를 개인이 다 먹지는 못했다. 선임이 젓가락을 놓으면, 남은 것은 당연히 아래의 세 명, 즉 진혁이와 웅범이, 그리고 내 몫이 되었다. 그때쯤 되면 이런 말이 나온다.

"우리 쎄이들, 악기 한 번 볼까!"

그 말이 너무 싫었다. 선임들이 사주는 것을 남기면 안 되는 문화였기에, 배가 터져라 먹었다. 피자의 경우는 그래도 좀 나았지만, 치킨은 어느 정도 먹으면 입에서부터 도저히 못 먹겠다고 거부하기에, 먹는 것이 정말 쉽지 않았다. 그래도 어떻게 다 먹으면, 오리처럼 뒤뚱뒤뚱 걸어와 생활반에 앉아 있다가, 갑자기 오는 신호에 화장실로 달려가는 것이 일상이었다.

먹고 토하는 것이 일상이 되다 보니, 몸 상태는 균형을 잃어 갔다. 그러니 살이 빠질 법도 한데, 평일에 먹은 건빵과 라면 탓인지 몸무게는 점점 늘어만 갔고, 연평도에 들어오기 전 70kg을 오락가락하던 몸무게는 80kg를 가볍게 넘었다. 전투복에 군화를 착용하면 85kg까지도 올라가곤 했다. 진혁이도 눈에 띄게 살이 붙어가고 있었고, 웅범이는 당시 100kg에 육박하는 거구가 되었다.

2016년 6월경, 후임들에게 사 주는 것을 좋아하는 선임들이 모두 전역하고부터 그런 문화가 없어지기 시작했다. 6월에 첫 휴가를 나가게 되었는데, 주위 지인들과 부모님이 "왜 이렇게 살이 쪄서 왔어? 군대 생각보다 편한가 보네."라는 말을 연거푸 했지만 내가 했던 고생을 알 리도 없고 이해할 리도 없기에 애써 설명하지 않으려 했다. 선임들의 전역이라는 군대 내 이유와 이런 주위 사람들의 반응으로 말미암아, 휴가 복귀 후 일병 5호봉을 달고, 그렇게 운동을 시작하게 되었다. 어떻게 살을 빼야 할지 막막해 처음에는 줄넘기만 했는데, 한 보름 정도 하니까 무릎과 발목이 너무 아파 도저히 못 할 것 같았다. 그때부터 웅범이와 연병장 달리기를 시작했다. 연병장은 둘레가 약 300m로 생각보다 크지 않아서 웅범이와 하루 딱 10바퀴, 3km만 뛰자고 시작했던 것이, 처음엔 너무 힘들어서 3바퀴도 채 뛰지 못하고 주저앉아 버렸다. 하지만 매일같이 저녁시간을 투자해 꾸준히 달리기를 했고, 날씨가 차가워지기 시작했던 11월에는 열 바퀴를 13분에 돌파하는 수준까지 올라왔다. 몸무게 역시 7월 80kg가 넘어갔던 것을, 상병을 달았던 9월에는 75kg정도, 해가 바뀐 1월에는 원래의 몸무게인 70kg을 달성했다. 이후에는 본부 내 체력단련실에서 꾸준히 웨이트 운동을 해, 현재는 68kg의 건강한 몸을 가질 수 있게 되었다.

사실 지금도 이 악기바리라는 것을 왜 했는지는 도저히 알 수가 없다. 혹자는 첫 휴가를 나갔을 때 살찐 모습을 보여줘 부모님들의 걱정을 덜어 드리기 위해서, 그리고 군인이 군인답게 덩치 있는 모습으로 휴가를 나가는 모습을 보여주기 위해서라고 하는데, 사실 잘 모르겠다. 그럴 거면 신병 때부터 운동을 시켜 더 건강한 몸으로 나갈 수 있지 않나 싶었다. 운동은 일병 7호봉으로 호봉제를 걸어 놓고, 살만 찌우겠다는 것은 넌센스였던 것 같다.

이 글로써 당시의 악기바리를 고발하겠다거나, 그때의 선임들에게 어떤 메시지를 던지겠다는 뜻은 결코 아니다. 그저 단순히 '내가 일, 이병 때는 그런 일들이 있었다.'라는 사실만 알려주고 싶었을 뿐이다. 지금에는 악기바리같은 병영악습은 그 흔적조차 없으며, 운동이나 여타 행동에 호봉제 역시 없다. 좋은 병영문화가 정착되고 있는 것이 현재의 군 상황이다.

20
뭐가 제일 하고 싶냐는 질문에 (2017. 2.)

지휘통제실로 근무를 들어가면 여러 선임들을 만났지만, 그 중에서도 최고 선임인 1189기의 허현회와 1191기의 강경선이 있었다. 두 명 다 출신이 부산인 데다 본부에 상황병이 부족해 예하 중대에서 차출된 사람들이라 서로 굉장히 친했다. 나도 대학만 서울로 갔을 뿐이지 20년을 창원에서 살았던 사람이라 사투리에 익숙하고 친근한데, 이 두 선임의 사투리는 지금까지 내가 보고 들었던 모든 사투리를 부정할 만큼 강하고 강렬했다.

통상 해병은 한 달에 한 기수를 뽑기 때문에, 열 두 기수 차이라면 곧 군 생활이 1년 차이라는 뜻이다. 어떤 군의 어떤 부대를 가도 여섯 달 차이는 삼촌, 1년 차이는 아버지, 1년 반 차이는 할아버지 기수(군번)라고 한다. 하지만 하필 1198기와 1199기가 2015년 6월 한 달에 두 기수를 뽑은 바람에, 실제로는 강경선과 11개월 차이가 나지만 그래도 열 두 기수 차이이기에 아버지 기수라고 했다. 아버지 기수인 1191기는 이성진을 포함해 세 명이 있었음에도 우리 기수를 '아들'이라고 불렀던 사람은 강경선밖에 없었다. 그런 강경선의 첫 인상은 결코 친근하고 착하지 않았다. 연평도에 들어온 지 채 2주가 안 됐던 시점에, 저녁 개인정비 시간을 이용해 전화를 하고 있었던 적이 있다. 그날 처음 복도를 지나가던 강경선을 보고(당시 상황병 근무가 12시간 2교대로 돌아갔기 때문에 사실상 마주칠 시간이 거의 없었다.) 경례를 하려고 전화기를 놓았는데 그게 그만 부스 바닥으로 떨어져버렸다. 당황한 나머지 말을 더듬거리며 "어, 피, 필승!" 하고 경례를 했는데, 그 때 강경선이 불같은 눈으로 나를 쳐다보며 했던 말이,

"X랄. X병하네. 니 맞선임 누구야."

였다. 그것도 정말 강하고 날카로운 부산 사투리로. "아닙니다."를 남발하고 있으니까 그대로 강경선은 가던 길을 갔고, 크게 신경 쓰진 않았는지 그것과 관련해서 별 다른 일은 없었다. 강경선의 첫인상이 그랬기 때문에, 매번 근무시간에 만나면 나는 자연스럽게 위축되었다. 혹여 강경선이 크게 숨을 들이쉬기라도 할 때면 괜히 욕먹을까 봐 긴장하는 나였다. 당연히 근무를 더 FM으로 서게 되고, 뭐 하나라도 실수하지 않으려고 노력했다. 그런 노력하는 모습을 보았는지, 아니면 그 전화기 사건 때는 단순히 기분이 안 좋았던 건지, 점점 마음을 여는가 싶더니 시간이 좀 지나고서는 그냥 '강경선 해병님' 대신에 '아버지'라고 부르라 했다. 뻔히 집에 아버지가 계신데 나와 나이도 같은 사람에게 아버지라고 부른 것이 마음에 들진 않아서 실제로 그렇게 부르진 않았지만, 그때 이후로 유독 강경선과 가까워졌던 것 같다.

어느 날은 근무를 서다 강경선이 말했다.

"아들, 넌 일오 풀리면 뭐가 제일 하고 싶냐?"

일오는 일병 5호봉이라는 뜻으로, 일병 3호봉부터 진짜 일병이라고 일병 1호봉으로 쳐줬던 당시 연평도의 문화에서는 실제로 일병 7호봉을 의미하는 것이었다. '일오가 풀린다'라고 하면, 선임들이 일병 기간의 고생을 인정하고 공부와 운동, 야간 연등 등 어느 정도의 자기계발을 위한 시간을 허락해주는 것이었다. 강경선의 물음에 잠깐 고민하다가,

"저는…. 일단 공부를 하고 싶습니다!"

라고 대답했다. 무슨 공부냐고 묻길래, 또 잠깐 고민하다가 학교 졸업

을 위해 한자를 따겠다는 생각이 들어 한자라고 말했다. 그러니 자기는 영어를 공부하고 싶다고 했다. 그리곤 나에게 영어를 도와줄 수 있냐고 물었다. 나도 그렇게 막 잘하는 편은 아니지만, 도움이 될 부분이 있다면 도와주겠다고 했다.

"오케이, 곧 근무가 주간으로 바뀌니까 그때부터 바로 공부 시작하자."

강경선이 돌직구를 던졌다. 이 말이 진심인지, 나를 테스트 해보는 건지 잘 모르겠어서 그냥 "감사합니다!" 하고 대답했다. 다음 대답을 기다린 것이다.

"책 있나? 없제? 책 받아야지. 집에 전화해서 보내달라 캐라. 니 이름으로 책 보내면 선임들이 뭐라 할 거니까 내 이름으로 보내라. 그 뒤는 내가 알아서 다 카바 쳐줄게."

정말 의외의 말이었다. 일병 5호봉까지는 과업과 관련된 것 이외에 책을 볼 수 없었기 때문에, 받는 것 역시 당연히 암묵적으로 금지된 것이었다. 그걸 대신 받아주고 말까지 해준다는 것은, 진짜였다. 진짜로 공부를 시켜주겠다는 뜻이었다.

일주일 정도 지나니 책이 택배로 도착했다. 바로 강경선을 찾아가 말하니 그날 바로 공부를 시작하자고 했다. 공부는 보통 22시에 소등하고 나면, 당직자 재량에 따라 최대 자정까지 도서관에서 할 수 있었다. 어쨌든 소등하고 돌아다니는 것이기 때문에, 선임들의 허락이 필요했다. 그 허락을 어떻게 구해야 할지 조심스럽게 물어보았다.

"걍 가만히 있으라. 내 알아서 할게."

라고 했다. 아니나 다를까, 21시 55분쯤 되니 강경선이 우리 생활반으로 들어왔다.

"껀길 햄. 지훈이 데리고 공부 연등 함 해도 되겠습니까."

하고 물어봤다. 이런저런 대화가 오가더니 결국 오케이 사인이 떨어졌다. 그 뒤로 강경선은 더 선임인 김규현 해병님과 이동연 해병님에게 차례로 허락을 받은 뒤 당당하게 나를 도서관으로 데리고 가셨다. 말이 공부를 도와달라는 것이었지, 강경선은 자기 공부를 거의 혼자 다 해 사실상 나에게 하루 2시간 정도씩 공부할 시간을 준 것이나 다름없었다. 고마운 마음을 표현하는 방법은 여러 가지가 있겠지만, 당시 선임에게 물질적으로 무언가를 해주는 것은 특별한 경우를 제외하고 좋은 반응을 받지 못해서 그냥 열심히 공부만 하기로 했다. 그렇게 시작한 공부 연등은 강경선의 공부 포기로 한 달 정도만에 끝났지만(자신도 결국 하루에 2시간씩 투자했던 것이기에), 후임을 위해 시간과 노력을 아끼지 않는 모습에 정말 감동했다.

전역하고, 내 페이스북에 글을 올렸는데, '처음으로 공부 연등을 시작하게 해준 @강경선'이라는 문구를 적었다. 전역한 지 11개월이 되고, 사회화가 완료되어 이제는 신조어나 유행어를 구사할 줄 알게 된 그는 딱 한마디를 댓글로 달았다.

"아들 실화냐!"

21
새로운 반장님과 가시는 반장님 (2016. 2. - 3.)

2015.10 2016.01   2017.01

  전입했을 때, 통신과에 담당간부는 두 명이 있었다. 지금은 포항 어딘
가에 계신 한정호 담당관님과, 김포 어딘가에 계신 박영민 반장님이다.
한정호 담당관님은 나와 같은 경남 창원 출신으로, 여러 가지 공감대가
생겼던 분이었다. 그래서 군 생활을 절반 이상 함께하면서 많은 추억을
쌓을 수 있었다. 박영민 반장님은 2011년 연평도에 신임하사로 들어와
2016년 3월에 나가기까지, 5년을 연평도에 있으면서 수많은 통신병들을
봐 왔던 연평도의 베테랑 통신간부였다. 작업 능력으로 말할 것 같으면,
내가 본 첫 작업부터 한 치의 망설임 없이 작업을 시작하고 완료하는 프
로페셔널한 모습을 보여줬으며, 그날 나간 작업은 반드시 그날에 끝내고
와야 하는 끈기와 의지의 소유자이기도 했다. 게다가 평소 생활할 때 부
하 대원들을 잘 챙겨 모든 병사들의 존경과 사랑을 받는 리더의 모습 역
시 갖추고 있었다.

  하지만 그 모든 장점들과 맞먹을 만한 단 한가지의 아쉬운 점은, 작업
을 나가면 지나치게 예민해져 '욕'을 많이 한다는 것이었다. 한 번은 이병
시절에 한 소초로 작업을 나갔다가, 밴에서 내리며 공구가방을 떨어뜨렸
던 적이 있다. 그 가방에는 그날 작업에 필요했던 '점퍼 코드'라는 일종의
광(光)선이 있었는데, 손으로 힘줘 누르기만 해도 못 쓸 만큼 선이 약했
다. 그걸 떨어뜨리고, 처음으로 반장님께 욕을 먹었다.

" ****! *** ***** ** **? ******* ** ***."

순식간에 얼어붙은 분위기가 너무 무서워서 손을 바들바들 떨면서 점퍼 코드를 줍기 시작했다. 날아가버린 내 정신을 먼저 줍는 것이 맞았는데, 찾으려고 보니 이미 너무 멀리 가버린 것 같아서, 근처에 있는 점퍼 코드를 먼저 줍기로 했다. 버벅대는 내 모습을 보며 반장님은 한 마디 더 하셨다.

" * **, *** *** ** *** ** **, * ***."

그러곤 먼저 소초 상황실로 작업하러 들어가셨다. 하늘이 노래졌다. 하나하나 선을 찾아 가방에 넣고, 따라 들어갔다. 다행히 선이 망가지지는 않아, 작업은 어떻게든 끝났다. 밴으로 돌아와서, 거기서 기다리고 있던 내 정신을 진혁이가 잡아 주면서 말했다.

"야, 괜찮아. 원래 작업 나가면 예민하신 분이라, 그냥 욕이 튀어나온 것뿐이야. 한 귀로 듣고 한 귀로 흘려."

그랬다. 거짓말같이 본부로 돌아오니 또 평소와 같이 온화한 모습을 되찾아 언제 그랬냐는 듯 대원들과 휴대폰으로 스타크래프트 방송을 보며 전략에 대해 열띤 토론을 하고 계셨다. 그날 반장님께서는 퇴근하시기 전에 해병대 디지털무늬 노트를 한 권 주셨고, 원래 쓰던 수첩은 그만 쓰고 그걸 쓰라고 하셨다. 이병한테 심한 욕을 했던 것이 미안해서 주셨던 것인지, 별 뜻 없이 그냥 주신 건지는 모르겠다. 하지만 평소에 갖고 싶었던 데다 간부만을 대상으로 보급하는 노트였기에 감사히 받아서 수첩에 있던 내용을 그곳에 옮겨 적었다. 크기도 가로 15cm, 세로 20cm 정도여서 전투복 건빵 주머니에 넣으면 딱 알맞아 그 노트는 그때부터 과업을 모두 배울 때까지 내가 애용하는 노트가 되었다.

일병으로 진급하고 얼마 지나지 않은 어느 날, 반장님께서 갑자기 전출을 가신다는 말을 하셨다. 그리고 곧 대체 인원이 들어온다고 하셨다. 얼마 뒤, 새로운 반장님이 오셨는데, 박영민 반장님과는 우연찮게 고향 친구인 오세근 반장님이었다. 군 생활은 박영민 반장님이 조금 더 오래 하셨지만, 박영민 반장님은 병 1109기로 병사 생활을 하다가 간부로 전향한 반면에 오세근 반장님은 시작부터 간부 생활을 해서, 기수는 오세근 반장님이 더 높았다. 어차피 친구에 그래 봤자 두 기수 차이라 선, 후배 관계가 명확하진 않았지만.

오세근 반장님은 첫인상이 굉장히 좋으신 분이었다. 박영민 반장님처럼 병사들과 이야기를 많이 하면서 병사들을 끔찍이도 챙기시는 분이었다. 오시고 나서 한동안은 연평도의 지리나 작업환경 등을 익히기 위해 함께 작업을 다니셨고, 작업을 하다 보니 성향이 보였다. 박영민 반장님이 응범이와 비슷한 성향, 오세근 반장님은 나와 비슷한 성향이었다. 손재주 등 천성적인 기술을 이용하는 '작업 수완'과 무언가 정리하고 체계적으로 해내는 '섬세함'을 점수로 표현하자면, 박영민 반장님이 100, 80 정도, 오세근 반장님이 80, 100. 응범이가 80, 50이면 내가 50, 80 정도 되는 것 같았다. 그마저도 오세근 반장님은 노력으로 커버하려 하셨다. 주말에도 쉬지 않고 박영민 반장님과 이곳저곳 지리를 익히러 돌아다니시곤 하셨다.

오세근 반장님은 신임 하사 때부터 연평도에 오기 전까지 포항에 계셨는데, 첫 번째 부임 중대에서 부소대장 중 한 명이 또 우연찮게 한정호 담당관님이어서, 업무를 익히고 사람을 익히는 데 더욱 박차를 가할 수 있었던 것 같다.

인수인계를 한 달 정도 했었다. 아직은 쌀쌀했지만, 그래도 많이 따뜻해진 3월의 어느 날, 박영민 반장님은 5년여의 군 생활을 보냈던 연평도를 떠나 김포로 가셨다. 그리곤 오세근 반장님이 우리의 유일한 반장님이 되었다. 작업할 땐 욕도 많이 먹고 혼도 많이 났지만, 생활할 땐 그 어떤 간부님보다 나를 챙겨줬던 분이었기에, 가실 때 못내 아쉬웠다. 첫 휴가를 나갈 때 통신 밴 운전병이었던 효진이와 함께 꼭 김포로 찾아갈 거라고 말하면서 반장님을 보냈다.

반장님을 잊은 것은 아니었지만, 첫 휴가를 효진이와 맞추지도 못했고 김포에 찾아가지도 못했다. 오세근 반장님과 친구였기 때문에, 종종 두 분께서 전화할 일이 있었다. 오세근 반장님이 "야, 영민아. 여기 지훈이 있는데 바꿔줄까?"라고 하시며 전화를 바꿔 주시면, 박영민 반장님은 "올- 연평도 배신자 새끼-" 하면서 전화를 받으셨다. 사실 김포가 너무 멀어 당일로 다녀오기가 쉽지 않아 가지 못했던 것이었지만, 시간이 난다면 꼭 한 번 찾아뵙고 싶은 분이었다. 언제 만나도 유쾌했고, 정말 괜찮은 반장님이었던 것 같다.

22
군대에서의 첫 생일 (2016. 3. 6.)

아침부터 비가 억수같이 쏟아지는 날이었다. 겨울은 이제 끝났다고, 겨울잠을 자는 모든 동물들과 곤충들을 깨우기에 충분한 비였다. 일요일이었다. 특별한 일이 없으면 비를 뚫어가며 작업을 해야 할 필요는 없었다. 기재실로 올라가 웅범이와 함께 선임들의 빨래를 하고 나서 이걸 어떻게 말릴지 고민하고 있자니, 비는 점점 더 심해지는 것 같았다.

본부 건물 내에 빨래 건조기가 두 대 있었지만 그걸 쓰면 좋지 않은 냄새가 나서 쓰는 것을 선호하지는 않았다. 하지만 달리 방법이 없어 건조기를 쓰기로 했다. 빨래를 끝마치고, 잠깐 쉬자며 기재실에서 웅범이와 각자에 대한 잡다한 이야기를 나누다 문득 시계를 보니 3월 6일이었다. 내 생일이었다. 군대에 오기 전에도 내 생일임을 온 세상에 알리려고들 만큼 생일에 큰 의미를 두는 편은 아니었지만, 군대에서 맞는 생일은 정말이지 부질없어 보였다. 평범한 하루였고, 평범한 일상을 보내고 있었다.

그래도 생일이 되면 꼭 연락하는 친구들은 몇 명 있었다. 대학 동기만 두 명, 그 외에도 고등학교 친구 한 명이 나와 같은 날인 3월 6일에 태어나 매년 생일이 되면 전화나 메신저, SNS를 통해 축하를 주고받곤 했다. 하지만 그 '일오'가 되기 전까지는 마음대로 사지방을 드나들 수 없었기에 2016년은 조용히 넘어가야 할 것 같았다.

그렇다고 선임들에게 내 생일임을 알려 어떻게든 사지방을 이용하고자 하는 마음도 없었다. 앞서 말했듯 생일을 알리는 것을 그렇게 좋아하지 않을 뿐 아니라, 이 사람들이 내 생일에 어떤 반응을 할지가 두려웠기 때문도 있었다. 사회에 있을 때도 생일이면 '생일빵'이라고 해서 집단 구타(!)를 당하는 상황도 종종 벌어졌고, '생일주'라고 해서 1700cc용 대형 컵에 해병 선임들도 먹이지 않는 도저히 인간성을 버리지 않고는 못 먹는 재료와 술을 섞어 마시는 상황도 벌어지곤 했었다. 그런데 과연 이 선임들이 내 생일을 알아챈다면? 물론 사회에서의 그런 축하를 해 줄만큼의 유대관계가 선임들과는 아직 형성되기 전이었기 때문에 내 스스로 과격한 축하를 넘겨짚는 것은 오버였을 수도 있지만, 혹시나 하는 생각해 한사코 알리지 않으려 했다.

"쾅쾅 콰광!"

점심 먹을 시간이 다가와 생활반으로 내려갔을 때, 이제는 한 치 앞도 보이지 않게 내리는 비와 함께 천둥, 번개가 치기 시작했다. 나는 좋았다. 이따금씩 천둥 소리를 듣고 내리는 비를 보며 담배를 피우는 것도 내 나름의 분위기라면 분위기였기 때문이다. 하지만 선임들의 반응은 사뭇 달랐다. 그리고 김규현 해병님의 입에서 나온 첫마디는 다름 아닌 '누가 갈래?'였다. 무슨 소린지 몰라 어리둥절하고 있을 때, 채 몇 분이 지나지 않아 박영민 반장님이 본부로 출근했고 속전속결로 일이 이루어졌다.

"진혁이는 건물 내부하고, 건길이는 나 따라가자. 지훈이랑 재환이는 기재실에서 대기하고."

반장님의 오더를 따라 기재실로 올라가 대기하면서 재환이에게 이 상황에 대한 설명을 들었다. 번개가 치기 시작하면, CCTV같이 전기가 흐르는 곳에 번개가 떨어질 확률이 제법 있어서 연평도 내의 모든 CCTV의 전원을 끈다고 했다. 물론 우리가 다 가지는 않고, 우리에게 할당된 건물 내부의 CCTV와 바깥의 몇 가지 CCTV의 전원만 끄면 된다고 했다. 그리곤 지휘통제실의 근무지에서 전원을 끄는 동안 발생한 문제가 있는지 파악한다고 했다. 기재실에 왜 올라와 있는지는 자기도 잘 모른다고 했다. 그리고 그 모든 일련의 과정을 '낙뢰 조치' 혹은 '뇌우 조치'라고 한다고 했다.

한 30분 정도 기재실에 있었던 것 같다. 지휘통제실에서 기재실의 전화기로 전화가 와서 이제는 생활반으로 내려가도 된다고 했다. '끝났구나.' 생각하면서 내려갔다. 생활반 문을 열기 전에, 안에 불이 꺼져 있어 선임들이 아직 안 왔나? 하고 생각했다. 문을 열고 들어가 불을 켜려고 스위치에 손을 뻗는 순간,

"팟!"

하고 짧지만 날카로운 소리가 들렸다. 화들짝 놀라 돌처럼 굳어버렸다. 동시에 생활반에 숨어있었던 선임들이 나타나며 생일 축하 노래를 불러주었다. 구할 수 있는 케익이 아이스크림케익밖에 없지만 이거라도 맛있게 먹으라고 박영민 반장님이 말했다. 내 생일을 숨기려는 의도는 실패했지만, 기분은 좋았다. 낙뢰조치로 놓쳐버린 밥 대신에 과자와 케익으로 점심을 먹었다. 생각해보면, 나한테만 닫혀 있었을 뿐이지, 선임들에게는 후임의 생일을 알 수 있는 정보의 창이 정말 많았다. 사지방을 하면 SNS에 생일 알림 메시지가 뜨는 것도 있고, 총원명부에 나와 있는 주민등록번호 앞자리만 봐도 충분히 알 수 있는 게 생일이었다.

낙뢰조치는 진짜였다고 했다. 하지만 케익이랑 과자를 사 오기 위해 최대한 빠르게 끝냈다고 했다. 감동이었다. 선임들이 내게 오늘 하루만큼은 하고 싶은 게 있으면 마음대로 하라고 했다. 내가 이런 날에 공부가 하고 싶을 정도로 미친 사람은 아니었고, 사지방만 할 수 있으면 좋을 것 같다고 했다. 페이스북에 들어가, 늘 생일에 연락하던 친구들에게 생일 축하 메시지를 보냈다. 그리고 무심결에 내 페이지를 들어갔다. 생각보다 많은 친구들이 생일 축하 메시지를 타임라인에 남겨줬었다. 나와 찍은 사진을 첨부

해 장문으로 글을 올렸던 친구도 있었고, 달랑 'ㅊㅊ'두 글자만 남긴 친구들 역시 있었다.

물론 긴 글이 더 마음에 와 닿긴 하지만, 아무래도 상관없었다. 그게 누구든 간에 내 페이스북에 글을 남긴다는 것은, 적어도 그 글을 쓰는 동안에는 나, 혹은 나와 관련된 추억을 생각했을 것이다. 그렇게라도 군대 안에서 바깥 사람들에게 기억된다는 사실이 너무나도 감동이었고 행복했을 뿐이었다. 군대에서의 첫 생일은, 부질없는 하루가 될 거라는 기대(혹은 체념)과는 다르게도, 앞으로의 군 생활을 더 힘차게 버텨갈 활력소가 되는 하루였던 것 같다. 저녁이 되니 선임들이 생일 축하빵으로 PX에서 먹을 것을 사준다고 했다.

"그래, 오늘 생일인데. 악기 한 번 볼까?"

PX에서 건길이가 했던 말이다. 더 이상의 자세한 설명은…

10시 소등 이전에 '감사 나눔'이라는 것을 하는 경우가 종종 있었다. 선, 후임들에게 감사의 마음을 표하는, 더 밝은 병영을 위한 제도적인 장치였다. 그날따라 당직 간부가 오랜만에 감사 나눔을 하자고 했다. 우연인지, 순번대로 돌아가는 감사 나눔의 그날 대상은 건길이었고, 그때 건길이가 말했다.

"… 그리고 우리 막내 지훈이, 생일 축하하고. 앞으로 군 생활 더 열심히 해서 유능한 통신병이 되도록 해라. 생일인데. 3일 연속 악기바리 한 번 가보자! 이상!"

건길이의 이 말 덕분에 나는 그날을 소등까지 내 생일로 보낼 수 있었다. 선임들이 매번 차갑고, 욕하고, 못살게 굴어도, 이들 또한 사람이며, 친구이며, 정이 많은 전국 각지의 20대 초 남자들이었을 뿐임을 느꼈다. 선임들이 좀 더 좋아졌던 날이었다.

23
나는 누구인가, 왜 여기서 욕을 먹고 있는 (2016. 3. - 8.)

내가 박규민의 맞후임으로 있는 전산병이라는 직책은 생각보다 힘든 자리였다. 박규민은 성격이 워낙 불같고 천성적으로 오도해병의 기질이 남다른 탓에 무언가 실수를 하면 그 행동이 끝나기가 무섭게 욕이 날아오곤 했다. 가장 중요하면서도 무서운 사실은 박규민 자체는 일을 너무나도 완벽하고, 또 깔끔하게 처리해서 자기 자신은 일과 관련해서 욕을 먹거나 싫은 소리를 들을 일이 전혀 없다는 것이다. 게다가 머리는 또 어찌나 좋은지 각 숙영지에 있는 장비의 위치와 일련번호까지 다 기억할 정도였다.

2월, 전산병으로 병과가 확정되고 난 이후, 박규민이 전역하는 10월까지 약 8개월의 기간 동안 나는 무수히 많은 과업을 했고 또 무수히 많은 욕을 들었다. 그중에서도 가장 기억에 남는 일이 있다면, 바로 TOC에서의 일화다. TOC에 대해 간단하게 설명하자면, 연평부대 전체를 아우르는 거점 내부의 90대대 지휘통제실이라고 할 수 있다. 그곳에 있는 장비와 선로의 점검을 위해 오전부터 방문한 적이 있었다. 실제 상황이나 전시에 전 병력이 이동해 작전지시를 받는 장소이니만큼 그 곳 내부의 통신망은 상상 이상으로 중요하다. 그렇기에 아무리 점검이라 해도 모두가 예민해지기 마련이다.

그곳에 있는 군 내 특정 네트워크를 사용하기 위해서는 노트북을 챙겨

가야 했는데, 그 노트북이 문제의 시작이었다. 비밀번호를 잊어버린 것이다. 그때 박규민은 근무를 들어가 현장에 같이 있지 않았다. 그렇다고 전화해서 당당하게 비밀번호를 물어보자니 너무 무서웠다. 선임들도 전산병이 아니면 노트북 비밀번호까지는 잘 몰랐고, 선임들을 통해 박규민에게 비밀번호를 물어보는 것도 1. 제대로 안 외우고 선임들에게 물어보는 그 자체의 잘못, 2. 모르면 직접 전화해야 할 텐데 다른 선임들을 통해 물어보는 것, 이렇게 두 가지의 문제가 있었다. 총체적 난국에 빠졌다. 다른 선임들이 각자의 역할에 맞게 선로와 장비를 점검하는 동안 고민하다가 큰, 정말 큰 마음을 먹고 두근거리는 마음으로 전화했다. 신호음이 갔다.

"… 필승- 90대대 통신병 상병 박… 어, 왜."

내 관등성명을 대니 바로 까칠한 박규민의 태도가 나왔다.

"박규민 해병님, 다름이 아니라 노트북 비밀번호를 까먹어서 전화드렸습니다."

"X발. 왜 나한테 물어. 알아서 찾."

알아서 찾아'의 말끝이 들리기도 전에 전화가 끊겼다. 거의 내가 예상했던 답이랑 비슷했다. 한 번에 알려줄 것 같지 않았다. 뭘 해야 할지 몰라 발만 동동 굴렀다. 한 선임이 그런 나를 봤는지 뭐가 문제냐고 물어봤고, 솔직하게 대답했다. 그러니 한 치의 망설임도 없이 지휘통제실로 전화를 걸었다.

"규민아. 이 노트북 비밀번호 뭐냐? 아. 오케이. 야. 지훈아. 바꿔달란다. 비번은 내가 풀게."

또 대충 예상되는 말이 오갈 것 같았다. 나락으로 떨어지는 기분.

"야. 장난하냐?"

"아닙니다."

"너 지금 X발 나랑 뭐 하자는 건데."

"아닙니다."

"됐고. 들어오면 뒤질 각오해라. 끊어라."

"알겠습니다. 감사합니다. 필승!"

이게 이렇게 된다. 전화를 걸었던 선임이 나를 구제해주기 위해서였는지 아니면 오히려 나를 엿 먹이기 위해서였는지는 사실 잘 모르겠다. 하지만 의도가 어쨌든 간에 결론적으로 다른 선임을 통해 후임이 무언가를 얻는다면 그 일의 무게는 고스란히 후임의 어깨에 얹히게 되어 있다. 비밀번호를 몰랐던 것은 전적으로 내 잘못이 맞지만, 혹시 아는가. 갑자기 기억나서 아무 일 없었던 것처럼 돌아갈 수 있었을지. 불안을 잔뜩 안고 본부로 돌아왔다. 밥을 입으로 먹는지 코로 먹는지 모르고 먹었다. 생활반에 있자니 박규민과 당연히 마주쳤지만, 이상하게 별 말이 없었다.

'…? 그냥 넘어가나?'

안도가 조금씩 싹트고 있었다. 곧 오후 과업이 시작됐고, 오전에 끝내지 못한 TOC 내부 점검을 위해 소수 인원만 다시 가기로 했다. 나, 웅범이, 이성진, 박규민. 이렇게 네 명이었다.

'이거구나.'

도착하자마자 박규민이 내게 말했다.

"야. 작업 동안 저기 박고 있어."

별 수 없었다. 박으라면 박아야지. 거점은 말이 거점이지, 사실상 동굴이나 마찬가지였다. 깔끔하게 포장된 건물의 바닥 같은 것을 기대할 수는 없었다. 손바닥으로 바닥을 누르고만 있어도 울퉁불퉁하게 거친 표면이 느껴질 정돈데, 거기에 폭격을 가하고 있었다. 금방 풀어주겠거니 하고 참고 있었다.

15분 뒤, 이미 온몸에서 땀이 흘러내려 머리와 땅이 맞닿은 부분에 자그마한 웅덩이가 생겼다. 나는 괜히 지기 싫어 어거지로 버티고 있었다.

또 몇 분이 지나고, 참다못한 이성진이 말했다.

"지훈아, 그냥 일어나라."

그렇게 그날의 TOC 사건을 넘어갔다. 그날 밤에 생각했다.

'이렇게 힘든 대우를 받고, 욕을 먹으려고 군대에 왔나. 내가 생각하고, 목표했던 군 생활이랑 너무 다르다. 과업도 열심히 한다고 했는데, 열심히 만으로는 부족한 것 같다. 그렇다고 도망치고 싶진 않은데. 오히려 더 잘해서 박규민한테 인정받아 보고 싶다. 더 빡세게 해 보자. 미친 듯이 해 보자 한 번.'

그것이 일병 시절의 가장 큰 고민이었다. 지금 사회에 있는 규민이 형은, 박규민 해병님이었을 당시의 그 TOC 사건이 내 군 생활을 어떻게 바꿔 놓았는지 알지 모르겠다. 아니, 그 TOC 사건 자체를 기억하기는 할지 모르겠다.

박규민이 전역하는 10월 18일, 그날까지도 그 사람은 여전히 무서운 존재였다. 전역을 달포 남겼을 즈음, 사람이 완전히 변해 이제는 무슨 짓을 해도 욕하거나 하진 않았지만, 그 카리스마가 가득한 눈빛으로 쏘아볼 때는 절로 사람을 움찔하게 만들었다. 서로의 학교에 대해서도, 전역하면 어떻게 살 지에 대해도 많은 이야기를 나누었다. 역시 박규민도 사람이었다. 아무리 내가 욕을 먹었던 시절에도 그만큼 챙겨 주고 가르쳐 주어서 이 사람이 밉거나 원망스럽지는 않았기 때문에, 기억은 좋은 추억으로 남기고, 사람은 좋은 자산으로 남길 수 있었던 것 같다.

그리고 11월에는 내 맞후임 전산병이 들어왔다. 내 이병 때와 똑같은 그 모습을 보면서 깨달았다. 이 모든 욕이나 행동들이 결코 인간적으로 후임이 싫어서 그러는 것이 아니라는 걸. 조금 더 과업을 빨리 배우고, 능숙한 작업원이 되어 대대에 보다 빠르게 도움이 될 수 있는 사람으로 키우기 위해서였음을.

24
지인들의 성공스토리 (2016. 4. - 2017. 7. 18.)

현자타임이라는 말이 어느 순간부터 유행어가 되었다. 문득 깊은 깨달음을 얻으며 모든 사고가 건설적인 방향으로 전환되고 나 자신을 반성하게 되며 앞으로의 인생을 새롭게 설계하는 일종의 정신적인 과정이다.

그 현자타임이 나는 군대에서 사지방을 할 때 발생하곤 했다. 나 없이도 세상은 잘만 돌아갔다. 흔해빠진 말이지만 이 말만큼 군인의 마음을 정통으로 찌르는 말은 없을 것이다. 밖은 똑같았다. 내가 없어도 새 학기는 시작했고, 개강총회와 술판은 열렸다. 친구들은 끼리끼리 잘 만나서 잘 놀았다. 내가 있었던 세상이 100이라면, 내가 없는 세상은 99.99999…로 정확히 100은 아니지만 100에 무한히 수렴하는 것 같았다. 나는 그 정도였을 뿐이다. 세상이 내 전부가 아니듯이 나 역시 세상의 전부가 아니었다.

친구들이 술자리에서 찍은 사진, 대학 선후배들이 여행을 가서 찍은 사진들을 고작 일병 계급장을 달고 사지방에 앉아서 조그만 모니터로 지켜봐야 했다. 놀기만 하는 거면 다행이지, 어떤 선배는 어디에 취직을 하고, 어떤 동기는 어디에 인턴을 해서 월 얼마씩 번다는 내용을 보면 나도 모르게 월 25만원에 하루 24시간 통제받는 내 생활을 한탄하기도 했다. SNS는 양날의 검이었다. 주위 사람들의 소식을 알 수 있는 거의 유일한 방법이자 또 원치 않는 소식마저 알아버리는 거의 유일한 방법이다. 시도 때도 없이 전화해도 개의치 않을 만큼 친한 사이가 아니고서야, 페이스북 메시지 등을 활용해 간혹 안부만 물을 정도가 보통이니까. 그 메시지를 보내려고 페이스북을 들어갔다가 최근 지인들의 게시물을 보게 되는, 그런 과정이다.

2016년 7월에 '일오'가 풀리고 그때부터 운동과 공부를 시작해 본격적으로 자기계발에 임할 수 있었지만, 그것과 상관없이 내 지인들은 SNS나 전화를 통해 성공스토리를 설파해 나의 멘탈 트레이닝에 큰 도움을 주었다. 가령, 내 대학 동기 중 한 명은 2016년에 한 신문사에서 인턴을 하더니, 2017년 초 덴마크로 어학연수를 다녀오는 값진 인생 경험을 했다. 한 대학 선배는 지상파 방송국의 어떤 다큐멘터리 작가가 되었고, 또 다른 대학 선배는 케이블 방송이지만 이름만 들어도 다 알 프로그램의 조연출이 되기도 했다. 그 외에도 수많은 사람들이 해외로 어학연수를 다녀오고, 좋은 일자리를 얻어 경험을 쌓는 모습을 SNS로 지켜봐야만 했다.

이런 사회에서의 성공은 어차피 하고 싶어도 할 수 없고, 2년 동안 포기해야 했기에 '부럽다.'로 넘어간다 치더라도, 군대에서의 성공스토리는 정말이지 나를 슬프게 했다. 예를 들면, 나와 같은 날에 공군으로 입대한 대학 동기 중 하나는 공군 내 영상 공모전에 출품해 공군참모총장상을 받았다. 또 다른 한 군인인 대학 동기가 페이스북에 '이번에 한국사 1급 쳤는데 망했다. 90점 간신히 뚫음.'이라는 거의 반자랑조의 글을 올린 것도 보았다. 같은 건물을 쓰고 같이 생활하던 명재는 거대한 프로젝트에 붙어 크게 알려져 해병대사령관 표창을 받기도 했다.

나도 저렇게 빵빵하게 성공해서 주위에 자랑스럽게 알리고 싶지만, 현실은 군대에 있었기에 할 수 있는 것이 거의 없었다.(고 생각했다.) 그럴 때마다 '훈련소에서 목표로 삼았던 것들을 하나하나 이뤄보자. 충분히 자랑해도 모자라지 않을 만큼.' 하고 생각했다. '일오'가 되기 전까지는 매일같이 계획만 짜고 또 짰다. 잘 때마다 침상에 누워 눈을 감고 모든 것을 이룬 채 당당히 전역하는 내 모습을 생각했다. 누구보다, 아니 누구 못지않게 성공적이고 만족스러운 군 생활을 끝내고 후임들의 박수와 환호를 받으며 한편으로는 아쉬운 웃음을 지으며 전역하는 그런 모습. '저 선임 진짜 대단했던 선임이었다. 나도 군 생활 꼭 저렇게 하고 싶다.' 같은 말들을 들어보고 싶었다.

기대하고 고대했던 '일오'가 풀리기 직전에, 당시 승승장구하던 명재가 나를 찾아와 줬던 것이 있다. '전역 전 25가지 목표를 이루자!'라고 써 있는 자그마한 종이 한 장이었다. A4용지를 반으로 잘라 놓은 것 같은 그 종이는, 제목 밑에 5x5의 가로로 긴 표가 하나 있었다. 명재는 나에게 네임펜으로 목표를 쓰고, 매일같이 그걸 보면서 더 나은 내일을 살라는 말을 했다. 한참을 고민하다 그 종이에 내 군 생활 목표를 하나씩 써내려갔다. 한자능력검정시험 1급 따기, 한국사능력검정시험 1급 따기, KBS한국어능력시험 1급 따기, 토익 960점 이상 맞기, 新HSK 5급 따기, 책 70권 이상 읽기, 살 빼기, 몸 만들기, 금연하기, 어디 팔려가지 않기, 병장 만기 전역하기 등 스물다섯 가지를 다 작성하진 못했지만, 현실적으로 내가 꼭 하고 싶고 이것만 해도 충분할 것 같은 정도 수준에서 작성했다. 그리곤 명재에게 가지고 가 보여주었다. 이게 내 목표고, 난 이걸 반드시 다 이루고 전역하겠노라고 당당하게 말했다. 목표를 읽어보더니 명재는 기대해보겠다고 했다. 그 때부터 그 목표가 적힌 종이는 내 군 생활의 구심점 중 하나가 되었다. 그리고 이 일을 계기로 명재와 급속도로 가까워져 전역할 당시에는 둘도 없는 친구가 될 수 있었다.

7월 15일, 기다렸던 '일오'가 풀렸고, 난 바로 미친 듯이 목표 이루기에 착수했다. 가장 먼저 이뤄야 할 것은 2016년 11월에 있을 한자능력검정시험 1급 시험이었다. 하루에 수백 자씩 외우고, 까먹을 만하면 복습해서 절대 잊지 않게 공부했다. 야간 1직 근무가 없는 날이면 매일같이 22시에 소등 후 00시까지 도서관에서 공부 연등을 했다. 주말에도 할 것이 없는 시간이면 항상 도서관에서 공부를 했다.

동시에 SNS를 끊으려고 노력했다. 계정을 정지하거나 했던 것은 아니지만, 내 스스로 사지방을 금지구역으로 생각해 정말 특별한 일(시험접수 같은 짓)이 아니면 절대 들어가지 않으려 노력했다. 더 이상 남의 성공스토리는 필요 없었다. 충분히 자극을 받을 만큼 받았고, 이제는 내 스스로 내가 어떤 것을 해야 할지 잘 알았다. 군 생활을 하고 있을 때, 무언가 자극제나 자기계발의 원동력이 되는 소식을 접한다는 것은 정말 좋은 일인 것 같다. 자기 자신을 반성하게 되고, 더 나은 미래를 꿈꿀 수 있는 힘이 될 수 있으니까. 다만, 그 소식이 너무나 치명적이라 오히려 보는 이에게 절망감만 안겨줄 정도가 아니라면.

25
내가 웃는 게 웃는 게 아니야 _(2016. 4.)

2015.10   2016.01   2017.01

2016년 4월 1일은 일병으로 진급한 지 2개월이 지나는 날이자, 진짜 일병이라고 해서 일명 '찐일'이 되는 날이었다. 바로 전날인 3월 31일에 웅범이가 나와 기재실에서 선임들 빨래를 개다가 말했다.

"어, 지훈아! 내일이면 4월 1일이야! 우리 내일부터 웃을 수 있어!"

"와, 맞네!! 진짜 오래 참았다…."

"우리가 벌써 찐일이라니. 시간 잘 간다."

"그러게나 말이야-."

돌이켜보면 시간이 잘 간다는 말은 정말 사실이었다. 엊그제 일병으로 진급한다고 까불었던 것 같은데, 벌써 그날로부터 두 달이 지났다는 것 아닌가. 새삼 시간이 신기하게 느껴졌다.

당시의 호봉제대로라면 '찐일'이 되는 순간부터 웃을 수 있었고, 보급받는 까만 양말에 더불어 해병대 마크가 달린 사제 양말을 신을 수 있었으며, 마찬가지로 보급받는 하늘색 수건에 더불어 노란색 사제 수건을 사용할 수 있었다. 그리고 일병임을 인정받았기에, 이제는 선임들에게 어느 정도 먼저 말을 걸 수 있었다.

진혁이는 애초부터 우리가 웃는 것에 있어서는 굉장히 관대했다. 웃기는 것을 정말 좋아하는 진혁이는 스스로 재밌는 사람임을 잘 알고 있는 듯했다. 그래서 셋이 함께 샤워를 하러 들어갔을 때, 샤워장에 선임이 아무도 없으면 그냥 이유 없이 "웃자!"며 우리에게 위로 아닌 위로를 해주곤 했다. 그랬던 우리가 이제는 당당하게 웃을 수 있는 날을 코앞에 두고 있었다. 이재환도 흡연장에서 나와 담배를 피우다가 이야기했다.

"오, 지훈이! 내일이면 웃을 수 있겠노!"

"그렇습니다!"

4월 1일이 되었고, 이제는 나와 웅범이도 당당하게 '일병'이라고 말할 수 있는 날이었다. 마음 같아서는 기상 음악이 울림과 동시에,

"와하하하하하!!!!"

하면서 일어나고 싶었다. 당연히 안 될 일이었다. 아쉽게도, 웃을 수 있다는 것은 말 그대로 웃을 '수' 있다는 것뿐이었다. 선임들이 재밌는 농담을 하거나 TV에서 재밌는 장면이 나올 때, 애써 정색하고 있지 않아도 된다는, 딱 그 정도였다. 코미디빅리그를 보면서, 배를 잡고 의자에서 넘어질 듯 웃을 수 있으려면 시간이 얼마나 더 지나야 할까. 웅범이와 기재실에서 또 몰래 이야기했다.

"이거, 웃는 게 웃는 게 아니야."

"리얼이다. 걷는 게 걷는 게 아니다."

'웃을 수 있다'라는 행동의 제약은 풀렸지만, 왠지 모르게 더 웃음에 더 조심스러워진 우리를 발견했다. 이전에는 그저 덮어놓고 참으면 그만이었는데, 이제는 참을 필요는 없지만 그렇다고 도를 넘으면 안 되었다. 참 쉽지 않았다.

저녁 시간. 진혁이가 언제 공수해왔는지 나와 웅범이에게 노란 수건을 하나씩 주면서 말했다.

"고생했다. 쩐일 다니까 어떠냐. 변한 거 하나도 없지?"

"그렇습니다."

"그래. 우리 샤워나 하면서 또 한번 웃어제껴 볼까?"

"감사합니다!"

"다 그런 거야. 너네랑 나도 두 달 차이 나지만 뭐 다른 거 하나도 없어. 이재환 해병님이랑 나도 마찬가지고. 그래도, 내가 다음에 선임층이 되면, 일단 이 웃음에 호봉제 걸어놓은 이것부터 없앤다."

"알겠습니다! 샤워하러 가십니까?"

"오케이. 가자!"

진지한 분위기를 극도로 싫어하는 진혁이가 일이병 시절 항상 진지했던 부분 중 하나였다. 후임들을 못 웃게 하는 이 문화를 바꿔버리자는 것. 그때 나 역시 그런 진혁이의 생각에 동의했다. 어차피 웃게 해준다고 해도 내 마음대로 웃을 수도 없는 것, 이런 쓸데없는 호봉제 같은 것은 모두 없애 버리자고.

26
인권 모니터단 (2016. 4. - 11.)

2015.10   2016.01   2017.01

　하루에 6시간씩 서는 통신 근무에 어느 정도 적응하고,(선임들에게 재미있는 이야기를 해주거나 말상대가 되어줘야 하는 건 여전하지만) 나만의 시간을 조금이나마 가질 수 있었던 시기에, 근무지에서 국방망을 뒤적이다 인권 모니터단이라는 것을 발견했다. 각 군마다 설치한 인권 모니터단은 군대 내 여러 인권문제들을 직시하고 문제를 제기하며 해결방안까지 모색하는 작은 단체라고 할 수 있다. 인권 모니터단이라고 그 일만 하는 것도 아니고, 특별한 권한이나 지위가 주어지는 것은 아니기 때문에, 순수하게 장병들의 인권 향상을 위한 소신으로 지원하는 것이었다.

　근무를 서다 인권 모니터단을 보았을 때, 딱 '아, 이건 내 거다.' 하고 생각했다. 당시 본부 내 분위기를 생각했을 때, 인권 모니터단 같은 것을 지원했다간 속칭 '꼰질' 혹은 '찌르레기' 같은 나쁜 타이틀을 얻을 수 있었기 때문에 우선 지원서만 저장해두고 생각만 해놓고 있었다. 그러다 4월의 어느 날, 주말 한가한 시간에 기재실로 올라가 그곳에 있는 컴퓨터를 이용해 지원서를 작성했고, 제출했다. 일상으로 돌아가 한참을 까먹고 생활하다 5월 말경에 오세근 반장님의 계정으로 온 메일을 확인하면서 알았다. 선정된 것이었다. 경쟁률이나 지원 자격 같은 것은 공개하지 않아 알 수 없었지만, 고립된 연평도의 특성을 어필해 신청서를 냈던 것이 주효했던 것 같다. 그렇게 나는 '해군/해병대 제3기 인권모니터단'의 일원이 되었다. 내가 된 3기 인권모니터단은 2016년 6월 11일부터 11월 31일까지 6개월 동안 활동 기간을 가졌는데, 처음 합격 사실을 알았을 때는 아무에게도 알리지 못했다. 내 스스로 인권 모니터단임에 당당하지는 못했던 것 같다.

선임들의 눈치를 보고, 내 스스로의 인권을 챙기기도 벅찬 판에 남의 인권까지 찾아 챙겨주기에는 너무 힘든 점이 많았다. 그래서 인권 모니터단이 되고도 9월까지는 사실상 아무 일도 하지 않았다. 아니, 할 수 없었다.

그러던 와중에 '찾아가는 인권 모니터단'이라는 프로그램이 포항, 진해를 거쳐 운 좋게 연평도에 오게 되었고, 연평부대 내 총 5명의 인권모니터단이 그때 전부 모일 수 있었다. 해군 본부 인권과에서 출장을 온 인권 관련 장교분들이(늦었지만)인권 모니터단에 대해 설명해 주었고, 어떻게 활동하면 되는지 잘 알려 주었다.

그리고 '위촉장'이라고 적힌 상장처럼 생긴 종이를 주었다. 평범한 상장과 내용은 비슷했지만, 재일 아래 적힌 직책, 계급이 무려 해군참모총장, 대장이었다. 두 번 다시 볼 일도 없고, 받을 일도 없을 것 같은 해군참모총장님의 위촉장 한 장에 인권 모니터단에 대한 내 관심 그 자체가 달라졌다. 다른 이들의 인권을 위해 내 한 몸 희생해야 할 것 같았다. 공을 세운 사람들에게 훈장을 주고, 상을 내리는 이유가 이런 데 있구나 하는 생각이 절로 들었다. 그때부터 인권과 관련된 활동들을 시작했다. 제도적인 장치나 부대 내 인권문제를 글로 적어 인권과에 보고하는 직접적인 방식의 활동은 하지 않았지만, 점차 많아지는 후임들에게 조언과 격려를 아끼지 않고, 상담하는 시간을 많이 가짐으로써 전우들 스스로가 행복해질 수 있도록 최선을 다했다.

10월에는 또 다른 기회가 찾아왔다. 바로 국방부에서 진행하는 '인권 감수성교육'에 참여할 수 있는 기회였다. 운 좋게 교육 대상에 선정되어 국방부 본청에서 교육을 받을 수 있어서 여러 가지 인권적 사안들을 많이 배워 돌아왔다. '인권 감수성'이란 간단하게 인권 문제를 보다 감성적이고 디테일하게 볼 수 있는 시각이라고 할 수 있는데, 그 교육을 통해 내 인권 감수성을 충분히 배양할 수 있었다고 생각한다. 또다시 일상으로 돌아와 후임들과의 시간을 보내고 있었는데, 이번에는 해군 본부에서 '인권 작품 공모전'을 시행한다고 했다. 지금까지 활동해오면서 얻은 자신감과 경험을 바탕으로 '인권보장, 그 양면성을 조율하다.'라는 제목으로 수기를 써 제출했다. 아쉽게도 결과는 아차상에 그쳤지만, 그 아차상이라도 내 경험과 생각을 인정해준다는 뜻이기에 감사히 여겼다.

한 건의 보고도, 신고도, 제안도 없었지만, 11월이 되었을 때 나는 나의 인권 모니터단 활동에 만족했다. 눈에 띄는 변화는 없을지언정, 감히 말하자면 내 활동이 최소한 후임들 몇 명의 군 생활은 통째로 바꿔 놓았고, 많은 후임들의 생각을 변하게 했으며, 그들의 군 생활을 보다 행복에 가까이 이끌었다고 생각했기 때문이다. 나를 포함해 연평부대의 5명 모두 만족스러운 결과를 얻었던 것 같다. 이후 연평부대에서는 이 인권 모니터단 제도의 장점을 수용해 연평부대 내 자체 인권모니터단을 창단했고, 나는 연평부대 제1기 인권모니터단의 90대대본부 단원이 될 수 있었다.

여러 가지 인권 관련 활동들을 하면서 느꼈던 점은 인권 문제는 개념이 아니라 실천에 그 해답이 있다는 것이다. 실제로 우리는 하루에도 수많은 인권 관련 격언들과 명언, 표어의 포스터들을 만난다. 하지만 아쉽게도 그것을 볼 때만 '아!' 하고 마는 사람이 대부분이다. 자신의 행동에 타인이 쉽게 영향을 받는다는 사실을 직시하고, 타인의 행복을 위해 더 노력할 수 있게 만들어줬던 것이 내겐 인권 관련 활동들이었다. 그런 점에서 그 활동들은 더할 수 없이 유익했다.

병장으로 진급한 후 '해군/해병대 제4기 인권모니터단'을 모집한다는 소식이 들려왔다. 생각보다 시기가 늦었지만, 생활반에 후임들을 모아놓고 말했다.

"이거 무조건 해라. 니네 군 생활이 바뀐다."

27
진급과 전역, 그리고 시간 (2016. 5 - 2017. 7.)

2015.10   2016.01   2017.01

거꾸로 매달려도 국방부 시계는 흘러간다. 툭 하면 자갈밭에 머리를 박고, 건빵과 라면과 치킨으로 살이 찌고, 선임들의 개인정비를 위해 우리의 개인정비를 버린다고 해도, 시간은 흐르게 마련이다. 일병이었던 사람은 상병이, 상병이었던 사람은 어느새 병장이 된다.

내가 왔을 때 통신 최고선임자였던 이동연 해병님도 3월에 전역을 해버리고 이제 좀 정신 차리고 군대 시스템을 깨달아가던 5월에는 김규현 해병님이 전역을 했다. 처음 왔을 때 하늘같이 높았던 선임들은 다 집에 가고 없었다. 그리고 하늘은 아니지만 하늘을 떠받치는 기둥쯤 되어 보이던 선임들은 갓 들어온 후임들에겐 하늘 같은 선임들이 되고 있었다. 김규현 해병님의 전역으로 박건길이 통신 최고선임자가 되었다. 그리고 이성진이 두 번째 선임자가 되었다. 나와 함께 영원한 일병일 줄로만 알았던 이재환도 상병으로 진급해버렸으며, 진혁이도 곧 상병 진급을 바라보고 있었다. 나도 아직은 웅범이와 함께 통신의 막내였지만 본부 전체로 하면 후임이 제법 생겨 '김지훈 해병님'이라는 표현을 심심찮게 들었다.

정말 신기한 것은 군대에서는 닥친 일들만 해도 시간이 잘 간다는 것이다. 벌써 따뜻하다 못해 조금은 더운 기운마저 느껴질 연평도의 5월에 이재환과 흡연장에서 담배를 피우며 이야기를 나누다, 자신의 인생에서 가장 추웠던 시기가 그때의 소연평도 작업이었다는 말을 할 때 느꼈다. 군대에서의 상대적인 내 '짬'은 아직 덜 찼을지 몰라도, 내가 있었던 절대적인 시간이 마냥 적지만은 않다는 사실을. 벌써 5개월 가까운 시간이 흘러버렸다는 사실을. 그와 동시에 생각했다. 지금 5개월이 지나고 나서 보면 찰나의 순간처럼 짧았는데, 앞으로 남은 1년 2개월여의 시간이라고 해 봤자 그리 길지 않을 것 같았다. 물론 그렇진 않겠지만, 지금처럼 선임들 빨래나 하며 아무 생각 없이 시키는 일들만 하면 결국 아무것도 없이 전역하게 될 것도 같았다. 그러니 마음을 잡고 군대에서 뭘 해서 나가야 할지 정하고, 이뤄서 나가야겠다고. 그렇게 또다시 마음을 다잡았다.

지금 생각해도 일병 때의 그런 고민은 내 군 생활에 있어 더할 나위 없이 소중하면서 유익했던 것 같다. 누구 못지않게 군 생활을 해내겠다는 목표와 그 목표를 이룰 정신적 구심점을 확실하게 유지해줬기 때문이었다. 실제로 돌이켜보면 남은 1년 2개월여의 시간은 결코 길지 않았다. 한 걸음 걸을 때마다 내 목표와 진행 상황을 생각하며 매일 밤 잘 때마다 내일은 어떤 것들을 해야겠다는 다짐을 했다. 그리고 다음날 실천에 옮기며 매일을 지나다 보니, 어느새 나도 전역할 차례가 왔을 뿐이었다.

군 생활이 길다고 땡깡을 피우는 병사들이 정말 많다. 20대의 소중한 청춘을 바쳐 반강제로 끌려와 맘에도 없는 군 생활을 하니 시간이 안 가고, 그저 매일 시계만 보고 있는 것이다. 매일같이 입에 달고 사는 말은 아, 집에 가고 싶다…"고, 어디에도 긍정적인 관점이나 건설적인 행동을 찾아볼 수 없다. 인권 관련 활동들을 통해 많은 후임병들과 이야기를 나눌 수 있었고, 후에는 대대에서 강연까지 할 수 있는 기회가 있었는데, 소수를 제외하고는 대부분 군 생활의 의미를 찾지 못하고, '하라니까 하지.' 하는 마인드를 갖고 있었다. 그럴 때마다 했던 말이 있다.

"가장 밝은 20대 청춘의 2년을 버려 군대에 왔다고 생각하냐. 대한민국 건강한 남자라면 누구나 당연히 해야 하는 일이다. 현실적으로 말해도, 너네가 매일같이 집에 가고 싶다고 노래를 불러도 어차피 때가 되어야 가는 거다. 국방부는 아마 그런 너희한텐 관심도 없을 거다. 군대에서 2년 썩는 동안 사회에서 배웠던 거 다 까먹고 바보 돼서 나간다고?

천만에. 나만 해도 군대에서 딴 자격증이 사회에서 따온 것보다 많고, 평생에 읽었던 책 권수만큼 군대에서 읽었다. 내가 만약 군대 면제받고 사회에서 이 시간 동안 있었다면 이럴 수 있었을까? 아니. 절대 아닐 것 같다. 맨날 롤하고, 부모님한테 돈 땡겨쓰고, 학교에서는 술만 퍼먹는 그런 생활만 했겠지. 국방의 의무를 다하는 것은 국민 된 도리로서 당연한 거지만, 군대는 어쩌면 너네 인생을 새로이 할 수 있는 처음이자 마지막 기회다. 나는 그 기회를 미친 듯이 잡으려고 노력했고, 최소한 저 멀리 차버리진 않은 것 같다. 너네가 말년이 되어서 각자의 군 생활을 돌아봤을 때, 남는 게 무엇인지. 그리고 잃은 게 무엇인지. 기뻐할지 후회할지를 생각해보고 지금 한 순간순간을 열심히 보내라. 안 하는 거다. 못 하는 게 아니라."

후임들에게 했던 말이지만, 군 생활에 지친 모든 장병들에게 하고 싶었던 말이기도 하다. 근무 서고 피곤하다고 그냥 자지 말고, 스스로의 미래에 대해서 한 번쯤은 생각해 보기를. 그래서 뭘 해야 할지 모르겠다면 각자의 중대 내에 비치된 서가에서 책 한 권 꺼내 읽는 것부터 시작해 보기를. 아니면 연병장에서 무작정 달리는 것도 나쁘진 않겠다. 무엇이든 간에 자신을 위한 시간을 군대에서 조금이라도 더 많이 보내 전역할 때 후회가 없기를.

생활반 최고선임자가 바뀌면 국가에서 대통령이 바뀌는 것처럼 분위기가 달라진다. 이동연 해병님 때는 다소 경직되었지만 업무는 확실한 분위기였다면, 김규현 해병님 때는 다소 부드럽고 생활반 사람들의 정을 중요시했던 분위기였다. 이제는 박건길이 최고선임자였고, 건길이 역시 김규현 해병님과 비슷하게 생활반을 이끌어나갔다. 덕분에 선임들과 더 가까워지고, 이야기를 할 수 있는 기회가 많이 생겼으며, 부대 내에서 내 자유의지로 할 수 있는 행동들이 점점 늘어갔다. 5월이 지나갔다.

28
맞후임 (2016. 6. 2.)

2016년의 절반을 바라보는 6월의 두 번째 날이었다. 평소처럼 과업을 끝내고 저녁시간 전 생활반에서 잠깐의 휴식 아닌 휴식을 취하고 있었다.

"야, 너거 신병 왔다. 짐 풀어줘라."

한정호 담당관님께서 생활반에 웬 이병 한 명을 데리고 오면서 말씀하셨다.

"필! 승!"

그 아이는 우리를 보자마자 자신이 낼 수 있는 것 중 가장 큰 듯한 목소리로 우리를 향해 경례했다.

"어, 그래. 신병이냐. 자기소개 한번 해 봐라."

박규민이 말했다.

"이병!! 김! 진! 기! 경기도에 살고 있고, 현재 서울 과학 기술대학교를 다니고 있습니다! 앞으로 열심히 하겠습니다!"

내 모습이 저랬을까. 영화 '바람'에서 그런 장면이 있다. 주인공 정우(짱구)가 고등학교 1학년 때 불량 서클 사람들에게 뽑히고 싶어 안달하다가, 1년이 지나고 자신이 서클의 일원이 되어 새로운 서클원을 뽑으러 아이들을 훑어보고는 '1년 전의 나를 봤다.'며 나레이션을 하는 장면. 그 장면이 탁 하고 떠올랐다. 내가 처음 왔을 때 선임들에게 경례하던 모습을 보며 진혁이나 재환이도 분명 그런 생각을 했을 것이다. 유감스럽게도 나는 그때 당시의 선임들의 모습을 닮아가고 있었다. 짐을 풀며 선임들이 잠깐 담배나 화장실 등의 이유로 자리를 비운 틈을 타, 내 맞후임이 될 사람에게 물어본 것이다.

"야, 넌 뭐 잘하냐?"

"예, 이병 김진기! 옛날에 편의점 알바해서 정리하는 것 하나는 자신 있습니다!"

시간이 한참 지나고 진기의 관품함이나 침상을 봤을 때 정리를 잘한다는 말은 순 거짓말로 드러났지만, 그래도 자신이 잘하는 것을 당당하게 말할 수 있었다는 점에서 그때의 진기를 높게 사고 싶다.

"알았다. 그리고 우선 말해두는데, 여기선 '예'라는 말은 쓰지 마라."

"예, 아니. 쓰지 않겠습니다!"

그때 또 한 번 6개월 전의 나를 보았다.

후임이 생긴다는 건 마냥 좋은 것만은 아니었다. 일, 이병 후임이 무언가를 잘못하면 그 책임은 고스란히 맞선임에게 넘어가게 마련이기에 진기가 잘못하면 나와 웅범이에게 그 욕이나 책임이 넘어왔다. 내가 잘못하면 고스란히 그 방패막이 되었을 진혁이가 새삼 고맙고 대단하게 느껴졌다. 내가 욕을 먹기 싫어서 그런지는 몰라도, 진기를 더 강하게 가르치고자 했다. 내가 당했던 것보다 물론 더 하지는 않았지만, 확실히 '병영문화 혁신'이라는 타이틀 아래 변해가는 부대 문화에 거슬러 갔다는 점은 인정하지 않을 수 없다. 툭 하면 머리를 박게 했고, 말끝마다 욕을 붙여 진기의 자유의지를 꺾어버렸다. 그 때 당시의 진기에게 나는 결코 좋은 선임은 못 됐던 것 같다.

초반에 진기는 버릇들이 좀 심했다. 머리를 자꾸 만졌고, 가만히 앉아 있질 못했다. 근무를 들어가면, 1-2분마다 한 번씩 일어났다 앉았다 해서 선임들을 신경 쓰이게 했고, 그 신경은 오롯이 나와 웅범이에게 돌아왔다. 특단의 조치로 기재실 청소를 하는 동안 진기를 의자에 앉혀놓고 가만히 있는 훈련을 시킨 적도 있었다.(미안하다) 말했지만, 한 명밖에 없는 맞후임이었기에 누구 못지않게 완벽하게 키우고 싶었다.

진기와 동기인 아이들이 결코 당하지 않았던 것들을 당하고도 진기는 신기하게도 부대에 적응을 잘했다. 자꾸 움직이는 것은 새로운 환경이 낯설어 그랬던 것 같다. 시간이 지나니 안 좋은 습관들도 싹 없어졌고, 머리가 좋은 건지 작업에 대한 이해도 매우 빨랐다. 그리고 가장 좋았던 것은, 나나 웅범이처럼 '작업' 그 자체를 좋아했다는 것이다.

통신 작업은 땅 파기나 진지 만들기처럼 단순 반복 노동이 아니고 매번 다른 장소에서 다르게 이루어지기 때문에, 재미있는 것이 어쩌면 당연할 수도 있지만 그렇게 받아들이지 않는 사람 역시 있었다. 다행히 진기는 그렇지 않았다. 이병부터 내가 전역할 당시인 상병 말까지 단 한 번도 작업이 싫다는 말을 내 눈앞에서 해본 적이 없었다. 이병 때부터 손기술이 좋지 않아 많이 혼났지만, 부단한 노력으로 그것마저 극복해 지금은 대대에서 꼭 필요한 유선작업 인재가 되었다고 한다.

군대에 있을 땐 그렇게 생각하지 않으려고 노력했지만, 진기는 빠른 96년생에 14학번이라고 했다. 밖에서 만났으면 친구였다는 소리다. 군대라는 환경에서 나를 만나 고생한 데다 맞선임이 두 명이라 자기 생각 한번 이야기할 기회가 없었던 진기가 정말 고맙게 느껴진다. 부디 진기도 마지막 날까지 몸과 마음 다친 곳 없이 본부에서 제날에 전역할 수 있었으면 좋겠다.

진기가 들어오고 얼마 지나지 않아, 1204기의 박지호라는 후임이 본부로 전속되었다. 예하 분초에서 사고를 쳐서 본부로 오게 되었는데, 많이 혼란스러워하는 것 같았다. 무슨 말을 해 줄까 고민 끝에, 흡연장에서 함께 담배를 피우다 말했다.

"지호야, 아직 니가 거기서 했던 군 생활보다 여기서 해야 할 군 생활이 더 많다. 깔끔하게 잊고 새 시작하자. 같이 하자."

지호는 그 말에 감명을 받았는지 시간이 지나고도 이야기를 종종 꺼내곤 했다. 그렇게 나를 '맞선임'이라고 부르는 '맞후임'이 6월 한 달에만 두 명이 생겼다.

29
첫 휴가 (2016. 6.)

전입한 신병에게 선임들이,

"야 너. 휴가는 언제 나가게?"

라고 물어본다면 어떻게 대답하는 것이 맞는 것일까?

"아직 휴가 생각은 없습니다."

이게 정답이다. 정식으로 휴가를 등록해 나가는 날짜가 확정되기 전까진 이렇게 대답하는 것이 우리만의 예의 중 또 하나였다.

서북도서인 연평도와 백령도는 100일 휴가라는 것이 없다. 정확히 말하면 없는 것이 아니라, 입도하기 전 미리 나가는 4박 5일의 휴가가 그것이었다. 이병 때 미리 휴가를 다녀온 후 부대로 전입하기 때문에, 전입 이후 첫 휴가는 결국 1차 정기, 혹은 일병 정기가 된다. 부대에 따라 일병 정기를 얼마나 자르고, 또 얼마나 일찍 나가는지는 잘 모르겠지만, 연평도의 경우에 오고 가는 시간이 길기 때문에 휴가를 짧게 쓰지 않는 경향이 있다. 일병 정기 12일을 포함해 운 좋게 받은 포상이나 보상휴가가 있으면 그것까지 붙여 누가 봐도 길다고 할 만큼의 휴가를 나간다. 시기는 보통 빠르면 일병 4호봉, 늦으면 일병 6호봉까지도 있고, 정말 늦는 경우엔 상병을 달고서 일병정기 휴가를 나가는 경우도 있다. 결국 평균적으로 거의 연평도에 입도한 지 6개월이 지나야 첫 휴가를 나갈 수 있다는 말이 된다.

내 경우는 2016년 6월 18일에 첫 휴가를 썼다. 입도한 지 6개월이 조금 덜 되는 시기였다. 나가는 날에 선착장에서 배를 기다리는 시간이 그렇게 초조하고 또 긴장될 수가 없었다. 다른 사람들은 휴대폰이라도 하고 있는데, 내 폰은 어떻게 된 일인지 비밀번호를 틀린 횟수가 기준을 초과해 대리점에서 리셋해야 하는 상황이라고 했다. 마침 이효진이 그날 면회 외박을 받아 같이 선착장에 있었던 덕분에, 부모님께는 미리 상황을 알릴 수 있었다. 기다리고 기다린 끝에 이윽고 우리의 배, 플라잉 카페리 호가 도착했다.

"휴가자들은 집결해 주시기 바랍니다."

출도병의 말에 휴가를 떠나는 병사들은 선착장에 3열 종대로 착착 알아서 줄을 섰다. 내릴 사람이 다 내린 후 배에 탑승했다. 근 6개월 만에 타보는 배였지만 낯설진 않았다. 출발하자마자 잠에 들었고, 잠에서 깨니 인천 앞바다에 도착해 있었다.

배에서 내려 선착장을 빠져나가려 하니 이번엔 도서파견대에서 나온 해병들이 있었다. 인원을 파악하려고 하는 것 같았다. 자신을 호명하면 복귀 날짜를 말하고 바로 휴가를 떠나면 된다고 했다.

"(…) 일병 김지훈."

"6월 30일입니다!"

말하고는 쏜살같이 인천 연안부두를 빠져나와 택시를 타고 동인천역으로 갔다. 지금에야 알고 말할 수 있지만, 인천 연안부두에는 깡패 택시가 정말 많다. 그땐 몰라서 그렇게 탔었다. 지나고 나니 5500원이면 갈 거리를 한 사람당 7000원씩 모르는 사람끼리 4명을 가득 채워서 가는 게 좀 이상해 보였다. 나중에 주위에 물어보니 그런 게 깡패택시라고 그랬다. 하지만 그렇다고 다른 방법이 없어 일단은 비싼 돈을 주고서라도 타야 하는 것이 서북도서에서 휴가 나온 해병의 운명이었다. 아무튼, 동인천역에 도착해 용산행 1호선 급행열차를 타고 신도림역에서 2호선으로 갈아타 집이 있는 낙성대역에 도착했다. 집에 들어가 군복을 벗어 던진 후 씻고 누웠다. 눈을 감으면 내가 어디에 있든 똑같은 곳으로 느껴진다. 주위에 아무것도 안 보이기 때문에 옆에 다른 침상이 있다고 생각하면 그런 거고, 늘 내가 공부하던 책상이 있다고 생각하면 또 그런 거다. 눈을 감고 있자니 마치 연평부대 90대대 본부에서 서울 관악구 봉천동으로 순간이동을 한 것 같았고, 6개월의 시간을 워프한 것 같았다. 13일의 휴가를 받았다는 사실이 믿기지가 않았다. 정확히는 믿기지 않는다기보단 믿고 있지만 그 사실을 내 몸과 마음이 제대로 받아들이지 못하는 것 같았다.

서둘러 휴대폰 대리점으로 가 휴대폰을 초기화했다. 그 후 퇴근하신 아버지와 식사를 한 후 곧장 고속버스를 타고 창원으로 내려갔다. 창원도 마찬가지였다. 고속버스에서 내려 터미널을 나와 시내버스를 기다려 타고 집 앞인 '시민 생활체육관'이라는 정류장에서 내려 집으로 향했다. 체육관에서 내려 신호등을 건너면 바로 내가 다녔던 학교인 토월중학교가 나왔고, 그 방향으로 왼쪽에 학교, 오른쪽으로 하천을 끼고 100m정도 걸으면 하천을 가로지를 수 있는 길이 있는데 그것을 건너면 바로 집이 있는 아파트가 나온다. 중학교 3년, 고등학교 3년 동안 매일같이 걷던 길이었다. 그때야 '아, 내가 다시 여기로 돌아왔구나.' 하는 생각과 함께 기시감 같은 정체를 알 수 없는 묘한 기분이 들었다.

휴가 때 최대한 시간을 알차게, 1시간 단위로 꼼꼼하게 계획을 짜서 보내라고들 하지만, 나는 그런 것이 마냥 좋다고 생각하진 않았다. 최대한 여유롭게 이제껏 하지 못했던 일을 하면서, 만나고 싶은 사람이 생기면 꼭 약속이 없었더라도 갑자기 만나고, 가고 싶은 곳이 생기면 훌쩍 가버리는, 그런 휴가가 좋다고 생각한다. 부대 안에서도 매일 똑같이 사는데 휴가를 나와서도 계획이라는 틀에 갇혀 살고 싶진 않았다. 첫 휴가였지만, 13일은 충분히 길었다. 내가 하고 싶은 것들을 다 하고도 시간이 남아 미련 없이 부대에 복귀할 수 있었다.

다시 도파대를 거쳐 배를 타고 부대에 들어왔다. 분위기가 바뀌어 있었다. 또 한 번의 정권 교체가 일어난 것이었다. 나는 6월 30일에 도파대에 복귀하고, 7월 1일에 연평도에 입도했다. 그런데 그 전인 6월 28일에 건길이가 전역해버린 것이다. 기수 차이가 많이 나는 선임 중에서 가장 좋아하면서 한편으론 존경했던 선임이었던 만큼 인사를 못 나눴던 것이 아쉬웠다. 언젠가, 때가 되면 연락해 찾아가보고 싶다.

휴가를 다녀온 13일의 기간 동안 나는 그저 부대에서 '부재 1'이었을 뿐이었다. 일은 똑같이 잘 돌아갔다. 나는 그동안 진행된 일을 학습해 새로이 적응해야 했다. 잠깐 자유의 맛을 봤더니 통제에 익숙해지기 쉽지 않았지만, 그렇게 또 하루하루를 지내갔다.

30
90전산의 역사에 한 획을 긋다 (2016. 6. - 10.)

2015.10   2016.01   2017.01

나는 2월의 어느 날에 전산병이 되었다. 다르게 말하면 교환병이라고
도 하는데, 타 부대에서는 전산병이 어떤 임무를 수행하는지 잘 모르지
만 90대대에서는 주 업무로 통신, 전산장비의 유지/보수를 했다. 즉, 컴퓨
터, 프린터, 전시기 등의 전산장비와 영화에서 볼 수 있는 무전기, 전화기
등 수많은 장비의 현황을 관리하고, 인터넷이 안 된다거나 프린터가 안 된
다는 보고에 작전수행 영향 정도를 긴급성으로 판단해 지원을 나가는 것이
다. 거기에 특별히 할 일이 없을 때는 유선, 무선 작업도 함께 나갔다.

국방망 선을 깔아주거나 새로 전화선을 만들어 주는 것 등은 전산병
이라면 누구나 할 수 있어야 했다. 열몇 가지의 프린터 종류를 다 외우
고, 제각각 다른 설치 방법을 숙지하고 있어야 했으며 군용 통신장비의
고장(D/L) 시 어떻게 조치하는지도 모두 알고 있어야 했다. 하지만 이런
것은 기본적인 것들이어서 전산병으로 일을 시작한 지 몇 개월이면 충분
히 익힐 수 있었다. 또한 그럴 수밖에 없는 분위기였기도 했다. 구성원으
로 나와 내 맞선임인 1193기의 박규민이 있었다. 전산병 편재는 두 명이
기 때문에 더 이상 뽑지는 않았다.

이런 상황에서 훗날 '전산 혁신'이라고 극찬을 받았던 변화가 생겨났
다. 현장에서의 작업은 그렇다 치더라도, 통신, 전산장비의 현황 관리가
다소 미흡하다고 생각했던 것이 그 시발점이었다. 아무리 생각해도 각각

수백 개에 육박하는 전산장비와 통신장비를 엑셀 파일 하나에 모델명/수량/일련번호만 적어서는 제대로 유지하기가 힘들 것 같다는 생각이었다. 그래서 이런 문제점을 어떻게 타개해 나갈 것인지 계속 고민하다가 박규민에게 살짝 이야기해 보았다.

"알아, 알지, 아는데. 나도 생각해 봤는데. 뭘 하려고 해도 장비가 너무 많아서 시간이 오래 걸릴 것 같다. 뭐하러 굳이 사서 고생하냐. 정 원한다면 뭐 너라도 한 번 해보던가."

틀린 말은 아니었지만 내 생각은 조금 달랐다. 누가 알아주지 않는다고 해도 언젠가 나와 후임들이 일하기 편하기 위해서라면 지금 조금 고생하는 것도 나쁘지 않을 것 같았다. 그 이후로도 오랜 시간을 고민한 끝에 결론지었다. 못 먹어도 고로 하자고.

근무 시간에 기획서를 만들어 담당관님께 제출했다. 당차게도 기획서의 제목은 '90대대 전산혁신 방안'이었다. 내용은 주로 어떤 방식으로 과업의 효율성을 높일지에 대한 것이었다. 구체적으로는 각 숙영지마다 구조도를 그려 어떤 장비가 정확히 어느 위치에 놓여 있는지를 쉽게 파악하겠다는 것과 엑셀 파일에 더해 수기로 작성하는 현황을 추가하겠다는 것, 그리고 모든 장비의 제원과 개수, 어디에 몇 개 있는지를 종합적으로 따로 정리해 보는 이가 더 편할 수 있게 하겠다는 것 등이 있었다. 오래 고민했고, 또 고민한 시간과는 비교도 안 될 만큼 더 오래 걸릴 어마어마한 작업 내용이었다. 담당관님은 기획서를 보시더니 생각을 좀 해보자고 하셨다.

그리고 다음 날, 담당관님께서는 "오케이, 그래 한 번 해보자!"며 내 기획서를 받아주셨다. 그날부터 작업이 없을 때마다 때로는 한정호 담당관님과, 때로는 오세근 반장님과 함께 숙영지를 돌아다니며 모든 장비에 가로 3cm, 세로 3cm의 태그를 붙이고 숙영지의 구조도를 그리면서 장비

현황을 체계화시켜 나갔다. 한 번 작업을 나갔다 오면 저녁시간이고 주말이고 상관없이 기재실에 틀어박혀 작업 내용을 파일화해 다음날 그것을 보고서 형식으로 만들어 담당관님께 제출했다. 한 달, 두 달 시간이 흐르면서 현황은 점점 내가 원하는 구색을 갖춰가고 있었다. 담당관님과 반장님, 그리고 악마 같던 박규민마저 인정하고 더 전폭적으로 내 작업을 지지해 주었다.

작업이 막바지에 이를 즈음, 예하 숙영지 중 하나인 한 분초에서 똑같은 작업을 진행하고 있었다. 이제는 익숙해져 마치 프로처럼 숙영지 구조를 슥슥 그리고 있을 때, 그 분초의 책임자인 분초장님께서 나타나셨다. 그분은 다름 아닌 '진짜 사나이'의 해병대편에서 이름을 떨치셨던 송곳 소대장님이셨다. 담당관님께서는 우리의 작업을 분초장님께 설명했고, 분초장님은 대단하다며 90대대 통신을 극찬해 주셨다. 그리고 분초장실의 프린터와 데스크탑에 태그를 붙이고 있을 때 말씀하셨다.

"지금 니가 하는 게 분명히 나중에 큰 도움이 될 거다. 당장은 아무도 안 알아준다고 해서 서운해 하지도 말고, 여기서 이게 도움이 못 된다 해도 사회 나가서는 이 경험들이 소중한 밑천이 될 거니까 끝까지 열심히 한 번 해보도록 해라."

'해병대 연예인'이라고 불리던 분이 직접 말씀해 주셔서 더 힘이 된 걸지도 모르겠다. 그날 작업은 평소보다 훨씬 더 빨리, 그리고 더 정확하게 끝나 만족스러운 결과를 안고 본부에 복귀할 수 있었다.

새로운 사업이 도입되어 장비들이 새로 들어올 때마다 현황을 수정하고, 또 그것을 유지해야 한다는 사실이 생각보다 어려웠지만 그래도 90대대라는 큰 규모의 장비를 관리한다는 것에 자부심을 갖고 열심히 일했다. 그리고 2016년 10월, 박규민의 전역과 맞물려 90대대 장비현황의 조사와 체계화가 모두 끝났다. 그 이후로는 조사한 내용이 바뀔 때마다 수정하는 정도의 작업만 진행했다. 이 모든 작업을 하기 전과는 비교도 안 될 정도로 과업 효율이 높아졌다. 거대한 성공을 이룬 것 같았다. 작업을 하는 과정에서 많은 사람들의 인정을 받아 그 덕에 내 생활도 더욱 편해졌다. 박규민에게도 더 이상 욕을 먹지 않았다. 작업은 날개 돋친 듯 뻗어나갔다.

이 모든 것을 이루기 위해 가장 중요한 것은 다름 아닌 책임감이었던 것 같다. 내가 뱉은 말과 맡은 임무, 과업을 더 빠르고 정확하게 수행해내기 위해 생각했던 방법이었고, 시간은 다소 걸렸지만 결국 원하는 목표를 이룰 수 있었다. 사회에 있을 때부터 '용두사미', 마무리가 좋지 못했던 고질적인 내 문제마저도 해결한 것 같았다. 두 마리, 아니 그 이상의 토끼를 잡았던 것이 내게 있어선 전산 과업이었던 것 같다.

31
신임 하사 (2016. 7. 12.)

평범한 과업일이었다. 오전에 우리만 작업이 없어 기재실에서 박규민과 전산 일을 끄적대다가, 담배도 하나 피울 겸 내려와 흡연장을 가는 길에 생활반에 잠시 들렀다. 생활반에는 처음 보는 사람이 안절부절 못하고 서 있었다. 새까만 얼굴과 옆에 세워져 있던 의낭을 보아 신병임에 틀림없었다.

"뭐야, 신병이야?"

"…."

얜 뭐지? 대답도 없네. 하고 생각하다가 의낭 위에 가지런히 얹힌 팔각모를 보고 흠칫했다. 계급장이 달려있었던 것이다. 한 마리의 갈매기가 계급장 안에서 날개짓을 하고 있었다.

"어 필승. 죄송합니다. 신병인 줄 알고."

"…. 아니야, 그럴 수 있지."

"여기로 전입오신 겁니까? 근데 왜 생활반에 계십니까?"

"나 영내야. 앞으로 여기서 생활할 거야."

"아? 알겠습니다."

내가 이병 때 당시 2년차 하사였던 지주호 반장님이 지원 2분대에서 영내생활을 했던 것을 본 후로 영내하사는 처음이었다. 신기하기도 하고 반가운 마음도 들었지만, 어쩐지 걱정이 더 앞섰다. 생활반은 엄연히 병사들의 공간이라 생각했던 데다 간부가 절대 알아서는 안 되는 여러 가지 인계나 악습들이 잔존했기 때문이었다. 어쨌든 당장 더 할 말이 없어서 어색한 분위기를 뒤로 한 채 흡연장으로 향했다.

"박규민 해병님, 생활반에 하사 한 명 왔습니다."

"어? 무슨 하사?"

"저도 정확히는 잘 모르겠습니다. 생활반에 내려갔더니 꽃봉 내려놓고 멍하니 서있었습니다. 생활반에서 저희랑 같이 산댑니다."

"아 그래? 하, 망했네."

기재실에 도착하자마자 박규민에게 신임하사에 대한 이야기를 다 일러바쳤다. 당시 나는 후임이 진기 한 명밖에 없는 상황이었지만, 이성진이 가면 생활반 최고선임자가 될 박규민에게는 신임하사에 대한 이야기가 좀 더 심각하게 와 닿았던 것 같다. 새로 전입했다 하더라도 간부는 간부. 엄연히 박규민보다 상급자였다. 생활반 최고선임자들이 가지는 권력 아닌 권력이 분배될 것이 불가피해 보였다.

과업시간이 끝나고 다시 생활반에 내려갔을 때, 의낭만 남겨놓고 신임하사는 온데간데없었다. 작업이 끝나고 복귀한 통신병들과 함께 부대식당에서 밥을 먹고, 휴식을 취했다. 오후 과업이 시작하는 13시. 건물 앞에서 정렬을 한 후 인원파악을 하고 오후과업을 위해 사무실로 올라갔다. 우리의 신임하사는 그곳에 있었다. 담당관님께서 간단하게 소개를 해주셨다.

"야는 이번에 정통에서 내려온 한광선이다. 아직 영내라서 너거랑 같이 생활반에서 먹고 자고 할 테니까, 이상한 짓거리 할 생각 마라. 알긋나."

정보통신중대에서 왔다고 했다. 연평부대의 직할중대로, 어떻게 보면 90대대 통신과의 상급부대인 중대라고 할 수 있다. 결국 완전한 신임하사는 아니라는 뜻이었다. 정통중대에서 약 2주간 생활하다 90대대로 전입했다고 했다. 이름은 한광선. 나이는 스무 살(!!)이고 대전 출신이라고 했다.

생활반 내에서 계급은 가장 높지만 군 생활을 한 기간이나 나이로 치면 가장 막내였다. 아이러니가 아닐 수 없었다. 참 당연하게도 나와 웅범이부터 시작해 위로 진혁, 재환, 박규민, 이성진까지 누구 하나 한 반장님을 바로 받아들이기가 쉽지 않았다. 그나마 진기만이 반장님을 가장 편하게 반장님이라고 불렀다. 군번으로 치면 둘 다 2016년 3월 군번이고, 진기가 반장님보다 딱 하루 군 생활을 더 했다.

초기에는 한 반장님이 적응을 잘 못하시는 것처럼 보였다. 작업을 나가도 뒤에서 휴대폰을 하며 빨리 포항으로 가고 싶다는 말만 했다. 게다가 생활반 상급자들에게 지나치게 권위적인 모습을 보이려 하는 등 여러 가지 상황에서 병들과 트러블이 많았다. 시간이 갈수록 보이지 않는 갈등은 심해져만 가 어느 순간부터 조금씩 그 갈등이 표면으로 드러나기 시작했다. 뒤에서 혹은 은연중에 하던 행동이나 말들을 앞에서 혹은 대놓고 하기 시작했던 것이다.

한 반장님은 그것을 느끼셨는지, 그때야 조금씩 더 간부다운 모습을 보이기 시작했다. 작업을 더 열심히 배우고, 매사에 열심히 임했으며, 상급자의 권위를 잃지 않음과 동시에 선임 병사들에게 힘을 실어주는 행동들을 했다. 변한 모습을 보고 우리 역시 한 반장님을 보는 태도가 변했다. 그때부터 점점 '한광선 하사'가 아닌 '한 반장님'이 되어갔다. 그리고 주말에 도내 외출을 함께 나가 별미 식당에서 불족발을 먹음으로써 우리는 진짜 가족이 되었다.

한정호 담당관님이 체계 및 전산을, 오세근 반장님이 유선을, 한광선 반장님이 무선을 책임지면서 통신과의 체계화가 마무리되었다. 물론 형식상 파트가 나누어진 것이지 결국 서로 일을 도와가면서 했지만, 부족했던 무선을 한광선 반장님이 맡아줌으로써 통신과는 전보다 더 완벽해졌다. 이런 분위기는 12월에 한정호 담당관님께서 정통중대로 올라가실 때까지 유지되었다. 그 기간 동안 90대대 통신과는 그 어느 때보다 높은 작업 능력과 업무 분위기, 단합력을 자랑했다. 그리고 약 1년 후이자 나의 말년이 도래했을 때, 한 반장님은 어느덧 프로가 다 되어 어떤 작업에도 문제없는 통신 간부가 되었다.

우습게 들릴 수 있겠지만, 신기했다. 계급장에 달려있는 무게만 다를 뿐, 한 반장님도 결국 우리와 같은 스무 살에 신성한 국방의 의무를 수행하러 온 사람이었다. 다만 군 생활에 뜻을 두어 병사가 아닌 간부로 입대했다는, 딱 그 차이밖에 없었다. 시작은 어차피 누구나 아무것도 모르는 상태이기에, 백지 상태에서 하나씩 자신만의 경력을 채워가는 한 반장님을 보면서 간부라는 존재가 조금은, 더 가깝게 느껴졌다.

32
체육대회 (2016. 7. 15.)

2015.10   2016.01   2017.01

90대대에서는 매년 7월 초에 대대 창설 기념일을 전후로 체육대회를 한다. 최소 근무자는 남겨두고 나머지 인원으로만 하는 체육대회기 때문에 모두가 함께할 수는 없었지만, 그래도 대대에서 가장 많은 인원이 모이는 행사 중 하나였다. 게다가 축구, 농구, 족구, 배구, 줄다리기, 계주, 종합 이렇게 7가지 종목에 각각 우승 1박 2일, 준우승 1일이라는 휴가가 걸려 있었다. 구기 종목은 한 사람당 한 종목에만 출전할 수 있지만 출전한 구기종목과 줄다리기, 계주, 종합 우승을 해버린다면 체육대회 하나로만 8일의 포상휴가를 받는 것이다. 휴가에 목마른 병사들에게는 실로 어마어마한 기회였기에 그 기회를 잡기 위해 모두가 혈안이 되어 있었다. 아쉽게도 당시만 해도 나는 구기 종목에 소질이 전혀 없었기 때문에(사실 지금도 큰 차이는 없지만) 아무 종목에도 출전하지 못했다. 묵묵히 모두가 나가는 줄다리기와 종합 우승만을 마음속으로 바라고 있는 처지였다.

대회 당일 나는 오침이었다. 즉 전날 야간 2직 근무를 서 오전을 자고 온 상황이었다. 비몽사몽 일어나서 같이 오침했던 1194기의 장경주와 점심을 먹고, 오후 근무자를 내려주러 온 차를 타고 대회가 있는 예하 중대로 향했다. 본부에는 연병장이 없기 때문에 이런 큰 행사를 한다 치면 마을에 있는 면민 운동장을 대여하거나 예하 중대의 연병장을 사용할 수밖에 없었다. 중대에 도착해 본부 사람들이 어디에 있나 찾아보다 배구장을 둘러싸고 앉아 있는 것을 확인해 그쪽으로 갔다. O중대와 본부의 배구 경기가 있었다. O중대의 주장은 당시 분초장이었던 신민수 상사님이었고, 본부의 주장은 대대장님이셨다.

"와, 대대장님! 이걸! 진짜 잘하십니다! 허허허⋯(정색)"

신민수 분초장님은 평소에도 위트와 센스가 넘쳐 대원들이 좋아했던 간부 중 한 분이었는데, 그날따라 평소보다 더 재밌으셨다. 대대장님과 마주보는 상황에서는 세상 밝은 표정으로 웃으면서 게임을 하다가, 뒤를 돌면 싹 정색하며 대원들을 쳐다보는 모습이 너무 재치 있고 재밌어, 적이었던 본부 대원들마저 웃겨버렸다. 본 게임을 시작하려는 찰나에 그걸 구경하고 있던 내게 누군가 말을 걸었다.

"지후이-"

같은 날 본부로 전입했던 동기 중 하나인 수훈이었다.

"어, 내 왔다."

"니 못 들었나. 아직 뽀급 입고 있네. 강경선 해병님이 오늘부터 우리 전부 일오 풀어줬다."

"에 진짜? 맞나. 와⋯. 드디어. 오케이! 고맙다-"

체육대회 날이자 일사의 절반이 지났던 날인 7월 15일, 그날 본부의 1203기가 '일오'를 달았다. 언젠가 이야기했지만, 당시 '일오'를 달면 쓸데없는 변화들도 많았지만 디지털 티를 입을 수 있다는 커다란 변화가 있었다. 보급 런닝은 무슨 재료로 만들었는지는 잘 몰라도, 몇 번 빨면 목 부분이 늘어지고 아래 부분이 말려올라와 입고 벗기 불편할 뿐 아니라, 보기에도 안 좋았다. 하지만 디지털 셔츠는 정 반대였다. 깔끔한 디자인에 절대 상하지 않는 옷감, 세련된 광택까지! 거지꼴이었던 보급셔츠의 일이병을 당당하고 용감한 군인으로 바꾸는 데는 그 디티 하나면 충분했다. 공부와 운동도 중요했지만 결국 그 디티 하나 때문에 '일오'를 목이 빠져라 기다려오던 우리였다. 한시라도 빨리 입고 싶어 본부로 돌아가고 싶었지만, 그러진 못한다는 것을 알기에 일단은 다시 숨죽이고 대대장님의 배구를 관람했다.

무슨 종목이 정확하게 몇 등을 했었는지는 잘 기억나지 않는다. 축구는 3등 혹은 4등이었고, 농구는 1등이었다는 것 정도. 다만 아직도 생생히 기억나는 것은 계주를 관람하던 순간이다. 계주는 계급별로 한 명씩, 이병-일병-상병-병장-하사-중사-장교 순으로 뛰었는데, 계주에서 1등을 하면 본부의 종합 우승이 확정되는 상황이었다. 어떻게 보면 나에게는 가만히 앉아서 휴가를 이틀이나 벌 수 있는 기회였던 것이다. 그리고 계주를 우승하지 못하면 우리의 1등이 날아가기 때문에, 또 다른 누군가에게도 역시 가만히 앉아서 2일의 휴가를 벌 수 있는 기회였을 것이다. 이윽고 계주 참가자들이 순서대로 줄을 섰고, 우리는 연병장 테두리에 둘러앉아 손에 땀을 쥐고 출발을 기다렸다.

"삑!"

심판을 보던 대대 인사담당관님의 호루라기 소리에 맞추어 선수들이 뛰어나왔다. 이병-일병까지는 무난했다. 모두가 거의 비슷한 간격으로 들어왔다. 문제는 상병이었다. 본부의 상병은 이효진이었는데, 평소 발이 빨라 막 잘하진 않더라도 누구에게 뒤처지거나 하진 않을 것 같았다. 연병장을 반쯤 돌았을까, 갑자기 효진이가 다른 델 보더니 점점 느려지기 시작했다. 효진이가 한 바퀴를 다 돌고 박규민에게 차례를 넘겼을 때 본부는 이미 3등까지 내려왔다. 아쉽게도 박규민은 3등을 유지한 채 원점에 도착했다. 다음은 하사인 최성훈 반장님이었다. 순식간에 2등을 제치는가 싶더니, 아무런 전조도 없이 갑자기 넘어져버렸다. 너무 갑작스러워서 당황할 틈도 없었다. 내 포상휴가가 그렇게 날아가나 싶었다. 손에 땀을 쥐며 그걸 보고 있던 40인 본부의 포상휴가도 함께.

다음 주자는 중사 진급 예정이었던 최영근 반장님이었다. 혹시나 하는 마음으로 본부 총원은 반장님을 목이 터져라 응원했다. 야구는 9회 말 2 사부터라고 했던가, 최영근 반장님은 막판에 믿을 수 없는 속도로 내달리기 시작했다. 한 명, 두 명, 세 명을 모두 제치고 기적같이 1등으로 원점을 밟았다. 마지막 주자에서도 본부는 등수를 유지해 계주 우승으로 종합 우승을 차지하게 되었다. 이틀의 포상휴가가 적립되는 순간이었다. 승리의 기쁨에 찬 본부의 포효가 하늘을 찌를 듯했다.

"내가 한 마리의 고라니가 됐다고 생각하고 뛰어라."

최영근 반장님께서 훗날 이 계주를 회상하며 하셨던 말이다.

모든 경기가 끝난 후에 대대 총원이 연병장에 집결해 시상식을 했다. 종합 우승은 본부였다. 2일의 휴가를 받았고, 우승한 농구와 계주에 참여했던 사람들은 더 많은 휴가를 받았다. 모두가 배부른 즐거운 잔치 같았다. 1년에 한 번 있는 대대 체육대회는 그렇게 끝났다. 포상휴가도 이틀이나 받고, 기대하고 고대했던 일오도 드디어 풀린 채로. 만족스러웠다. 돌아와서 고이고이 모셔 두었던 디지털 티를 입고, 일오가 풀리면 내 액운을 막기 위해 차려고 숨겨뒀던 염주를 왼쪽 손목에 찼다.

33
병영문화 혁신의 시작 (2016. 7. 18.)

체육대회가 끝나고 정확히 3일 뒤 저녁시간이었다. 한동안 그런 집합이 없었는데 강경선이 갑자기 '쌍오(상병 5호봉) 밑으로 지금 당장 정작 1분대로 보고해라.'는 오더를 내렸다. 모두가 비상이 걸렸다. 도대체 누가 또 무슨 커다란 잘못을 했기에 쉬고 있는 마지막 호랑이의 코털을 건드린 것일까. 긴장과 불안을 안고 진혁이, 웅범이와 정작 1분대로 갔다. 쌍오 밑으로 총원이면 당시 본부의 80%에 달하는 인원이었고, 강경선의 모여라는 말 한마디에 생활반에 오밀조밀 서 있었다. 곧 강경선이 들어왔다.

"뭐하노? 다 앉아라."

강경선의 그 말에 그곳에 있던 모든 사람들이 비좁은 침대에 엉덩이를 다닥다닥 붙이고 착석하기까지는 채 3초도 걸리지 않았다.

"그래. 뭐 일단 개인시간에 미안한데, 내가 너거를 전부 오라고 한 건…"

'꿀꺽' 하고 침 넘어가는 소리가 들렸다. 5, 4, 3, 2, 1. 하고 멸망의 카운트다운이 귀에서 들리는 것만 같았다.

"너거 호봉제에 대해서 좀 이야기하려고 한다."

"!?!!?"

"뭘 다들 얼탱이 빠진 표정으로 보노. 내가 뭐 너거 모다놓고 후드려 패기라도 할 줄 알았나. 호봉제에 대해서 짬들이랑 얘기해봤고, 그래서 나온 결론을 알려줄라고 불렀다. 현 시각부로 일오 이하도 체육복 바지에 티만 입어도 상관없다. 짬 이하 젓가락 사용 불가 그런 것도 없다. 그 외에 쓸데없는 허례허식 같은 건 다 없앤다. 이빨 쓰지 말고, 서로서로 이상한 것 강요하지 마라. 이상, 해산."

사건의 전말은 이랬다. 2016년 5-6월 경에, 해병대 식고문과 관련된 이슈가 언론에 대서특필된 적이 있었다. 어느 부대인지는 모르겠지만, 심각한 병영 악습으로 해병대는 다시금 존폐 위기에 놓이게 되었고, 그래서 사령관님께서 "병영악습과의 전쟁"을 선포한다고 하셨다. 그 뒤로 무슨 일을 해도 '병영문화 혁신'이 가장 주요 과제로 떠올랐다. 그 병영문화 혁신의 바람이 서해바다를 건너 연평도로 넘어와 어느새 90대대 본부까지 불어왔던 것이다. 아침 회의에서도, 순찰에서도, 과업과 생활에서도 병영문화 혁신을 빼놓고는 아무것도 할 수 없었다. 간부들의 압박이었는지 최고참 선임들이 스스로 결정했던 것인지는 아직도 알 수 없지만 그 일련의 사건이 있었던 2016년 7월 18일 이후부터 90대대 본부도 본격적으로 병영문화 혁신기에 들어섰다.

그날 이후로 선, 후임을 막론하고 모든 병사들과 많은 간부들이 힘을 합쳐 병영문화를 개선해 나갔다. 나도 그랬고, 내 후임들도 그랬지만 병영문화라는 것이 아까의 강경선처럼 '야, 지금부터 너네 바뀌어라!' 한다고 쉽게 바뀌는 것은 아니었다. '내가 이렇게까지 당했는데 얘네는 편해야 해? 무슨 이유로?'라는 보상심리를 기반으로 한 잣대를 들이미는 선임들도 있는가 하면, '이 선임들이 말은 이렇게 해도 내가 실제로 그렇게 해버리면 기합 빠진 후임으로 보겠지.'라고 생각하며 스스로의 행동을 통제해버리는 후임들도 있다. 그래서 명목상으론 없어졌다고 해도 실제로는 잔존하는 호봉제나 악습들이 굉장히 많았다.

가령, 통칭 '이빨'이라고 하는 '-알고 싶습니다.'나 '-압니다.'체와 같은 경우에 특정 호봉을 기점으로 이것을 사용할 수 있기 때문에 당연히 호봉제의 일환이었고, 없애는 쪽으로 이야기가 되었다. 하지만 나처럼 이빨을 사용할 수 있게 된 지 며칠 안 된 경우는 그렇다 치더라도, 이미 몇 달이나 지나 이제는 일상이 되어버려 떼려고 해도 잘 안 떼지는 경우가 있었다. 그런데 그렇다고 이빨을 쓰지 말 것을 강요할 수 있을까? '알고 싶습니다.'를 철저히 금지하고 무조건 '-까'의 말투만 사용하게 하는 것도 그 나름대로의 문제가 발생할 수 있다. 이런 딜레마가 형성되는 것이다.

또 다른 예로, 젓가락 사용이 있다. 원래 상병 5호봉부터 사용할 수 있게 호봉제를 걸어 두었지만, 그것을 없앤다고 일, 이병들에게 젓가락을 강제로 사용하게 할 수는 없다는 것이다. 결국 훈련소 때부터 사용해왔던 포크 숟가락이 이제는 젓가락보다 편해져 그냥 사용하는 인원들과, 호봉제가 없어졌다고 바로 사용하기에는 눈치가 보여 사용하지 않는 인원들과, 주위를 보니 젓가락을 사용하는 사람이 소수라 결국 며칠 사용했다가 다시 원래로 되돌아가는 인원들, 이렇게 유형이 나누어진다. 시간이 지나고 봤을 때는 실제로 젓가락 사용에 대한 호봉제는 없어졌지만, 겉으로 보기에는 상병 5호봉 이상의 인원들만이 젓가락을 쓰고 있는 상황이 된다. 참 어려웠다.

지속적인 선, 후임들 간의 대화 및 피드백이 필요한 것이 병영문화 혁신이었다. 다행히 선임들도 이것을 일회성 이벤트로 그칠 생각은 없어 보였다. 계속해서 후임들의 나은 생활을 위해 노력하고, 생각하고, 투자해 주었다. 나는 개인적으로 선, 후임이라는 틀 안에서는 그 어떤 병영문화 혁신이라도 수용할 수 있다는 입장이어서, 후임층이었을 당시 선임들의 이런 과감한 결정과 행동에 정말 많은 감명을 받았다. 그리고 지속적인 관심 이전에 90대대 본부 병영문화 혁신의 도화선이자 시발점이 된 강경선의 발언에 박수를 보내고 싶다.

34
공부하십니까? (2016. 8.)

2015.10   2016.01   2017.01

체육대회 날이었던 7월 15일에 정식으로 일오가 풀리고, 7월 18일에 강경선의 대대적인 발언이 있었던 까닭에 나는 당당하게 독서와 공부를 할 수 있게 되었다. 하지만 당시 비교적 딱딱한 이성진이 생활반 최고 선임자인데다 내 밑으로는 진기 한 명밖에 없었기에 마음 편히 내가 원하는 대로 할 수는 없었다. 그래서 내가 선택한 방법은 다름 아닌 내 맞맞선임, 이재환을 공략하는 것이었다.

진혁이와 응범이가 담배를 피지 않기 때문에 근 기수인 우리 네 명 사이에선 나랑 재환이가 유독 친했고, 진혁이와 응범이가 또 유독 친했다. 물론 네 명 다 함께 친하긴 했지만 둘둘 간에 정도의 차이는 있었던 것 같다. 그런 이재환과 흡연장에서 담배를 피거나 야외로 작업을 나가면 많은 이야기를 나눌 수밖에 없었는데, 내가 이야기해본 재환이는 꿈이 정말 크고 많은 사람이었다. 그중에서도 나와 가장 밀접한 관계가 있던 것은, 이재환도 정말이지 공부를 하고 싶어 한다는 것이다. 자신의 대학에 만족하지 못해 전역하면 가장 먼저 할 것이 편입 공부라고 했다. 그런 이재환에게,

"학점은 혹시 좋으십니까…?"

하고 조심스럽게 물으면,

"아니…. 그냥 보통?"

이라 대답했고,

"편입… 어떻게 준비해야 하는지 혹시 아십니까…?"

하고 더 조심스럽게 물으면,

"아니… 솔직히 잘 모르겠다."

라고 대답했다.

"그럼 편입 말고 재수는 혹시 어떠십니까?"

이재환이 미래와 관련된 이야기만 꺼내면 나는 항상 이재환에게 재수를 권장했고, 본인도 재수에 전혀 생각이 없지는 않은 것 같았다. 결국 내 일오가 풀리던 시점에 드디어 이재환이 재수를 하겠다는 쪽으로 마음을 먹었다. 사지방에 마음대로 드나들 수 있게 되었던 나는 이재환과 함께 이재환만을 위한 EBS 수능완성 책과 수학 기초 책을 주문했다.

배송은 다소 시간이 걸려, 8월이 되고 난 후에야 기다리던 책이 부대로 도착했다.

"이재환 해병님, 책 왔는데 오늘부터 공부하십니까?"

"그래, 오늘부터 한 번 해보자."

안 가는 시간을 억지로 밀어내며 밤이 되기를 기다렸다. 이재환이 함께였기 때문에 좀 더 당당할 수 있었지만, 어쨌거나 내 의지로 시작한 첫 공부 연등이었다. 물론 그렇다고 내 연등을 위해 이재환을 이용한 것은 결코 아니었다. 이재환 본인이 분명히 공부를 하고 싶다는 의사를 내게 보여 주었기에, 함께하고자 했던 것이었다. 한참 전에 강경선과 함께 연등할 때 보았던 한자 책을 다시 꺼내, 했던 것도 복습하고 앞으로의 계획도 짤 겸 책을 펼쳐 보았다. 이걸 과연 다 해낼 수 있을까 하는 막막함과 동시에 드디어 이걸 할 수 있겠구나 하는 설렘이 함께였다. 저녁에 사지방에서 알아보기로는, 한자시험이 11월, 중국어 시험이 4월, 한국사와 한국어 시험이 5월에, 그리고 토익 시험은 매달 있었다. 참고해서 본격적으로 계획을 짜기 시작했다.

　처음 목표는 8월부터 시작해 11월까지 공부한 후 진흥회에서 주관하는 한자능력검정시험 1급에 합격하고, 합격한 11월부터 2월까지는 중국어만 공부하다가 2월부터 4월까지 중국어와 한국어를 함께 공부해 4월에 있는 HSK 5급에 합격하고, 4월부터는 한국어와 한국사를 함께 공부해 5월에 있는 한국사능력검정시험 1급, KBS한국어능력시험 1급에 합격하는 것이었다. 그 과정에서 주말마다 토익 예상문제를 한 회씩 풀어, 전역 전 2번의 토익시험을 치고 만점에 근접한 점수를 받아내는 것 역시 목표였다. 내 스스로와 약속했다. 다른 건 몰라도, 이 공부들만은 꼭 해서 다 따서 전역하자. 다 못 따면 전역하지 말자. 연기해버리자.

　나는 대한민국 99%의 평범한 남자였고, 평범한 사람에게 약속은 깨라고 있는 것이 아니던가. 결국 저 자격증을 전부 따지는 못하고 나와의 약속을 어긴 채 전역해버렸다. 아무튼 그런 계획을 열심히 짠 후에 우리의 이재환 해병님께서 얼마나 열심히 공부하시나 보려고 고개를 들었다. 놀랍게도 그곳엔 아무도 없었다. 나만이 책과 씨름하고 있었던 것이었다. 너무 공부를 열심히 해서 책과 혼연일체가 되어버린 것일까. 소리 없이 쥐도 새도 모르게 사라져 아무도 없는 도서관에서 나 홀로 공포에 빠졌다.

　'덜컥.'

　때마침 문이 열리면서 이재환이 들어왔다.

　"…? 어디 다녀오십니까?"

　"아, 나 빨래에 섬유 유연제 넣으러 갔다 왔지."

　"아아…. 허허…. 알겠습니다."

　워낙 빨래를 중요시하고 청결을 최우선적으로 고려하는 이재환이었기에 그러려니 하다가도, 공부하면서 세탁기 돌아가는 시간을 생각하고 있다는 점이 참 놀랍고도 대단했다.

"이재환 해병님….."

"어?"

"제 생각에 재수는 아무래도 오버 같습니다."

"뭔 소리고 갑자기."

"이재환 해병님의 평소 생활이나 관심 분야를 생각해보면, 굳이 대학 안 나와도 될 것 같습니다. 빨래와 관련된 대기업 하나 만드시는 건 어떠십니까? 국내 유일의 체인 빨래방. 재환스 런더리! 그리고 청소대행까지. 이거 진짜 이재환 해병님 덕성에 그 무엇보다 잘 맞지 않습니까? 놀리는 게 아니라 진지하게."

"…. 니 돌았나."

"아닙니다."

2017년 8월, 그때부터 1년이 지난 지금, 이재환은 여전히 재수 공부를 하고 있다. 2018년에 수능을 쳐 19학번으로 자신이 원하는 대학을 가고 싶다는 이재환에게 꽃길만이 함께하길.

35
하계 휴양 (2016. 8. 11.)

연평부대의 모든 제대는 한여름에 하계 휴양을 한다. 조그마한 섬인 만큼 어딜 가도 가까운 거리이기 때문에 단체로 이동하는 데 큰 소요가 발생하진 않았다. 그리고 대부분 제대는 민간인도 이용할 수 있는 연평 도의 서쪽에 위치한 구리동 해수욕장으로 하계휴양을 떠났다. 내가 있던 90대대 본부 역시 마찬가지였다.

"대대본부, 하계휴양 생활반 떠나, 총 생활반 떠나."

설레는 마음과 먹을 것을 잔뜩 챙겨 군용 차량을 타고 구리동 해수욕 장으로 향했다. 차를 타고 이동하는 5분이 그렇게 길게 느껴질 수가 없 었다. 구리동 해수욕장은 영화처럼 쫙 펼쳐진 바다와 끝이 보이지 않는 백사장이 있는 그런 곳은 아니었지만 예쁜 바닷물 색에 해변에는 무수 한 몽돌과 간간이 날아다니는 갈매기가 있는, 그럭저럭 가볼 만한 곳이 었다. 미리 준비된 천막에 자리를 잡고, 선크림을 바르며 휴양 간 주의사 항을 듣기 위해 잠시 앉았다. 당시 본부 소대장 직책을 맡고 있던 최영근 반장님께서 말씀하셨다.

"무조건 안전이 최우선이다. 날카로운 거에 찔리거나 베일 수 있으니까 물에 들어갈 땐 가급적 슬리퍼나 운동화를 착용하고 들어가도록. 이상."

반장님의 말이 끝남과 동시에 90대대 본부는 흡사 적진에 돌격하듯 '와아아아-' 하는 괴성과 함께 바다로 달려들었다. 물을 튀기고, 빠뜨리고, 던지고, 제각각 각자가 할 수 있는 가장 즐거운 방법으로 바다와 함께 놀았다. 그곳에서만큼은 선, 후임이 없었다. 오로지 스물한두 살의 놀기 좋아하는 청춘들만 있었을 뿐이었다. 가마를 태우고 상대편의 모자를 뺏는 놀이도 하고, 아무 이유 없이 다른 해병을 바다에 메다 꽂는 놀이(?)도 했다. 나와 이효진은 누가 더 깡이 강한지 테스트 해보자고, 서로 누가 더 멀리 바다로 나가나 대결도 했다. 안전선을 지키던 수색대에 걸려 일정 선 이상 나가진 못했지만.

상대적 시간 길이로 따지면, 조금 과장해 차를 타고 해수욕장으로 오는 시간과 해수욕장에서 노는 시간이 거의 맞먹을 것 같았다. 눈 깜짝할 새 오전이 흘러갔다. 최영근 반장님의 지시에 모두가 다시 뭍으로 올라왔고, 해변에 내리쬐는 햇살을 맞으며 잠시 휴식을 취했다. 천막 안은 너무나도 평화로웠다. 물에서 한참 놀아 춥고 무거운 몸을 햇볕에 말리는 게 말로 표현할 수 없을 만큼 편했고 기분이 좋았다. 마지막으로 다들 운동한 몸을 한껏 뽐내며 사진을 찍고, 햇살에 달궈진 돌을 밟음으로 해변을 만끽하며 구리동 해수욕장을 떠났다.

본부에 도착하고, 기수대로 샤워를 마친 후에 선임들은 그대로 침상에 뻗었다. 나 역시 자고 싶은 마음이 굴뚝같았지만 내 자리는 아직 2층이어서, 혹여나 올라가다 선임들을 깨우기라도 할까 봐 참고 있었다. 그날의 점심은 삼겹살이었다. 우리가 바다에서 세상 모르고 즐겁게 놀 동안, 보급 담당관님을 포함해 보급과에서 우리를 위해 특별한 점심을 준비하고 있었던 것이다. 모두가 부대식당에 모여 대대장님의 건배사와 함께 삼겹살을 굽기 시작했다. 맛있는 고기에, 1인 1캔의 맥주까지! 한 캔의 맥주를 사막의 오아시스에서 떠온 물마냥 아껴가며 마셨다. 병장부터 이병까지, 모두가 행복했다. 이런 분위기를 위해 단결 행사라는 것이 있구나 싶었다. 그 맥주 한 캔과 삼겹살 덕분에 우리는 더욱 가까워졌고, 90대대 본부라는 공통분모 아래 어제보다 더 가까운 가족이 되었다.

식사를 마치고 앞으로 해야 할 오후 과업을 위해 모두가 휴식을 취했다. 그런데, 과업 시작 직전에 방송이 나왔다.

"알림, 오늘 오후과업은 대대장님 지침으로 전투 휴무이니, 본부 총원은 참고할 것, 이상."

금상첨화가 아닐 수 없었다. 오전에 바다에서 신나게 놀고, 평소엔 구경조차 못하던 맛있는 점심에, 오후에는 휴식까지! 게다가 선임들은 특별한 배려를 발휘해 우리마저 쉴 수 있게 해주었다. 꿈 같은 하루였다. 오후과업이 시작하는 13시부터 원칙상 과업 종료 시간인 16시까지 기절한 듯이 잠들었다.

잠에서 깨고, 옥외에 있는 체력 단련실로 운동을 하기 위해 올라갔다. 한창 쪘던 살을 뺄 때라 줄넘기만 했었는데, 매일 몸무게를 재고 조금씩 줄어드는 몸무게를 보며 위안을 얻었던 시기였다. 300개씩 10세트, 총 3000개를 모두 뛰고 나서 본부로 내려와 곧바로 샤워장으로 직행했다. 평소처럼 샤워를 하려고 물을 켜는 순간 거울을 보고 흠칫했다. 뽀얀(!) 피부는 어디가고 웬 숯검둥이 하나가 눈만 부릅뜬 채 나를 쳐다보고 있는 게 아닌가. 오전 내내 화살처럼 따가운 햇살 아래서 놀아서 그랬던 것 같다. 선크림도 소용없었다. 논 게 후회되지는 않았지만, 다 타버린 내 얼굴을 보니 영락없는 군인이 된 것 같아 서글프기는 했다. 머리를 다 감고 양치를 하고 있을 때, 1207기의 상황병 후임 경수와 그 맞 후임인 1210기의 공수가 들어왔다.

"어, 필-승."

"그래그래."

탈의를 마친 경수와 공수가 내 반대편에서 샤워를 하려고 섰을 때 나는 또 한 번 흠칫했다. 이 후임들의 등이 붉다 못해 피가 나는 것처럼 새

빨갛게 보였기 때문이다.

"으악!…, 필승."

등에 물이 닿은 경수가 자기도 모르게 솟아나는 비명을 어쩌지 못하고 내뱉어버렸다. 내 얼굴처럼 햇살이 지지고 간 자국이었다. 난 아프지라도 않아서 다행이었지만, 이 아이들은 고통에 찬 얼굴로 샤워를 했다. 나는 그 꼴이 안쓰러워 더 보지 못하고 나와 버렸다. 야간점호 때 복도에 본부 총원이 모여 모두를 보니, 경수와 공수 외에도 등과 얼굴, 어깨에 피해를 입은 인원들이 많았다. 비전투적 손실이 너무 커 근무지를 폐쇄해야 겠다는 농담까지 나올 정도였다. 휴양은 즐거웠고 좋은 추억이었지만, 남은 것은 상처뿐. 이런 걸 보면 군대나 사회나 별반 다를 게 없는 것 같다.

36
Sehani's Back (2016. 8. 24. -)

아버지 기수였던 강경선과 이성진이 전역한 8월 23일, 그 다음날이었다. 아침부터 굵직한 큰 일이 많은 하루였다.

모든 일의 시작은 한 명의 귀순자로부터 비롯되었다. 새벽 6시 반경, 북한 방향에서 한 명의 귀순자가 내려온 것이었다. 당연히 전 부대에 실제 상황이 걸렸고, 본부 통신에서는 전투배치로 한 명의 인원이 더 붙어야 하는 상황이었다.

당시 무슨 이유로 웅범이가 아닌 내가 붙었는지는 모르겠지만, 오침 중이던 상황에서 갑자기 일어나 갑자기 전투배치를 붙게 되었다. 통신 근무지의 전투배치는 표현과 달리 대처해야 할 상황이 많지 않아 우선은 지휘통제실에서 대기하고 있었다. 그러다 7시가 조금 넘었을 때 귀순자를 잡는(?)데 성공했고, 상황이 조금 풀리게 되었다. 통신은 전투배치가 해제되었다. 밥 먹고 자라는 박규민의 말에 밥을 먹으러 가려 했다. 문제는 그때부터였다. 생활반에서 팔각모를 쓰고 나왔을 때, 옆 생활반인 정작 1분대에서 눈을 비비며 나오는 1210기의 공수를 발견한 것이다.

"어, 수야. 밥 먹었냐."

"필승. 아직 안 먹었습니다."

"그래? 같이 갈래?"

"감사합니다."

나와 수는 나란히 식당으로 향해 맛없는 아침밥을 어떻게든 먹고 본부로 돌아왔다. 공수를 보내고 나는 다시 오침에 들어갔다.

열한 시 반. 오침에서 일어나야 할 시간에 정확히 맞춰서 방송이 나왔다.

'일병 김지훈, 지통실 보고.'

오침이 끝나는 시간에 정확히 맞춰 방송으로 호출할 정도라면, 정말 좋은 일 혹은 정말 나쁜 일일 것이다. 하지만 예감이 별로 좋지 않았다. 아니나 다를까, 부리나케 지통실로 내려가보니 1200기의 김성민이 무서운 얼굴을 하고 앉아 있었다.

"너 뭐냐?"

"… 어떤 거 말씀하십니까?"

"니 아침에 공수 데려가서 밥 먹었냐."

"… 그렇습니다."

"공수 전투배치인 거 알고 있었냐."

"… 그렇습니다."

이때 아니라고 대답했었다면 수가 자신이 전투배치를 붙어야 하는 상황임을 내게 알리지 않았다는 사실을 내 입으로 말하는 것이기 때문에, 공수에게 그런 잘못을 만들어버린, 한마디로 후임을 팔아버렸다는 문제가 생긴다. 그럼 한마디로 끝날 말을 두세 마디 듣게 되는 것이다. 그 대답 한마디에 그런 미묘한 차이가 있었고, 서로의 실수로 수가 전투배치였다는 사실을 몰랐음에도 알았다고 하는 것이 정답이었다.

"근데 그러냐. 진짜 미쳤냐. 니 여기서 몇 달쩬데 그런 멍청한 짓거리를 하는 건데. 이제 상병 되가니까 다 우스워 보이냐. 실 상황이 뭔지 모르냐. 당장 저게 귀순잔지 침투세력인지 니가 어떻게 아는데. 저 사람이 숨겨났던 총 들고 갑자기 쏴대는데 상황병 하나 부족해서 전파가 안 되면, 그건 니가 책임지냐."

"아닙니다."

"하. 좋게 대해주면 잘 좀 하자. 가 봐라."

"알겠습니다. 필승."

처음이었다. 항상 친구같이 대해주던 김성민에게 그렇게 한 소리를 들었던 적은. 게다가 다 맞는 말이라 반박할 여지도 없었다. 종일 기분이 안 좋았다.

저녁이 되었고, 점심의 그 일 때문에 아직도 꿍해 있을 때, 생활반에 새로운 얼굴이 나타났다. 신병이었던 것이다.

"필! 승!"

신병이 나를 보고 경례했다.

"…그래. 자기소개해 봐라."

"예, 이병 정! 세! 한! 스물한 살이고 포항에서 왔습니다! 충남대학교 정보통신학과 다니고 있습니다! 열심히 하겠습니다!"

"예? 진기야. 쟤 교육부터 시켜라."

"알겠습니다."

언짢았던 기분 탓에 세한이를 처음 봤을 때부터 까칠한 반응이 나가 버렸다. 지금 생각하면 세한이에게 참 미안하지만, 그 상황에서 신병이란 나에게 더 많은 욕을 안겨주는 존재, 그쯤이었다.

세한이의 자리를 정해주는 과정에서 내 자리를 옮기게 되었다. 2층에서 1층으로. 이성진이 가기 며칠 전에 생활반 구조를 바꿔서, 관품함에 둘러싸여 한쪽 면만 나와 있는 동굴 같은 자리가 생겼는데, 나는 그 자리를 무척이나 갖고 싶었다.

다행히 나 외에 그 자리를 원하는 사람이 아무도 없어 세한이의 전입과 동시에 그곳으로 갈 수 있었다. 2층과 1층의 차이는 어마어마했다. 아침 기상이나 근무 진입과 철수 간 사다리를 오르내리며 침상을 흔들어

선임들을 귀찮게 하는 상황도 없었고, 무엇보다도 TV를 볼 때나 신발을 갈아 신을 때 등의 상황에서 그냥 침상에 앉아 일을 해결할 수 있다는 커다란 장점이 있었다. 그렇게 생각하면 자리이동의 원인이 된 세한이는 어쩌면 나에게 고마운 존재였을지도 모르겠다.

세한이와 그렇게 친해질 줄 예상이나 했을까. 신병이었던 세한이는 선임들의 마음에 쏙 드는 존재는 아니었다. 툭 하면 실수하고, 하필 나와 들어간 합동근무에서 엄한 분위기에 눈물을 보이기나 하고. 멍하니 앉아 있는 시간이 많았다. 그러다 어느 날은 다 함께 생활반에서 샤이니의 '셜록'이라는 노래의 뮤직비디오를 보다가, 가사 중 "SHINee's back"에 멍하니 있던 세한이가 "이병 세하니-스 백" 하고 답했던 적이 있다. 그때부터 세한이의 별명은 '세하니스 백'이 되었고, 맹-한 후임의 상징 같은 것이 되었다. 훗날 함께 운동을 하면서 세한이와 많이 가까워졌지만, 내가 전역하는 그날까지도 세한이는 맹했다. 어쨌든 그렇게 또 하나의 가족이 늘었다.

37
다이어리 사용설명서

일기와 공부 기록장, 독서 기록장, 운동 기록장은 필수입니다. 꼭 쓰세요.

첫 휴가를 나가 다이어리를 사 왔다. 이왕 쓰기로 마음먹은 거 좀 괜찮은 것으로 쓰자고 인터넷을 찾고 찾다 마음에 드는 다이어리를 하나 골랐다. 바로 주문해 휴가 중에 택배로 받아 부대에 들고 들어갔다. 다이어리의 구성은 제각각이지만, 내 것을 기준으로 사용 방법을 설명하고자 한다.

❶ 가장 먼저, Yearly Plan이라고 해서, 1년의 시간이 두 페이지에 들어가 있었다. 하루가 한 칸, 한 칸당 가로 0.5cm, 세로 1.5cm 정도로 365개가 빼곡하게 들어있었다. 나는 그 페이지를 2016년 7월 18일부터 하루에 한 칸씩 형광펜으로 채워, 전역 D-day로 활용하기로 했다.

❷ Yearly Plan의 두 페이지가 끝나면, Monthly Plan이라고 해서 우리가 흔히 아는 다이어리처럼 한 달이 두 페이지에 들어가 있다. 총 13개월을 쓸 수 있게 되어 있어서, 2016년 7월부터 2017년 7월까지 사용했고, 매달 마지막 날에 다음 달 날짜와 주요 스케줄을 채워 넣었다. 예를 들어 2017년 2월의 스케줄은 2일 입도, 10일 월급, 14일 치과 예약, 16일 행군 훈련, 20일 수당, 21-23일 작계훈련, 24일-27일 휴가, 25일 한자시험이 있고, 빈 공간에 '한자 70%, HSK 30%' 라고 그달의 주안점을 적어 놓았다.

❸ Monthly Plan의 13개월이 끝나면, Monthly Check, Weekly Plan이 시작된다. 이 역시 마찬가지로 총 13개월분이 들어가 있는데, 달마다 첫 두 페이지는 Monthly Check, 그리고 그 뒤 다섯 장은 Weekly Plan이다. Monthly Check는 왼쪽 한 페이지가 한 달의 달력, 오른쪽 한 페이지가 날짜와 그날의 내용으로 구성되어 있다. 왼쪽 달력에 그날의 공부내용을 적어놓고, 오른쪽 계획에 다음 날의 공부 계획을 적어놓았다. Weekly Plan은 한 주당 두 페이지, 왼쪽 페이지에 그 주의 계획을 포함해 월, 화, 수요일을 쓸 수 있고, 오른쪽 페이지에 목, 금, 토, 일요일의 내용을 쓸 수 있다. 한 주의 계획은 그 주의 주요 공부내용, 혹은 운동내용을 적었고 각 요일의 칸에는 그날의 일기를 적었다.

❹ 앞서의 항목들이 모두 끝나면, 100 Holidays가 시작된다. 일정한 틀이 없고, 가로 세로 0.5cm쯤 되는 네모 칸들이 빼곡하게 채워진, 무제 노트에 가깝다. 그곳에는 앞의 내용을 제외한 모든 잡다한 내용을 다 썼다. 공모전 내용부터 시작해, 공부 계획, 이 책의 기획과정, 그리고 독후감까지. 그래서 100 Holidays라는 표제를 지우고, 초등학교 4학년 때 담임선생님께서 늘 얘기했던 '난다난다 생각난다'라는 제목으로 바꾼 후 온갖 생각을 쓸 수 있도록 일정한 틀을 주지 않았다.

❺ 그 외에 아무것도 없는 빈 페이지는 좋아하는 글귀나 시 등을 적어 놓아 다이어리에 애착을 더했다. 예를 들면, 첫 페이지는 『채근담』에 나오는 '處世讓一步爲高 退步卽進步的張本'을, 마지막 페이지에는 한용운 시인의 「나룻배와 행인」을 옮겨 놓았다.

군 생활 동안 다이어리를 쓴다는 것은 결코 혼자만의 세계에 빠진 아웃사이더가 되는 길이 아니다. 오히려 말년에 응범이를 포함해 후임들에게 일기장에 나온 과거의 이야기들을 들려주면 더 추억거리가 되고, 지나온 시간을 아련하게 만들 수 있다. 계획적인 생활은 당연하고, 매일같이 일기를 쓸 시간에 스스로를 반성하게 되어 어제보다 나은 오늘, 오늘보다 나은 내일을 살 수 있게 하는 원동력이 될 것이다. 그러니 군대에서만큼이라도(전역하고도 물론) 각자의 일기장이나 다이어리는 꼭 하나씩 쓰는 것을 추천한다.

38
상병 진급 (2016. 9. 1.)

2015.10   2016.01   2017.01

   나이를 먹을수록 시간이 빨리 간다고 했다. 배진수 작가의 웹툰 '금요일'에서 말하기를, 나이가 어릴수록 뇌 활동이 활발해 시간이 천천히 가는 것처럼 '느낀'다고 했다. 그런 관점에서 생각하면 군 생활은 인생의 축소판이나 다름없는 것 같다. 이병 때 시간이 가장 안 가고, 계급이 높아질수록 시간이 잘 가는 것처럼 느껴졌다. 어떻게 보면 그 웹툰에 나온 말처럼 계급이 높아질수록 뇌 활동을 적게 하니까 시간이 더 잘 가는 것 같기도 하다.

   군 생활을 통틀어 본다면 시간은 찰나에 가깝게 빨리 간다는 게 맞는 것 같다. 하지만 그 순간순간만큼은 제법 길지 않았을까. 이병은 3개월이었기 때문에 절대적인 시간이 짧아 정말 길게 느껴지진 않았지만, 일병의 7개월은 참 길었다. 무서운 선임들에게 매일같이 시달리며, 언제쯤이 선임들이 집에 갈까 하는 고민도 하고, 나는 저런 선임이 되지 말아야지 하는 다짐도 했다. 평생에 해본 적 없던 일을 주 과업으로 삼아 일을 완벽하게 배우는 데 일병의 거의 모든 시간을 투자했던 것 같다. 살면서 한 끼에 먹어본 최대의 식사량을 몇 번은 경신한 덕분에 몸무게는 날개 달린 듯 불어나기도 했다. 언제 날아올지 모르는 북한의 포를 대비해 항상 긴장의 끈을 놓지 않아 마음은 늘 불안한 와중에 모처럼의 여유에 축구 한 게임으로 휴식을 취하기도 했다. 결국 새로운 환경에 적응하기 위해 나의 뇌가 활발한 활동을 하느라 시간이 잘 안 갔던 것처럼 느껴졌던 것 같다.

2016년 8월 31일 23시 30분이었다. 공교롭게도 말직 통신근무여서 1203기의 모든 해병 중 가장 빠르게 상병을 체험할 수 있게 되었다. 20분까지 공부를 한 후 생활반으로 올라와 체육복에서 전투복으로 옷을 갈아입었다. 그리고 잠시 고민하다가, 지나왔던 내 7개월의 일병 생활이 담긴 계급장을 과감하게 떼버렸고, 줄 세 개짜리 계급장으로 바꿔 달았다. 사실 어차피 근무 간에는 무장으로 전투복을 가리기 때문에 계급장이 보일 일은 없어, '나 상병이오-!' 하고 광고할 수는 없었지만, 내 스스로가 기분 좋자고 바꾼 거니까 상관없었다. 그 어느 때보다 힘차지만, 혹시나 누구라도 깨울까 봐 소리 없이 지휘통제실로 내려갔다.

"필-승!"

경례를 하며 지휘통제실로 들어갔다. 그리곤 통신근무 자리까지 성큼성큼 걸어갔다.

"어, 일찍 왔네. 저기 인수인계서 밑에 니 선물 있다. 특이사항 없다. 고생해라."

이재환이었다.

"감사합니다!"

수기로 작성하는 인수인계서를 들춰보니 다름 아닌 상병 계급장이 있었다. 자연스럽게 내 상병 계급장을 떼고 이걸 붙여야 할까? 아니면 받고 주머니에 넣어야 할까.

"진급 축하한다. 이거 붙이고, 쓰던 건 공수 줘라. 공수도 오늘 진급이다 아이가."

상황병 자리에선 공수가 초롱초롱한 눈으로 두 줄짜리 계급장을 기다리고 있었다.

"하하…, 저 사실 미리 계급장을 바꾸고 와버려서…. 생활반 가서 공수 줄 일병 계급장 하나 가져와도 되겠습니까…?"

"바꾸고 왔다고? 야. 장난하냐. 지금 몇 신데."

"확인해보겠습니다. 현재시간 23시 47분입니다."

"와. 이 새끼 돌았네. 니 언제부터 상병인데."

"9월 1일 00시입니다."

"근데?"

"아닙니다."

"참 내. 얼탱이가 없다. 수고해라. 간다."

"감사합니다. 필승."

상병 계급장을 원래보다 일찍 달았다는 이유로 이재환에게 몇 주 만에 욕을 신나게 얻어먹었다. 옆에 있던 상황병 선임도 거들었다. 공수만 어쩔 줄 몰라 하며 시선을 애써 모니터 화면에 두고 있었다. 사실 이것이 내 잘못이긴 했지만, 충분히 하나의 해프닝으로 넘어갈 수 있는 상황임에도 욕을 먹었던 것은, 이재환의 서운함이 컸던 것 같다. 아끼는 후임의 진급 날짜를 기억해 자신이 사용하던 계급장을 주면서 '오다 주웠다. 써라.' 같은 쿨한 모습을 보여주면, 내가 '와! 감사합니다!' 하면서 내 일병 계급장을 확 떼고 그걸 붙이는, 그런 그림을 이재환은 바랐던 것 같다. 근데 그게 마음처럼 안 풀리니 쏘아붙였던 게 아닐까.

어쨌든 진급은 진급. 인수인계서와 일지의 계급/성명칸에 상병 김지훈이라고 평소보다 1pt 정도 큰 글씨로 이름을 적어놓고 담당 간부님께 허락을 받은 후 생활반에 가서 일병 계급장을 가져왔다. 그리고 공수에게 그 계급장을 주었다. 상병이 되면 세상이 바뀔 줄 알았는데, 또 그렇진 않았다. 근무 시간에 다른 것이라곤 일병 때와 마찬가지로,

"필승, 90대대 통신병 일, 상병 김지훈입니다."

밖에 없었다. 누가 불러도, '일ㅂ…. 상병 김지훈'으로 종종 헷갈릴 뿐, 상병을 달았다고 큰 무언가가 바뀌지는 않았다.

다음 날, 오침을 하고 일어나서, 이재환은 나에게 사과했다. 장난친 건 아니었지만 미안했다고. 진급 축하한다고. 같이 담배를 피면서 말했다. 자기도 아직 상병을 절반밖에 안 했지만, 그래도 일병 때보다는 훨씬 재밌는 일도 많고, 시간도 잘 간다고 했다. 사실 시간이 잘 가는 것은 내게 있어 크게 중요하지 않았다. 다만 재밌는 일이 많다는 것이 앞으로의 군 생활에 기대감을 품게 했다. 흡연장에 응범이를 제외한 흡연자 동기들이 들어왔다. 일병 때 숨죽여 작은 목소리로 축하를 건네던 우리가,

"여- 진급 축하한디!"

하고 말을 하고 있었다. 바뀐 게 없지는 않았다. 너무 자연스럽게 시나브로 생활이 편해지고, 우리의 목소리가 커지고 있어 그걸 깨닫지 못했을 뿐이었다. 진급과 함께 군 생활 50%를 달성했으며 동시에 앞으로의 50%를 기약하는 하루였다.

39
어제보다 나은 오늘, 오늘보다 나은 내일 (2016. 9. 3.)

  9월의 monthly check에는 9월 1일은 3직이라 공부를 하지 못했고, 9
월 2일은 '그냥 쉼'이라고 표시되어 있다. 금요일인 것으로 보아, TV를 보
느라고 공부를 날려먹은 것 같다. 9월 3일이 되어서야 9월의 첫 공부를
시작했다. 한자 시험을 치기 전까진 한자에 주력했기 때문에, 공부를 한
다고 해도 사실상 빽빽이를 쓰는 작업을 하는 것이 전부였다. 1급은 총 3
천 글자를 알아야 했지만, 2급 이하의 모든 한자를 포함해 3천이라 실제
로 1급으로 바로 시작하는 것이 아니라면 외워야 할 한자 수는 1200자
안팎이다.

  처음엔 어떻게 시작해야 할지 몰라 막막했다. 하지만 그럴수록 꼼수 없
이 정공법으로 타파하자는 게 내가 해왔던 공부였기에 그냥 한 글자씩
무조건 쓰면서 외웠다. 샤프 뒤쪽에 달린 지우개보다도 훨씬 작은 글씨
로 백지노트를 빼곡하게 채우다 보면, '와 벌써 이렇게나 했나' 하는 은근
한 뿌듯함과 함께 이 글자들만큼은 틀리지 않을 것 같다는 자신감이 들
었다. 하지만 막상 테스트를 해 보면, 처음 익힌 100글자 중 70글자 이상
을 바로 틀렸고, 하루 지나면 맞춘 30글자 중에서도 20 글자 정도는 또
틀렸다. 평소에는 1주일 전 롤을 하며 아군으로 만난 유저 이름과 무슨
캐릭터를 했는지까지 기억할 정도로 생활 기억력이 좋은 편인데, 막상 외
우려고 들면 마음처럼 되지가 않았다. 무슨 해결책이 있겠는가. 그냥 써

서 외워야지. 쓰고 또 썼다.

　토요일이라 오전에는 근무를 섰지만 오후에는 별 과업이 없어, 근무 철수 후 밥만 먹고 바로 도서관으로 내려와 정신없이 썼다. 아니, 그 어느 때보다 정신을 가득 담아 썼다. 저녁이 다가오는지도 모른 채 '眛, 빛 광, 眛, 빛 광, 어라, 이거 원래 알던 빛 광이랑 용법이 똑같네. 신기하다.' 같은 생각들을 하며 시간을 보냈다. 오후 내내 빽빽이를 해 봤자 노트 로 3-4페이지밖에 나오지 않았지만, 서너 개의 개미집을 또 만들어냈다 는 것에 자부심을 가졌다. 어차피 밤에 또 공부할 때면 대부분을 까먹 고 다시 외워야 한다고 해도 그 대부분을 제외한 일부분이라도 내 머릿 속에 새로 들어온 것이었고, 그렇기에 어제보단 오늘 더 1급 합격에 다가 섰다는 생각에 기뻤다. 그런 원동력으로 계속 공부를 할 수 있었던 것 같 다. 내 목표는 저 멀리에 분명하게 정해져 있는데, 어제보다는 그 목표에 오늘 한 걸음 더 다가섰다는 생각. 그리고 그 생각에서 오는 성취감과 기 쁨.

　무슨 이유에선지는 모르겠지만, 처음으로 주말 저녁에 택배가 왔다. 보 통 연평부대 내로 오는 택배는 연평도 우체국에서 1차로 받아 특정 요일 에 부대 인사과에서 2차로 받은 후, 해당 예하부대에 3차로 뿌리는 것으 로 알고 있었다. 그 과정이 복잡해 밖에서 택배를 보내면 언제 올지 예측 하기가 힘들었지만, 그래도 주말에 오는 것은 처음이었다. 별로 크지 않 은 상자를 뜯어보니 아버지 지인을 통해 주문했던 노란색 케이블 타이와 노란색 전기절연 테이프가 있었다.

　과업으로 한창 인정받음과 동시에, 나 역시 더 잘하고 싶어서 수단 방 법을 가리지 않던 시기였다. 전산 과업이야 대부분 컴퓨터로 하고 막상 작업을 나가도 소프트웨어적인 작업을 주로 하기 때문에 모든 장비에 태 그를 부착했던 작업 말고는 딱히 흔적을 남길 일이 없었다.

그래서 생각했던 것이 '내가 한 작업을 어떻게 표시할 방법이 없을까?' 였다. 그리고 그 해답이 유/무선 작업에 밥 먹듯 사용하는 케이블 타이와 절연 테이프를 나만의 상징적인 색으로 사용해보자!였다. 보라색을 좋아했지만, 보라색 케이블 타이를 대량으로 구할 수가 없어 차선책으로 노란색 케이블 타이와 노란색 절연 테이프를 자비로 구매했고, 그것이 드디어 왔던 것이다. 바로 테이프가 든 상자에서 하나를 꺼내 기재실로 들고 올라가 나와 영혼을 공유하는 로브스터 니퍼의 손잡이에 둘둘 둘러 붙였다. 포켓몬 트레이너가 자신의 포켓몬이 진화하는 모습을 보면서 이런 생각을 했을까. 괜히 뿌듯하면서 내가 무슨 더 나은 통신병이 된 것만 같았다.

흡족한 미소를 안고 생활반으로 내려갔다. 내일부터의 작업에 대한 기대로 마음이 부풀어 올랐다. 나만의 공구들로 작업을 한다면, 내 스스로가 작업을 더 재미있게 할 것이니 그럼 당연하게 작업의 효율도 올라갈 것이다. 그리고 시간이 지나 문제가 생기면 내가 작업했던 것임을 단번에 알 수 있기에 최대한 조심스럽고 정확하게 작업을 진행할 것이다. 여러모로 마음에 들었다.

오늘까지의 나는 빨간 손잡이의 니퍼, 검은 케이블 타이와 절연 테이프를 사용했지만, 내일부터의 나는 노란 손잡이의 니퍼, 노란 케이블 타이와 절연 테이프를 사용하는 프로 통신병이 될 것이다. 얼른 작업을 나가선을 뜯고 붙이고 싶었다.

시간이 조금 지나서야 알았지만, 이런 나의 행동에는 커다란 문제가 있었다. 검은색의 케이블 타이와 절연 테이프를 사용하는 데는 다 이유가 있었던 것이다. 연평도는 적의 침투를 항상 대비해야 하는 지역이고, 적이 침투를 개시하더라도 연평부대는 매트릭스에 맞게 대응할 수 있도록 병력들을 훈련하고 있다. 그런데 만약, 그 대응을 뚫고 어떻게 연평도 내에 적이 상륙을 성공하여 철책을 끊고 경계선 내부까지 들어왔는데, 바로 눈에 노란색 케이블 타이와 절연 테이프로 눈에 띄게 감겨진 선이 보인다면. 과연 그것을 가만히 놔두고 갈까. 절대 그렇지 않을 것이다. 도저히 복구가 불가능하게끔 난도질해놓고 갈 것이 틀림없다. 이후는 상상만 해도 끔찍하다. 그런 문제를 깨닫고 난 이후에야 나는 내 노란 공구들을 오로지 실내 작업에만 사용하기 시작했다. 덕분에 그날 산 케이블 타이와 테이프는 전역할 때까지 다 쓰지 못했다. 아마 아직도 통신 기재실 어디에 박혀 있을 것이다.

결과가 좋은 것도 있고, 좋지 않은 것도 있었지만, 어쨌든 나는 이렇게 항상 안주하지 않고자 노력했다. 무슨 상황에 처해도 더 나은 곳을 바라보면서 노력했었으며, 또한 그 자체를 내 스스로가 즐기기 위해서 노력했다. 항상 어제보다 나은 오늘을 살고자 했고, 오늘보다 더 나은 내일을 지향했다. 그 오늘이 나에게 마이너스가 되는 것이 아니고, 그 내일이 허무맹랑해 도저히 실현할 수 없는 것이 아니라면, 매일이 똑같은 병사들에게 이런 마인드는 생각보다 중요할지도 모르겠다.

40
가끔 가다 보면… (2016. 9. 6.)

"알림, 알림. 금일 오후과업 정렬은 12시 30분에 있을 예정이니 본부 총원은 참고할 것."

평소보다 30분 빠른 과업정렬을 예고하는 방송이었다. 특별한 일이 없으면 주요 일정을 바꾸는 경우가 거의 없기 때문에 본부는 기대 반 걱정 반의 분위기에 휩싸였다. 늘 그렇듯 우리는 TV를 보며 이야기를 나누고 있었고, 갑작스러운 방송내용에 적잖이 당황했다. 먼저 이야기를 꺼낸 것은 박규민이었다.

"응? 뭔데. 너네 뭐 들은 거 있냐?"

"확인해보겠습니다. 없습니다."

"뭐지…. 그래 뭐 나가보면 알겠지."

그날따라 더 짧은 점심시간이 지나 예고했던 30분의 오후 과업정렬 시간이 되었다. 생활반별로 정렬해 과업지시를 기다리니, 최영근 반장님께서 나와 상황에 대해 설명해 주었다.

"자, 총원 주목. 여러분들을 이렇게 일찍 모이라 한 것은 다름이 아니라, 헌병에서 본부를 대상으로 조사할 것이 있다고 해서다. 지금 실시하면 식당을 바라보고 3열 종대로 헤쳐 모인다. 헤쳐 모여-"

"헤쳐 모여!"

"목표, 식당. 앞으로 가."

헌병이라는 말에 분위기가 싸-해졌다. 사회에서 경찰이라는 말을 들으면 괜히 움찔하는 것처럼, 군대에선 헌병이라는 말에 자동으로 움츠러들게 되는 것 같다.

"통신들아, 미안했다. 사랑하는 거 알지?"

박규민이 장난조로 한 말이었다.

"진기야, 미안. 다 너 잘되라고 했던 거야."

선임들이 들을까 봐 옆에 있었던 진기에게 조심스럽게 말했다.

"그렇습니다. 다 알고 있습니다!"

진기의 이 말 한마디에 괜한 안도감이 들었다.

본부에서 식당까지의 거리는 아무리 천천히 걸어도 금방 도착할 정도여서, 더 이상의 잡담은 없었다. 식당에 도착해 자리를 잡고 앉으니, 헌병대 간부님이 도착했다.

"총원 주목. 헌병대 수사 반장입니다. 과업 시작 전임에도 여러분들을 이렇게 모은 것은, 얼마 전 있었던 한 사건과 관련해 여러분들의 목격이나, 증언을 모으기 위함입니다. 있는 그대로 솔직하게 협조해주길 바랍니다."

곧바로 종이를 한 장씩 나누어 주었다. 중저음의 카리스마 있는 목소리에 압도되어 우리는 모두가 경직된 상태로 종이를 받았다. 그런데, 종이의 내용은 우리가 예상했던 것과는 사뭇 달랐다. 바로 본부의 한 간부님의 행동에 대한 진상 조사를 위한 종이였던 것이다. 종이는 어떠어떠한 내용을 했던 사실을 본 적이 있느냐, 혹은 관련된 또 다른 행동들이 있었느냐 하는 질문들로 구성되어 있었다.

솔직히 말해서 나는 관련된 내용을 본 적도 없거니와 그런 내용을 쓰고 싶지도 않아서 모른다고 적어 답변했다. 누군가는 나와 같은 생각이었는지 종이를 받자마자 뒤집어 버렸고, 또 다른 누군가는 무언가를 열심히 쓰는 모습을 보이기도 했다. 작성 시간은 길지 않았다. 원래 과업정렬 시간인 13시에 맞춰 조사가 끝났다. 우리는 다시 본부로 돌아왔다.

최영근 반장님께 평소와 같이 과업 지시를 받은 이후, 사무실로 올라왔다. 혹시나 했는데 역시나. 아까 헌병에서 언급되었던 간부님의 모습이 보이지 않았다. 조사받는 시간에 바로 짐을 싸서 다른 곳으로 이동한 것 같았다. 오전에만 해도 평소처럼 쾌활하게 대원들과 농담을 주고받으시던 분이, 오후가 되니 갑작스러운 소속변경으로 보이지 않았다. 아쉬웠다. 아쉬운 감정이 있었지만, 서운한 감정 역시 들었다. 그래도 근 1년을 우리와 함께 부대끼며 살던 간부님이었는데, 누가 했는지도, 그 진위여부도 파악이 안 된 신고 하나로 매몰차게 다른 곳으로 보내졌었어야만 했을까. 다행히 연평부대 자체가 하나의 연대급 부대였기 때문에, 그 분을 두 번 다시 못 보진 않았다. 이래저래 작업을 다니다 한 번씩 마주할 일이 있어, 그때마다 반갑게 경례하며 지난날의 이야기들을 하곤 했다.

이런 이야기를 꺼내는 것이 불편한 것은 사실이다. 내게는 군 생활이라는 것이 내 인생을 바꾼 커다란 기회와 기적의 연속이었기에, 결코 군에 대해 나쁘게 말하고 싶은 생각이 없다. 하지만 가끔 그런 일이 있다. 피해자를 보호해야 한다는 이유로, 가해자(혹은 가해자로 추정되는 사람)를 일말의 여지없이 다른 곳으로 보내버리는 일. 보통 '팔려간다'고 표현한다. 가해자와 군대 내 잔존하는 악습과 적폐를 옹호하는 입장은 절대 아니지만, 명확한 사실이 없음에도 소속변경이라는 조치를 당하는 입장에 대해 가끔 생각할 때가 있다.

누군가 나에게 갑자기, "아직 나온 건 뭐 없긴 한데. 그래도 일단 너를 가해자로 신고했으니까, 오늘부터 이 중대에서 생활해야겠다."라는 말을 한다면. 상상만 해도 끔찍할 것 같다. 1년 9개월의 군 생활 중 결코 짧지 않은 시간을 함께 보낸 사람들과 한순간에 생이별을 해야 하고, 가해자라는 낙인 아래 당당하게 이전의 가족들을 찾아가지도 못하는 신분이 되어버린다는 것은.

조금은, 아주 조금은 이런 상황에 인간적일 필요가 있을 것 같다. 갈때 가더라도 최소한의 인사 정도는 나눌 시간이라도 주는 것이 어떨까. 물론 누가 봐도 사실관계가 명확한 가해자에 대해서는 무관용의 원칙이 당연하다. 그 경우의 가해자는 명백한 범죄자이고, 해서는 안 될 짓을 한 군인으로서의 자격이 없는 사람이기에. 하지만 실상은 그렇지 않은 경우도 의외로 있다는 것이다. 그렇게 다소 억울하게 '팔려간' 이들이, 그리고 그들을 가족같이 생각했던 이들이, 또 '나도 혹시 몰라…'라며 스스로에게 너무나도 무거운 덫을 놓는 이들이 너무나도 안타까웠을 뿐이다.

41
윷놀이 (2016. 9. 14. - 16.)

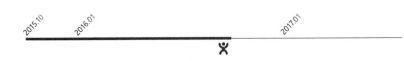

살은 점점 빠지고 있었지만, 공부가 잘 안 풀려 스트레스를 받고 있는 와중에 추석이 시작됐다. 가뜩이나 연휴면 매일 TV 연등이 가능하기 때문에, 공부를 하겠다고 마음을 다잡고 TV를 뒤로 한 채 도서관으로 향하는 것이 참 어려웠다. 결국 민족 고유의 내명절인 추석에 공부 따위를 할 수는 없다고, 가족들과 함께 시간을 보내는 게 더 큰 의미가 있다고 내 스스로를 합리화한 채 연휴 동안 공부를 포기했다. 매일 함께 먹고 자고 웃고 우는 정작 2분대가 내겐 가족이었기에 추석만큼은 그들과 함께 시간을 보내는 것이 더 좋지 않을까. TV만 보기에는 추석이라는 명절이 아쉬워 우리는 머리를 맞대고 무엇을 할 것인지 고민했다. 진기가 조심스레 입을 열었다.

"제 여자친구가 명절이라고 윷놀이판을 보내줬는데, 혹시 어떠십니까?"

"윷놀이는 무슨 윷놀이야. 애도 아니고… 어…. 아니다, 한 번 해볼까?"

말렸어야 했다. 그 윷놀이판이 우리를 파멸로 이끌 것을 알고 있었더라면. 처음엔 시시했다. 나, 재환, 진혁, 응범, 규민이형, 지호가 2:2:2로 팀을 짜서 한 판 해보았다. 이기고 지는 것에 큰 의욕이 없으니, 해도 감흥이 없었다. 그때 누군가가 제안을 했다.

"이거 그냥 하면 재미없는데 엉덩이빵으로 하는 거 어떻습니까?"

"오! 야. 재밌겠다. 함 해보자."

박규민의 승낙으로 우리의 윷놀이에는 '엉덩이빵'이라는 벌칙이 생겼다. 규칙은 간단했다. 원래 윷놀이 룰을 따라 승부를 낸 뒤, 꼴찌 팀이 나머지 두 팀에게 엉덩이를 차이는 것이었다. 별것 아니라 생각했다. 그거 한 번 차이는 게 아파 봤자 얼마나 아플까 싶었다. 그런 내 안일한 태도 때문이었을까. 당당하게 첫판부터 꼴찌를 했다. 침대 난간을 잡고, 영화 '바람'에서 선생님에게 매로 엉덩이를 맞는 장면을 떠올렸다. 아무렇지 않게 맞고 자리로 가서 앉는, 그런 내 모습을 상상했다. 웅범이의 발이 바람을 가르는 소리가 들렸다.

"-!"

그대로 고꾸라졌다. 살을 빼고 있다고는 해도, 90kg에 육박하는 웅범이의 발차기를 버텨낼 수가 없었다. 말로 표현할 수 없는 고통이 내 몸을 감쌌다. 서 있기가 힘들어 가만히 앉아 있었다.

"김지훈 해병님, 이제 제 차례인데, 괜찮으십니까?"

지호였다. '제 차례인데'라는 말이 사형선고처럼 들렸다. 선임들이 보고 있는데 도저히 안 맞겠다고 할 수 없어서 억지로 일어나 또 침대 난간을 잡았다. 입대 전 체대를 다녔고, 지난 체육대회 때 팔씨름으로 대대를 제패한 지호의 발을 기다리고 있자니, 조선시대 때 참수형을 받고 포박된 채 무릎을 꿇고 앉아 칼이 날아오기를 기다리는 죄인들의 기분을 알 것도 같았다. 또다시 바람을 가르는 소리가 들렸다. 본능적으로 온몸에 힘을 주어 고통을 최소화하려고 했다.

"으아아악!"

소리를 내지른 순간, 지호의 발이 다시 내려갔다.

"에이- 피하시면 안 되는 거 아닙니까-."

"아, 빨리 차, 이 새끼야…. 악!"

지호는 사람을 어떻게 때리는 줄 알았다. 말을 하며 긴장이 풀어진 틈을 타 온 힘으로 내 엉덩이를 찬 것이었다. 살집으로 묵직한 웅범이의 발과는 다르게, 운동으로 다져 단단한 지호의 발은 다른 느낌으로 아팠다. 또 한 번 주저앉고 말았다.

"아…. 아…. ㅎ…. 한판 더 안하십니까?"

이제 엉덩이빵이란 게 어떤 고통을 주는지 모두가 알게 되었다. 맞을 때의 지옥을 경험하는 것보다, 때릴 때 지옥을 경험하게 해주는 것이 훨씬 재미있었기 때문에 우리는 그 누구나 게임에서 빠진다고 말하지 않았다. 한 판당 약 3-40분. 사회에서 나를 중독의 구렁텅이 속으로 밀어 넣었던 롤보다 그 중독성이 훨씬 강했다. 시간 가는 줄 모르고 윷놀이에 심취했다. 윷놀이를 하는 동안에는 친구처럼 하라는 박규민의 말이 있었다. 반말을 하기가 처음에만 어색했을 뿐이지, 몇 분 되지 않아 도박장을 방불케 하는 언사가 오고갔다.

"야, 재환아. 걸만 뽑으면 저거 잡고 튈 수 있다. 걸만!"

'좌라락.'

"아 XX아!!"

윷놀이란 참 마성의 게임인 것 같다. 선현들의 지혜가 들어가서 그런 걸까. 끝나기 전까지는 그 결과를 절대 알 수 없다. 한 팀은 이미 끝났고, 두 팀이 남은 상태에서 말 세 개가 서로 업혀 있고 골인 지점까지 세 칸 남은 상황이었다.

"어디 보자…. 모 둘에 개 하나면 잡을 수 있겠네!"

"…장난하냐…."

거짓말같이 모-윷-걸이 나와 중간지점에 있던 말이 끝까지 다 온 세 개의 말을 한 번에 잡아 게임을 역전해버렸다. 신기하게도 대부분의 게임이 이런 식이었다. 절대로 무난하게 끝나지가 않았다. 꼭 한 번은 크게 뒤집혔고, 그걸 또 뒤집는지 그냥 가는지가 게임의 관건이었다.

모두의 엉덩이가 피멍으로 가득해져갈(!) 쯤이 되어서야 우리는 내기 종목을 바꾸자고 했다. 다음날 다 함께 PX를 가서 먹을 치킨과 피자로. 져도 아쉽지 않았다. 당시 월급이 20만원 안팎이라 한 판을 지면 월급의 10분의 1이 날아가는 상황에서도 엉덩이를 맞는 것보다 2만 원을 쾌척하는 게 훨씬 낫다는 생각이 들었다. 정신없이 윷놀이를 하다 보니 TV 연등 시간이 끝났다. 모두가 고통 속이었지만 마음만은 즐거움 가득한 채 잠이 들었다.

추석 당일이었던 다음 날, 또다시 윷놀이라는 악마의 봉인을 해제한 것은 다름 아닌 지호였다. 자고 있는 세한이를 깨워 윷놀이를 하자고 한 것이었다. 모두가 그 둘이 하는 것을 보다 참지 못하고 다시 2:2:2의 윷놀이 구도가 벌어져 또다시 피 튀기는 혈전이 반복되었다. 추석 연휴가 끝날 때까지 우리는 윷놀이를 했다. 연휴가 끝나고도 10월경에 담당관님께 윷놀이판을 뺏기기 전까지 간혹 생각나면 윷놀이를 꺼내 게임판을 벌이곤 했다.

돌이켜보면 그때의 생활반 분위기가 가장 좋았던 것 같다. 공통된 어떤 일에 누구 하나 빠지지 않은 데다, 심지어 즐겁게 참여했으며, 때리는 게 목적이긴 했지만 어쨌든 모두가 웃으면서 무언가에 함께 임할 수 있다는 그런 분위기가 좋았다. 지호도 전역하고 메신저로 말하길, 본부에 있을 때 가장 즐거웠던 게 윷놀이였다고 했다. 상처뿐인 영광이었지만, 적어도 그 순간만큼은 군 생활의 모든 스트레스를 다 잊고 신나게 웃을 수 있었다.

42

두 번째 휴가와 복귀 후의 부대 (2016. 10. 5. - 17.)

입도할 때부터 첫 번째 휴가는 6월에 나가자고 마음먹고 있었다. 그대로 나갈 수 있었기도 했고. 하지만 두 번째 휴가는 이렇다 할 계획도, 준비도 없었다. 그러다 결정적으로 휴가 날짜를 잡은 계기는, 미안하게도 '박규민으로부터의 도피'였다. 말년이 된 이후 과업에서 손을 떼 아무리 편해지고 널널해졌다고 해도 한 번 호랑이었던 사람이 고양이가 되지는 않았다. 가만히 있어도 뿜어져 나오는 카리스마와 압도하는 분위기에 숨 쉬기가 힘든 것은 여전했다.

2016년 9월 13일부터 27일까지 박규민은 마지막 휴가를 나갔는데, 그의 생활 맞후임이었던 이재환과 과업 맞후임이었던 나는 '와! 이게 뭐지?' 싶었다. 생활이나 과업 면에서 아무도 우리를 터치하지 않으니, 이전에는 상상도 못했던 편한 분위기 속에서 살고 있던 것이었다. 이 편안함 속에서 벗어나기 싫어 이재환과 함께 결정했던 것이 10월 초에 휴가를 나가자는 것이었다. 곧바로 나는 10월 5일 시작으로 휴가를 제출했고, 이재환도 나보다 이틀 빠르게 휴가를 썼다. 우리의 휴가에 관여할 선임도 없는데다 담당관님과 반장님도 흔쾌히 휴가를 허락해 주셨다. 복귀한 박규민도 별다른 말없이 우리의 휴가를 보내주었다. 워낙 눈치가 빠른 사람이고, 시기가 시기인 데다 우리가 동시에 나가는 특별한 이유를 대지 못했기 때문에, 얼추 눈치를 챘을 것이다. 서운했을 법도 한데, 그런 티는 내지 않았다. 잘 다녀오라고 했다.

첫날부터 미리 나와 있던 이재환을 만났다. 집에서 짐을 풀고 나와 역에서 이재환을 기다렸다. 휴가 중 선임을 만나는 것은 처음이라 어떻게 해야 할지 몰랐다. 그래서 멀리 이재환이 보이기 시작하기에,

"필-승!"

하고 경례를 해버렸다. 사람들의 시선이 쏠렸다.

"아, 뭐 하는데-"

이재환은 부끄러운 듯 "휴가 나와서는 원래 말 푸는 거다."며 서둘러 나를 데리고 전철을 탔다. 그리고 우린 내 학교가 있는 흑석역으로 이동했다. 당초 계획은 저녁을 먹은 후 내가 가장 좋아하는 단골 술집 중 하나인 '퍼주마 포차'에서 이재환과 술을 먹는 것이었는데, 의외로 이재환이 그곳을 마음에 들지 않아 해 건대입구역으로 이동했다. 학교를 다니던 시절에 건대를 종종 가곤 해서 지리를 모르진 않았지만, 포항 사람인 이재환은 어쩐지 나보다 건대를 더 잘 아는 것 같았다. 몇 번 와봤다던 술집에서 술을 먹고, 선임과의 첫 술자리에 긴장했는지 나는 어느새 취해버리고 말았다. 2차로 갔던 술 마시는 노래방에서 나는 완전히 정신이 나갔고, 노래방을 나간 후 비틀대며 이재환을 따라가다 보니 어느새 내가 있는 곳은 한 모텔방의 화장실 안이었다. 한참을 변기와 격투를 벌이다 판정까지 간 후에 침대에 누웠다. 잠이 들기 전 마지막으로 본 것은 이재환이 부대에서 그렇게 먹고 싶어 하던 볶음 너구리를 혼자 맛있게 끓여 먹는 장면이었다. 정신은 아득해져가고, 속은 안 좋고, 몸에 힘도 없었다. 그래도 괜찮았다. 전혀 생각지도 못한 곳에서 만난 생각지도 못한 인연과 이렇게 밖에서 약속을 잡고 만나 술 한잔할 수 있다는 사실에 감사했다.

다음 날, 눈 떠보니 이재환은 이미 나갈 준비를 다 해놓고 있었다. 새

삼 놀랐다. 저렇게 부지런한 사람이 또 있을까. 나는 씻는 게 귀찮아 양치만 하고 그냥 나가기로 했다. 우리는 건대입구역 근처의 한 분식점에서 해장을 하고 각자 갈 길로 헤어졌다. 이번 휴가의 목적은 부대 안에서 보고 싶었던 영화를 보는 것과, 이제 상병을 달았으니 쓸 수 있는 물건을 사는 것. 그리고 그동안 못 만났던 사람들을 만나는 것이었다. 술은 가급적 먹지 않고자 했다. 그래서 누구를 만난다면, 술 대신 밥을 먹자고 했다. 그렇게 휴가 둘째 날, 지금 생각해도 인생 영화 중 하나인 '그 시절, 우리가 좋아했던 소녀'를 봤고, 셋째 날 '부산행', 넷째 날 '맨 인 더 다크', 아홉 째 날 '내부자들'을 보았다. 그리고 샴푸, 클렌징폼부터 시작해 수건이나 방향제 같은 생필품들, 동굴 같은 내 자리를 꾸밀 자석과 사진 거는 줄 등 온갖 물건을 다 샀다. 또 서울, 창원을 오가며 때마침 휴가 중인 군인 친구들을 만나고, 고등학교 친구들, 대학 동기와 선, 후배들을 만났다. 소중하고 의미 있는 시간이었다.

"드디어 복귀날이다. 잘 놀고 잘 쉬다 들어가는 것 같다. 미련이 별로 없다. 빨리 연평도로 돌아가 부대에 있는 가족들을 보고 싶다." - 2016. 10. 14. 일기 중 일부

도파대를 거쳐 부대에 들어오니, 부대는 적절히 개판이 나 있었다. 지호는 예하부대로 전속이 났고, 박규민은 전역을 이틀 남기고 근무를 들어가고 있었으며, 먼저 복귀한 이재환은 또 다른 예하부대로 군기교육을 가 있었다. 본부는 혼란스러운 상황이었다. 그렇지 않아도 휴가를 다녀와 정신없는 마당에 분위기가 좋지 않아 적응하기가 다소 힘들었다.

복귀한 다음 날은 박규민의 마지막 날이었다. 그의 전역을 기념하는 의미로 우리는 저녁에 사상 최초로 생활반 단체 샤워를 했다. 군대이기 때문에, 커다랗게 무언가를 챙겨 줄 여유도, 여건도 안 되었다. 그래서 다 함께 샤워를 하는 그런 사소한 일에도 우리는 의미를 두고자 했다. 소

등과 동시의 박규민과의 마지막 이빨 연등에 들어갔다. 박규민-이재환-최진혁-나-김웅범 순으로 침대에 가로로 나란히 누워 지금까지와 앞으로의 이야기를 했다. 그 순간부터 '박규민'은 내게 진짜로 '규민이 형'이 되었다. 규민이 형은 내게 모질게 대했던 것에 사과했고, 나는 오히려 그것이 내 군 생활에 더 도움이 되었노라며 감사했다. 규민이형은 나에게 가장 무서운 선임이기도 했지만, 동시에 가장 존경스러운 선임이기도 했다. 함께한 10개월여의 시간이 한순간 같았다. 내일이면 이 사람이 아주 없어진다는 사실이 새삼 실감나지 않았다.

"갈도에 있는 북한군과 같았다. 얼른 전역하길 바랐지만 또 막상 내심 그러지 않기를 바라는 마음 역시 하염없이 컸다. 내 인생사 한 획을 그은 규민이 형은 집에 갔다." - 2016. 10. 17. 일기 중 일부

새로운 시작이었다. 혼자뿐이지만 전산과업을 이끌어나가야 했다. 생활반이나 본부 내에서도 이제는 선임보다 후임이 많은 위치에 들어서기 시작했다. 무슨 일을 해도 이제는 어느 정도 스스로 결정해야 하며 그 책임 역시 져야 했다. 하지만 잘해낼 자신이 있었다. 앞으로 닥쳐올 군 생활에 설렘과 기대가 가득했다.

43
인권 감수성 교육 (2016. 10. 21. - 28.)

2015.10   2016.01   2017.01

  10월 21일. 찾아가는 인권 간담회라는 이름으로 해군/해병대 제3기 인권모니터단을 위한 행사가 있었다. 앞서 '26. 인권 모니터단'에서 언급했지만, 연평도의 모니터단은 위치적 제약 때문에 해군본부에서 진행하는 여러 프로그램에 참여하기가 힘들었다. 그래서 해군본부 인권과에서 연평도로 직접 찾아온 것이다. 달포밖에 남지 않았지만, 인권 모니터단의 기능과 활동 방법 등을 알려주면서 위촉장을 나눠주고, 격려 및 간담회를 하기 위해 방문한 것이었다. 오전 내내 나눈 이야기의 결과는, 연평부대의 병영문화는 생각보다 수준이 높고 혁신이 잘되어 있다는 것이었다. 물이 깨끗하지 않다거나 PX의 물자 보급 등은 연평도이기 때문에 어쩔 수 없이 지고 가는 문제라 치면, 이렇다 할 인권적인 문제 역시 없는 상황이었다. 간담회는 성공적이었다. 간담회가 끝난 후 해군본부의 인권과 분들과 함께 연평도의 특산물인 꽃게 요리로 점심을 먹은 후 헤어졌다.

  바로 다음 날, 이전에 신청해 뒀던 2016년 하반기 인권 감수성 교육의 대상자 명단이 나왔다. 해군과 해병대에서는 단 5명만이 이 교육을 들을 수 있었는데, 운이 좋았는지 선정이 된 것이다. 해병에서는 딱 두 명. 2사단 어딘가에서 복무하는 선임 한 분과 나였다. 규모가 엄청나지는 않아 이것만 당첨된다고 '와- 대박이다.' 할 정도는 아니었지만, 어쨌거나 나에게는 소중한 기회였다. 교육은 다음 주인 10월 27일에 하루 동안 있었다. 하지만 이 또한 연평도였기 때문에 전날 나가서 당일 교육을 받고, 다음 날 배를 타고 들어와야 했다. 그마저도 교육 전날 배가 안 뜬다면 교육 자체에 참가할 수 없는 열악한 상황이었다.

교육 출도 당일, 다행히 객선은 정상 운항이었다. 위로 휴가가 아닌 교육 파견으로 출도하는 것이라 휴대폰을 가져갈 수는 없었다. 배 타는 시간이 지겹지 않을까 걱정했는데, 친한 후임 중 한 명인 1206기의 배종진이 그날 휴가 출도라 배에서 이야기를 나누다 보니 금방 인천에 도착했다. 휴가로 처리됐으면 바로 집에 가서 쉬었다가 다음날 교육장으로 갔겠지만, 파견이었기 때문에 또다시 도파대로 이동했다. 도파대의 인사병 선임이 "너 자주 본다?"며 농담조로 인사했고, "하하, 그렇습니다. 필승!" 하며 나는 생활반으로 향했다. 열악한 시설에 오밀조밀 모여서 함께 자야하는 것이 도파대의 단점이었지만, 한 생활반에 사람이 적다면 또 이야기는 달라졌다. 그날 내가 쓴 도파대의 생활반에는 대기 인원이 나 말고 한 명밖에 없었다. 게다가 심지어 나보다 후임이었다. 이런 경우라면 오히려 도파대가 본부의 생활반보다 나을 수도 있었다. 아무튼, 들어가자마자 매트릭스를 깔고 누워 본부에서 가지고 온 한자 책을 꺼냈다. 그리고 자기 직전까지 한자 쓰기만 반복했다.

다음 날, 교육 장소로 가기 위해 일어났다. 8시까지 용산의 국방부 본청으로 가야 했는데, 도파대가 인천 연안부두 근처에 있는지라 꽤나 분주하게 움직여야 했다. 5시 45분에 칼같이 일어나 빠르게 씻고 6시에 도파대장님께 이야기한 후 도파대를 나왔다.

"20시까지 복귀긴 한데, 일찍 끝나면 어디서 영화 한 편이라도 보고 와. 한두 시간 정도는 어떻게 봐 줄게."

나가는 나에게 어제 인사했던 도파대 인사병 선임이 했던 말이다. 나를 테스트하기 위한 모략인가. 아니면 진심인가.

"감사합니다. 필승!"

그렇다면 나도 어느 쪽에도 맞는 '감사합니다.'로 대답해야지.

도파대 앞에서 바로 택시를 타 이제는 익숙한 동인천역으로 향했다. 미리 뽑아 온 약도를 보니, 주소상으로는 용산이지만 실제로는 삼각지역에 더 가까이 있었다. 시간은 충분했다. 동인천에서 용산, 용산에서 이촌, 이촌에서 삼각지까지 두 번을 갈아탄 후에 전철을 내릴 수 있었다. 삼각지에서 국방부 본청은 의외로 가까웠다. 도착한 국방부 본청은 정말 컸다. 건물의 규모에 놀라 긴장감이 슬슬 올라오기 시작했다. 교육장은 국방부 본청 옆 별도로 마련된 회관 내에 있었고, 결국 한 시간이나 빨리 도착해 건물 밖 흡연장에서 담배를 하나 꺼내 피우며 주위를 구경했다. 길 건너에는 이름만 들어봤던 용산 전쟁기념관이 있었다. 그리고 옆 건물은 근무 시간에 내 심심함을 달래주었던 국방헬프콜의 사무실이었다. 바로 저곳에서 수많은 장병들의 고충을 상담하는구나. 생각이 들었다. 신기했다.

교육 시간이 다가오자 군복을 입은 사람들이 속속들이 모여들기 시작했다. 50여 명의 사람들이 모였다. 대부분이 육군이었다. 내 옆에 앉았던 분은 육군 상사였는데, 외모만 봐서는 나이가 30살이 채 안 되어 보였다. 교육 진행 동안 옆 사람과 악수를 한다거나, 인사를 나누는 활동들을 했다. 나보다 계급이 한-참 높은 사람과 그런 것을 하는 게 쉽지는 않았다. 교육은 국가인권위원회에서 전문 강사로 일하시는 분들이 맡았고, 덕분에 기대보다 훨씬 수준 높고 만족스러운 교육을 받을 수 있었다. 인권과 관련된 실황들을 사례로 들며 여러 시청각 자료들을 활용했다. 그리고 강사와 교육생들간의 원만한 피드백이 있어 전혀 지겹지도 않았다. '이것이 인권이다'는 식으로 주입하려 하지도 않아 교육을 다 듣고 보니 '이 또한 인권이구나.' 하는 자연스러운 깨달음을 얻을 수 있었다.

기억에 남았던 것들 중 또 하나는 그곳에서 먹었던 점심이었다. 강연을 하는 강당에는 그곳을 두 공간으로 나누는 칸막이가 있었는데, 어느 순간부터 그곳에서 맛있는 냄새가 솔솔 나기 시작했다.

"오전 교육 받으시느라 고생 많으셨습니다. 식사는 저쪽 너머에서 하시면 됩니다. 식사 맛있게 하시고, 오후 교육은 13시부터 진행될 예정이니, 참고 바랍니다."

교육 진행자가 말했다. 칸막이 사이의 열린 공간으로 들어가 보니, 그 넓은 강당의 반 정도 되는 공간의 테두리를 음식들이 가득 채우고 있었다. 예상 밖의 뷔페식 점심이었다. 공간의 가운데에는 식탁들이 있어 그곳에 삼삼오오 자리를 잡고 음식을 가져와 먹었다. 정말이지 정말로 맛있었다. 이런 음식들을 내가 감히 돈 한 푼 안 내고 먹어도 되나…. 하는 생각이 들었다. 아는 사람이 없어 그나마 같은 군복을 입은 해병 선임 옆에 가서 밥을 먹었다. 병장 선임이라 자연스럽게 위아래가 형성되어 서로의 부대에 대한 이야기를 하다 보니 점심시간이 훌쩍 지나 있었다.

"다들 식사는 맛있게 하셨나요? 밥 먹고 바로 강연이라 많이들 피곤하실 텐데, 하필 제 차례라 부담스럽긴 하네요. 여러분들을 깨우기 위해서라도 더 재미있게 진행해보겠습니다. 허허."

위트 있는 인사말로 시작된 오후 강연 역시 재미있었다. 이론보다는 실무였고, 개념보다는 사례 위주의 교육이었다.

"이상입니다. 들어 주셔서 감사합니다."

벌써 교육이 끝나는 오후 4시가 되어 있었다. 정신을 차리고 건물 밖을 나오니 4시 반. 복귀까지는 3시간 반이 남았다. 길게 잡아 도파대까지 가는 데 두 시간 반을 쳐도 한 시간이나 남은 셈이 된다. 오전에 선임이 말했던 영화는 못 보더라도, 사회에 잠깐 머무를 수는 있을 것 같았다. 마침 근처에 군용품을 취급하는 상점이 보여 그곳에서 빨간 명찰을 하나 만들었다. 모양과 글씨체가 생각보다 괜찮아 새로 들어온 후임인 성호와 문규 것까지 만들었다. 뿌듯한 마음으로 명찰을 들고 동인천으로 향했다. 동인천역에 도착해서도 시간이 남아 책 구경이나 할 겸 역 앞에 있는 서점에 들어갔다. 그곳에서 평소 사고 싶었던 무라카미 하루키 작가의 『상실의 시대』를 발견했다. 모니터단 간담회 때 받은 문화상품권으로 바로 그 책을 사 들고 서점을 나와 근처 카페에서 책을 읽으며 시간을 보냈다.

"뭐야, 왜 8시 딱 맞춰서 오냐. 영화 한 편 보고 오라니까."

"어, 필승. 그거 진짜였습니까?"

"그럼 진짜지 장난이겠냐. 쉬어라-"

"하하…. 감사합니다, 필승!"

시간 맞춰 도파대에 도착했다. 씻은 후 배정받은 자리에 매트릭스를 깔고 누워 다시 한자책을 꺼냈다. 하루 새 많은 일들이 있었다. 잠에 들기 전, 오늘 있었던 일들을 곱씹으며 일기를 썼다. 재밌고 유익한 교육을 들었고, 후에 전역 명찰이 될 빨간 명찰을 샀고, 인생 책이 될 『상실의 시대』를 처음 펼쳤다. 만족스러운 파견이었다. 다음날 객선은 정상 운행이었다. 우연히 그날 연평도에 촬영차 들어온 것 같은 개그맨 류근지 님을 구경하며 다시 집에 도착했다. 2박 3일의 교육 여정이 끝났다.

44
새로운 후임 (2016. 10. 30. / 11. 11.)

규민이 형이 간 후 정작 2분대 모두에게 새로운 군 생활이 열렸다. 동시에 우리는 혼란에 빠졌다. 갑자기 찾아온 편안함이 오히려 불편했던 것이다. 그러던 와중에 나는 인권교육을 다녀와 바뀐 생활반 분위기에 적응하는 데 딱 2박 3일만큼 뒤처지게 되었다.

교육을 다녀온 다음 날이었다.

"내일 여기에 누구 한 명 전입할 거니까 그리 알고 있어라."

최영근 반장님이 말씀하셨다. 이 시기에 선임은 절대 안 된다. 과정에서 일절의 무력이나 쿠데타, 기타 부정적인 요소만 없었을 뿐이지, 당시 생활반의 분위기는 고려 시대에서 조선 시대로 넘어가는 과도기와 전혀 다를 것이 없었다. 이재환이 이성계였다면, 나는 정도전이었다. 진혁이는 정몽주? 응범이는 이방원이었다. 이때 이재환보다 기수가 높은 새로운 선임이 들어와 새로운 분위기를 만들어버리면 우리는 좌절할 것이 분명했다. 고려 말까지 갖다 붙이는 것은 물론 다소 과장이지만, 그런 비슷한 느낌이 있었음은 확실했다.

떨리는 마음으로 새로운 전입자를 기다렸다. 다음 날이 왔다. 작업을 다녀오니 그 전입자가 와 있었다. 아무렇지 않게 허공을 보는 척하며 전입자의 계급장을 보았다. 일병이었다. 러시안 룰렛에서 내 차례가 그냥 넘어가는 것 같은 안도감이 들었다. 다행이다. 최소한 나보다는 후임이었다. 진기보다는 어떨지 모르지만.

"필승!"

그 아이는 눈치껏 딱 봐도 최고 선임자의 냄새를 풍기던 이재환에게 경례를 했다.

"그래."

이름은 민지홍이었다. 말하기 어려운 사건으로 인해 본부로 왔다고 했다. 가해자도 아니었고, 피해자도 아니었다. 병영악습이나 기타 저변문제 때문에 온 것도 아니었고, 말투를 보니 나쁜 아이도 아닌 것 같았다. 하지만 사회에 있을 때부터 운동을 했는지 덩치는 정말 컸다. 팔뚝이 내 팔뚝을 두 개는 합쳐놓은 것만 했다. 이재환이 매일같이 말하는 "이정도면 어깨 깡패 아이가?"가 진실이라면 지홍이는 어깨 깡패의 두목쯤은 되어 보였다. 키는 180이 조금 안 되는 것 같았다. 전체적인 느낌은 살집이 있는 진기가 근육형으로 바뀌면 이렇게 되지 않을까, 하는 생각이 들었다.

의외로 그런 지홍이가 본부 통신에 적응하는 데는 꽤나 시간이 걸렸다. 본부로 오게 된 것이 마음에 들지 않았는지(사실 입장을 바꿔놓고 보면 당연한 것이겠지만) 도통 우리와는 이야기를 하려 하지 않았다. 게다가 지호마저 다른 데로 가버려 나머지는 죄다 통신병인데 혼자 행정병 보직을 받아 함께 하는 시간마저 많지 않았다. 시간이 갈수록 지홍이는 겉도는 것처럼 보였다. 우리는 그런 지홍이를 마뜩잖게 생각할 수밖에 없었다. 점점 사이가 멀어지는 듯했다. 그러던 중 본부에 탁구 붐이 일었는데, 그맘때쯤 연병장 달리기를 졸업한 나는 쉬는 시간에 체단실에 살다시피 했다. 앞이 가물가물해질 때까지 탁구를 치다가 힘들면 웨이트를 하고, 정신이 돌아오면 또 탁구를 치는 개인정비를 반복하니 탁구 실력이 제법 늘었다. 그래서 일명 '도장깨기'라고 해서 탁구 좀 친다는 선, 후임들과 대결하는 재미에 푹 빠져 있었다. 그럴 때 지홍이가 얼마 만인지 내게 먼저 말을 걸었다.

"김지훈 해병님. 저랑 탁구 한 게임 치십니까?"

"오, 그래 좋지. 치자."

그날 친 탁구에서 지홍이는 한 세트의 선취 21점 중 5점도 내지 못했다. 너무 시시하다 싶을 정도로 점수 차가 많이 나, 3판 2선승의 게임을 단판으로 끝냈다.

"지홍아. 연습 좀 더 하고 와야겠다."

"하하…. 알겠습니다."

이후 지홍이는 틈만 나면 나에게 와 "김지훈 해병님, 오늘 OOO해병님 이겼는데 저랑 한 판 치십니까?"는 말을 수도 없이 했다. 그때마다 나는 지홍이와 탁구를 쳤다. 시간이 가면서 지홍이의 실력도 늘었다. 함께하는 시간이 많아지니 생활반에 대한 애착 역시 커져가는 것 같았다. 결국 내가 전역할 때쯤엔 원대복귀가 가능해져서, 간부님들이 지홍이의 의사를 물어도 봤었는데, 지홍이는 단호하게 거절했다. 통신 생활반이 이제 자신의 가족이라고.

지홍이가 오고 한 2주쯤 지났다. 사회에서 그날은 빼빼로 데이였고, 응범이의 여자친구가 빼빼로데이를 기념해 빼빼로를 한 박스나 보내줘서다 함께 즐겁게 쉬면서 빼빼로를 먹고 있었다.

"야, 신병 온다. 긴장해라."

담당관님이 생활반 문을 벌컥 열고서 말씀하셨다. 어언 내 군 생활 절반. 신병에 긴장할 이유가 뭐 있겠는가.

"나이가 몇인지 아나? 27살이다."

'…?'

"예? 다시 한 번 말씀해 주시겠습니까?"

"27살이라고. 90년생."

"허… 대박 사건이네."

가장 놀란 사람은 세한이었다. 원래 큰 눈이 더 커져서 두 눈이 얼굴의 반은 먹고 있는 것 같았다.

"야, 세하니즈백."

"일병 세하니즈백."

"감당 가능하냐."

"… 잘 모르겠습니다."

"후, 그래. 일단 보자."

잠시 후 담당관님이 그 신병을 데리고 들어왔고, 생각했던 것보다는 앳된 얼굴에 모두가 또 한 번 놀랐다. 담당관님께서 그냥 장난치신 건지, 아니면 진짠데 얼굴만 어린 건지 의문이 들었다.'

"필승!"

늘 그렇듯 처음 온 신병은 허공에다 경례를 한다.

"그래. 자기 소개 한 번 해봐."

이재환이 말했다.

"이병 최익제. 고향은 포항이고 고등학생 때 호주로 넘어가서 대학을 마친 후에 군대에 오게 되었습니다. 열심히 하겠습니다."

말투에서 딱 느껴졌다. 아. 나이가 거짓말은 아니었구나. 스물한두 살 이병의 패기 넘치는, 그리고 새로운 문화에 대한 두려움을 함께 안고 있는 그런 목소리가 아니었다. 이미 세상의 풍파를 어느 정도 겪은 경험 많은 장수들이 내는 목소리 같았다.

"그래. 앞으로 열심히 하자. 세한아. 교육 잘 시키고."

"알겠습니다."

모든 후임들이 그런 것 같지만, 아니나 다를까 익제 역시 처음에는 잘 적응하지 못했다. 자신의 의견이 너무 강해 비교적 마음이 유한 세한이가 어떻게 하지 못하는 후임이 되어버렸다. 과업에도 별 흥미를 느끼지 못하는 것 같았다. 그렇기에 익제가 전산병 보직을 받는다고 확정되었을 땐 걱정이 많이 들었다.

　나이 같은 것은 상관없었다. 내가 하는 일을 물려주는 것이고 오세근 반장님과 함께 전산에 이루어 놓은 것이 많았다고 생각했기에, 그걸 더 확장시키지는 못할지언정 당시 상태보다 나빠지는 것은 절대로 싫었다. 그래서 더 혹독하게 대했던 것 같다. 뭐 하나만 잘못해도 과격한 언사가 날아갔다. 작업현장에 장비를 두고 와 기재실에서 쓴소리를 듣는 일이 부지기수였다. 그럼에도 초반에 익제는 나아지질 않아 내 걱정은 커져만 갔다. 규민이 형이 나를 볼 때 이런 기분이었을까.

　어쩌면 당연한 것일지도 모른다. 나이가 많고 적고를 떠나서 어쨌든 새로운 문화를 접했고, 그 문화가 경험해왔거나 상상해왔던 그 어떤 문화보다도 강압적이고 폐쇄적이기 때문에 처음엔 일을 못 하고 생활에 적응하지 못할 수밖에 없다. 그러니 시작부터 잘하길 바라는 것은 나와 지금까지의 선임들의 욕심이었을 것이다. 하지만 어리바리한 상태 그대로 두어 적응하지 못하다가 계급이 올라가버리면 그야말로 쓸모없는 인력이 될 것이기에, 전산의 미래를 생각해서라도 그렇게 할 수는 없었다. 반대로 또 그렇다고 가혹하게 대하는 것 역시 나아가고 있는 병영문화 혁신에 배치되는 방향이고…. 과업 후임 하나가 들어와 내게 많은 고민과 딜레마를 안겨주었다. 익제는, 익제 형은. 나에게 그런 후임이었다.

45
탁구 (2016. 11. - 2017. 7.)

육, 해, 공을 막론하고 정상적으로 군 생활을 했다면 탁구를 한 판도 안 쳐본 사람은 없을 것이다. 군대에 오기 전까진 나도 살면서 탁구를 단 한 번도 쳐본 적이 없었다. 산책을 하다가 탁구장을 보면, '저길 왜 돈 주고 가서 탁구를 치는 거지…?' 하는 생각이 들 정도였다. TV에 탁구 경기가 나와도, '와. 잘 치네.'라고 생각할 뿐.

탁구대를 눈앞에서 본 것은 후반기 교육, 육군정보통신학교 시절이 처음이었다. 횃불관에서 무전기 조별 실습을 처음으로 망치고 승모와 계단에서 말다툼을 하면서 흡연장으로 내려가다가 우두커니 복도를 지키고 있는 탁구대를 보았다. 그땐 별다른 생각이 들지 않았다. 그리고 연평부대에 들어와 체력단련실에 있는 탁구대를 다시 보았다. 당시 탁구를 포함해 모든 운동은 '일오'가 걸려 있었기 때문에, 감히 쳐볼 엄두는 내지 못했다. 그나마 딱 한 번 내가 전입했을 때 본부 소대장이었던, 지금은 전역한 조예찬 중사와 함께 체력단련실 청소를 하다가 쳐봤을 뿐이다. 그 때 나와 이효진이, 소대장님과 이재환이 팀이었다. 평생에 처음 쳐보는 탁구이기에 반대쪽으로 공을 제대로 넘기지도 못했을뿐더러 복식 탁구의 룰은 내게 너무 어려웠다. 별다른 내기를 하지 않아 서로에게 큰 의미가 있는 경기는 아니었지만, 이효진이 나를 보는 표정이 모든 것을 말해주었다.

'하. 옆에 소대장님 계셔서 뭐라 말도 못하겠고. 이 X끼 진짜 못 치네.'

심지어 그 경기의 끝은 더욱 좋지 않았다. 나름대로 스매시를 쳐보겠다고 풀스윙으로 날린 공이 장외홈런이 되어버렸는데, 그걸 찾으러 다니다 나도 모르게 내 발밑에 와있는 공을 밟아 깨버린 것이었다. 이효진이 딱 한마디를 했다.

"에라이, 썅"

탁구는 내게 그런 슬픈 기억으로 남아있었다.

10월이 되었고, 규민이 형이 전역한 시점에 나도 연병장 구보를 그만두었다. 애초에 구보는 시간이 오래 걸리지 않아 빨리 끝내고 샤워를 한 뒤, 선임들의 빨래를 개거나 생활반 정리를 하는 등의 일을 했었다. 하지만 규민이 형이 전역하니 더 이상 개인정비 시간에 나와 웅범이를 건들 사람이 없어 체단실에서 저녁 내내 있을 수 있었다. 팔굽혀 펴기, 벤치 프레스, 윗몸 일으키기를 포함해 작은 체단실에서 할 수 있는 모든 운동을 다 해도 시간이 남으니, 우리 시선은 동시에 탁구대로 향했다.

"웅범, 한 판 쳐 볼래?"

"너, 나 이길 수 있겠냐? 나 중학교 때부터 탁구 쳤어. 임마."

상대도 안 됐다. 웅범이는 커트라고 해서, 공을 뒤쪽으로 회전을 주며 치는 방식의 기술을 사용했다. 초보도 그런 초보가 없던 나에게 그런 공은 무리였다. 어떻게 쳐도 공이 네트에 꽂히는 바람에 흥미를 잃어버렸다. 그 후에도 몇 번 더 웅범이에게 도전했고, 할 때마다 처량하게 패배했다.

하지만 공이 채에 닿을 때의 느낌과 상대방의 코트에 꽂힐 때의 쾌감을 생각하니, 탁구를 포기하고 싶지 않았다. 본부 내 탁구 최강이라던 내 맞선임, 진혁이에게 도움을 요청했다. (귀찮았었는지)진혁이는 간결하게 내게 탁구에 대해 알려주었다.

"시작은 이거야. 뺨을 때리듯이 옆으로 공을 치는 게 아니라, 머리를 쓰다듬듯이 아래에서 위로 치는 거. 그럼 드라이브라고 해서 커트랑 반대방향으로 회전도 걸려. 웅범이 공 받을 수 있을 거야."

그러고 몇 번 연습상대를 해주었다.

"오, 맞선임! 됩니다! 됩니다!"

정말 신기하게도 고작 그거 하나로도 충분했다. 웅범이를 이긴 것이었다. 탁구를 시작했을 때의 내가 진 것처럼 웅범이를 압살하진 못했지만 근소한 차이로 이기긴 이겼다. 그 다음 목표는 이재환이었다.

"이재환 해병님. 탁구 한 판 치십니까?"

"아, 귀찮다. 다음에 치자."

"담배 한 갑 걸고 치시는 거 어떠십니까?"

"담배? 자신 있나."

"그렇습니다."

"가자, 그럼."

내기 탁구를 시작한 지 3일도 되지 않아 담배를 무려 열 갑을 갖다 바쳤다. 단 한 판도 이기지 못했다. 그나마도 처음에야 동점으로 시작했지만, 마지막에는 7점을 받고 쳤는데도 이기지 못했다. 분했다. 어떻게 하면 이재환을 이길 수 있을까 하는 고민에 매일같이 탁구 이야기만 하고 다녔다. 당구도 처음은 게임비를 내면서 배우는 거라고 하지 않던가. 아까운 내 4만 5천 원을 그렇게 정당화하면서 지나가는 후임들을 붙잡아다 탁구 연습을 했다.

칠수록 재밌는 게 탁구다. 몇 번 데리고 갔더니 이제는 개인정비 시간에 알아서들 탁구를 치고 있었다. 당연히 내 연습상대도 많아졌다. 1206기의 배종진, 1209기의 조성민이 내 주요 연습 상대였다. 칠 때마다 졌지만 하루하루 발전하는 내 모습을 보면서 뿌듯했다. 운동과 공부를 병행하면서 한 달에 걸쳐 탁구 연습을 미친 듯이 했다. 11월이 넘어갔을 때, 이재환에게 다시 도전장을 내밀었다.

"이재환 해병님. 오랜만에 담배빵 탁구 한판 치십니까?"

"자신 있나."

"그 어느 때보다 그렇습니다."

"가자 그럼."

5점을 받았던가, 7점을 받았던가 했던 첫 판을 내가 압도적으로 이겼다.

"오 지훈이. 많이 늘긴 했네. 이제 점수 못 주겠다. 동점 하자."

그리고 그 판도 내가 이겼다. 담배 두 갑을 딴 순간이었다.

"내 이제 진지하게 친다? 장난 안 한다."

그 판은 치기도 전에 이겼음을 알았다. 모든 스포츠에서 '진지하게 친다.'는 곧 더이상 보여줄 것이 없을 때 하는 말임을 알기에. 그리고 역시나 이겼다.

"큽, 이재환 해병님. 제가 5점 드려도 되겠습니까."

"아니, 그건 내 자존심이다. 그냥 한 번 더 치자."

"알겠습니다."

그날만 담배를 다섯 갑은 딴 것 같다. 커트와 드라이브 같은 회전구는 반칙이라며 자신은 오로지 올곧은 스매시로만 승부하겠다는 이재환에게 커트로 화려하게 패배를 안겨주고 발걸음도 가볍게 본부로 내려왔다.

"웅범아!! 내가 이겼다!!"

"오. 이재환 해병님. 어떻게 된 겁니까."

"닥치라."

"거 봐라, 지훈아. 내가 가르쳐 준 걸로만 해도 재환이 정도는 충분하다니까?"

그날 이후로 탁구는 우리 운동의 필수 코스가 되었다. 이재환과 내 탁구 실력 차이는 갈수록 벌어졌다. 결국 이재환은 '군 생활 중 25가지 목표를 이루자!'라는 명재가 나눠준 종이에 '지훈이에게 탁구 이기기'를 쓰기에 이르렀다. 이재환이 전역하기 직전에는 내 탁구 실력이 절정에 이르러 탁구채가 아니라, 각목이나 스피커로 채를 대신해도 이재환을 이길 정도가 되었다. 다른 목표는 모르겠지만, 탁구로 나를 이기겠다는 목표를 이재환은 끝내 이루지 못했다.

'상병 대 병장'이라고 해서, 2017년 2월에 진혁이가 병장을 달았을 때, 주말마다 탁구 내기를 했다. TV 연등은 있었고 TV를 보며 먹을 간단한 과자 같은 것을 누가 사느냐 하는 것이었다. 다행히 양쪽 팀의 균형은 정말 잘 맞아 그때 치는 내기 탁구가 그렇게 재밌을 수 없었다. 한창 탁구를 치다가 문득 이재환이 그런 말을 했다.

"우리 같이 고생하던 딸수 시절이 엊그제 같은데, 이렇게 진혁이까지 병장 달고 너네도 짬 돼서 같이 놀고 있네. 진짜 신기하다."

"야, 질 거 같으니까 감성팔이 하려 하는 것 같은데. 어차피 안 먹히니까 수 쓰지 마라."

"아니다, 진심이다. 뭐 과자 이런 거 내가 사면 그만이지. 난 그냥 지금이 좋아서 그런다."

이재환은 1월 휴가 때 우리에게 말을 풀어 주었다. 그리고 그때 이재환의 말은 사실이었다. 지금도 어쩌다 탁구 영상이 나오면 그때 생각이 난다. 1점으로 듀스가 오가는 그 긴장감과 짜릿함 속에 우리는 아무런 걱정도 없이 그 순간 그대로를 즐길 수 있었다. 평생 살아도 두 번 다시 그렇게 네 명이서 모든 것을 다 잊고 신나게 무언가를 할 기회는 없을 것 같다.

46
공모전과 이명재 (2016. 11. - 2017. 5.)

2015.10   2016.01   2017.01

한창 일병이던 시절에 '영웅' 공모전이 있었다. 근무를 서며 선임들 몰래 국방일보를 보다가 공모전을 발견했다. 영웅을 주제로 소설, 수필, 시 등을 창작하는 것이었다. 당시에는 개인정비 시간이라도 운동이나 공부를 할 수 없었기에, 해야 할 것을 다 하고 남는 시간에 선임들 몰래 기재실에 올라가 조금씩 작품을 써 나갔다. 끝내 「희생의 무게」라는 짤막한 소설을 완성해 제출했다. 총 12쪽의 내 첫 단편소설은 실제로 북한의 포가 연평도에 날아온 상황을 가정해 모두가 자신의 역할에 충실해 적의 침투를 방어해내는 과정에서 주인공이 장렬하게 죽는 내용이었다. 영웅은 누구 하나로 특정할 수도 있지만, 자기 자신의 임무에 목숨까지 바칠 수 있는 모든 사람이 곧 영웅이라는 주제였다. 하지만 안타깝게도 아무런 상도 받지 못했다. 지금 보면 부끄러움에 두 페이지도 스스로 읽어내지 못할 수준의 글이지만, '글을 쓰는 것의 즐거움'을 처음으로 느끼게 해준 작품이었다. 그 이후로 공모전이 있으면 상을 타는지 여부는 상관하지 않고 일단 무조건 글을 써서 제출했다. 영웅 공모전에 떨어졌고, 2016년 국방부 병영문학상에도 떨어졌으며, 국방홍보원에서 하는 독후감 공모전, 국방 청렴에세이 공모전 등에도 지원했으나 전부 떨어졌다.

2016년 9월에 시작해 10월에 접수를 마감하고, 11월에 결과가 나온 'KB 장병 소원성취'라는 공모전이 있었다. 자신의 소원을 적어 제출하면

상의 종류에 따른 금액만큼을 한도로 소원을 이뤄주는 고마운 공모전이었다. 당시 한창 해병대 내에 병영문화 혁신을 노래할 때여서 나는 우리 부대의 변화상을 알리며 모든 후임들에게 이제는 호봉제가 없는 '디티'를 사 주고 싶다는 내용으로 공모전에 지원했다. 결과가 나오는 날, 마침 나는 통신근무지에서 근무를 서고 있다가 인트라넷에 올라온 결과를 보았다. 바들바들 떨리는 손을 어떻게든 붙잡고 마우스로 수상자 명단을 클릭했다. 실눈을 뜨고 이름을 하나하나 보는데, 내 이름은 없었다. 한숨이 나왔다. 눈을 크게 뜨고 다시 한 번 찾아보았다. 없었다. 그런데 다시 보니 다른 것이 보였다. '이명재-해병대 연평부대'와 '김대호-해병대 연평부대'가 보였던 것이다. 바로 수송과로 전화를 했다.

"필승, 90대대 수송과 상병 김남혁입니다."

"남혁아. 혹시 김대호 해병님이나 이명재 햄 있냐?"

"있습니다! 바꿔 드립니까?"

"어. 부탁할게."

"필승- 상병 이명재입니다."

"필승- 상병 김지훈입니다. 이명재 햄, 혹시 장병 소원성취 지원하셨습니까?"

"어. 왜. 결과 나왔냐?"

"그렇습니다. 인트라넷 국방부 홈페이지에 결과 나왔는데, 보시면 될 것 같습니다. 축하드립니다."

"어? 야. 일단 알겠다. 고맙다."

"감사합니다, 필승!"

명재는 장병 소원성취에 부모님의 웨딩 사진을 찍어드리고 싶다고 제출했다. 그리고 대호는 불우 이웃을 위해 쌀과 연탄을 기부하고 싶다고 했었다. 그리고 둘 다 100만 원의 상금을 받아 그 목표를 실현할 수 있게 되었다. 이 소원 성취 이야기를 수송 반장님이 듣고, 대대장님께 건의해 소원을 이루기 위한 특별 휴가를 실시했으며, 대호의 소원 내용을 명재가 함께 실행하러 갔다. 직접 쌀과 연탄을 공수해 달동네에 사는 이웃들에게 나눠 주었는데, 그 내용이 SNS와 국방일보에 올라가 화제가 되기도 했다. 이런 이야기는 사령부에까지 알려져, 어느 날 명재와 대호는 본부 총원이 모인 앞에서 대대장님께서 대독하시는 사령관 격려서신을 받았다.

축하하는 마음이 더 컸지만, 부러운 마음은 숨길 수가 없었다.

"이명재 해병님. 축하드립니다. 저도 지원했는데. 제 건 아니었나 봅니다."

"에이, 그럴 리가. 내가 운이 좋았을 뿐이다. 더 열심히 하자."

"알겠습니다! 감사합니다!"

그날부터 '군 생활 목표 종이'로 가까워졌던 명재와 더 급속도로 가까워지기 시작했다. 얼마 지나지 않아, 연평부대에서 실시하는 '연평도 포격전 6주기 수기 공모전'이 있었다. 명재와 나는 두말 할 것 없이 둘 다 지원했다. 연평부대 자체에서 하는 공모전이다 보니 결과가 금방 나와, 이번에는 내가 처음으로 상을 받았다.

"거 봐라. 나는 글 쓰는 거 자체에는 별로 소질이 없는 것 같다. 내 이야기를 풀라고 하면 얼마든지 할 자신 있는데, 뭔가 형식을 딱 맞춰서 쓰라 하는 건 내 스타일이 아니지 싶다."

"에이, 아닙니다. 이번에는 제가 운이 좋았을 뿐입니다."

또 몇 주의 시간이 흐른 뒤, 이번에는 해병대사령부에서 실시하는 '해병대 DNA 작품 공모전'이 있었다. 그것 역시 둘 다 지원해, 이번에는 명재가 상을 받았다.

"니가 연평부대 꺼 우수상이고, 내가 사령부 꺼 장려상이면, 이걸로 쎔쎔 아니가. 더 노력하자 우리. 한번 다 쓸어보자."

"감사합니다. 저희 둘이서 해병대 한번 뒤집어 봅니까?"

"좋지! 해보자!"

나는 가장 배울 점이 많은 선임으로 항상 이명재를 꼽았다면, 명재는 반대로 나를 꼽았다. 우리 사이엔 그런 선의의 경쟁이 있었다.

"지훈아. 나는 전역하고 돈 좀 모은 뒤에 사업을 해 볼 생각이다."

"어떤 사업 말씀하십니까?"

"내 어릴 때부터 가난한 게 제일 싫었다. 집이 너무 가난했고, 그래서 그것 때문에 내가 하고 싶은 일을 할 수 없다는 게 너무 아쉬웠다. 그래서 자선 사업 겸해서 이런 걸 해볼 생각이다. 상징적인 문구가 박힌 옷을 팔아서, 1+1 개념으로 하나를 더 사면 하나를 더 주는데, 그걸 이제 개발도상국이나 좀 가난한 나라, 아니면 우리나라에 있는 불우 이웃에게 보내는 형식으로 하는 기. 어떠냐. 진짜 진지한데. 같이 해 볼래?"

"어…. 구체적인 방법은 좀 더 생각해 봐야겠지만, 저는 이명재 햄이랑 함께 하는 거라면 믿고 같이 갈 수 있을 것 같습니다."

"좋다. 우리 언젠가 한 번 뒤집어보자."

흡연장에서 만나 후임들과 장난을 치며 시시껄렁한 농담을 하는 것 외에도, 명재와 나는 틈만 나면 이야기를 했다. 우리가 함께 그리는 먼 미래에 대해서도 이야기했고, 항상 최적의 이상을 바라보되, 현실의 끈을 놓지 않고자 노력했다. 우리는 서로에게 긍정적인 에너지만을 뿌렸다. 전역하기 전 명재는 누가 봐도 성공한 군 생활을 마쳤다. 나 역시 내 스스로 만족하며 남들이 인정해주는 군 생활을 마쳤다고 생각한다. 서로가 있었기에, 그리고 서로에게 언제나 힘이 되었기에 가능했던 일이라고 생각한다.

47
간부의 전역 (2016. 11. 30.)

한 달에 한 번씩 한 기수가 전역한다. 당시에 내가 있던 본부가 우연히 연평부대 본청 옆에 있었기에, 연평부대에 있는 한 기수의 총원이 달마다 모이는 걸 보면 괜히 가슴이 뭉클해지곤 했다. 한때는 이 사람들이 모두 생활반, 혹은 중대의 가장 막내였고, 지옥과도 같은 일, 이병 생활을 거쳤으며, 다시 생각해도 무서운 선임들을 한 명 한 명 보내고, 어느덧 자신이 왕이 되어버린 정든 곳을 뒤로한 채 원래 몸담고 있던 세상으로 돌아가는 그런 일대기. 직접 보진 않았지만 전역 신고를 할 때 그 어느 때보다 큰 '필-승!' 하는 경례소리와 그 속에 담긴 왠지 모를 애틋함을 보면 충분히 알 수 있었다.

하루는 한정호 담당관님과 전산 작업차 한 소초에 들렀던 적이 있다. 어지간한 등산로 못지않은 코스를 함께 걸으며, 그날따라 맑은 하늘에 왠지 들떠 북한을 뒤로하고 사진도 몇 장 찍었다. 소초에 돌아와서 작업했던 내용을 소초장님께 설명하고 점심시간이 다 되었을 때쯤에 소초를 나왔다.

"짱깨 하나 물까?"

"오, 좋습니다. 감사합니다."

힘든 작업을 끝마치고 맛있는 식사를 하는 것만큼 기분 좋은 일도 몇 없을 것이다. 연평도 마을에 있는 '칭칭 차이나'라는 중국 음식점에서 짜

장면을 한 그릇씩 시켜 먹으며 때마침 뉴스에 나오는 정치 이야기를 하다가, 생활반 후임들에 대한 이야기도 나누었다.

"익제는…. 조금 더 지켜봐야 알 것 같습니다."

"그래? 그래 뭐. 너네가 생각하는 게 맞겠지. 좀 더 보자."

"참, 새 후임은 언제쯤 들어온다고 합니까?"

"글쎄다. 아마 다음 기수에 하나 오지 않겠나. 지금 해봤자 니, 재환이, 진혁이, 웅범이, 진기, 세한이, 익제 해가지고 일곱 명이지 않나. 빨리 한 명 더 채워 넣어야지."

"알겠습니다."

늘 함께했던 담당관님인지라 밖에 나와서 독대로 식사를 해도 불편하진 않았다. 짜장면을 맛있게 먹고 다시 담당관님의 차를 타고 부대로 돌아가려 했다. 그런데 담당관님은 차를 당섬의 선착장 방향으로 모셨다.

"담당관님, 어디 가십니까?"

"상민이 보러 가야 안 되긋나."

"아, 박상민 반장님. 벌써 오늘이 전역하시는 날입니까?"

"맞지. 가서 인사라도 해야지."

배의 출발 시간이 얼마 남지 않아 담당관님은 급하게 운전해 순식간에 선착장에 도착했다. 반장님을 찾으려고 했는데, 이미 선착장에 있는 '눈물의 연평도' 바위에 사람들이 몰려 있는 것으로 보아 굳이 찾으려고 할 필요도 없었다.

"저 있네."

우리 둘은 나란히 차에서 내렸다.

"상민아-!"

"오, 형님!"

박상님 반장님의 입에서 나온 말은 의외였다. 형님이라니.

"뭐, 형님? 마! 이 새끼 미쳤네, 이거!"

"하하하, 전역하면 다 형 동생 아닙니까!"

"마, 니가 전역했지 내가 전역했나! 아무튼간에 축하한다. 고생했다."

"감사합니다! 허허."

배가 오는 소리가 들렸다. 만난 지 얼마 되지도 않았는데 벌써 떠나야 할 시간이었다. 박상민 반장님은 급히 사진을 찍자고 했다. 그 자리에 모인 모두와 단체로 첫 사진을 찍은 후 모두 한 명씩 따로 사진을 찍었다. 모두가 사진을 찍고, 덕담을 건네며 수고했다고 토닥여주었다. 세상 좋다고 웃고 계시던 반장님의 표정이 점점 굳어갔다. 마지막 차례인 정통 중대장님과 사진을 찍을 때는 눈물을 흘리기 시작하셨다.

"에에에, 상민이 우나? 지금 우는 기가?"

"에이, 울긴 누가 웁니까. 눈에 뭐가 드가서 그렇습니다."

"허허, 빨리 마저 찍고 저 가서 배 타그라."

"알겠습니다."

사진을 다 찍고, 박상민 반장님은 이제 혼자였다. 표를 내고 혼자 배를 타고 내려가면서 온 배터에 있는 사람이 다 들을 만큼 큰 소리로, 하지만 목이 멘 소리로 한 마디 하셨다.

"X발! 나도 집에 간다!"

그리곤 기쁨에 가득 찬 걸음이 아닌, 왠지 모를 터덜터덜한 걸음으로 배까지 들어가셨다. 남은 우리는 그 모습을 끝까지 지켜보다 각자의 길로 흩어졌다. 나는 담당관님과 함께 다시 차에 탔다.

"간부님 전역하는 건 처음 봅니다. 왠지 뭉클합니다."

"다 그런 거 아니겠냐. 꽃봉 메고 연평도로 부임 받아서, 4년 다 채운 다음에 2년만 더 연평도에 있으라는 말에 있었다가, 결국 이렇게 전역하게 되네. 상민이 자도 참 안 됐지."

"아⋯. 그런 건 저도 몰랐습니다."

울적한 기분을 안고 본부로 돌아왔다. 박상민 반장님은 우리 90대대 통신의 상위 중대격인 정통중대의 무선 반장 직책을 맡고 있었다. 비록 전산병이긴 했지만 유무선 작업 역시 나가긴 했기에 이래저래 만날 일이 많았다. 한 번은 소연평에 같이 갔다가 돌아오는 배가 날씨 때문에 통제되어 섬에 갇혀 하루 종일 광 케이블만 까던 날도 있었다. 행사 때면 와서 '여, 잘 있었냐?'며 특유의 사람 좋은 웃음을 보여주기도 했다. 직접적으로 가깝거나 하진 않아도, 마주칠 일이 많았던 반장님을 더 볼 수 없다고 생각하니 아쉬운 것은 사실이었다. 내가 전역하든, 다른 사람이 전역하든, 어차피 아쉬운 것은 마찬가지라는 사실을 깨달았다. 그냥 함께 있을 수 있을 때 더 잘하자. 마음속으로 그런 다짐을 했다.

"여, 지훈이 왔냐. 밥은 먹었냐."

"⋯. 당연히 먹었습니다! 짱깨 먹고 왔습니다!"

"아 맞나, 여기 부식 챙겨 왔으니까 물 꺼면 무라."

"오- 감사합니다."

그 순간 반갑게 내게 말을 걸어주고, 내 식사를 걱정해 주는 통신 생활반 이들이 진정으로 가족처럼 느껴졌다.

48
음어조해 공모전 (2016. 12.)

2015.10   2016.01   2017.01

"내가 봤을 때 니 머리 정도면 음어조해 한 번 시도해볼 만 한 것 같은데."

"음어조해가 뭔지 여쭤봐도 되겠습니까?"

"있다. 일 년에 두 번 하는 대횐데, 들이는 노력에 비해 포상이 짭짤하다."

"호오…. 알겠습니다!"

"호오? 야. 추임새 언제부턴데."

"아닙니다."

"아니다. 장난이다."

일병 언제였나. 기재실에서 규민이 형이 몇 번 이야기했던 적이 있다. '음어조해평가'라고 해서 암호문을 해독하거나, 평문을 암호문으로 바꾸는 경연대회를 반기마다 실시한다. 그 대회에서 1등 포상이 3박 4일 휴가, 2-3등이 2박 3일 휴가를 받는다고 했다. 정말 구미가 당기는 대회이긴 했지만, 전 부대 규모의 경연대회에서 1등을 할 자신은 솔직히 없었다.

11월의 어느 날, 당시 정보담당 차나래 중사님이 나를 찾았다.

"지훈아, 음어조해 공문 드디어 나왔다. 너 한다고 했지?"

"그렇습니다! 해보고 싶습니다!"

"오케이. 각 부대 간부 2명 병 1명인데, 대대는 그럼 따로 안 뽑고 너로 바로 한다?"

"아. 근데 최진혁 해병도 하고 싶다고 했었는데, 꼭 병이 한 명이어야 합니까?"

"응. 병 한 명은 따로 바꿀 수가 없네. 진혁이랑 그럼 얘기해봐."

"알겠습니다!"

간부 2명과 병 1명. 예상치도 못한 상황이었다. 들은 바로는 지금까지 간부 1명과 병 2명이 한 조가 되어 상도 조별로 받는다고 했는데, 올해는 간부 2명, 병 1명에 개인전으로 포상도 개인으로 한다고 했다. 그 길로 진혁이에게 쪼르르 달려가 상황을 알렸다.

"맞선임, 맞선임! 음어조해 하실 겁니까?"

"어? 어. 할 수 있으면 하지. 왜."

"방금 정담이랑 얘기하고 왔는데 이번 음어조해는 부대당 간부 둘 병 하나랍니다."

"에? 진짜? 음…. 그럼 그냥 너 해라. 내가 포기할게. 난 섬마을 선생 있으니까."

"…. 그럼 진짜 제가 해도 되겠습니까?"

"응. 하라니까. 대신에 1등 못하면 생활반 피치 추진 한 번 해."

"하하…. 1등. 알겠습니다! 감사합니다!"

진혁이는 그때 섬마을 선생님으로 활동하고 있었다. 연평도에 하나 있는 학교인 연평초중고등학교에 방과 후 선생님으로 가는 제도였다. 수학에 천부적(에 가까운)인 재능이 있었던 진혁이는 당당하게 섬마을 수학 선생님으로 선정되어 한 학기 동안 일주일에 두 번씩 중학생들에게 수학을 가르쳤다. 그리고 그 고생에 대한 보상으로 4박 5일의 포상휴가 역시 받았다. 마음씨 착한 진혁이가 맞후임과 휴가로 트러블을 만들기 싫어서 흔쾌히 양보한 것임을 알고 있었기에, 고맙게 여기고 기회를 잡으려 했다.

음어를 다루는 것은 쉬우면서도 어려웠다. 간단하게 말하면 글자를 숫자로 바꾸는 것이 음어 조립, 숫자를 글자로 바꾸는 것이 음어 해독인데, 이 둘을 합쳐 음어 조해라고 한다. 예를 들어 'ㄱ'에 해당하는 숫자가 '5512'고 'ㅏ'에 해당하는 숫자가 '3200'이면, '가'='55123200'이라는 하나의 음어가 완성되는 것이다. 실제로 어떤 글자가 어떤 숫자로 조립되는지는 군사기밀로 유지되고 정기적으로 갱신되며 대회 때는 대회만을 위한 문자표가 만들어지기 때문에 특별한 이유 없이는 실제 음어를 볼 수도, 만들 수도 없다. 아무튼 차나래 담당관님께 그런 내용을 간단하게 교육받고, 빌린 연습용 음어표로 당시 읽고 있던 책인 파울로 코엘료의 '브리다'를 조립하고 해독하면서 꾸준히 대회 연습을 했다.

대회 당일이 되었다. 아침 시간에 마지막으로 음어표를 빌리기 위해 사무실로 내려갔다. 문을 열자마자 보이는 것이 화생방 담당인 김동찬 반장님과 무인기 부조종사 최성훈 반장님이 함께 무엇인가를 뚫어져라 보고 있는 장면이었다. 차나래 담당관님께서 교육 때 나눠주신 '음어'란 무엇인지에 대해 설명해놓은 종이였다.

"아, 맞다. 반장님들도 오늘 대회 나가시지 않습니까?"

"나가지. 넌 공부 열심히 했냐?"

"공부할 게 뭐 있습니까! 그냥 대충 치는 거 아닙니까. 하하."

"뭐 그렇지! 담배나 하나 피우러 가자!"

"좋습니다. 가십쇼!"

고등학생일 때 중간고사 날 서로 공부를 안 했다고 우기는 모범생들 같았다. 괜한 자존심에 음어표 빌리기를 포기하고 김동찬 반장님과 담배를 하나 맛있게 핀 뒤 다시 생활반으로 들어가 잠을 청함으로 아침 시간이 끝나버렸다. 오전에는 늘 그렇듯 전산 과업을 하고, 점심을 먹은 후 오후 과업이 시작하면서 한정호 담당관님께 음어조해 평가를 보러 가야 함을 알렸다.

"1등 못 할 거면 꽃봉 싸서 나가뿌라!"

김동찬 반장님과 최성훈 반장님을 찾아 평가장으로 갔다. 평가장은 부대식당이었다. 우리에겐 홈 어드밴티지가 충분히 작용할 수 있는 유리한 조건이었다. 지원자가 많아 절반씩 나누어 평가를 본다고 했고, 문제의 유출 가능성 때문에 두 번째로 시험을 치는 절반은 보이지 않는 곳에서 대기하라고 했다. 시험 시간은 20분. 나는 두 번째 조에 속했다. 식당 내부에서 2층으로 올라가는 계단에 걸터앉아 쪽잠을 청하려고 했다.

"아 긴장되네. 꼴찌라도 하면 무슨 낯짝으로 내일 출근하지."

"하하. 뭐 잘 치실 겁니다!"

"그렇겠지? 페이스북이나 봐야겠다!"

아침의 음어표에 이어 이번엔 잠을 포기하고 김동찬 반장님과 웃음참기 동영상을 보면서 시간을 보냈다. 순식간에 시험시간이 다가와 어느새 자리에 앉아 긴장감에 식탁을 손가락으로 톡톡 두드리고 있는 나 자신을 발견했다. 감독관님이 종이를 나눠주었다.

"자, 지금부터 시작하시면 됩니다!"

시험은 객관식 열네다섯 문제와 한 단락의 음어 해독 한 문제가 있었다. 미친 듯이 풀어나갔다. 객관식 문제를 거의 2분만에 끝내버리고 해독으로 들어갔다.

'어라…?'

문제가 너무 잘 풀렸다. 뭐에 홀린 것처럼 음어를 해독해 나갔다. 숫자를 본 후 음어표를 보고 글자로 옮겨 쓰는 것이 거의 글자를 그냥 써내려가는 것처럼 술술 넘어갔다. 결국 10분 만에 해독을 완료해버렸다. 게다가 틀린 데는 없나 확인까지 해 보았다. 12분쯤 되었을 때, 손을 들어 끝났음을 알렸다. 두 번째 조라 앞 조는 어떻게 됐는지 잘 몰랐지만, 적어도 우리 조에서는 가장 빨리 나와 만족스럽게 본부로 복귀했다.

그 후로 그날은 내내 기분이 좋았다. "잘 쳤냐?"는 질문에, "아직 결과가 나오질 않아서 잘 모르겠지만, 그래도 그럭저럭 잘 쳤습니다."는 대답을 반복했다. 마음은 이미 1등이었다.

다행히도 반전은 없었다. 며칠 뒤 정보 장교 송정현 중위님이 나를 부르더니, 며칠 전 음어 조해에서 1등을 했다고 조용히 알려주었다. 1등이라니. 기대는 했지만, 막상 들으니 기분이 정말 좋았다.

"감사합니다! 다 정보장교님이랑 담당관님 덕분입니다!

진짜 감사합니다!"

"감사하긴. 너가 열심히 해서 잘된 거지."

"아닙니다! 감사합니다! 돌아가 보겠습니다! 필승!"

사무실에서 올라와 가장 먼저 찾아간 사람은 다름 아닌 명재였다.

"이명재 햄! 1등 했습니다!"

"뭐를?"

"얼마 전에 봤던 음어조해 평가 1등 했습니다!"

"오, 그래? 축하한다 임마! 또 한 계단 올라갔구만! 좋다!"

"하핫, 감사합니다!"

2016년이 다 가기 직전에 부대 지휘통제실에서 부대장님께 직접 상을 받을 수 있었다.

"음어조해 1등? 똑똑한 친구네."

상을 주고 악수를 청하시면서 내게 하셨던 그 짤막한 말씀이 아직도 기억에 남는다. 자랑스럽게 내 관품함에 상장을 붙였다. 또 하나의 상장이 늘었다.

49
입도 1년. 그간의 변화 (2016. 12. 24. - 31.)

2015.10   2016.01   2017.01

12월은 시간이 참 빠르게 가는 것 같다. 벌써 12월이네! 이번 달만 하면 전역의 해가 밝는다! 같은 말을 했던 날도 순식간에 2주 전, 3주 전 일이 되었다. 연말이 다가왔다. 부대는 새해를 위한 준비와 연말연시의 분위기에 평소보다는 조금 들뜬 상태를 유지했다. 크리스마스이브의 저녁이었다.

"범스무스."

"엉?"

"그거 아냐? 나 오늘 입도 일 년이야."

"어 맞네. 크리스마스이브니까 벌써 일 년이네-"

"시간 참 빠른 듯- 아닌 듯- 하면서도 잘 간다그치."

"그러게나 말이다."

"이렇게 각자 침대에 누워서 일반 목소리 톤으로 말하는 것조차 상상도 못 했던 시절이 있었는데."

"맞아맞아. 그땐 진짜 상상도 못했지. 이성진 앞에서 이 목소리로 얘기했다간 바로 병뚜껑에 머리 박았지 않았을까."

"푸하, 그랬겠다 진짜. 그 때 생각 나냐-"

…

"뭐 어쨌든 너도 다음 주면 일 년이네. 고생 많았다, 우리 참."

"그러게! 고생 많았다 너도. 우리 둘 다. 군 생활을 더 할지 어떨지는 모르겠지만, 일단은 이제 반 넘게 왔네! 좀만 더 해 보자."

틀린 말이 하나도 없었다. 막 전입했던 시절 우리 위로만 7명의 통신병이 있었을 때, 그때만 해도 행동 하나하나에 지레 겁먹고 무서워서 우리는 항상 위축되어 있었다. 말 한 마디에도 당연히 신중할 수밖에 없었다. 아니, 정확하게 표현하면 말을 하지도 않았다. 그저 눈짓으로, 웅범이와 나 둘 중 한 명이 빨래 박스를 슥 쳐다보면 나머지 한 명이 고개를 끄덕. 그러면 선임들 눈에 띄지 않게 빨래박스를 조심스레 갖고 나가 세탁기에 넣고는 했다. 그랬던 선임들이 하나둘 예비군 마크를 가슴에 붙이고 부대를 떠나갔다. 그리고 그 자리를 새로운 얼굴들이 하나둘 채워갔다. 이제는 이재환 위로 규민이 형까지 모두 가고 없었다. 생활반에 모두 모이면 재환-진혁-웅범-나-진기-지홍-세한-익제-광래까지 해서 선임보다 후임이 더 많았다. 당연히 건물 복도를 지나다니면 경례를 하는 횟수보다 받는 횟수가 많아졌다. 말을 놓은 선임들도 하나둘 생겨났다. 모든 것이 편해지고 있었다. 재환이와 진혁이, 그리고 웅범이와는 이제 가족보다 끈끈해져 아무에게나 할 수 없는 개인적인 이야기까지 털어놓을 수 있는 사이가 되었다. 4명에서 1년간 쌓았던 추억거리를 이야기하면 10시 소등부터 다음 날 아침까지 해도 모자랄 정도로 많은 순간들을 함께 보냈다.

병영문화도 점점 좋아지고 있었다. 글로 다 표현하지 못할 강압적인 분위기는 이제 더 이상 없었다. 서로가 서로를 진심으로 어떻게 생각하는지는 차치하고서라도, 부대 내는 항상 웃음이 가득했다. 이병들은 당당히 자기 생각을 말했고, 힘든 일이 있으면 당당히 피드백을 요청했다. 일병들도 더 이상 선임의 선물이 아닌, 자신의 돈으로 디지털 티와 사제 팔각모를 샀다. 적어도 한 달에 한 번씩은 병영문화 혁신에 관해 간담회를 열었는데, 그때마다 과거의 악습과 적폐들이라며 지금까지 있었던 인계

사항들을 하나씩 없애갔다. 구타와 가혹행위, 악기바리 같은 악습은 당연히 가장 먼저 자취를 감추었다. 그리고 '찐일' 때부터 웃을 수 있었던 인계, '일오' 때부터 움직이면서 경례할 수 있는 인계, '알고 싶습니다'와 '압니다' 체를 사용하는 인계 등이 완전히 사라졌다. '병 분대장을 제외한 병 상호간은 명령, 복종 관계가 아니다'라는 병영문화혁신 행동강령의 취지에 맞는 병영문화가 점점 그 문을 열고 있었다.

자기계발 역시 순조로웠다. 여전히 근무가 없는 날이면 매일 밤 공부 연등을 했다. 주말에는 오전에 공부, 오후에 운동, 저녁에 공부를 했다. 11월에 한자 시험을 보려 했지만 점수도 부족하거니와 무슨 이유인지 2016년 후반기는 부대에서 한자 시험을 지원하지 않아 계획이 바뀌었다. 2월에 한자 시험을 보기로 마음을 바꾸고 11월부터 전역까지의 공부와 독서 계획서를 따로 만들어 매일 공부 후 스스로를 반성하고 내일의 계획을 세웠다. 점수가 오르지 않아 답답한 마음도 있었지만 그 또한 과정이겠거니 하고 꾸준히 한자를 쓰고 외우기에 몰두했다. 병행하는 HSK 역시 너무나 어려워 감이 잡히지도 않았지만 한 걸음씩 나아가자며 스스로를 다독였다. 악기바리를 당해 '돼지'라고 불려도 할 말 없을 만큼 커져 버린 몸집도 이제는 정상으로 돌아왔다. 살을 뺀 후에도 꾸준히 웨이트를 해 조금이라도 더 보기 좋은 몸을 만들기 위해 노력했고, 매일 탁구를 한 게임 이상 쳐 평생에 처음으로 자신 있다고 해도 좋은 구기 종목을 만들기도 했다. 거기에 각종 공모전에 지원해 몇 개는 수상에도 성공할 수 있었다.

하지만 그럼에도 마음이 공허했다. 연말이라서 그랬던 것일까, 다가오는 새해가 무서웠다. 아무런 준비도 돼있지 않은 것 같았다. 그런 기분을 누구에게 토로할 때면 으레 "김지훈 해병님만큼 미래를 열심히 준비하는 사람이 어디 있답니까."와 같은 말이 돌아오곤 했다. 하지만 그런 말도 전혀 위로가 되지 않았다. 내 스스로가 내 미래에 대해 걱정스러운데, 남들이 보기에 내가 무언가를 이룬 것 같다고 생각한들 무슨 소용이 있겠는가.

그럴 때면 이렇게 대답하곤 했다. "내가 너랑 다를 게 뭐니. 열심히 하루하루 한 건 맞는데, 탁 까놓고 이뤄놓은 게 하나도 없지 않냐. 그리고 우리 지금 똑같이 하루하루 군 생활 하고 있다는 사실은 변함없는데." 전역하고 닥쳐올 현실이 무서웠고, 전쟁하듯 살아야 할 남은 군 생활 7개월이 또 무서웠다. 돌아갈 수만 있다면 훈련소는 빼고 후반기 때부터 군 생활을 다시 시작하고 싶었다. 그렇게 미래에 대한 걱정 없이 후반기부터 일병 기간만 평생을 반복하며 살 순 없을까.

2016년의 마지막 날이었던 12월 31일에도 어느 때처럼 야간에 공부 연등을 하고 있었다. 그날은 맞후임인 진기와 함께 연등을 하고 있었는데, 11시 55분이 되니 진기가 갑자기 안절부절못하면서 나에게 같이 올라가는 것이 어떻겠냐고 했다. 그 모습에 되레 나도 당황해 같이 올라갔더니, 복도에 본부 총원이 모여 있었다. 그리고 그 가운데 본부 최고 선임자인 1197기의 김대호가 랜턴을 들고 서 있었다.

"5, 4, 3, 2, 1! 다들 새해 복 많이 받아라!"

"감사합니다!"

"자, 지금부터 새해를 맞아 기수대로 한 마디씩 해보자. 음음, 나는 뭐 다 알겠지만 1197기의 지금 대대 마호 김대호다. 마호로서 너네한테 뭔가 더 커다란 것을 해주고 싶은데, 부대 환경이 안 되다 보니까 당직자한테 얘기해서 이렇게라도 잠깐 시간을 얻었다. 20대 초반 군대에 와서 고생 많이 하고 있는 거 다 알고 있다. 걱정도 많고, 고민도 많은 거 다 알고 있고. 나도 그랬으니까. 근데 그것 하나는 알아야 한다. 지금 고민하는 그 모든 시간이 나중에 너네한테 커다란 보상으로 돌아오는 소중한 순간이 될 거라는 걸. 고민 그 자체를 즐기고 더 열심히 살면 그만 아니겠나. 부대가 많이 변해가고 있다. 예전처럼 폭력적이지도 않다. 나는 오히려 이런 분위기가 우리를 더 가족같이 만들어 준다고 생각한다. 항상 이런 분위기를 원해왔고. 서로한테 터치할 수 없는 분위기가 지나친 개인주의로만 흐르지 않길 바랄 뿐이다. 서로한테 잘하자. 아끼고 챙기기도 모자란 시간에 싸우고, 찌르고 하면 안 되지 않겠나. 다들 2017년은 꽃길만 걷자. 이상, 다음 이재환!"

그 후로 이재환을 거쳐 나를 포함해 막내까지 한 마디씩 쭉 했다. 어쩌면 다소 뻔한 신년사였을 수도 있지만 어두운 복도에 랜턴 불빛 하나에 의존한 채 귀를 귀울이게 되어 더 와 닿았는지도 모르겠다. 대호의 그 말이 묘하게 힐링이 되었다. 내 의문과 공허에 조금은 해답이 된 것 같기도 했다. 2017년은 어떻게 살아야 할까. 많은 생각이 들게 하였다.

50
狐濡尾 (2016. 12.)

2015.10   2016.01   2017.01

호유미라는 말이 있다. 여우 호에 적실 유, 꼬리 미를 사용하는 한자어
인데, 여우는 머리가 가볍고 꼬리가 무겁기 때문에 꼬리를 등에 얹고 냇
물을 건너는데 도중에 힘이 빠져 꼬리가 물에 젖어 건너지 못했다는 옛
이야기에서 유래된 말이라고 한다.(네이버 지식백과) 다시 말해, 일을 시작하
기는 쉬우나 끝마무리를 잘하기가 어려운 상황의 비유라고 할 수 있다.

인생 모든 일이 그렇지 않을까. 내게는 두 살 터울의 남동생이 하나 있
다. 놀기를 좋아하고 공부를 하기 싫어하는 동생의 미래가 걱정되어, 창
원 지역에서 공부를 잘하기로 유명했던 우리 학교에 어떻게든 넣어 함께
다니고자 했다. 운 좋게 입학에 성공했고, 동생의 첫 담임 선생님이 마침
나와 가까웠던 선생님이어서 내가 개인적으로 찾아가 부탁을 했던 적이
있다. 동생을 좀 잘 봐달라고. 많이 놀던 아이라 아이들과 트러블도 많
을 것이고, 적응하기 힘들어할 거라고. 하지만 공부에 재능이 없는 게 아
니라서 하면 또 잘할 거라고. 그렇게 부탁드렸다. 선생님은 흔쾌히 허락
하셨고, 그것이 동생에게 특권이 되지 않는 범위 안에서 최대한 도와주
겠노라고 하셨다. 하지만 당시 나도 고3이어서 한창 공부를 해야 할 시기
라, 그렇게 부탁을 드리고서 학기 초에 몇 번을 제외하고는 여유가 없어
찾아가지 못했다.

수능이 끝나고 지금의 학교에 합격을 한 뒤, 졸업장을 받고 한참 후에

야 학교를 다시 찾아갔다. 그제야 우연히 교무실에서 그 선생님을 발견하고 인사를 드렸다. 선생님은 나를 기다리셨다고 말씀하셨다. 그렇게 아이를 던져놓고 간곡히 부탁을 하고 갔으니, 최소한 여유 될 때 찾아와서 그 결과를 듣고 인사를 하고 갈 줄 알았다는 것이다. 나는 미처 잊어버렸다고 솔직하게 말씀드렸다. 그리고 죄송하다고 했다. 그랬던 내게 선생님은 묵직하고 조용하게 일침을 놓으셨다.

"무슨 일이든 마무리가 잘되어야 한단다. 너랑 나 사이에는 이렇게 니 동생이라는 공통분모가 존재하고 있었는데, 그 공통분모와 관련된 일을 확실하게 끝맺지 않으면, 우리 둘 사이의 관계는 이제 이도 저도 아니게 붕 떠버리는 거야. 그 어떤 사람과 그 어떤 일을 함께하게 되더라도, 그 결과가 좋든 나쁘든, 확실하게 마무리를 짓고 가야 해. 인생에서 그것만큼 중요한 것도 없단다."

그 일이 있었던 후 내게 '마무리'라는 단어는 일종의 트라우마가 되었다. 그래서 무슨 일을 하더라도 철저히 마무리를 짓고자 했다. 애매하게 일을 끝낼라 치면 그때의 기억이 떠올라 절대 그렇게 하지 못했었다. 그런데 문제는 입대 직전에 또 한 번 터지고 말았다. 대학 2학년 1학기를 마칠 시점에 나는 과 학생회에서 일상사업국장으로 일하고 있었다. 그리고 더불어 과 내 연극학회에서 조명 조수로도 일하고 있었다. 와중에 군대에 덜컥 붙어버렸고, 자의는 아니었지만 이 일들을 모두 내팽개친 채 혼자 떠나가야 하는 상황이 오고 말았다. 어쩔 수 없이 솔직하게 상황을 말하고 둘 다 중간에 빠져나왔다. 학생회 사람들이야 겉으로는 아무 말도 하지 않았지만, 당시 연극학회에서 연출을 맡았던 선배님은 지금도 나를 볼 때마다(반 장난으로) '어, 도망자다!'라고 한다. '마무리'에 대한 기억이 되살아나고 내 스스로 타인의 눈치를 보며 움츠러들게 하는 순간들이었다.

'두 번 다시 애매한 것은 없다. 두 번 다시.'

입대를 하면서부터 그 말은 내게 철칙이나 다름없었다. 무슨 일을 해도 중간에 그만둘 수는 없었다. 실패하더라도 끝까지. 중간에서의 포기나 도피는 있을 수 없는 일이 되었다. 그래서 부대에서 2016년 후반기 한자시험은 없다고 했을 때도, 연병장에서 달리다 숨이 턱 끝까지 차올라 더 이상 못 뛸 것 같을 때도 포기하지 않았다. 오히려 그 때의 부끄러운 기억들을 떠올리며 '군대에서만큼은 꼭 변해서 가자.'며 내 자신을 더 채찍질했다.

2016년 12월의 어느 날에, 선정 한자 학습을 다 마치고 성어 공부를 시작했던 날, 호유미라는 말을 처음 만났다. 시작은 쉬우나 마무리를 짓기가 어려운 것을 비유하는 말. 성어의 뜻으로 적혀 있던 그 조그만 해석의 글자들이 비수가 되어 내 가슴을 찌르는 것 같았다. 빽빽이를 하던 연습장의 중간 부분을 한 장 떼어, 가지고 있는 것들 중 가장 두꺼운 네임펜으로 크게 狐濡尾라고 썼다. 그리고는 그 종이를 세 글자 중 하나도 알아볼 수 없을 만큼 잘게 발기발기 찢었다. 내 인생을 가리킬 때 더 이상 이런 표현은 필요 없어야 한다고 다짐하며 종이를 한 손에 모아 쓰레기통에 던져 버렸다. 멈추지 말고 끝까지 하자며 내 자신을 또 한 번 다독였다. 처음으로 그날, 공부 연등을 마치고 내 자리로 올라와 랜턴 불을 켜고 한 시간 동안 더 공부했다. 그리고 그날부터 쭉, 모든 시험에 합격하고 '이제는 다 했구나.'라는 생각이 들어 연등을 멈추기 전까지 내 공부 연등은 22-00시가 아닌 22-01시가 되었다.

그런 일이 있고 며칠 후, 정보통신중대로 전속하신 한정호 담당관님께 전화가 걸려왔다.

"필승- 90대대 통신병 상병 김지훈입니다."

"누구?"

"상병 김지훈입니다."

"아, 지훈이가. 잘 지내나. 내 누군지 알긋나."

"당연합니다. 담당관님 아니십니까."

"그래, 우짠 일로 아직은 기억하네. 내 뭐 쎄근이한테 들어보니까 니 요새는 뭐 안 한다 카드라? 일병 때 한창 이것저것 도전하드니. 기합이 빠…."

"하하, 아닙니다. 담당관님. 이렇게 끝낼 리가 있겠습니까. 그렇잖아도 요새 장비 관리가 안 되는 것 같아서 숙영지마다 모든 장비 모델명, 관리 번호, 일련번호, 장비 사진 넣어서 현황철 하나씩 만들어갖고 불출하려 그랬습니다. 이미 코팅지 다 사놨고 장비 사진도 찍어 놨습니다. 만들기 만 하면 됩니다."

"그래? 이상 없네. 완성되면 내도 한 통 보내도."

"알겠습니다."

김훈의 소설, 『칼의 노래』에는 이런 구절이 나온다. '무릇 100리를 목표로 하는 자는 90리를 그 절반으로 삼아야 마땅하다.' 아직 절반도 채 오지 않았다. 누구도 나를 떠올리며 호유미나 용두사미 같은 단어를 연상하지 않게, 나는 오늘도 모든 일에 최선을 다할 것이다. 내일도.

51
무적의 통신 4인방 (2016. 10. 18. - 2017. 3. 28.)

2015.10 2016.01   2017.01

영원히 통신과의 최고 선임일 줄 알았던 규민이 형이 전역을 하니 생활
반 분위기가 많이 변했다. 진기나 세한이에게는 어떤 느낌으로 다가왔을
지 모르겠지만, 나와 웅범이, 그리고 진혁이는 그 어느 때보다 군 생활에
활기가 넘쳤다. 지금까지 내 활동 범위를 제한하지만 동시에 그 틀 안에
서 나를 보호해주는 상자 같은 존재가 규민이 형이었다. 하지만 이제는
그 상자가 없어져 더 이상 내 행동을 통제할 사람도 없었고 동시에 내가
책임져야 할 일도 많아진, 딱 그런 느낌이었다.

이재환이 생활반 최고 선임자의 자리를 가져가면서, 생활반은 4선임-5
후임의 구도가 분명하게 나타나기 시작했다. 신기하게도 통신병은 4명 단
위로 세대가 끊어졌다. 1188기의 김규현, 1189기의 박건길, 1191기의 이
성진, 1193기의 박규민. 이렇게 4명의 한 세대 이후에 6개월의 공백기를
거친 후 1199기의 이재환, 1201기의 최진혁, 1203기의 나와 웅범이. 이렇
게 또 4명이 한 세대를 이뤘다. 또 5개월 반의 공백 후 1208기의 김진기,
1211기의 정세한, 1213기의 최익제, 1214기의 김광래. 이렇게 4명이 나란
히 전입했다. 중간에 들어온 1208기의 민지홍도 있었고. 이후 내가 전역
하기 직전에 1220기의 윤영국, 1221기의 서지훈이 전입해 신기하게 또 6
개월의 텀이 나타났다. 그런 이유로, 각 세대의 최고 선임자가 생활반의
최고 선임자가 될 때는 생활반 분위기가 굉장히 화목하면서도, 선임층과

후임층이 명백히 갈리는 묘환 분위기가 형성된다.

내가 전입했던 시절만 해도 재환이와 진혁이의 사이는 굉장히 나빴다. 진혁이는 나를 가르칠 때 항상 재환이의 험담을 했었다. 그래서 나는 이 재환이 정말 무섭고 잔인한 선임인 줄로만 알았었다. 웅범이가 오기 전의 1주일 동안, 나와 진혁이가 기재실이나 밴 청소를 하고 있으면 이재환이 어떻게 알았는지 나타나 진혁이에게 이것저것 꼬투리를 잡으며 혼을 내기 일쑤였다. 기재실에 비치된 물티슈처럼 생긴 클리너를 한 장 빼 들어 모니터 뒤를 닦고서,

"야, 장난하냐. 먼지 있잖아."

라고 말하는, 지금 생각하면 좀 과도한 지적을 많이 했던 것 같다. 일, 이병 때의 진혁이의 사소한 실수를 가지고도 재환이는 밴에서 진혁이의 머리를 박게 했던 적이 많았다고 한다. 그런 여러 이유로 진혁이는 재환이를 극도로 싫어했다. 유명한 샤워장 일화가 있다. 한참 후 어느 날 밤 이빨 연등을 하면서 들었던 이야기였다. 일병 시절 1200기 몇 명와 진혁이가 함께 샤워를 하며 유쾌하게 농담 따먹기를 하고 있었는데, 샤워장에 재환이가 들어오는 것을 본 진혁이는 표정이 싹 굳으며 한 마디 했다고 한다.

"OOO 해병님, 저 먼저 나가봐도 되겠습니까."

그러고 도망치듯 샤워장을 나갔다고 한다. 1200기들이 이재환에게 얼마나 후임을 혹하게 다루길래 쟤가 저 정도의 반응을 보이냐고 물었다가, 그 보복이 또다시 진혁이에게 돌아갔었다고 한다.

그랬던 그 둘의 사이가 점차 나아진 것은 선임들이 하나둘 가기 시작하면서부터였다. 더 이상 재환이를 건드릴 선임이 없어졌을 시점에 재환이는 진혁이에게 그동안 미안했다며 진심 어린 사과를 했다. 그리고 진혁이는 그 사과를 받아 주었다. 나와 웅범이를 기준으로 놓고 본다면, 나

는 같이 작업을 다니고 담배를 피우기 때문에 재환이와 더 친하고, 웅범이도 마찬가지로 작업을 함께 다니고 둘이서 머리를 짜매 작업을 꾸려야 하는 상황이 많았기에 진혁이와 더 친했다. 그런 관계 속에 재환이가 진혁이와 화해를 해버리니 자연스럽게 우리 네 명 모두가 가까워지게 되었다. 말만 안 풀었을 뿐 거의 친구나 다름없던 시절이었다. 저녁시간에 침대에 누워 TV를 보고 있던 나와 웅범이에게 이재환은,

"와…. 내가 상둘이었을 땐 이성진 때문에 이런 건 상상도 못했는데. 니네 너무 내가 편하게 해준다고 생각하지 않나?"

와 같은 말로 가끔씩 분위기를 이상하게 만들긴 했지만, 대부분의 시간에 우리는 가족이었고 항상 함께였다. 상병 대 병장이라고 해서 탁구 내기를 하고, 다 같이 노래방에 가서 점수대로 기수를 뒤집는 놀이도 했으며, 윷놀이나 뱅 등의 보드게임 역시 많이 했다. 주말에 어쩌다 내가 공부 연등이 하기 싫어진 날이면 TV 연등을 하곤 했는데, 그럴 때면 돈을 모아 PX에서 과자나 냉동 식품 같은 것을 사와 먹으며 함께 보곤 했다.

"오늘 영화 뭐 볼래?"

"오로라 공주는 안 됩니다."

"아, 그건 내 실수라니까!"

"아무튼 그건 안 됩니다!"

영화를 고를 때부터 티격태격한 말다툼 아닌 말다툼이 좋았다. 함께 영화에 몰입해가면서 다음을 예상하는 이야기를 나누는 시간도 좋았다. VOD로 보는 영화가 끝나 남은 시간 동안 뭐 볼까 고민하며 TV 채널을 돌리다 나오는 성인영화에 모두가 동시에 '스탑!'이라고 외쳐 그 영화를 보면서 야한 농담들을 하는 것도 좋았다. 야한 농담 그 자체가 아니라, 그런 농담을 할 수 있는 야심한 시각과 어둠 속, 그 분위기를 함께함이 좋았던 것이다. 그리고 무엇보다도 좋았던 것은 전투체육이 있던 수요일이

었다. 일, 이병 때는 (부대 자체가) 전투체육을 잘 보장해 주지 않아 수요일이라고 특별한 의미가 없었는데, 어느 순간부터 전투체육을 중요시하기 시작했다. 그래서 수요일 오후면 다 함께 공을 차거나 체력단련실에서 개인 체력단련을 하는 시간을 주었다. 탁구를 원하는 만큼 치고, 정해진 웨이트를 다 한다고 해도 보통 네 시에는 운동이 끝났다.

"이재환 햄, 몇 세트 남았습니까?"

"나 한 10분이면 된다."

"알겠습니다. 맞선임? 탁구 한 게임 하십니까?"

"좋지!"

더 할 것이 없을 땐 턱걸이를 하거나 탁구라도 쳐서 우리는 서로를 기다렸다. 그리고 다 함께 체단실에서 본부로 내려와 샤워를 했다. 그 후 네 시 반부터 저녁식사 시간인 다섯 시 반까지 각자의 침대에 누워 쉬었다. 밖은 이제 한낮의 뜨거운 기운이 물러가면서 저녁이 오고 있음이 딱 느껴지는 그 정도의 시간이었다. 종일 운동해 온몸이 나른한 상태인 데다 TV로 라디오 채널을 틀어 놓아 들리는 잔잔한 노래가 그 분위기를 더 극적으로 만들어 주었다. 나는 그 시간이 가장 좋았다. 말로 형용할 수 없을 만큼 편안했다. 그리고 그 편안한 기분을 나뿐만 아니라 내 통신 가족들 역시 똑같이 공유하고 있었기에 더 좋았다.

이재환이 가족들을 남겨두고 사회에 있는 진짜 가족들을 만나러 가버렸던 2017년 3월 28일까지 이런 분위기는 쭉 이어졌다. 우리는 단 한 번도 싸우지 않았고, 항상 그래 왔듯 가족처럼 시간을 보내다 하나둘 각자의 위치로 돌아갔다.

52
창설! 본부중대! (2017. 1. 2.)

2015.10   2016.01   2017.01

　새해가 밝았다. 계급장이 바뀔 때는 항상 말직근무를 섰는데, 새해 첫 날에는 06-12시의 1직 근무를 서게 되었다. 그 때문에 작년처럼 일출을 보러 가는 행사에는 참여하지 못했지만, 2017년의 모든 통신 근무 일지 의 첫 장이 '상병 김지훈'으로 시작하게 되었다. 그것도 나쁘지 않았다. 7 시 반 경에 행사를 갔던 인원들이 모두 돌아와 8시에 식사 교대로 떡국 을 먹을 수 있었다. 이 한 그릇으로 한 살을 더 먹어, 나는 스물세 살이 되었다. 나이 끝에 받침이 'ㅅ'으로 들어가면 각 10대의 중반이라고 했던 기억이 난다. 스물셋. 나도 이제 20대 중반이 되었다. 그 중반의 시작을 군대에서 맞게 되었다.

　당시 부대 계급으로는 '쌍사', 실제 계급으로는 상병 5호봉이 되었다. SNS에서 돌아다니는 군대 관련 글에서 볼 수 있듯, 상병 5호봉이 되면 일명 '꺾인다'고 해서 지금까지의 고생을 인정하고 확실한 선임의 대우 를 해주기 시작한다. 내가 있던 부대에서는 그런 변화를 '짬이 풀린다' 혹 은 '쌍오가 풀린다'고 표현했다. 그때 부대에 있는 가장 최고 선임자가 '짬 이 풀리는' 대상의 시계를 풀어주는 상징적인 의식을 치름으로 변화가 완 성되었다. 그때부터는 지금은 없어졌지만 '알고 싶습니다' 대신에 '압니다' 를 사용하는 것부터 시작해 온갖 인계의 정점에 서게 되었다. 드디어 내 게도 그 시기가 왔던 것이다. '오늘 풀어주지는 않을까?' 하는 묘한 기대가 들었다. 하지만 점심에 이재환이 쏘는 PX의 치킨 피자를 먹고 와서도, 저녁에 운동을 하고 책을 읽고 나서도, 당시 최고 선임자였던 1196기의 남영우와 두 번째 선임이던 1197기의 김대호는 아무런 말이 없었다. '쩜, 그게 뭐 대수라고. 좀 더 기다리지 뭐.' 생각은 그렇게 했지만, 못내 아쉽긴 했다.

새해 첫날이 일요일이라 과업을 진행할 수 없어 당초 예정되어 있었던 본부중대 창설식을 월요일인 1월 2일에 하게 되었다. 내가 있던 90대대는 2011년 창설 이후 지속적으로 규모가 커져 왔는데, 본부중대의 창설로 한 대대로서 필요한 모든 편재를 다 갖추게 되는 것이었다. 그만큼 그 행사는 중요했다. 본부에는 이미 반년 전부터 본부중대장이 가편으로 전입했으며, 모든 일정이나 과업에 '90대대 본부'가 아닌 '90대대 본부중대'로 표기가 변경되었다. 방송 역시 "대대본부, -생활반 떠나 15분 전"이 아닌, "본부중대, -생활반 떠나 15분 전"으로 하고 있었다. 병사들은 이미 몸과 마음의 준비가 모두 되어 있었던 것이다.

나름대로 구색을 갖춘 부대 강당에서 웅장하게 행사를 진행하는 것은 나만의 바람이었던 것일까. 창설식은 우리가 늘 생활하던 본부 건물 앞에서 시작되었다. 초라하다고 말하면 그 행사의 거대한 의미에 찬물을 끼얹는 것이었지만, 그 행사를 통해 정식으로 직책을 갖는 중대장님과 중대원이 되는 40명의 본부 인원 모두에게는 조금 아쉬울 수 있었던 것 같다. 대열을 갖추어 대대장님을 기다린 후 경례를 하고 애국가를 부르고, 제작한 부대기를 수여하는 모든 행사 과정이 끝난 뒤 우리는 정식으로 본부 중대의 일원이 되었다.

사실 사용하는 건물도 그대로인 데다 본부 행정병이라는 보직이 생긴다는 것 빼고는 하는 일도 모두 그대로였다. 오히려 나 같은 경우에는 여러 형식으로 정리된 전산 현황을 수정해야 하는 것 때문에 일만 어마어마하게 늘어났다. '90대대 통신과'라고 적혀 있는 대대 내 모든 장비에 붙은 자그마한 태그도 '90대대 본부중대 통신소대'로 수정해야 하는 데다 중대가 생기면서 바뀐 모든 간부님들의 직책명도 수정해야 했다. 그럼에도 나는 본부중대가 창설되는 것이 좋았다. 쓸데없는 것일지는 몰라도, 휴가를 나가거나 친구들과 메시지를 주고받을 때, 하다못해 예하 중대 동기들과 이야기할 때 '중대로 복귀한다' 혹은 '중대에…'라는 이야기를 들을 때 나에게는 중대가 없다는 사실이 왠지 모르게 제대로 군대를 안 간 것처럼 보여서 늘 아쉬웠었다. 그런 나에게도 정식으로 중대와 소대가 생기게 된 것이다! 그래서 좋았다. 고민 끝에 결국 장비에 붙은 태그를 바꾸는 일은 포기했다. 아마 아직도 일부러 떼지 않고서야 모든 장비에 '90대대 통신과'라는 이름의 태그가 붙어 있을 것이다.

근무 중이거나 과업 시간 기재실에서 전화를 받을 때 '필승- 90대대 통신병 상병 김지훈입니다.'라고 말하는 기존의 방식은 바뀌지 않았다. 한 번쯤은 '필승- 90대대 본부중대 통신소대 상병 김지훈입니다.'라는 말을 해 보고 싶긴 했었는데. 한정호 담당관님이 정통중대로 올라가시고 담당관이 되었던 오세근 반장님 역시 형식상으로는 본부중대 통신소대장 이었지만 전화를 받거나 직책을 말할 때는 90대대 통신담당이라는 말을 사용하셨다. 통신은 대대 참모와 본부 중대의 중대원 사이에 애매하게 걸쳐 있어서 이런 부분이 명확하지 못했던 것 같다. 인사정보체계에서는 2017년 1월 1일자로 내 보직이 90대대 본부중대 통신소대 교환병으로 변경되어 군대 간 다른 친구들이 나를 찾아보더라도 바뀐 보직명을 볼 수 있게 되었다. 물론 해군에만 수십 명이 있는 김지훈들을 모두 뒤져 나를 찾아야겠지만.

아무튼, 새해의 시작치고는 매우 좋았다. '본부중대'라는 이름으로 내 스스로에게 앞으로의 군 생활에 대한 동기부여를 했다. 지난 1년간의 아쉬움과 후회는 그대로 남겨두고, 새로운 1년, 아니 약 6개월 반의 시간을 어떻게 하면 더 잘 보낼 수 있을까 하는 고민을 했다. 기존의 공부계획을 엎지 않은 채 새로운 공부계획을 짰다. 그리고 운동에 전보다 더 많은 시간을 투자하기로 했다. 또 사지방과 함께 있어 저녁 시간과 주말에 사용할 때 여러 가지 사소한 문제가 발생하던 도서관의 개선 방안도 모색해 보기로 했다. 고질적인 문제였던 치통 역시 의무실에 가서 정식으로 진료를 받기로 했다. 마지막으로 올해는 더, 지금 함께하는 이 가족들과 즐겁고 행복한 시간을 많이 보내자고 다짐했다.

53
뭘 망설이나? 아프면 가야지 (2017. 1. 3. -)

2015.10   2016.01   2017.01

2016년 8월경부터였다. 아무 이유 없이(이유가 없지는 않겠지만) 왼쪽 위 어금니 안쪽이 아파오기 시작했다. 처음엔 가볍게 쿡쿡 찌르는 느낌만 나서 별 신경도 쓰지 않았다. 지나가는 통증이려니 하고 넘어갔다. 그때만 해도 몰랐다. 그 치통이 얼마나 나를 귀찮게 할지를.

시간이 지나면서 치통은 조금씩 심해지기 시작했다. 과업을 하는 낮에는 아무렇지도 않다가, 저녁 시간이 다가오면 다시 아파와 밤이 되면 말도 못할 정도로 고통이 심했다.

"이가 너무 아프다." - 2016. 8. 21. 일기 중 일부.

"소등 다 되가니까 이가 아파서 움직일 수도 없다." - 2016. 9. 15. 일기 중 일부.

일기장에는 지속해서 내 치통과 관련된 이야기들이 쓰였다. 치통이 너무 심해서 공부조차 포기했던 날도 몇 번 있었다. 한 번은 TV 연등 시간에 역기수 놀이를 하다가 갑작스러운 치통에 침대에 바로 누워버린 적도 있었다.

"지훈이 점마 아픈 척 조졌고-"

누워서 끙끙대는 나를 보며 역기수 놀이로 잠시 동안 나보다 한 기수 선임이 된 지호가 했던 말이다. 그렇다고 의무실을 가기도 그랬다. 의무실을 간다는 것은 곧 과업에서 열외한다는 것을 의미했기 때문이다. 또

한 연평부대에는 의무실이 하나밖에 없어 기다리는 시간도 많고, 연평도 가운데 있어 본부랑 거리 역시 멀었기 때문이기도 했다. 게다가 치과는 한 번 가면 지속적으로 가야 하기 때문에 선임들의 눈치를 봐가면서까지 의무실을 가고 싶지는 않았다.

연말이 다가올 때는 더더욱 심각해졌다. 빈도가 높아지고 고통의 정도가 훨씬 심해졌다. 이제는 왼쪽으로 음식을 씹지도 못할 정도에 정수기에서 나오는 차가운 물은 입에 담지도 못했다. 그 지경이 되고서야 나도 사태의 심각성을 어느 정도 파악했다. 또 한 번 아파 누워 끙끙대는 내게 진통제를 구해주며 세한이가 말했다.

"김지훈 해병님. 너무 심한 것 같습니다. 의무실 가서야 할 것 같습니다."

말도 안 나와서 그냥 고개만 끄덕이고, 그때 정말로 의무실을 가야겠다고 결심했다. 의무실이라니. 그것도 훈련이나 과업을 하다가 다친 것도 아니고. 이가 아파서라니.

이병 신체검사와 상병 신체 검사, 딱 두 번. 그 외에 장비 사고로 손을 다쳐 의무실을 갔던 것 빼고는 처음 가는 것이었다. 초진 의뢰서를 작성하고 대기실에서 한참을 기다리니 한 해군 일병이 나타나 엑스레이를 찍자고 했다. 치아를 찍는 엑스레이는 처음이었는데, 장비가 신기했다. 하필 통증 부위가 어금니 끝 쪽이라서 자그마한 장비를 물고 있는데 헛구역질이 자꾸 나 고생했다. 깨끗한 것, 예쁜 것만 상상하면서 숨을 참으며 어떻게 버텨 결국 다 찍긴 찍었다. 그리고 다시 대기실로 나와 나를 부르길 기다렸다.

"김지훈 해병님-"

"상ㅂ. 예-"

타군끼리는 상호 존칭에 관등성명 안 하는 게 맞는 거였지. 아까 나타났던 일병이 나를 치과 진료실로 데리고 갔다.

들어가니, 군의관으로 보이는 분이 앉아 계셨다. 2초 정도 고민했다. 경례를 해야 하나, 인사를 해야 하나. '필승'인가 '안녕하세요.'인가. 군의관님도 엄연히 군인이고, 우리 중대장님보다 높은 대위 계급장을 달고 계신 분이니 그래도 경례가 맞을 듯싶었다.

"필승!"

"어, 그래. 어디가 아파서 왔지?"

"왼쪽 위 어금니가 아파서 왔습니다."

"그래, 일단 상태 한번 보자. 앉아라."

앉는 것보단 눕는 것에 가까워 보이는 치과 진료 의자에 앉아 '아-' 하고 입을 벌렸다. 입으로 작은 도구들이 들어와 부딪히는 소리가 나는가 싶더니, 군의관님은 엑스레이 사진을 보자고 하셨다.

"너 미쳤구나."

"… 예?"

"뭐 때문에 이 지경이 될 때까지 의무실을 안 온 거야? 부대에서 의무실 못 오게 해?"

"그런 건 아닙니다. 상태가 어떻습니까?"

"여기 봐. 쉽게 설명해줄게. 치아 붙은 거 두 개 보이지? 더 안쪽에 있는 게 사랑니고, 그 옆에 있는 게 원래 어금니야. 사랑니가 나오면서 어금니랑 붙어가지고 어금니를 밀어 내고 있고, 니가 제대로 관리를 못 해서 사랑니가 충치가 됐는데 그게 옆으로 옮겨붙어서 안쪽 어금니도 심각하게 썩고 있는 상태다."

"아…. 알겠습니다."

"이 정도까지 진행됐으면 상당히 아팠을 텐데, 안 오고 뭐했냐."

처음으로 내 고통을 아는 사람을 찾았다.

"그냥 참았습니다."

"미련하긴. 일단 봤을 때 사랑니 이건 응급이라 당장 발치를 해야 하는 수준이고, 그 후에 안쪽 어금니는 신경치료 진행해야 할 것 같네. 어떻게 할래. 세 가지 방법이 있어. 여기서 지속적으로 치료하는 방법, 국군수도 병원에서 치료하는 방법, 그리고 민간병원에서 치료하는 방법. 여기서 하면 내 능력이 되는 데까지는 하겠지만, 이건 솔직히 여기 장비로는 어쩌면 힘들 수도 있다. 그렇게 되면 수도병원으로 의뢰를 할 거고. 민간병원에서 받으려면 마찬가지로 수도병원에서 민간 진료를 허가해줘야 한다."

군의관님께서는 세 가지의 방안을 줬지만, 어차피 나는 다른 선택을 할 생각이 없었다. 당시 내 과업 맞후임인 익제가 아직 일을 잘하지 못하는 상황이어서 내가 자리를 오래 비우면 그동안 쌓인 일로 복귀 후에 치통보다 두통이 더 심할 것 같았다.

"전 무조건 연평도 내에서 해결하고 싶습니다."

"그래, 그럼 여기서 한 번 해 보자. 전역이 언제지?"

"7월입니다."

"얼마 안 남았네. 다음 약속 때 사랑니 발치하고, 그 다음부터 신경치료 들어가자. 전역 전까지 마무리해서 나갈 수 있게. 오늘은 당장 응급처치만 해 줄게."

"감사합니다!"

그제야 마취를 하고 치료에 들어갔다. 치료는 30분 정도 계속되었다. 마취가 다 되어 그쪽의 감각이 거의 없어졌다. 무언가 딱딱 부딪히는 소리와 '위이잉' 하며 치과에만 들리는, 생각만 해도 소름이 돋는 그 소리만 자꾸 들려왔다. 간헐적으로 꽤나 큰 고통이 몰려올 때마다 눈을 질끈 감고 주먹을 꽉 쥐면서 버텼다. 긴장했다가 풀었다가, 또 긴장했다가 풀었다가를 반복하다 정신이 아득해져 갈 즈음에 치료가 끝났다.

"고생했다. 만약에 아프면 처방받은 진통제 먹고. 발치는 2월 10일에 하자. 잘 가고."

"아게스니다! 가사하니다! 피승!"

마취로 뭉개진 발음으로 인사를 드리고 당직실에서 약을 받은 후 의무실을 나와 본부로 터덜터덜 걸어왔다. 왼쪽 입가가 조금 찢어진 것 같았다. 마취로 치료 부위는 아무렇지도 않았는데, 정작 입술이 더 아팠다.

본부로 복귀한 이후 남은 시간 동안 늘 하던 과업을 했다. 날이 어두워지면서 마취가 풀려 완전히 정상적인 감각을 되찾게 되었다. 생활반에서 쉬다가 잠시 물을 마시러 복도에 나왔다. 어느 순간부터 본능적으로 물컵에 뜨거운 물 60%, 차가운 물 40%정도로 물을 받는 게 습관이 되었는데, 치료도 받은 겸 차가운 물을 한 번 시도해 보고 싶었다. 받은 물을 버리고, 순도 100%의 차가운 물을 마셨다.

"어!?!"

"왜 그러십니까?"

마침 옆에서 라면 물을 받던 진기가 물었다.

"안 아프다, 진기야!"

"오!?"

"허허. 진작에 치료받을걸 그랬다 정말."

혹시나 싶은 기대는 이내 행복이 되었다. 더 이상 미지근한 것만 마실 필요가 없게 되었다! 맛스타도 바로 마실 수 있었고, 아이스크림도 먹을 수 있었다!

아픈 곳이 생기면 바로바로 치료를 하러 가는 것이 맞는 것 같다. 과업이나 근무 역시 중요하지만, 몸이 편해야 그 둘 역시 제대로 될 수 있는 것 아니겠는가.

54
마음은 급한데 할 건 많고 (2017. 1. 7. - 8.)

"주말 2직은 역시 별로다. 어제 3직을 서다 보니 피곤해서 또 진입 직전까지 오전 내내 자버렸다. 그리고 근무 철수하니 저녁. 운동 깔짝 하고 샤워하니까 벌써 20시 반. 하루가 그냥 삭제되어버렸다. 주말을 이렇게 날려버리다니. 어찌려고 이렇게 나태한 걸까." - 2017. 1. 7. 일기 중 일부

"주말답지 않게 굉장히 바쁜 하루를 보냈다. 1직 서고 있다가 OO 행정관님이 급하게 불러서 작업하고 오고, 철수 후 진기랑 소연평 NTPC 작업하고, 잠깐 쉬다가 운동하고 바로 입초 들어갔다. 근 반년 만의 입초인가. 철수하고 샤워하니 바로 병기교대. 또 바로 청소하니 하루가 끝. 와! 알찬주말! ㅅㅂ. 공부는 언제." - 2017. 1. 8. 일기 중 일부

새해의 첫 주말이었던 만큼 나는 화끈하게 이틀을 통째로 공부에 투자하고 싶었다. 그런데 하필 로테이션대로 돌아가는 근무가 토요일 2직, 일요일 1직이 걸려버렸던 것이다. 군대의 근무는 종류도 여러 가지고 직순마다 장, 단점이 있지만 내가 섰던 통신근무는 목-금-토-일의 로테이션이 최악이었던 것 같다. 장점은 없고 —굳이 꼽자면 누군가는 서야 하는 주말 근무를 남들 대신 내가 선다는, 일종의 희생을 할 수 있다는 것일까— 단점만 많았다. 월, 화, 수, 목을 온전히 과업에 다 투자하고, '와! 내일이면 금요일이다!' 하는 즐거운 마음이 드려는 찰나 '아, 오늘 말직이지.' 하는 생각이 들어버린다. 피곤함을 억지로 누른 채 근무를 서고 철수 후

자다 일어나면 금요일 오후다. 금요일 오후는 주말점검이라고 해서 청소, 청소, 또 청소. 청소의 연속이다. 종일 청소를 하다 잠깐 쉬면 어느 새 3직근무에 진입할 시간. 18-00시의 3직근무 덕분에 공부 연등은 커녕 TV 연등도 못한 채 지휘통제실에 앉아 있어야 했다. 그게 끝이면 다행인데, 그때부터가 시작이다. 황금 같은 토요일에 2직 근무를 서야 한다는 건(오전은 보통 전날 근무와 일주일간 누적된 피로로 피곤해서 자버리기 때문에) 저녁부터 하루를 시작하는 것과 진배없었다. 게다가 다음날 또 06-12의 1직이라 일찍 일어나야 하기 때문에 밤늦게까지 공부를 할 수도 없었다. 이 모든 근무를 다 서고 나면 일요일 점심이 된다. 하지만 그맘때 통신 근무 1직이 당일 입초 말직을 들어가는 것으로 이야기되어 일요일 오후부터 시작하나 싶었던 주말이 또 입초로 막히는 것이었다. 다음 날이면 다시 월요일. 이런 이유로 근무표를 짤 때, '제발 목-금-토-일만 아니길.' 하고 나도 모르게 기도하게 된다.

또 당시는 내가 과업 면에서 그 어느 때보다 남들에게 인정을 받던 시기였다. 손으로 쓴 모든 장비의 현황이나 장비의 위치를 그린 각 숙영지 구조도는 통신과 관련된 사람이 아니면 모른다고 치더라도, '프린터나 인터넷이 안 되면 본부의 오세근 중사나 김지훈을 부르면 된다.'고들 얘기하곤 했다. 일요일 오전 근무를 서고 있는데 예하중대 행정관실 번호로 전화가 왔다.

"필승- 90대대 통신병 상병 김지훈입니다."

"어, 마침 딱 너네. OO 행정관이다. 내가 뭐 할 게 있어서 출근했는데, 여기 인터넷이 안 된다."

"필승, 행정관님. 잘 지내셨습니까. 인터넷이 어떻게 안 됩니까."

"인터넷을 켜도 페이지를 표시할 수 없습니다. 이 메시지만 뜬다. 봐도 무슨 소린지 잘 모르겠다. 한 번 와봐야 할 것 같은데."

"하하, 제가 지금 근무 중이라… 끝나고 가도 되겠습니까?"

"이거 좀 급한 거라서. 어떻게 안 되겠나? 세근이한테는 내가 얘기할게. 대체 근무 세워놓고 와."

"어…. 일단 알겠습니다! 제가 다시 전화드리겠습니다!"

잠시 뒤, 오세근 반장님께서 전화로 광래를 임시로 세우고 그 중대로 가보라고 하셨다. 곧 광래가 내려와 나는 1205기 수송병 건호와 그날 당직이었던 서기호 반장님과 함께 중대로 갔다.

"어, 왔나! 빨리 함 봐봐!"

"필승! 알겠습니다!"

바로 컴퓨터의 상태를 보았다. 랜선은 잘 들어가 있었다. 하드웨어적인 문제는 없는 것 같았다. 네트워크 관리자를 켜 보니, 문제가 바로 발견되었다. 무슨 이유에선지 모르겠지만 인터넷이 두 개 잡혀있는 것이었다. 그리고 그 두 개가 충돌하여 인터넷이 안 되는 것으로 보였다. 어댑터 설정에서 로컬 영역 연결을 '사용 안 함'으로 설정했다가 다시 '사용함'으로 재설정하니 문제는 해결되었다. 인터넷이 정상적으로 잘 작동했다.

"끝났습니다!"

"뭐? 벌써? 역시…. 대대 통신은 다르네. 미안하다. 주말에 불러서. 뭐 따로 줄 게 없네. 콜라라도 마셔라. 진짜 고맙다."

"감사합니다! 돌아가 보겠습니다! 필승!"

바로 다시 본부로 돌아와 광래를 올려보내고 근무에 임했다. 그때는 근무 중에 불려갔기에 망정이지, 쉬고 있거나 공부하고 있을 때도 갑작스러운 상황이 제법 많았다. 대부분이 인터넷이나 프린터가 안 된다는 것이었다.

이런 이유로 새해 첫 주말은 공부를 거의 하지 못했다. 딱 토, 일요일의 연등 시간만을 활용했을 뿐이었다. 2월 25일로 날짜가 확정된 한자시험을 접수했지만, 점수가 잘 나오지 않아 공부를 해야 해도 여러 상황들 때문에 제대로 하기가 힘들었다. 8월부터 시작한 한자는 1월이 되기까지 5개월이 넘었음에도 모의고사를 치면 50점을 간신히 넘기는 정도였다. 합격점은 70점이었다. 안전하게 합격하려면 모의고사 때 80점은 나와야 한다는 생각에 마음은 급해져만 갔다. 그렇다고 근무 때 공부를 할 수도 없고. 과업은 내 주 임무이기 때문에 누군가의 호출에 '주말인데 좀 쉬게 두시면 안 됩니까?'라고 감히 말할 수도 없었다. HSK나 토익 같은 다른 공부도 소홀히 할 수 없었다. 행여나 한자에서 떨어지기라도 한다면, 내 군 생활에 남는 것이라곤 없을 것 같은 기분이 들었다. 그런 생각을 할 시간에 공부라도 하자며 막상 펜을 잡으면, 또 앞이 막막해 보이고 이것을 어떻게 해야 하나 하는 생각이 꼬리에 꼬리를 물었다. 딜레마의 연속이었다.

이 글을 쓰고 있는 요즘, '그래도 군대가 좋았지. 그날그날 일만 하고 공부만 하면 됐으니까.' 하는 생각을 종종 했다. 그러던 중 이 두 날의 일기를 보고, 무언가로 머리를 맞은 것 같은 기분이 들었다. 군대라도 결코 나태해져도 되는 것이 아니었다. 통제된 정보와 열악한 환경에 있었을 뿐, 그곳에서도 고민과 닥친 상황에 대한 조급한 마음이 있었다. 그 주제와 크기는 지금과 다를지언정 고민 자체는 있었던 것이다. 그리고 결과를 놓고 봤을 때, 그때는 무너지지 않았던 것 같다. 지금도, 앞으로도 역시 그래야 할 것이고, 또 그럴 것이다.

55
겨울의 연평도와 사과 깎는 상병 (2017. 1. 20.)

올해는 좀 덜하나 싶더니 역시 연평도는 연평도였다. 자고 일어났더니 눈이 10cm는 가볍게 넘어 보일 만큼 쌓여 있었다.

"우-리들은 대 한 의, 바-다의 용 사-"

매일 아침 울리는 기상음악에 기지개 늘어지게 켜고 있자니, '하아' 하고 아침부터 땅이 꺼질 듯한 응범이의 한숨 소리가 들렸다.

"응범아, 왜?"

"밖에 한 번 봐…"

"뭔데 그러는데? … 지랄 났네."

예상대로 조별 과업은 생략하고 제설작전을 준비하라는 방송이 나왔다. 너무 오랜만이라 제설작전이 마냥 기분 나쁘진 않았다. 옛날 이병 시절의 제설작전과 다르기도 했고.

"그럼, 지금 실시하면 각자 지정된 구역으로 가서 제설작전에 임할 수 있도록. 실시!"

"실시!"

구령이 떨어짐과 동시에 나는 장난 반으로 눈삽을 들고 우리 생활반 구역까지 냅다 뛰었다. 우리 생활반의 구역은 본부 건물에서 제법 먼 데다가 꽤나 가파른 언덕을 포함하고 있었다. 그래도 뛰었다. 꼬투리를 잡으려는 의도는 아니었지만, 내가 뛰면 후임들은 어떤 반응을 보일까 궁금해서 그랬다. 미친 듯이 목표 지점을 향해 뛰다 뒤를 돌아보니, 예상대로 후임들이 더 미친 듯이 나를 따라오고 있었다.

"좋다! 개같이 한 판 해보자!"

"헉, 헉…. 감사합니다!"

"감사하긴 뭐가 감사하노! 그런 인계 이제 없애기로 안 했나! 가자!"

언덕을 내려오며 눈을 퍼서 길 가장자리로 버렸다. 다른 부대는 어떨지 모르지만, 적어도 연평부대에서는 제설작전의 목적이 '혹시 모를 상황에 대비해 작전차량이 항상 움직일 수 있는 여건을 만들기 위함'이었기 때문에, 도로를 위주로 제설작전을 했다. 지정된 구역부터 눈을 쓸며 내려와 본부까지 도착했고, 다른 생활반은 이미 다 끝나서 우리를 기다리고 있었다.

"고생들 했다. 밥 먹으러 가자. 3열 종대 헤쳐 모여!"

"헤쳐 모여!"

역시 몸을 움직여야 밥이 맛있는 법이다. 아침임에도 다들 맛있게 식사를 하고, 부식으로 나온 사과를 몇 알 챙겨서 생활반으로 돌아왔다. TV를 보며 익제가 깎아주는 사과를 먹으며 아침시간을 보냈다. 눈이 다시 오기 시작했다.

"알림, 현 시각 부 작전차량을 제외한 모든 차량은 통제이니 중대 총원은 참고할 것."

과업정렬 이후 사무실에서 과업지시를 받을 때 방송이 나왔다. 차량이 통제되면 통신은 당연히 작업을 나갈 수 없었다. 수송 역시 마찬가지였다.

"태준아, 우리 그냥 통신 대 수송 해서 눈싸움이나 한 판 할까?"

"오, 좋습니다. 가십니까?"

오세근 반장님이 수송반장님에게 제안했다. 이렇다 할 과업도 없는 데다 눈싸움이라면 거절할 이유가 없었다.

"가자, 애들아. 준비해라."

"알겠습니다!"

우리의 오전 과업이 되어버린 눈싸움을 준비하기 위해 사무실을 나가려는 찰나, 본부 행정관님이 사무실로 올라오셨다.

"과업 없는 애들! 제설하러 가자!"

잠시 후, 우리는 눈 뭉치가 아니라 설삽을 손에 들고 있었다. 아침과 같은 구역이었다. 이번에는 아까처럼 냅다 뛰지 못했다. 의욕이 나지 않았다. 소가 밭을 매듯 천-천히 내려가면서 제설을 했다. 오전 내내.

점심에도 사과가 나왔다. 역시 과일은 식당보다 생활반에서 먹는 게 제맛이라고, 또 몇 알 가지고 왔다. 이번엔 내가 깎아 보았다.

"와, 지훈아. 너 사과 진짜 못 깎는다. 살 파먹은 거 봐라."

"… 처음이라 그렇지 뭐."

웅범이의 그 말이 화근이었다.

"아, 안 되겠다. 애들아. 저녁에도 사과 나오면 각자 갖고 올 수 있는 만큼 가지고 와라."

"알겠습니다!"

역시나 저녁에도 사과가 나왔고, 착한 우리 후임들은 양 바지 주머니에 사과 한 알씩, 그리고 손에도 사과를 한 알씩 들고 돌아왔다. 본격적으로 내 사과 깎기가 시작되었다.

"… 이게 아니야!"

깎다 만 사과 한 알을 먹어버렸다.

"… 이것도 아니야!"

또 한 알을 생활반 앞을 지나가던 후임에게 주었다. 그렇게 몇 알의 사과를 깎아낸 뒤, 만족할 만한 한 알의 사과를 만들었다.

"봐, 웅범! 이 정도면 되겠지!"

"어, 어, 그래. 흐흐흡. 니가 무슨 방망이 깎는 노인이냐. 아니 사과 깎는 상병이네, 아주."

"뭐라는 거야. 이제부터 시작이다. 잘 봐라."

곧바로 사지방으로 달려갔다. 인터넷을 켜고 급하게 검색한 것은 다름 아닌 '토끼깎기'였다. TV나 사진으로 봤을 땐 굉장히 어려워 보였는데, 사과를 예쁜 모양으로 자른 후, 껍질에 삼각형 모양으로 칼집을 내고 그 부분만 살짝 깎아내면 되는 것이었다. 생각보다 간단했다. 바로 생활반에 돌아와 시도했다.

"이 새끼. 아주 한 번 시작하면 끝을 본다니까."

"말 걸지 마라. 집중 중이다."

토끼깎기는 단번에 성공했다. 나 때문에 사과를 물리도록 먹은 우리 생활반 후임들에겐 도저히 더 주기가 미안해, 생활반에 있는 라면 그릇에 예쁘게 담아 지원 2분대의 후임들에게 사과를 나눠주었다. 그 이후에도, 몇 번의 토끼깎기를 포함해 여러 가지 방법을 시도해 사과를 예쁘게 깎아 후임들에게 나눠주었다. 그날은 운동도 안 하고 저녁 내내 사과만 깎았다. 청소 시간이 되었다. 어느새 수북하게 쌓인 사과 껍질을 치우며 웅범이에게 말했다.

"봤냐. 웅범. 형 자극하지 마라."

허세 섞인 말을 마무리로 사과 깎기는 끝났다. 내 사과를 맛있게 먹어주던 1211기의 배성빈과 1216기의 김민석에게 굉장히 고마웠다. 오전 제설의 피곤도 다 잊었다. 새로운 것을 시도한다는 것은, 그게 비록 사과 깎기같이 사소한 것일지라도 똑같은 일상에 활력을 불어넣어주는 것 같다.

56

1203기 짬 논쟁 (2017. 1. 31.)

❶ 1월 25일 오전. 본부중대 건물 1층.

(Fade-in) 휴가를 떠나는 병사들이 모여 대대장에게 신고를 하고 있다.

병장: 대대장께 대하여 경례!

일동: 필!! 승!

대대장: 필승.

병장: 신고합니다! 병장 OOO 등 O명은 2017년 1월 25일부터, 동년 2월 8일까지 정기 및 보, 포상휴가를 각각 명받았습니다! 이에 신고합니다! 대대장께 대하여 경례!

일동: 필! 승!

대대장: 필승. 잘들 다녀오고, 아까도 말했듯 술 많이 먹지 말고, 사고 치지 않도록 각별히 주의해라. 이상.

일동 : 감사합니다!

(Fade-out)

❷ 1월 25일 오후. 플라잉 카페리 호.

(Fade-in) 하늘에서 본 서해 바다가 나타난다. 화면 확대되어 한창 앞으로 나아가고 있는 배 한 척이 보인다. 또 한 번 확대되어 '플라잉 카페리호'라고 쓰인 배 이름이 보인다. 화면 배 안으로 들어간다. 자

리에 앉아 열심히 휴대폰을 하고 있는 한 병사가 보인다. 줌 인. 왼쪽 가슴에 줄 세 개짜리 계급장이 보이고, 오른쪽 가슴에는 '김지훈'이라 쓰인 빨간 명찰이 붙어 있다. 줌 아웃. 졸린 듯 눈을 꿈뻑꿈뻑하더니 이내 잠이 든다. (Fade-out)

❸ 1월 31일 밤. 경기도 시흥시 어딘가의 술집

(Fade-in) 모자를 눌러쓴 여러 명의 남자들이 신분증 확인을 마치고 한 구석자리에 들어가 앉는다. 왁자지껄한 분위기 속에 술잔이 오고 가고, 모두가 즐겁다.

이명재: 자, 오늘 아니면 언제 이렇게 다 한 번 모여보겠노. 건배 한 번 하자! 내가 뛰뛰! 하면 전부 빵빵! 하면서 건배하는 거다!

이재환: 그건 니네 수송 애들이나 하는 거고. 달구지들아. 그냥 90대 대 하면 파이팅- 하자 간단하게.

이효진: 달구지? 너 방금 달구지라고 했냐? 수송 무시하냐? 그리고 건배사는 무슨 건배사야. 나 전역한 지가 한 달이다. 군인 티 좀 그만 내자.

이재환: 그래 맞다 맞다. 그냥 먹자!

이명재: 좋다! 그냥 짠 하자. 짠-

일 동: 짠-

김대호 : 오케이. 짠 했으니까 지금부터 복귀할 때까지 말 다 푸는 거다.

김지훈, 김지수: 오케이!

(Fade-out)

❹ 1월 31일 밤. 경기도 시흥시 어딘가의 술집

(Fade-in) 테이블 한쪽에는 빈 술병들이 모여 있고, 여전히 와자지껄한 분위기 속에 모두가 즐겁다. 다들 취기가 올라 얼굴이 붉어져 있다.

이재환: 야, 근데 대호야.

김대호: 엉?

이재환: 여기 지훈이 있어서 말할까 말까 했는데, 니 1203기 짬 언제 풀어줄 건데.

김대호: 야, 그건 내가 알아서 할게.

이재환: 아니, 알아서 하는 거야 맞지. 짬 푸는 거야 마호가 하는 거 니까. 근데 내일이면 얘네 진짜로 쌍오다. 얘네가 이렇게 늦 게 풀리면 1204기가 얘네 무시하지 않겠냐.

남영우: 어, 내가 전역할 때 얘네 풀어주고 갔는데?

김대호: 내가 바로 묶었다. 1203기 별로 마음에 안 들어 가지고. 너 가기 전에도 풀어주면 어차피 다시 묶을 거라고 했잖아.

남영우: 그래 뭐. 나는 전역했으니까. 니가 어지간히 알아서 하겠지.

이재환: 그래서 대호. 언제 풀어줄 생각인데?

김대호: 일단은 나는 2월 1일에 풀어주려 그랬지. 얘네가 나 싫어할 거 아는데, 그래도 선임한테 제대로 못 했으니까 그 대가는 받아 야지. 내가 욕 먹어도 나야 집에 가면 그만이고.

김상우: 그런 말이 어딨냐. 근데 니 말이 맞긴 하다. 지훈이가 이 말을 들으면 어떻게 생각할지 모르겠지만, 1203기가 문제 있긴 하지.

김지훈: ….

이재환: 그래, 그래서 2월 1일에 풀어준다 이거제. 그럼 됐다.

김대호: 일단 그렇게 생각하고는 있는데, 그냥 나 전역하는 날에 1203기랑 1204기랑 같이 풀어줄까도 생각하고 있다. 엿 한

번 먹어보라고.

이재환: 허허…. 참 나. 그래도 우리 애들은 잘하잖아.

김대호: 그렇다고 누구는 먼저 풀고, 누구는 나중에 풀고 하는 것도
이상하잖아.

이효진: 다 그처어어! 밖에서, 어? 무슨, 어? 궁대애기야!!

이명재: 효찌 취했네. 조용히 있어라, 그냥.

이효진: 그으래애.

김대호: 일단 몇 명 1203기한테는 미안하다. 지훈아. 2월 1일이다. 어
차피 두 시간도 안 남았어. 좀만 더 참자.

김지훈: 뭐, 난 괜찮다. 짬 풀리는 게 뭐라고.

조지훈: 짬…. 후. 짬이 뭐길래 우리가 여기서 이렇게까지 논쟁을 해
야 하냐. 그런건 그냥 마호가 알아서 하는 건데. 우리가 갑
론을박할 게 아니다, 재환아.

이재환: 맞다. 맞다. 대호, 내가 미안.

김대호: 괜찮다! 근데 조지 말대로, 진짜 많이 바뀌긴 했다. 옛날에
는 마호가 그냥 그래라! 하면 그런 거였는데. 요새는 애들
짬 하나 풀어주는 것도 선임층끼리 모여서 이야기해야 되는
게…. 애들도 참…. 원래 짬 풀어준다는 게 지금까지 고생했
다는 뜻이고, 앞으로는 그래도 얼마 안 남았으니까 지금까지
보다는 덜 고생해라는 뜻인데. 쌍사 되면 풀리는 게 당연한
권리인 줄 안다니까. 뭐 밖에서 보면 이것도 군대놀이밖에
안 되고 없어져야 할 악습인 건 맞지만. 군대가 변해가는 게
참 좋으면서도 어쩔 땐 서러운 느낌이 들긴 한다.

이재환: 맞다. 나도 생활반 마호 달고 많이 외로워진 것 같다. 한 번
씩은 그냥 내가 애들 방패밖에 안 되나 싶은 생각도 들고. 애

들도 나를 좀 멀리하는 것 같고.

김지훈: 뭐라노. 무적 통신 4인방 아이가.

이재환: 맞다, 맞다. 가족이지, 이제는.

이명재: 아- 거 참. 뭔 군대 얘기를 자꾸 하노. 술이나 묵자. 짠!

일동: 짠-

(Fade-out)

❺ 2월 1일. 인천의 한 군부대.

(Fade-in) 군대 내무실로 보이는 공간이 나타난다. 열두 세명 정도 되는 사람 중 일부는 누워 있고, 일부는 앉아 있다. 문이 열리고, 세 사람이 더 들어온다.

김지훈: 어 필승! 복귀하십니까.

김대호: 오냐. 조지 임마, 이거 혼자 서울에서 하루 더 할 거 없다고 조기복귀 했다.

조지훈: 허허허….

이명재: 지훈아! 오다가 빵 사왔는데, 빵 물래!

김지훈: 감사합니다!

이명재가 김지훈에게 빵 하나를 건넨다. 받는 김지훈 왼쪽 손목 클로즈업. 늘 차고 있던 시계가 없어지고 그 자국과 항상 있던 염주만이 남아있다. (Fade-out)

57
마음의 양식을 쌓자! (2017. 2.)

입대하기 전에도 책을 싫어하지는 않았지만, 군 생활을 하면서 책과 나는 훨씬 가까워졌던 것 같다. 후반기 교육 동안 읽은 『소현』이라는 책을 시작으로 상병 진급 이후 전역까지 약 70여권 의 책을 읽을 수 있었다.

1층으로 옮긴 내 자리는 사방이 막힌(엄밀히는 삼방) 동굴 같은 곳이었다. 2층 침대였기 때문에 위쪽은 다른 침대가 가리고 있었고, 왼쪽은 3개의 관품함, 오른쪽은 2개의 관품함이 가리고 있었다. 그런 구조여서 생활반에 불을 환하게 켜도 빛이 잘 들지 않았다. 잠을 자는 데는 그 어느 자리보다 편하고 아늑하지만, 책을 읽거나 공부를 하기에는 치명적이었다. 그래서 저녁이면 탁 트여 있는 웅범이의 자리에 누워 책을 읽는 일이 많았다.

아침을 먹은 후의 시간과, 점심을 먹은 후의 시간, 그리고 저녁 시간과 (해야 할 것을 다 해서 도저히 할 게 없을 때의) 근무 시간을 활용해서 책을 읽었다. 처음에는 어떤 책을 어떻게 선택해서 읽어야 할지 막막했다. 때마침 선임이었던 1194기의 장경주가 군대에서도 공부는 해야 한다며 『방송학개론』이라는 내 전공의 필독도서를 사 주어 그것으로 내 독서는 시작되었다.

솔직하게 말해서, 그 책이 그렇게 '재미있지'는 않았다. 군 생활 자체가 소소한 즐거움은 있을지언정 항상 유쾌할 수는 없기 때문에, 게다가 매일같이 공부도 하고 있었고, 책만큼은 재미가 있는 것으로 읽어 그때나마 무거운 군대의 분위기에서 탈출하고 싶었다.

그래서 다음으로 골랐던 책이 도서관에서 눈에 종종 띄던 권비영 작가의 『덕혜옹주』라는 책이었다. 재미있었다. 이야기의 흐름 속에 내가 있다고 상상해 정말로 그 책을 펴고 있는 순간만큼은 군대에 있는 것 같지가 않았다. 그렇게 『덕혜옹주』를 다 읽은 후 책에 흥미가 붙은 나는 여러 가지 장르를 시도해보기로 했다.

영어 원서로 된 스테파니 메이어 작가의 『트와일라잇』을 읽다가는 페이지가 너무 나가질 않아 포기했다. 또 히야시 가쿠죠와 박삼중 공저의 『지금 살아있는 것만으로도 행복하다』라는 책을 읽고 역시 종교와 관련된 책은 나와 잘 안 맞는구나 하는 생각도 했다. 다음으로 『천재들의 생각법』이라는 책을 보았다. 그 책을 통해 니체나 한나 아렌트 등 여러 사람에 대한 이야기도 배울 수 있었다. 하지만 이 역시도 내가 원했던 스타일의 책은 아니었다.

그 후 도서관을 다 뒤져 선택했던 책이 베르나르 베르베르 작가의 『뇌』와 넬레 노이하우스 작가의 『백설공주에게 죽음을』이었다. 2권으로 된 『뇌』를 포함해 총 3권을 3일 만에 읽어버렸다. 그제야 내가 무슨 책을 읽어야 하는지 깨달았다. 엄밀히 말하면 군대에서의 자기계발과 관련된 글을 쓰는 내가 말하기엔 다소 모순이 발생하지만, 역시 나는 문학 작품을 읽는 게 맞는 것 같았다. 그중에서도 소설이 가장 좋았던 것 같다. 나타난 글자를 통해 무언가를 '배우는' 것이 전부가 아니라, 그 글자들이 만드는 그림 속에 빠져들어 내 스스로 다음을 상상해 보면 그동안은 시간이 가는지도, 내가 어디에 있었는지도 다 잊어버릴 수 있었다. 책을 놓았을 때도, 책에 나왔던 여러 인간상들에 대해 생각하다 보면, 눈앞의 고민을 잠시나마 떨쳐낼 수 있었다. 화려한 문장 구성력과 독특한 형식, 가슴을 찌르는 명언들 역시 덤이었다.

> "한 걸음 한 걸음 나가다 보면 어느새 그 길을 다 왔다는 것을 깨닫게 되지. 어떻게 했는지도 모르겠고, 숨이 차지도 않아."
>
> - 미하엘 엔데, 『모모』

> "내가 고독했던 시절에는 희망이었고, 의심했던 시절에는 고통이었고, 믿음의 순간에는 확신이었어."
>
> - 파울로 코엘료, 『브리다』

> "조그마한 돌 위에 올라서서 '이놈들, 난 너희보다 높은 사람이로다' 함과 같으니 제가 높으면 얼마나 높으랴, 또 지금 제가 올라선 돌은 어제 다른 사람이 올라섰던 돌이요, 내일 다른 사람이 올라설 돌이라."
>
> - 이광수, 『무정』

> "문제의 바다에 빠졌을 때, 열심히 일하는 것은 그 바다에서 익사하지 않고 떠 있게 해주는 뗏목이 된다."
>
> - 폴 오스터, 『보이지 않는』

이렇게 매 순간순간 책을 읽으면서 내 마음을 때리는 구절들이 있었고, 이런 구절들을 읽으며 나는 지금까지의 나를 반성하고 새로운 나를 쌓기 위한 생각을 하게 되었다.

책을 읽고 나서는 그 내용이나, 그 책에서 내게 와 닿았던 부분들을 독후감처럼 반드시 적어놓았다. 독후감을 쓰는 과정에서 책에 나온 세계나 주인공에 대한 내 생각을 정리할 수 있었으며, 다음에 그것을 다시 보았을 때 미처 생각하지 못했던 부분도 생각할 수 있었다. 종종 나와 '책이란 무엇인가'에 대해 토론을 나누었던 선임인 1195기의 서민성은 이렇게 말했다.

"니가 어떻게 생각할지는 모르겠지만, 나는 책을 읽는 그 자체보다 그걸 읽고 무언가를 기록하는 데 더 큰 중요성을 둔다. 책은 많고, 많이 읽을수록 많이 까먹는다. 하지만 그 책을 읽으면서 부분부분을 기록하고, 그때 느낀 점마저 써놓는다면 결코 그 책에 대한 기억을 잊지 못할 거다. 그리고 나서는 내가 썼던 걸 여러 번 다시 읽어 보는 거지. 그럼 그때 바로 그 책이 오롯이 내가 '읽은' 책이 될 수 있는 거다. 내 게 되는 거지."

여러 문학 작품을 읽다 보면, 읽는 와중에 또 다른 책에 자연스레 관심이 생겨 다음 책을 고를 때 편해지기도 한다. 예를 들면, 단테의 『신곡』은 여러 작품에 너무 많이 나와 '도대체 저게 뭐길래 이렇게 많이 인용되는 거지?' 하는 의문이 들어 결국 한 달을 투자해 『신곡』을 완독했던 적이 있다. 댄 브라운 작가의 『다빈치 코드』 등의 책에서 파리를 배경으로 사용해 파리에 크게 관심이 생겨 인터넷에 '파리 관련 소설'을 검색해 찾아보기도 했다. 책에서 또 다른 책으로, 긍정적 이동이 이어졌다.

다른 땐 몰라도, 책을 읽는 순간의 나는 행복했다. 그리고 나의 권유로 책을 읽기 시작했던 몇 명의 선후임 역시 다르지 않았다. 군 생활을 하면, 그 아무리 밝은 분위기 속에서도 정신적으로 피폐해지기 마련이다. 더 이상 아무것도 못하겠다고 생각이 들 때면, 정말 간단하게도 부대 내 어딘가에 있는 책 한 권이 해결책이 될 수도 있다.

58

한자 시험 (2017. 2. 25.)

항상 기다렸지만 빨리 오지만은 않았으면 했던 한자 시험이 코앞으로 다가왔다. 시험 한 달 전부터는 HSK를 포함한 다른 공부들을 다 접고 한자에 올인했다. 성어 공부도 다 끝낸 후부터는 선정한자와 함께 나와 있는 한자의 용례(用例)를 공부하기 시작했다. 점수가 나오지 않던 이유는 그곳에 있었던 것 같다. 용례를 공부하면서부터 점수가 조금씩 오르기 시작하더니, 시험 2주 전쯤에는 드디어 합격점이 나오기 시작했다. 처음으로 합격점이 나왔던 날의 밤을 아직도 기억한다. 모의고사를 한 회 풀고, 점수를 환산하니 73점이 나왔다. 그 점수에 너무 기뻐 바로 책을 덮고 생활반으로 올라갔다.

"진짜 대단하지 않냐. 어떻게 작가 머릿속에서 그런 세계관이 쏟아져 나오는 걸까."

다행히 생활반에서는 아직도 이빨 연등이 이어지고 있었다. 나는 신나서 말했다.

"이재환 햄, 웅범! 대박 사건 하나 알려줄까?"

"뭔데 이리 호들갑이야."

"한자 점수가 6개월만에 처음으로 합격점이 나와버렸다! 어떡하지 이거?"

"와, 거 참 대박이네. 그래서 샹크스의 패기가 말이야…"

"에라이, 이재환 햄. 담배나 하나 피우러 가자."

"내 없는데, 주냐?"

"준다. 오늘은. 가자가자."

"오케이, 가자."

시큰둥한 대답을 했던 웅범이에게 내 한자 점수가 무슨 의미가 있겠냐만은, 나는 나 스스로에게 이긴 것 같아 너무나도 기뻤다. 6개월 동안 이어진 한자와의 긴 전쟁에서 드디어 처음으로 승리를 거둔 것이었다.

시간은 지나 시험을 위해 휴가를 나가게 되었다. 부대에 있을 때는 휴가 때도 집에서 공부를 하자고 다짐하고 나왔지만, 막상 그것이 쉽지는 않았다. 마지막 휴가를 나온 이재환을 만나 죽기 직전까지 술을 마시고, 학교 앞 PC방에서 하루종일 게임도 했다. 정신을 차려 보니 어느 새 시험 당일이었다.

시험 장소는 서울 관광고등학교였다. 운 좋게도 집 앞에서 시험장까지 바로 가는 버스가 있어 빠르게 시험장에 도착할 수 있었다. 학교 건물에 들어가니, 아직 시험장 교실의 불도 켜져 있지 않았다. 시험 시작 2시간 전에 시험장에 도착해버린 것이다. 처음 와 본 곳인 데다 어디에 무엇이 있는지도 몰라 일단 학교 밖을 나와 주변을 배회했다. 편의점에서 커피를 하나 사 들고 주말 한낮의 평화를 즐기는 세련된 시민인 척도 해 보고, 길에 있는 벤치에 멍하니 앉아 아무 생각 없이 있어보기도 했다. 시험 시작 1시간 전이 되어 다시 교실로 가보니 다행히도 교실에 불이 켜져 있었다. 내 자리를 찾아 앉고 남은 시간 동안 공부를 하기 위해 가방에서 책을 찾았다. 없었다. 집에 두고 온 것이었다. 내 망할 정신머리를 탓하며 자리를 박차고 일어났다. 시험 시작 전부터 안 좋은 일이 너무 많았다. 왠지 시험을 망칠 것만 같은 예감이 들었다. 학교 구경이나 하자며 교실을 나와 복도 여기저기를 돌아다녔다. 내가 다녔던 고등학교보다 훨씬 깔끔하고 좋았던 것으로 기억한다. 다시 교실로 돌아와 문을 열고 들어가려는 찰나, 문에 붙어 있는 응시자 현황 종이를 보았다. 위치 때문인지는 모르겠지만 응시자들의 학력이 어마어마했다. 거의 절반이 서울대학교 학생이었다. 무서웠다. 괜히 위축되는 느낌이 들었다. 자리에 앉아 유튜브로 영상을 보다가 졸려 잠이 들었다.

책상에 엎드려 자면 누구나 겪어보는, 원인 모를 '움찔'함에 잠에서 깼다. 사람들이 제법 와 있었다. 곧 시험 감독관님이 들어와 시험이 시작되었다. 한자시험은 시간이 부족한 유형의 시험은 아니었다. 그렇기에 할 수 있는 만큼 천천히 문제를 풀었다. 도저히 생각이 나지 않는 몇 문제를 제외하고는 잘 풀었던 것 같다.

'어, 이거 왠지 합격할 수 있겠는데?'

하는 생각이 스멀스멀 올라오기 시작했다. 시험이 끝나고, 시험장에서 부리나케 뛰어나와 어디든 들어가서 앉을 곳을 찾았다. 15분여를 이동한 끝에 거리에 있는 카페를 하나 찾았다. 가장 싼 아이스 아메리카노를 한 잔 시킨 후에 자리에 앉아 시험지를 펼쳤다. 문제로 나온 한자들을 휴대폰으로 검색하면서 한 문제 한 문제 가채점에 들어갔다. 첫 장을 다 매겼을 때, '와, 이건 합격이겠다!' 싶었다. 다음 장도, 그 다음 장도, 한 문제씩 동그라미를 칠 때마다 나도 모르게 얼굴에 미소를 띠어갔다. 채점을 끝내고, 떨리는 마음으로 점수를 환산했다. 78점. 모의고사를 포함해 내가 받은 최고 점수는 아니었지만, 가채점임을 감안하더라도 충분히 합격할 수 있는 점수였다. 바로 아버지께 전화를 드렸다.

"아빠!"

"어, 시험 잘 쳤냐."

"옙, 78점 나왔습니다. 합격입니다!"

"오, 그래? 고생했다. 열심히 했나 보네."

"6개월 넘게 한 거치고는 그저 그런 점수긴 한데, 어쨌든 합격점은 합격점이네요!!"

"그래, 수고했다. 집에서 보자."

"네!"

자리에서 일어났다. 발걸음이 가벼웠다. 등에 지고 있던 커다란 짐 하나를 내려놓은 듯한 기분이었다. 학교를 다닐 때 항상 함께였던 동기에게 전화를 했다.

"마!"

"왜."

"20분 준다. 블랙 앤 화이트로 튀어 나온나. 당구 한판 치자."

"어…. 그래. 뭐, 알겠다."

평소 같으면 엄두도 못 냈겠지만, 기분이 너무 좋은 상태라 바로 택시를 잡아 학교로 향했다. 택시비가 얼마가 나와도, 당구를 져 당구비가 얼마나 나와도 좋았다. 그 누구도 부럽지 않은 날이었다.

약 한 달 뒤인 3월 23일, 합격증이 부대에 도착했다. 바로 내 자리를 가리고 있는 관품함에 자석으로 붙였다. 첫 번째로 붙은 합격증이었다. 뿌듯했다.

59
군대에서의 두 번째 생일 (2017. 3. 6.)

2015.10   2016.01   2017.01

월요일이었다. 2월에 다시 방문했던 의무실에서 내 사랑니를 뽑는 것에 실패해, 국군수도병원으로 가기로 한 날이었다. 생일에 외진이라니, 마음 한켠에 아쉬움이 있었다. 늘 들리는 기상 음악에 눈을 뜨고, 배를 탈 준비를 해야 해 바로 밥을 먹고 생활반으로 돌아왔다. 그때 방송이 나왔다.

"알림, 알림. 금일 객선 플라잉 카페리호는 기상 악화로 통제되었으니 중대 총원은 참고할 것. 이상."

예상치도 못했던 방송이었다. 그러면 내 외진은 어떻게 되는 거지? 통신 기재실로 달려가 의무실에 전화를 했다. 보통은 배가 묶이면 외진은 일주일 연기되는데, 이번에는 바로 다음날인 화요일에 출발한다고 했다. 생일만큼은 부대에서 가족들과 보내라는 신의 뜻이었을까. 운 좋게도 나는 그날 부대에 머무를 수 있었다. 도서파견대에서 생전 처음 본 해병들에 둘러싸여 생일날 밤 외롭게 잠들고 싶지는 않았다. 평소처럼 과업을 했고, 그날은 입초 근무 말직이 있었다. 입초 말직 근무는 20시부터 22시까지 서는 것이었다. 당연히 그날 운동은 못 했고, 철수 후 샤워 때문에 공부 연등에까지 영향을 끼쳤다. 썩 내키는 근무 시간은 아니었다.

'그래도 생일인데, 근무라도 기합으로 한번 서보자.'

하고 생각했다. 그날은 평소에 온몸에 힘을 쭉 빼고 벽에 서 있는 다소 불량한 근무 태도를 완전히 버렸다. 양 다리는 어깨 너비만큼 벌리고, 철모는 턱이 당길 만큼 팽팽하게 맞춰 쓰며, 병기는 훈련소에서 배운 대로 파지하고, 눈은 전방 45도를 뚫을 듯이 쳐다보고 있었다. 사지방을 가기 위해 지나가던 1201기의 조지훈이 말을 걸었다.

"이 쌔끼 뭐고. 오늘 와 이리 기합이고."

"어, 필승. 오늘 그냥 기합으로 한 번 서 보려 합니다."

"뭐지. 뭐 잘못 먹었나."

"하하. 아닙니다. 필승-"

그 자세로 털끝 하나도 움직이지 않은 채 현관문을 응시하고 있었다. 중대장님이 들어오시는 게 보였다.

"필! 승!"

"그래."

문을 열면서 경례를 받아주는 중대장님의 눈이 내 눈과 마주치자 화들짝 놀라셨다. 그러곤 손에 들고 있던 무언가를 뒤로 감추셨다.

"어, 지훈아. 니가 지금 입초냐?"

"그렇습니다!"

"알았다. 열심히 서라."

"필승!"

그 후로는 청소 시간이 시작되기 전까지 아무도 그 길을 지나지 않았다. 지루함과의 싸움이 계속되었다. 부동자세를 풀었다. 도저히 더는 못 그러고 있을 것 같았다.

점호 시간이 되었다. 도서관에서 점호를 하는지 모두가 도서관으로 우르르 몰려왔다. 닫힌 도서관 문 앞에서 무슨 얘기를 하나 듣고 있자니, 늘 하는 병영문화 혁신 간담회를 하고 있었다. 다시 근무지로 돌아가 현관을 바라보고 있었다. 갑자기 정보장교님이 사무실에서 나와 짐짓 심각한 표정으로 내게 말을 걸었다.

"지훈아, 와 봐. 너 이 이야기 꼭 들어야 할 것 같은데."

"하하…. 알겠습니다."

정보장교님은 나를 간담회가 열리고 있던 도서관으로 데리고 가셨다. 도서관 문을 연 순간 불이 꺼지며 폭죽이 터졌다.

"서프라이즈-!"

아까 전 중대장님이 나를 보고 놀라며 들고 있던 케익 같은 것을 숨길 때부터 사실 예상은 했지만, 전혀 몰랐던 척했다.

"와! 이게 뭡니까!?"

후임이었던 1211기의 문규가 초에 불이 붙은 생일 케익을 꺼내 들자, 모두가 생일 축하 노래를 부르기 시작했다. 예상하고 있어도, 직접 내 눈앞에서 40명의 인원이 나를 위해 노래를 불러주는 그 순간은 감동적이었다.

"감사합니다!"

크게 말하며 촛불을 껐다. 모두가 '와아-' 하며 박수를 치고 있는 가운데, 문규가 장난을 걸었다.

"울지 마! 울지 마!"

전혀 눈물은 나지 않았다.

"우문규. 끝나고 흡연장으로 올라와라."

나도 장난으로 정색을 하며 말했다.

"하하, 죄송합니다."

그 느낌이 좋았다. 생판 모르던 사람들이 군대라는 이유로 이곳에서 나와 만나 지금 모두 모여 내 생일을 축하해주고 있었다. 고마웠다. 중대장님께서 내게 한 마디 하라고 하셨다.

"아아, 음. 필승. 병 1203기 병장 진 김지훈입니다. 우선 저 따위의 생일을 이렇게 축하해 줘서 정말 감사합니다. 모여서 보니 참 신기합니다. 각자 다른 삶을 살던 사람들이, 국가의 부름에 우연히 만나 인연을 쌓고, 그 인연이 이렇게 이어진다는 게 말입니다. 지금 부대 분위기, 다들 알다시피 좋아지고 있습니다. 그리고 앞으로 더 좋아질 겁니다. 저는 이런 분위기가 좋습니다. 우리 모두가 지금처럼 서로 챙겨주고, 사랑하고 그러고 지냈으면 좋겠습니다. 전역까지 사실 반 년도 안 남았지만, 남은 시간 동안만이라도 지금 이 자리에 있는 모두가 끝까지 함께였으면 좋겠습니다. 감사합니다!"

내 말에 진지해져버린 공기를 누그러뜨리고자 중대장님이 사진이나 찍자고 하셨다. 문규가 케익의 생크림을 손바닥에 발라 내 얼굴에 묻혔다. 나는 그것을 그대로 닦아 문규의 얼굴에 다시 묻혔다. 모두가 한 곳에 모여 사진을 찍었다.

그 사진은 지금도 중대 게시판에 걸려 있고, 그것을 볼 때마다 그날을 떠올렸다. 만약에 배가 떠서 외진을 갔더라면, 이런 소중한 추억은 결코 만들지 못했을 것이다.

60
국군 수도 병원 (2017. 3. 7. - 9.)

생일 바로 다음 날, 예정대로 외진을 가기 위해 준비를 시작했다. 객선도 정상 운항이었다. 모든 것이 순조로웠다. 그날 배는 인천에서 9시에 출발해, 연평도에서 12시에 다시 나가는 배였다. 마침 1198기가 전역하는 날이라 선착장은 백수십 명의 해병들로 북적였다. 다행히도 동기인 수훈이와 탁구로 급속도로 친해지던 1211기의 성빈이가 함께 배를 타 휴대폰 없는 2시간이 지루하진 않았다. 배에서 내려 도서파견대에 도착해 매트릭스를 깔고 책을 폈다. 저녁을 PX에서 사 먹고 소등 때까지 공부만했다. 어차피 다 모르는 사람들인 데다 그곳에서는 내가 최고 선임이기 때문에 굳이 다른 것에 신경 쓸 필요는 없었다. 소등 이후, 가지고 나온 mp3의 노래를 들으며 잠을 청했다.

다음 날, 기상은 다섯 시 반이었다. 너무 이르지 않나 싶었지만, 도파대장님께서는 빨리 갈수록 우리에게 좋을 것이라고 하셨다. 차에 탑승한 후 아직도 그 위치를 정확하게 모르는 국군 수도병원으로 향했다. 가끔 보이던 표지판으로 봐서 그곳이 성남시 어딘가라는 사실만 막연하게 알 수 있었다. 차가 멈춰 섰다. 문이 열리자마자 타고 있던 해병들은 미친 듯이 병원 건물로 뛰어 들어갔다. 나는 그 이유를 몰랐다. 천천히 걸어서 병원에 들어갔다. 접수증을 쓰고 접수하면 된다고 해서 접수증을 작성해 창구로 갔다. 줄이 길었다. 기다리는 동안 병원 건물 내부를 구경했다. 어지간한 대형 병원보다 규모가 컸던 것 같다. 그때 출입문 쪽으로 나도 모르게 시선을 보냈다. 2-30명쯤 되는 타군 병사들이 아까의 우리 후임들처럼 헐레벌떡 뛰어오고 있었다. 창구에서 접수를 마치고 2층 치과에서 대기하라는 말에 계단으로 가는 찰나 또 한 무리의 병사들이 출입문으로 급히 들어오는 것을 보았다.

'아, 이거였구나.'

2층에서 내려다 본 1층 로비는 이미 수백 명의 병사들로 가득 차 있었다. 당연히 접수 순으로 진료가 진행되니 빨리 접수해서 빨리 진료를 받게 하려는 도파대장님의 깊은 뜻이 느껴졌다. 치과 병동에서 앉아 기다리는 동안 가지고 온 김훈 작가의 '칼의 노래'를 꺼내 들었다. 병원에서 책을 읽고 있으면 혹시나 다른 사람들이 이상하게 보지는 않을까 걱정했는데, 의외로 책을 읽으며 기다리는 사람이 많아 나도 당당하게 책을 폈다.

가장 빠르게 온 편인데도 한 시간은 족히 기다렸던 것 같다. 치과의 창구에서 나를 불렀다. 진료실로 들어가라고 했다. 어려서부터 치과를 몇 번 가보았지만, 그렇게 큰 치과 진료실은 처음이었다. 그곳의 군의관님과 간단한 상담을 하고 바로 치료에 들어갔다.

"자, 일단 상태 한번 보자. 아- 해봐. 얼굴 움직이지 말고 손으로 O나 X 해서 답하면 돼."

시키는 대로 했다.

"이 정도면 심각한데. 안 아팠니."

손으로 X자를 만들어 그랬다. 아팠던 것은 사실이었으니까.

"민간병원 갈 시간도 없겠다. 당장 뽑자. 마취할게."

솔직히 거기까지 갔으니 민간병원으로 진료를 의뢰해 병가를 쓰고 싶은 마음도 없지 않아 있었지만, 당장 뽑자니 그럴 수밖에 없었다. 손으로 O자를 만들었다.

"마취 들어간다. 따끔할 거야."

마취 주사를 맞으면서 왼쪽 볼에 점점 감각이 사라지는 게 느껴졌다. 내 착각이었을 수도 있는데, 연평부대의 마취보다 수도병원의 마취가 훨씬 강한 것 같았다. 정말 아무 느낌도 안 들었다. 얼굴에 칼을 대도 모를 것 같았다.

'우드득 우드득'

입 안에 감각이 없으니 내 사랑니가 뽑히는 게 소리로만 들렸다. 다시 생각해도 끔찍했다. 몇 번 더 그런 소리가 들린 후에 군의관님께서 다 끝났다고 하셨다. 발치한 부분에 솜 같은 것을 대면서 지혈을 해야 하니 30분간 빼지 말라고 하셨다. 그리고 사랑니와 붙어 있던 어금니에 대해 이야기하셨다.

"이게 뽑히니까 제대로 보이긴 한다. 내 소견으로는 충치가 너무 심해서 이것도 뽑아야 하지 싶은데, 어쩌면 신경치료로 가능할지도 모르겠다. 다음에 여길 다시 와도 되고, 민간 병원을 가도 되고, 부대에서 해도 된다. 고생했다. 음주는 어차피 못 하니까 상관없고, 2주 동안 흡연하지 마라."

"가사하니다!"

진료실을 나왔다. 입 안 깊숙한 곳에 커다란 솜이 박혀 있으니, 숨 쉴 때마다 구역질이 날 것 같았다. 30분 동안 빼지 말라고 했는데, 진료실을 나가자마자 화장실에 들어가 뱉어 휴지통에 버렸다.

11시가 조금 넘은 시간이었다. 보통 모든 진료가 끝나는 시간이 빠르면 3시, 늦으면 6시라고 했다. 시간이 많아 병원 외부를 돌아다니며 구경하기로 했다. 언덕 같은 곳을 제법 오르다 보니 병사들이 생활하는 곳 같은 느낌의 건물이 나왔다. 안에 들어가지는 못해 돌아가려는데, '흡연장'이라고 써 놓은 부스를 발견했다. 일말의 고민도 없이 담배를 꺼내 물었다.(…) 2주간 금연이라고 했는데, 치료를 받자마자 담배를 피워버린 것이다. 언덕을 다시 내려와 멀리 보이는 PX로 향했다. 점심시간이었다. 선임들이 수도병원에 가면 치킨이 그렇게 맛있다고 꼭 먹어보라고 했는데, 마취도 덜 풀린 데다 혼자여서 치킨을 사 먹기에는 상황이 맞지 않았다. 결국 컵라면만 하나 사 먹었다. 딱히 배도 고프진 않았다. 그 후 타고 온 차로 복귀해 자리에 앉아 책을 읽다가, 졸다가를 반복했다.

운이 좋았던 것인지 4시경 다시 도서파견대를 향해 출발할 수 있었다. 올 때는 괜찮았는데, 웬일인지 멀미가 나 눈을 감고 있으니 금방 도서파견대에 도착했다. 생활반에 자리를 잡고 매트릭스를 펴고 누워 공부를 시작했다. 외진 동안 목표한 양을 채우려면 쉴 시간이 없었다. 두 시간 정도 최고의 집중력으로 공부를 하다가 화장실이나 갈 겸 해서 생활반을 나왔다. 누군가 내게 말을 걸었다.

"어, 지훈이 아니야?"

"상병 김지훈?"

"맞네, 맞네! 야! 진짜 오랜만이다!"

"어? 동민이?"

나를 부른 것은 후반기 때 같이 교육을 받았던 기장 동민이었다. 백령도에서 여전히 근무하고 있다고 했다. 1년이 넘는 시간 동안 동민이는 많이 변해 있었다. 얼굴은 살이 빠져 전보다 훨씬 잘생겨 보였고, 몸은 완전히 근육질이 다 되어 남성미를 물씬 풍기고 있었다. 팔을 만져 보면서 말했다.

"야, 와…. 운동 열심히 했나 보다?"

"운동이야 다 하지 뭐. 요새는 토익 공부하느라 정신 없어!"

그때부터 서로의 군 생활에 대한 이야기가 오고 갔다. 운동에 대한 이야기, 공부에 대한 이야기, 후임들과 병영문화 혁신에 대한 이야기. 후반기 때도 그랬지만, 동민이는 나와 성격이 잘 맞는 것 같았다. 병영문화 혁신을 보는 관점도 비슷했고, 군대에서 무언가를 이루어서 나가고자 하는 바람 역시 비슷했다. 야간 점호 시간이 되어 우리는 각자의 생활반으로 가야 했다. 정말 반가운 얼굴이었다. 비록 지역은 다르지만, 연평도와 백령도라는 서해 5도를 사수하고 있다는 사명감 아래 우리는 서로가 서로를 존경했던 것 같다.

시간이 늦어 더 이상의 공부는 포기했다. 종일 돌아다녀 피곤해서인지 전날보다 쉽게 잠이 들었다. 다음 날, 인천 여객터미널에서 동민이와 인사를 나누고 우리는 각자의 배를 탔다. 배를 한참 타고 가다가, 문득 연평도가 이제는 정말로 내 집 같은 느낌이 들었다. 몸이 부대로 향하고 있다는 사실은 틀림없는데, 아무런 위화감이 느껴지지 않았다. 중대에 도착하자마자 이재환을 만나 담배를 피움으로 내 2박 3일간의 외진 일정이 끝났다.

"담배 끊어야 하는데." - 2017. 3. 9. 일기 중 일부

61
만남에서의 삼겹살 (2017. 3. 18.)

갑자기 이재환이 진지한 얼굴로 말한다.

"그래서, 어디 갈래?"

"뭘 어디가?"

"전역 외출 말이야."

"아. 니 30만 원 쓸 수 있다고 했제. 고기 먹으러 가자."

"말이 그렇지. 고기 먹으러 어디 갈래?"

"음…. 만남 가자 만남."

"애들아, 만남 괜찮나?"

"그렇습니다!"

연평부대에는 전역하기 1, 2주 전에 생활반 후임들을 다 데리고 외출을 나가 마지막으로 밥을 사주는 전통이 있다. 그렇다고 무지막지하게 음식을 시켜 배가 터지도록 먹는 악기바리 같은 것이 아니라, 정말 순수한 마음으로 지금까지의 고생에 대한 위로와 앞으로에 대한 격려의 마음에서 밥을 사는 것이다. 연평도는 섬 내에 마을이 하나밖에 없고, 섬 자체가 워낙 작기 때문에 면회를 제외하고는 '외박'이라는 개념이 없었다. 특별한 일이 있으면 '외출'을 나가서 밥 한 끼 먹은 후 당구 한 판 치거나 노래방을 가는 정도가 전부였다. 볼링이나 사격, 인형뽑기 같은 놀이 시설은 당연히 없었다. 그 흔한 PC방 하나 없는 곳이 연평도였다. 타 부대에서는 어떤 외출이나 외박을 하는지 잘 모르지만, 우리는 그랬다.

외출 신청서를 작성했다. 근무지를 지켜야 할 인원과 상황 발생 시 전투 배치로 증강 근무를 들어갈 인원. 이렇게 두 명이 남아야 했기 때문에 신청서를 쓰는 것이 쉽지 않았다. 무적의 통신 4인방이 머리를 맞대고 고민한 끝에 익제를 근무지에, 광래를 대기인원에 넣기로 했다. 그리고 외출 다음 날 재환이가 따로 먹을 것을 사 주기로 했다. 추가로 이제는 누구 못지않게 우리 가족이 되었던 지홍이와, 한때 우리 생활반에서 마음의 상처를 치유했던 문규까지 외출 명단에 넣었다. 설레는 마음으로 외출을 기다렸다.

외출 당일에 준비를 다 하고 지휘통제실에 신고를 하러 내려갔을 때, 생각지도 못한 문제가 생겼다. 소대급 외출은 인솔간부가 동행하라는 지침이 내려왔던 것이다. 병사들의 자리에 간부가 함께한다면 당연히 병사들은 할 말을 하지 못했고, 자리가 다소 어색해질 수밖에 없다. 그래서 우리는 한동안 함께 영내 생활을 했던 한광선 반장님과 함께 가기로 했다. 그나마 우리의 문화를 가장 가까이서 보았던 사람이기에 서로가 편하게 외출을 할 수 있을 것 같았다. 모든 문제는 해결되었다. 우리는 2열 종대로 줄을 맞춰 중대 건물을 나왔다.

날씨마저 쾌청했다. 3월답게 겨울의 차갑고 날카로운 기운은 물러갔다. 그날따라 유독 따뜻하기까지 했다. 위병소를 지나 마을 중심까지 내려간 후 마크사에 들렀다. 마크사는 군 물품을 취급하는 일종의 상점인데, RPG게임에서의 잡화 상점 같은 곳으로 생각하면 좋을 것 같다. 그곳에서 이재환의 전역을 기념하기 위해 여러 가지 선물들을 산 후 마크사 근처에 있는 농협 거리로 향했다. 미리 예약한 시간이 다 되어 한광선 반장님의 휴대폰으로 '만남의 광장'번호를 찾아 전화하니 잠시 뒤에 농협 거리로 차가 한 대 왔다.

"타!"

강렬한 포스의 여사장님이 차에 타라고 하셨다.

"차가 작아서 두 번 나눠서 타야 한다."

그렇게 두 차례에 걸쳐 차를 타고 약 5분 거리인 연평도 새마을 끝에 위치한 만남의 광장에 도착했다.

"밖에서 먹을래, 안에서 먹을래?"

여사장님께서 물어보셨다. 나는 만남을 온 것이 처음이었다. 면회를 많이 했던 웅범이와 재환이는 와 본 적이 몇 번 있다고 했는데, 새로운 경험 삼아 밖에서 먹는 것도 괜찮을 것 같다고 했다.

"밖에서 먹을게요."

"그래, 그럼 의자하고 밑반찬하고 옮겨라."

셀프식 서비스였다. 손님이 군인이니 남는 게 힘이고, 우리가 생각해도 9명치의 의자와 반찬을 여사장님 혼자 나르기엔 너무 많아 보였다. 옮길 것을 다 옮기고 우리는 자리에 앉아 삼겹살을 주문했다. 나온 삼겹살을 보고 우리는 깜짝 놀라지 않을 수 없었다. 기대했던 것보다 고기가 훨씬 두껍고 맛있어 보였던 것이다! 야외에서 굽다 보니 굽는 방식도 독특했다. 불 위에 철판을 깔아 철판을 또 뚜껑으로 덮어 굽기와 동시에 찌는 느낌이었다. 다소 시간은 오래 걸렸지만, 다 구워진 삼겹살은 겉은 바삭하고 안은 부드러워 마치 삼겹살로 스테이크를 만들어 먹는 느낌이었다. 정말 맛있었다.

"이재환 해병님, 추가 주문해도 되겠습니까?"

"어, 어. 해라해라."

이렇게 맛있는 삼겹살에 소주 한 잔 먹을 수 없는 현실이 안타까웠다. 대신 그 술을 먹을 배와 돈만큼 고기를 더 먹자고 하며, 우리는 끝도 없이 먹어댔다. 늘상 웃고 있던 이재환의 표정만큼은 웃는 그대로였지만,

얼굴에는 어둠의 그림자가 조금씩 드리우고 있었다.

"와, 나는 이제 됐다. 더는 못 먹겠다."

원래부터 많이 먹지 못하는 나부터 시작해, 한 명 한 명 먹기를 포기했다. 결국 진기를 마지막으로 만남에서의 삼겹살 파티는 끝났다.

"사장님, 계산해주세요."

이재환이 말했다.

"어. 음료수랑 공기밥 이건 다 서비스로 넣고. 고기값만 계산해. 31만 원."

"… 예, 잘 먹었습니다."

아무리 사랑스럽고, 아낌없이 베풀고 싶은 후임들이었다고 해도, 고기값으로만 31만 원어치를 먹어대는 후임들을 이재환은 어떻게 생각했을지 모르겠다. 겉으로는 그저 웃고 있는 이재환을 데리고 바로 앞에 있는 바닷가에 가서 사진을 찍었다. 가로로 쭉 서서도 찍어 보고, V자로 도열해서도 찍어보았다. 사진은 한참 후에야 한광선 반장님께 SNS로 받을 수 있었지만, 가족사진 같은 느낌의 사진들은 내 군 생활 사진 중 가장 소중한 사진이 되었다. 차를 타고 돌아가겠냐는 사장님의 말에 소화도 시킬 겸해서 걸어간다고 했다. 걸어가는 길에 결국 이재환은 장난삼아 한 마디 했다.

"무슨 고기를 이렇게 먹냐 새끼들아."

"잘 먹었습니다-!"

"됐고, 가는 길에 충민 들러서 노래방이나 한 시간 하고 가자."

"감사합니다!"

충민회관은 식당도 있었고, 노래방과 숙소도 있는 군 복지시설이었다. 노래방 가격이 싸서 외출을 나온 병사들이 종종 사용하고 간부들 역시 애용하는 곳이다. 노래방을 가니 가장 신난 것은 문규였다. 직장인들의 회식자리를 방불케 하는 장면들이 계속 연출되었다. 한 시간 동안 우리는 모든 것을 잊고 신나게 노래하고 춤췄다. 한 시간이 정말 짧게 느껴졌다. 아쉬움을 남겨둔 채 충민회관 밖으로 나왔다.

"몇 시냐?"

"현재시간 16시 05분입니다."

서두를 필요는 없는 시간이었지만 더 할 수 있는 것은 없었다. 천천히 사회(?)의 분위기를 좀 더 만끽하면서 부대를 향해 걸어갔다. 마을 입구를 지나고, 마크사를 지나, 농협을 지나고 연평초중고등학교를 지나 어느덧 위병소가 눈앞에 보였다.

"이 풍경을 언제 다시 보려나."

이재환이 말문을 열었다.

"애들아. 고생 많았다. 너네도 내 짬 되면 느끼겠지만, 여기 있는 순간들이 모두 행복이었다. 이렇게 마을 한 번만 지나가도 벌써부터 아련하네. 전역해도 종종 전화 할 테니까 다들 건강하자."

"알겠습니다-!"

부대로 복귀했다. 또 다시 일상의 시작이었지만, 전역 외출까지 끝냈기에 이재환은 '곧 집 갈 사람'이었다. 더 이상 과업에 목맬 필요가 없었고, 모든 것에 초연할 수 있었다. 그리고 그런 이재환을 보면서 나는 '우리의 드라마가 끝나가는구나.' 하는 생각에 서글픈 마음이 들었다.

62
체력 검정 (2017. 3. 22.)

"이번 주 수요일 오전에는 중대 체력 검정이 예정되어 있으니까, 총원은 참고해라."

월요일부터 중대장님이 말씀하셨다. 체력 검정은 간단했다. 팔굽혀 펴기와 윗몸 일으키기, 그리고 3km 달리기였다. 당시 운동을 매일같이 해 바뀌어 가는 내 몸을 보고 있었기 때문에, 왠지 자신이 있었다. 얼른 체력검정 날이 왔으면 했다.

기대했던 수요일이 되었다. 날씨는 맑았다. 과업정렬 시간에 모두가 체육복을 입고 중대 건물 앞에 모였다.

"자, 미리 전화했다시피 오늘은 체력 검정이 있을 거다. 환자?"

"없습니다!"

"좋아. 체력 검정은 면민 운동장에서 실시할 거고, 도보로 이동한다. 지금 실시하면 식당을 바라보고 3열 종대로 헤쳐 모인다. 헤쳐 모여!"

"헤쳐 모여!"

"목표, 면민 운동장. 앞으로 가!"

긴장과 설렘 속에 우리는 3열 종대의 대열을 유지하며 운동장으로 향했다. 며칠 전 외출 때 지나갔던 거리들이 보였다. 학교를 지나, 농협을 지나, 운동장에 도착했다. 미리 출발했던 보급병들이 체력검정을 위한 장비들을 옮겨 놓았다. 운동장에 대열을 갖춰 서니 중대장님이 말씀하셨다.

"총원 주목. 다 알다시피 팔굽혀펴기와 윗몸 일으키기를 반씩 나눠서 먼저 할 거다. 팔굽혀펴기는 2분에 71개, 윗몸일으키기는 81개가 특급이다. 그 이하 등급은 알려줄 필요도 없겠지? 바로 시작하자. 순서 상관없이 줄 서도록."

대원들은 팔굽혀 펴기와 윗몸일으키기 중 자신이 먼저 하고 싶은 것으로 줄을 섰다. 누가 뭐라 하지 않아도 줄은 기수대로 자연스럽게 순서가 세워졌다. 나도 팔굽혀 펴기 조의 비교적 앞쪽에 설 수 있었다. 다른 사람의 기록은 상관없었다. 올 특급. 그것만 받자. 그게 내 목표였다. 금방 내 차례가 되었다.

"자, 준비. 삐이익!"

최영근 소대장님의 호루라기 소리에 맞춰 우리 조는 팔굽혀펴기를 시작했다. 평소에 운동할 때 맨바닥에서 팔굽혀펴기를 하다 보니, 30cm 정도 지면에서 올라와있는 봉을 잡고 하는 팔굽혀펴기는 생각보다 훨씬 쉬웠다.

'…? 이거 왜 이렇게 쉽지?'

속으로 생각하며 순식간에 기록을 채워갔다. 60개를 넘어서면서부터 조금씩 힘에 부치기 시작했지만 별 탈 없이 71개를 한 번에 끝내고 바로 일어났다.

"71개 특급. 다 했습니다."

정직한 기록을 위해서라면 더 하는 게 맞는 것이지만, 내 목표는 특급이었기 때문에 거기서 멈추었다. 혹시 무리했다가 윗몸 일으키기를 못 하면 안 되니까.

약 10분을 기다려 내 윗몸 일으키기 차례가 돌아왔다. 평소에 내 몸에 문제가 있는 건지 나는 팔굽혀 펴기보다 윗몸 일으키기가 훨씬 어려웠다. 윗몸 일으키기가 팔굽혀 펴기보다 요구 개수가 10개나 많으니 마음의 준비를 단단히 해야 했다. 잔뜩 긴장한 와중에 중대장님의 시작을 알리는 호루라기 소리가 들렸다.

"삐이익!"

40개 정도까지는 쉽게 했던 것 같다. 40개를 넘어서고, 50개가 다 되어가니 눈에 띄게 속도가 느려졌다. 60개를 찍었을 때, 멈추어버렸다. 더 이상 못할 것 같았다. 뒤에서 누군가의 목소리가 들려왔다.

"지훈아! 몇 개 안 남았다! 더 해라!"

1201기의 김상우였다. 그 말에 나는 쓸데없이 비장해져 온 힘을 쥐어짜 열 개를 더 했다. 체감상 시간은 조금 남은 것 같았는데, 몸은 내 마음대로 움직이지 않았다. 누웠다가, 허리의 반동으로 하나씩 개수를 채워갔다. 77…78…79…80…. 81!

"삐이익!"

마치 한 편의 영화처럼 81개의 특급 기준을 채우는 동시에 호루라기 소리가 울렸다. 일단 두 종목에서 특급을 따내는 것에는 성공한 것이다. 지친 몸을 회복하려고 잔디밭에 누워 하늘을 바라보고 있었다.

"성아-!"

"할 수 있어!!"

"성아-!"

웅범이의 목소리였다. 1200기 김현수의 응원에 여자친구의 이름을 부르며 젖 먹던 힘까지 짜내서 윗몸일으키기를 하고 있었다.

"웅범, 힘내!"

한 마디 해주고 나는 다시 드러누워 모두가 두 종목을 끝낼 때까지 기다렸다.

각자의 기록에 만족한 사람도 그렇지 않은 사람도 있겠지만, 아무쪼록 우리는 단 한 명의 환자도 없이 두 종목의 체력 검정을 끝냈다. 남은 것은 대망의 3km 달리기였다. 연평도 면민 운동장의 트랙은 400m였기 때문에, 그 운동장을 7바퀴 반이나 돌아야 했다. 중대장님의 지시에 우리는 다 함께 운동장의 절반 지점으로 갔다.

"자, 여기서 10분간 쉬었다가 바로 시작한다. 몸 풀도록."

쉬긴 쉬되 긴장을 풀지 않으려고 노력했다. 발목부터 손목까지 온몸을 스트레칭했다.

"준비됐나? 가자. 호각 불면 출발이다. 하나, 둘, 삐이익!"

약 40명의 병사들은 일제히 달리기 시작했다. 맨 앞은 아니지만, 선두 대열을 유지하며 후반에 치고 나가자는 게 내 전략이었다. 시작하자마자 진혁이가 제일 앞으로 뛰어나가고, 그 뒤로 1209기의 조성민, 1210기의 공수 등이 달려갔다. 나도 속력을 냈다. 두 바퀴까지는 문제 없었다. 어느 새 모두가 운동장을 거의 일렬로 뛰고 있었다. 세 바퀴를 넘어가니까 숨이 차기 시작했다. 진혁이는 이미 나보다 반 바퀴 이상 나가 눈에 보이지도 않았다. 저 멀리 성민이와 공수가 속력을 유지하며 달리고 있는 것이 보였다. 네 바퀴째. 배가 아프기 시작했다. 몇 명의 후임들이 나를 추월해 내 앞에는 5명이 있었다. 다섯 바퀴째. 멈추고 싶었다. 숨은 통제할 수 없을 정도로 차올랐다. 게다가 배가 아픈 것에 모자라 이제는 어깨까지 아파왔다. 여전히 내 앞에는 5명이 있었다. 나보다 10m쯤 뒤에 1211기의 성빈이가 따라오고 있었다. 여섯 바퀴째. 순위는 그대로였지만, 이상하게 힘이 나기 시작했다. '두 바퀴만 뛰면 끝이다.' 하는 생각에 조금씩 속력을 더 붙여갔다. 일곱 바퀴를 찍고, 반 바퀴가 남았을 때 옆을 보았다. 진혁이와 성민이, 공수는 이미 완주해 쉬고 있었다. 낼 수 있는 최고 속력을 냈다. 그때, 내 뒤에서 '두두두-' 하고 달리는 소리가 들리더니 순식간에 성빈이가 나를 추월해 앞으로 달려나갔다. 갑자기 힘이 쫙 빠졌다. 그 길로 성빈이는 골인 지점까지 들어가고, 나는 성빈이보다 약 5-6

초 늦게 골인했다.

"12분 29초!"

특급 기준에 못 미쳤다. 중대에서 7등의 성적으로 3km 달리기를 마쳤다. 바로 드러누웠다.

"야, 헉, 헉. 배성빈!"

"상병 배성빈."

"니가, 갑자기, 그렇게, 치고, 나가면, 내가, 놀래잖아!"

"허허. 그렇습니다."

"암튼, 고생했다."

"감사합니다!"

하나 둘 3km 달리기를 마쳤다. 평소에 심장이 약해 달리기를 못 한다고 핑계를 대는 이재환을 마지막으로 모든 체력 검정이 끝났다.

"다들 고생했다. 다 자기 기록 알지? 스스로의 기록을 지표로 삼고 앞으로 열심히 체력을 단련할 수 있도록. 10분간 쉬었다가 공 한 번 차고 복귀하자."

"알겠습니다-!"

특급, 특급, 1급이었다. 내가 원했던 올 특급은 이룩하지 못했지만, 일, 이병 때 나로서는 상상조차 못할 기록이었다. 충분했다.

"야, 이거 재환 햄 송별 축구다. 몰아 주자!"

김상우가 축구를 시작하기 전에 말했다. 다들 공이 발에 닿으니 다시 힘들이 넘쳤다. 홀수 기수 팀으로 간 이재환을 최전방으로 넣어 패스를 몰았다. 결국 이재환은 그날 군대 축구 최초의 골을 넣었다. 나아가 최초이자 마지막 해트트릭을 달성하며 축구를 끝냈다.

63
잘 가, 재환아 (2017. 3. 27.)

하필 1직 근무에 걸려서 누구보다 일찍 일어나 근무지에 진입했다. 야속하게 내 마음을 아는지 모르는지 해는 천천히 고개를 드러내고 있었다. 바람도 불지 않고, 안개도 끼지 않았다. 객선의 순항을 위한 모든 조건이 완벽해 보였다. 부정적인 의미이긴 하지만, 평소의 하루와 극명하게 다르니까 '특별한 날'이라는 말을 붙일 수 있을까. 그렇다면 그날은 특별한 날의 시작이라고 할 수 있겠다. 기상 음악을 틀었다. 모두가 아무렇지 않게 잠에서 깨어 체조를 하고 아침 식사를 하러 갔다. 후임 근무자가 식사 교대 근무를 하러 와서 나도 밥을 먹기 위해 생활반으로 올라갔다.

"여, 지훈이!"

"드디어 오늘이네. 잠이 오더나!"

"잠 잘 잤지. 하필 근무고."

"그러게나 말이다."

평소에 근무라고 해도 꼬박꼬박 밥을 먹으러 가는 나였다. 하지만 그날은 왠지 이재환과의 남은 시간을 낭비하고 싶지 않았다. 식당에 잽싸게 뛰어가 우유를 하나 가져온 뒤, 일이병 때 그렇게도 먹기 싫어했던 건빵 한 봉지를 생활반 구석에 박혀있는 부식 박스에서 꺼냈다. 그러고는 관품함에서 철모를 꺼내 건빵을 으깨어 라면 그릇에 우유와 섞었다. 일명 '건플레이크'였다. 별사탕이 설탕 역할을 해 맛은 그럭저럭 괜찮았다.

"와. 이제 어떡하냐, 진짜."

"뭘 어떡해."

"니 가면 누구랑 담배 피우고 작업하고 하냐."

"담배는…. 뭐 명재 있잖아. 작업은 세한이랑 해야지."

"하아."

"아 왜 자꾸 가는데 분위기 다운시키는데! 그냥 축하만 해라."

"알았다. 축하한다. 잘 먹고 잘 살아라 이 새끼야."

"고맙다 이 새꺄!"

"마지막으로 뮤직비디오나 실컷 보고 가라. 니가 좋아하는 빈센트의 'thinking about'으로 가자."

"좋지."

'Thinking about'은 이재환도 그렇고, 나도 그렇고, 생활반 모두가 좋아하는 노래였다. 잔잔하면서도 마음을 휘젓는 가사와 보컬이 일품인 노래였다. 약 5분의 뮤직 비디오가 끝나면서 나도 밥을 다 먹었다. 간단하게 세면을 한 후에 다시 무장을 착용했다. 생활반 문을 열고 나가려다가, 거기 의자에 앉아 있는 이재환의 모습을 볼 수 있는 마지막 기회인 것 같아 뒤를 한 번 보았다. 웃는 듯 우는 듯하는 이재환의 얼굴은 '시원섭섭한' 감정 그 자체를 말해주고 있었다.

"근무 서고 있어라. 가기 전에 함 내려갈게."

"오이야."

다시 근무지로 내려갔다. 나만 심각한 걸까, 다들 평소처럼 근무를 잘 서고 있었다. 일은 일이기에 나도 해야 할 것들을 다 했다. 8시 30분이 되자 평소처럼 회의가 시작되었다. 중요한 내용을 놓치지 않기 위해 졸음과 사투하며 회의를 경청했다. 작전 지침으로 회의가 끝남과 동시에 나도 졸음을 이기지 못해 고개를 꺾었다. 얼마나 시간이 지났을까.

"필~승!"

이재환이 당시 상황부사관이었던 정세이 하사에게 장난스러운 경례를 하는 소리가 들렸다.

"야! 가냐?"

"예, 갑니다!"

뚜벅, 뚜벅, 뚜벅. 이쪽으로 걸어오는 소리가 들렸다.

"여, 지훈아. 상우야―"

"… 어, 왔나."

이재환은 말을 아끼고 상우와 나를 차례로 가볍게 안아 주었다.

"… 잘 가라."

"잘 가야지. 당연히. 올라 온나. 사진이나 한 번 찍자."

"그래, 찍어야지. 반장님? 빠르게 사진 한 번 찍고 와도 되겠습니까?"

"어, 마지막인데. 갔다 와!"

지휘통제실과 지상을 연결하는 계단을 오르는 이재환의 발걸음은 무거웠다. 여러 감정이 섞여있는 것 같았다. 본부 건물 중앙현관에 가니 많은 후임들이 이재환을 기다리고 있었다. 이재환은 그 무리의 가운데로 들어가 자연스럽게 사진을 찍는 구도가 나오게 되었다. 사진은 한 간부님이 찍어 주셨다.

"자, 찍는다! 하나, 둘, 셋!"

'찰칵!' 소리가 들리고 대열은 무너졌다. 한 명 한 명 이재환에게 '재환아 축하한다!' 하는 소리가 들렸다. 내 일도 아닌데 더 듣고 있으면 눈물이 날 것 같아서 상우와 지휘통제실로 바로 내려와버렸다. 그게 군대에서 봤던 이재환의 마지막 모습이었다. 잘 가라고 인사라도 해 줄걸.

그날은 아무것도 손에 잡히지 않았다. '이재환 햄, 담배 하나만 주라.'고 말하려고 해도, 그럴 상대가 없었다. 무적의 통신 4인방!도 오늘부로 끝이었다. 유독 깔끔을 떨어 자기 자리는 근처에도 못 오게 하는 이재환이 가니 생활반에 더 이상 통제구역도 없어졌다. 네 기수가 이렇게 큰 차이일 줄은 상상도 하지 못했다. 이 상태로 네 달이나 더 지내야 한다니. 웅범이가 자리를 옮겨 원래 이재환의 자리에 누워 있는 것을 보고 울컥한 기분이 들었다.

"웅범아, 넌 아무렇지도 않냐."

"왜 아무렇지 않겠냐. 티 내서 뭐해. 벌써 갔는데."

맞는 말이었다. 이미 간 것을. 지나간 시간이 후회스럽고 아쉽다고 해도 그때로 돌아갈 수는 없는 것이다. 우리는 우리 나름대로 가장 행복하고자 노력했고, 충분히 행복한 시간을 보냈다. 내게도 이재환에게도, 진혁이에게도, 웅범이에게도 그 무엇과도 바꿀 수 없는 추억들을 만들어왔다. 그걸로 된 것 아니겠는가. 정이 뭐라고. 군대가 만들어준 인연에 감사하면서도 또 군대가 원망스럽기도 했다.

"병 1199기 전역 출도. 이재환이 갔다. 간다간다 했지만 정말 갔다. 더 이상 이 연평도에서는 같이 담배를 피우던, 시시껄렁한 농담을 하던, 같이 운동하고 이 고난을 나누던 이재환을 볼 수가 없다. 누군가는 어차피 가야 하고, 먼저 왔기에 먼저 가는 것이 당연한 순리이지만, 어째서인지 아쉬움과 공허함이 가시지 않는다. 우리의 드라마가 이제 마지막 화에 접어든 것 같다. 연장방송이나 단축방송을 하고 싶진 않지만, 천금과도 같은 이 드라마의 1분 1초를 낭비하지 말자." - 2017. 3. 27. 일기.

64
병장 진급 (2017. 4. 1.)

"내가 3월에 전역하는 게 좋은 이유가 뭔지 아나?"

일병 말쯤부터 이재환은 종종 이런 얘기를 했었다.

"뭡니까?"

"니랑 웅범이가 나한테는 영원한 상병이라는 거다."

"하하, 참."

그래도 일병 때까지는 이재환에게 감히 장난을 칠 수가 없는 입장이어서, 그냥 맞장구만 쳐 주었다. 하지만 상병도 중간쯤 되고 난 후부터는 우리도 맞받아치기 시작했다.

"야, 웅범아. 들었냐? 우리 이재환 햄 찌르자. 뭐든 꼬투리 잡아서 딱 3일만 보내드리자."

"3일이면…. 29, 30, 31. 31일인데? 4일만 보내드리면 되겠다."

"4창은 없잖아. 그럼 5창으로 가자!"

"좋다! 우리 병장 다는 건 보고 가셔야지. 뭘로 찔러 드릴까?"

"이 새끼들이 돌았나."

그렇게 우리의 계급으로 장난을 치곤 했다. 그때만 해도 내 병장이 까마득해 보였는데, 그런 병장을 우리가 기어이 달고 말았다. 이재환의 전역으로 우울했던 나에게 그나마 한 가지 위로가 되었다.

"필승, 90대대 통신병 병-장 김지훈입니다."

그 병-장을 말하면서 느꼈지만, 일병이나 상병으로 진급할 때와는 느낌이 정말 달랐다. 21개월의 병사 의무 복무기간 중 달 수 있는 마지막 계급이기에 그랬던 것 같다. 3개월 반만 더 하면 완전히 끝이라는 생각도 들었다.

저녁만 되면 우울해하던 나를 위해 응범이와 진혁이가 많은 노력을 했다. 같이 뭐라도 하자고 했는데, 탁구를 치러 가도 3명. 뭘 해도 짝이 안 맞아서 무언가를 하기가 쉽지 않았다. 그러던 와중에 눈에 띈 게 세한이였다.

"세하니즈백."

"일병 세하니즈백."

"오늘부터 나랑 운동하자."

"감사합니다."

"장난 아니고 진짜다. 빡세게 한 번 해보자."

"알겠습니다."

맞후임이었던 진기는 애초에 운동에 크게 관심이 없었다. 운동으로 몸의 변화를 느끼고 있던 나였기에, 전역하기 전 마지막으로 누구 한 명이라도 운동으로 키워놓고 가자는 목표 아닌 목표가 생겼다. 그래서 선택한 것이 세한이였다. 그날부터 세한이는 항상 저녁시간을 나와 함께하는 내 운동 메이트가 되었다.

운동을 시작할 때 턱걸이는 하나도 못 하고, 팔굽혀 펴기는 열 개를 간신히 하는 세한이를 보면서 '얘가 어떻게 군대에 들어왔지?' 하는 생각도 들었다. 하지만 내 루틴에 맞추어 '안 되면 될 때까지!'의 마인드로 반강제 운동을 두어 달 하니까 세한이 역시 변화가 눈에 띄게 드러나기 시작했다. 옆 생활반의 조성민, 공수와 턱걸이로 내기까지 할 정도에 팔굽혀 펴기는 한 세트당 30개씩 열 세트를 해도 무리가 없는 정도가 되었다. 등은 점차 역삼각형의 모습을 보이기 시작했으며, 샤워할 때 근육이 울퉁 불퉁하게 솟은 팔을 보며 흐뭇해하곤 했다.

"야, 넌 평생 김지훈 해병님한테 감사해야겠다."

운동을 하다가 세한이의 변화를 본 지홍이가 말했다.

"그렇습니다!"

지금까지의 나는 그랬다. 무적의 통신 4인방!이라고 외치며 항상 나와 웅범이를 포함해 내 중심은 동기와 선임이었다. 함께 해온 시간이 길었던 만큼, 서로가 고생했던 것을 그 누구보다 잘 알기에 더 많이 의지했던 것 같다. 그렇다고 후임들에게 막 대했던 것은 아니었지만, 어쨌거나 내 우선순위에서 후임들은 많이 밀려 있었다. 그런 나에게 세한이와의 운동은 큰 의미로 다가왔다. 후임들 역시 우리와 함께하는 가족이었다. 그것을 알고는 있었지만, 새삼 몸으로 느껴졌다. 비록 이 아이들은 내가 고생했던 것을 몰라도, 나는 이 아이들이 어떤 과정으로 성장해왔는지 다 알고 있었다. 나라는 존재가 감히 이 후임들의 군 생활에 영향력을 끼칠 수 있다면, 그 영향력이 이 아이들의 군 생활에 긍정적인 방향으로 작용하게끔 하고 싶었다. 그리고 반드시 그렇게 될 수 있도록 하자는 것이 병장으로 진급하면서 내가 세운 목표였다.

"필승!"

"여, 최태환이!"

"상병 최태환!"

"오늘도 즐거운 하루 보냈나-."

"그렇습니다!"

그때부터 후임들을 보면, 아침에는 '오늘도 즐겁게 보내자!'와 저녁에는 '오늘도 즐거운 하루 보냈나!'고 말하는 것이 일상이 되었다. 경례만 받고 눈치를 보며 자리를 뜨는 것보다는, 그런 인사말 한 마디로 대화의 물꼬를 트고 싶었다. 그리고 그것이 내가 생각했던 병영문화 혁신을 나부터가 시작할 수 있는 방법이라고 여겼다. 어떤 후임은 '애 뭐지? 갑자기 왜 이러지?'라고 생각할 수도 있겠지만, 여러 명의 후임 중 하나라도, '와, 착한 선임이다. 나도 선임이 되면 저렇게 생활해야지.'라고 생각할 수 있었으면 되었다.

2017년 4월 1일이었다. 운동은 꾸준히 해 왔고, 앞으로도 할 것이었다. 독서 역시 마찬가지였다. 4월에 있는 HSK, 토익 시험과 5월에 있는 한국사, 한국어 시험만 보면 공부도 끝이었다. 모든 것이 순조롭게 진행되고 있었다. 남은 선임들과의 관계는 그 어느 때 못지않게 좋았고, 후임들과의 관계도 더 좋아지고 있었다. 그렇게 나는 줄 네 개짜리 계급인 병장이 되면서 군 생활의 말년을 맞이하고 있었다.

65
나의 주장 발표대회 (2017. 4. 7.)

3월의 어느 날, 통신 기재실에서 전산 과업을 하다 뜻밖의 메일을 보게 되었다. 분기마다 합동 과업정렬이라고 해서 분기의 모범 해병을 선정해 포상하고, 새로운 분기를 맞이하기 위해 마음을 다잡는 행사가 있었다. 그런데, 17년 1/4분기 합동 과업 정렬에서는 '나의 주장 발표대회'라는 것을 한다는 내용의 메일이 와있었던 것이다. 그 메일을 보자마자 지원장교님께 달려갔다.

"어, 지훈아. 무슨 일이야?"

"지원장교님. 나의 주장 발표대회라는 걸 봤는데, 그거 하고 싶어서 왔습니다."

"그래? 중대당 두 명까지인데. 일단 알고 있을게."

"감사합니다! 필승!"

그 후 다시 통신 기재실로 올라가 관련 내용을 프린트해서 명재에게 달려갔다.

"이명재 햄, 이거 우리 무조건 해야 한다."

"뭔데?"

"나의 주장 발표대회. 합동 과업정렬 할 때 한다는데, 자유 주제로 자기가 하고 싶은 내용을 강연 형식으로 하는 거라더라."

"오 진짜? 대박인데. 언젠데?"

"어디…. 4월 7일이네."

"4월 7일? 아, 나 그날 복귀하는데. 중요한 일이 있어서 안 나갈 수가 없다. 최대한 조율은 해 볼게."

"오케이. 일단 그렇게 알게."

다른 사람들이 이 대회를 어떻게 받아들일지는 모르겠지만, 나에게는 군 생활을 통틀어 그 무엇보다 소중한 기회였다. 내 나름대로 이루고 싶었던 것을 차곡차곡 이루고 있었던 군 생활이었고, 군 생활이란 무엇인가에 대한 나름대로의 소견이 있었기 때문에 그런 것을 후임들에게도 꼭 전파해주고 싶었다.

며칠 뒤, 중대에 다른 지원자가 없어 나 혼자 대회에 참가하는 것이 확정되었다. 명재는 휴가를 조율하지 못했다고 한다. 그때부터 발표 자료를 만들기에 열중했다. 대학 수업 때도 여러 사람 앞에서 발표를 해 본 데다 평소 남 앞에서 말하는 것에 크게 긴장하지 않는 성격이라 강연장을 내 무대로 만들 자신이 있었다. 지금까지 과업으로 해왔던 내용을 사진에 담았다. 거기에 땄던 자격증들과 읽은 책 목록, 그리고 선후임과의 추억 역시 PPT에 담았다. 인트라넷 PC로 만들어야 하는 자료라 그 한계가 있었지만 그런 것은 중요하지 않았다. 자료는 시각적 효과만 있으면 된다. 중요한 것은 말이라는 게 내 생각이었다.

발표 이틀 전, 중대장님이 점호 시간에 나를 불렀다.

"안 그럴 거라는 거 알고 있지만, 그래도 혹시나 싶어서 한 번 점검은 해 보자. 준비한 내용 한 번 해봐."

사람이 많으면 자신이 있었는데, 오히려 중대장님 한 명 앞에서는 떨고 있는 나를 발견했다. 애써 그 떨림을 숨기고 준비했던 대로 중대장님 앞에서 강연을 진행했다.

"오, 괜찮은데? PPT만 조금 수정하면 완벽하겠다."

의외로 중대장님의 반응은 좋았다. 바로 중대장님과 함께 PPT 수정 작업에 돌입했다. 그날 공부 연등도 포기한 채, 자정을 넘기면서까지 PPT를 수정했다. 이제 남은 것은 발표뿐이었다.

발표 당일이 되었다. 당초 계획과는 다르게, 과업 정렬 이전에 발표 대회를 먼저 한다고 했다. 내 순서는 10명 중 6번째. 2-3번째를 원했던 내게 좋은 순서는 아니었다. 일단은 지켜보기로 했다. 다들 전반적으로 내용이 좋아서 나를 더 긴장하게 했다. 특히나, 당시 예하 중대의 소대장이었던 나준우 소대장님의 발표는 강연장을 휘어잡았고, 듣는 모두를 집중하게 했다. 하지만 내 목표는 상을 받는 것이 아니라 군 생활의 의미와 가치를 남들에게 알리는 것이었기에 남들이 잘하든 못 하든 크게 상관은 없었다.

"자, 10분간 쉬었다 하자."

내 앞 차례까지 발표가 끝난 뒤, 대대장님은 휴식 시간을 주셨다. 한 명당 10분. 내리 한 시간의 강연을 들은 대원들에게도, 그리고 그 쌓인 피로를 안고 가야 하는 나에게도 좋은 제안이었다. 담배를 한 대 피우면서 긴장을 풀었다.

휴식 시간이 끝난 뒤 곧바로 내 차례가 시작되었다. 연단에 올라서니 백수십 명의 대대 인원들이 보였다. 기분 좋은 떨림이 일었다.

"필승! 해병대 제90대대, 꽃피는 본부중대, 꽃봉오리 통신소대 병장 김지훈입니다."

다소 긴 부대 소개로 내 발표는 시작되었다. 나는 지금까지의 내 군 생활을 10분에 모두 녹여 말했다. 이병으로 전입했을 당시의 분위기. 욕먹는 이병의 김지훈. 무서웠던 과업 맞선임인 박규민. 그리고 밖에서 들려오는 지인들의 성공 스토리. 그것에 자극받아 시작했던 내 과업들. 과업으로 인정받으면서 시작했던 인권 관련 일들. 그와 함께 시작했던 공부.

몇 가지의 포상. 읽었던 책들. 가족보다 더 가족 같았던 통신 소대. 이런 내용들을 말함과 동시에 내 뒤에서는 대형 스크린에 발표 자료들이 나타났다. 이재환의 전역 외출 때 찍은 내 군 생활 최고의 사진이 스크린에 떠 있었다.

"다음!"

다음을 외치자, 화면은 검은색으로 변해 아무것도 보이지 않았다.

"여기까지가 제 군 생활이었습니다."

내가 그려왔던 핵심이었다. 입에서 마이크를 떼 살포시 바닥에 내려놓았다.

"자, 여러분. 어떻습니까? 여러분들과 저는 살아온 인생도 다르고, 경험도, 생각도, 모든 것이 다 다릅니다. 그렇기에 제가 했던 군 생활이 '정답'이라고는 말할 수 없습니다. 하지만 저는 군 생활 동안 제 스스로의 목표를 만들었고, 그 목표를 이루기 위해 치열하게 노력했습니다. 그리고 그 결과, 저는 그 목표를 이루는 데 거의 성공했습니다. 말년을 바라보고 있는 지금, 저는 행복합니다. 여러분은! 어떻습니까? 만약 누군가가 '나는 군 생활 동안 지금까지의 드라마를 모두 보고 싶어.'라고 해서 매일 드라마 다시보기만 하고 있다고 해도, 그것은 좋은 군 생활입니다. 또 만약 누군가가, '나는 사회에서 있었던 인간관계가 가장 소중해'라고 말하며 항상 사지방에서 SNS를 하고, 공중전화에 붙어산다고 해도, 그것은 옳은 군 생활입니다. 하지만! 제가 말하고 싶은 건. '에라이, 개 같은 군 생활. 왜 하는지 모르겠다. TV나 봐야지. 사지방이나 가야지.' 바로 이런 생각과 태도로 하루하루를 보내는 것. 그게 제가 감히 '틀렸다'고 말할 수 있는 군 생활이라 이겁니다. 여러분들만의 목표를 가지십시오. 과업과 근무, 여러분이 군인이기에 반드시 해야 하는 일은 신성한 애국심을 바탕으로 성실히 임하고, 남는 시간만큼은 온전히 여러분들을 위해 투자하십시오. 여러분들만의 '정답'을 찾아가십시오. 그게 제가, 이 대회를 통해 여러분들에게 하고 싶었던 말입니다. 이 시간이 여러분들 중 단 한 명의 마음이라도 바꾸었다면 저는 충분히 만족합니다. 다음."

바닥에 있던 마이크를 다시 잡아들었다. 스크린에는 대대가 행군을 했던 당시의 사진과 함께 "Sin prisa, sin pausa'라는 격언이 나왔다.

"여러분, 이 말의 뜻이 무엇인지 아십니까? 서두르지 말되 멈추지 말라는 것입니다. 저는 지금까지 자료의 배경 사진으로 나왔던 우리의 행군이 이 뜻과 무관하지 않다고 생각합니다. 비록 그 시작이 막막하고, 그 중간이 그만두고 싶을 만큼 힘들지만, 그 끝은 어땠습니까? 세상 다 얻은 것만큼 후련하고, 즐겁고, 또 시원하지 않았습니까? 바로 그것입니다. 오늘부터 당장 시작하십시오. 느려도 조급하지 말고, 여러분의 속도를 유지한 채 목표를 이뤄가십시오. 이상입니다."

박수 소리가 나왔다. 실패하진 않은 것 같아 다행이라는 생각이 들었다. 긴장이 풀려 온몸에 힘이 빠졌다. 내 다음 순서의 발표가 귀에 들어오지 않았다. 대회가 끝나고, 정렬을 시작하기 전 10분간의 휴식이 주어졌다. 얼른 밖으로 나가 담배에 불을 붙였다.

"김지훈 해병님, 진짜 쩔었습니다. 이런 모습 처음 봅니다."

수송병 맞후임이었던 1204기의 남혁이가 말했다.

"고맙다, 허허."

담배를 다 피우고, 바로 시상식이 있었다. 순위를 발표하기 전, 대대장님께서 한 마디 하셨다.

"여러분들의 발표, 잘 들었습니다. 심사 기준은 여러분들도 알다시피 자신의 생각과 그것을 뒷받침해줄 내용, 그리고 자신감을 보는 것이었습니다. 제 기준이 여러분들의 기준과 다르지 않다면, 이 심사 결과가 여러분들에게도 충분히 이해 가능한 것이라고 믿습니다."

1등이었다. 그 대회에서 1등을 한다는 것은 내게 정말 큰 의미로 다가왔다. 4박 5일의 포상 휴가는 제쳐 두고서라도, 내가 했던 말에 많은 사람들이 충분히 공감할 수 있다는 뜻이었기 때문이었다. 적어도 내 군 생활이, 그리고 내가 했던 생각들이 다른 누군가에게 도움이 될 수 있다는 뜻이었다. 그 생각에 어느 때보다 기쁘게 상을 받았다.

얼마 뒤, 한 선임이 SNS를 통해 내게 말을 걸었다.

"지훈아. 얼마 전에 강연 잘 들었다. 내가 너를 조금만 빨리 알았더라면, 내가 이렇게 군 생활을 하지는 않았을 텐데. 덕분에 생각 많이 했다. 진심으로 고맙다."

그 말을 들은 내가 더 고마웠다. 그때 확실해졌다. 여기서 끝낼 게 아니라, 연평부대, 나아가 모든 장병들에게 군 생활이 어떤 의미와 가치가 있는지 알려주자. 전역하고 해야 할 첫 번째 버킷리스트, 일명 '쥰킷리스트'가 탄생하는 순간이었다.

66

D-100과 슬럼프 (2017. 4. 9. - 10.)

2015.10   2016.01   2017.01

    2017년 4월 9일. 전역까지 딱 100일이 남은 날이었다. 보통 '100자가 깨진다'라고 표현해서, 군 생활이 두 자리가 남은 병사들을 말년에 가까운 병장으로 취급한다. 나도 이제 말년을 바라보고 있는 것이었다.

    변하는 것은 하나도 없었다. 아니, 물론 부대 상황이나 병영 문화는 하루가 다르게 변하고 있었지만, 나를 중심으로 봤을 때는 모든 것이 그대로였다. 일이병 때는 '100자가 깨졌다!' 하며 즐거워하던 선임들을 볼 때마냥 부러웠는데, 막상 내가 그 위치에 올라 보니 별다른 것이 하나도 없었다. 오히려 챙겨야 할 후임들은 많아지고, 선임의 위치이기에 소대의 행동에 책임을 져야 할 일만 많아졌다. 공부든 운동이든 꾸준히 하고는 있었지만, '내가 이걸 하고 있는 게 맞는 건가?' 하는 의문이 계속해서 들었다.

    "애로하다. 이 말이 정확한 표현인 것 같다. 오늘부로 100자가 깨지면 뭐 하나. 월급이 들어와도 나갈 거 생각하면 남는 게 없고, 운동을 해도 뭔가 시원찮고, HSK는 55점 조금 아래에 머물러서 휴가 때도 개같이 공부해야 할 판인데…" - 2017. 4. 10. 일기 중 일부

    분명히 목표는 있었다. 당장 그 주 토요일에 있는 토익 시험에 응시해야 했다. 그리고 그 다음 주 토요일에 있는 HSK시험에도 응시해야 했다. 하지만 매일 공부 연등 시간과 그 이후의 한 시간, 그리고 주말 종일을 투자해도 점수가 마음처럼 오르지 않았다. 토익이야 한 달에 한 번씩 시

험이 있으니까, 그리고 군인은 50%의 응시료 할인이 있으니까, 만약 망하더라도 또 칠 생각이 있었다. 하지만 HSK시험은 응시료도 비싼 데다 한 번 떨어지면 다시 칠 엄두가 나질 않을 것 같았다. 무조건 한 번에 붙어야 한다는 강박감에 마음만 급해지고 점수는 나오질 않았다. 마음을 다스릴 겸 사지방에 가서 페이스북을 통해 주위 사람들의 근황을 보면, 오히려 그들의 성공과 행복한 일상에 자괴감만 더 들었다. 이런 내 정신 상태의 회복을 위해 명재가 종종 진심 어린 조언을 해주곤 했으나, 그마저도 나는 제대로 받아들이지 못했다.

"지훈아. 그 큰 고래도 바다에서 한없이 있을 수는 없다. 한 번씩은 수면 위로 올라와 숨을 쉬어야 한다. 언제까지고 달릴 수는 없는 법이다. 조금씩 쉬어가야 할 타이밍이 반드시 필요하다."

"그래서, 어떡하라고. 지금 쉬면 당장 다음 주랑 다다음 주에 있는 시험을 다 떨어질 판인데."

"맞나…. 에라이. 담배나 피우자."

"그래, 가자."

슬럼프였다. 그 표현이 가장 정확했다. 지금까지 막상 앞만 보고 달려왔는데, 저 멀리서 보이기 시작했지만 신경 쓰지 않았던 조그만 벽이 점점 가까이 다가와 이제는 내 앞을 가로막고 있는 느낌이었다. 그 벽은, 높이로 보건대 분명히 넘지 못할 벽이 아니었다. 내 스스로도 잘 알고 있었다. 하지만 그 벽을 넘기 위해 필요한 온갖 동작들을 하기에 너무 힘에 부쳤던 것 같다. 당연히 다시 뒤로 돌아가진 않을 것이다. 그저 잠시 동안 주저앉아 벽을 넘을 힘을 회복하면 되는 것이었다. 그것으로 충분했다.

100일을 전후해서 웅범이는 근 반년을 고민하던 과제를 끝마쳤다. 전문하사를 하기로 한 것이었다. 전문하사는 일반 하사와는 달랐다. 병사 복무 21개월을 다 마치고, 최소 6개월에서 최대 18개월의 하사 생활을 하는 것이었다. 18개월을 모두 마치면 별도의 훈련 과정 없이 일반 하사로 전환 역시 가능했다. 웅범이는 결국 직업 군인의 길을 선택했다. 통신병이라는 보직이 웅범이의 적성, 흥미와 잘 맞았던 것이 주효했던 것 같다. 진혁이와 콤비를 이루는 웅범이의 유선 작업은, 그 옛날 박건길과 김규현 해병님의 그것보다 훨씬 좋았던 것 같다. 부대 분위기 또한 그때만큼 경직되지 않았기에, 더 자유롭고 건설적으로 작업에 대한 이야기와 토론이 가능했다. 그 모든 배경에 힘입어 웅범이는 군 생활에 뜻을 두게 되었다.

"범쓰. 이왕 하기로 결정한 거, 끝까지 해라. 꼭."

"그러려고. 원사 달기 전까진 절대 전역 안 한다."

"제발 그래라. 다음에 내 아들 해병대 보낼 테니까 잘 봐주고."

"그런 거 없다. 군인은 공정해야 한다."

명재는 또 그때쯤 '6성 장병' 행사에 초청되었다. 육, 해, 공군과 유엔군, 미군 등 여러 군을 초청해 이벤트를 하는 행사였다. 명재는 그곳에서 경품으로 노트북을 받았다. 그리고 해병대 주임원사님을 포함해 여러 군 고위 간부님들과 인사하고, 사진을 찍고, 그분들과 자리를 함께했다. 나의 주장 발표대회로 한 발짝 명재를 따라갔다고 생각했는데, 명재는 다시 한 발짝 멀어져갔다.

하루면 충분했다. 더 이상 시간을 끌 수는 없었다. 나만 빼고 다들 살길과 자신만의 성공하는 길을 찾아 잘들 떠나고 있는 것 같았다. 딱 100자가 깨진 그날, 4월 10일. 하루만 쉬자고 스스로에게 되뇌었다. 하루 동안 힘을 모으는 것이다. 그리고 그 다음 날인 4월 11일에, 일어남과 동시에 모았던 힘으로 내 앞을 막고 있는 벽을 넘는 것이다. 벽 너머가 바로 낭떠러지일 수도 있고, 지금까지 왔던 밋밋한 그 길 그대로일 수도 있지만, 아름다운 들판이 펼쳐질 꽃길일지도 모르지 않는가. 어쨌든 벽에 막

혀 아무것도 하지 못하는 어제의 나보다는 나은 하루를 보낼 것이라고
생각했다.

67
토익과 HSK 시험 (2017. 4. 15, 22.)

2015.10   2016.01   2017.01

　토익과 HSK라는 큰 시험을 치르기 위해 휴가를 떠나는 4월 13일이었다. 그날은 늦은 오후 배여서 오전 과업을 생략하고 생활반에서 잠이나 자려고 했었다.

　"지훈아, 휴가 날 미안한데, 무선 앰프 좀 기재실에 올려놔주라."

　오전 과업정렬이 끝난 후 한광선 반장님이 내게 일거리를 주었다. 일이라고 하기에도 뭐할 만큼 간단한 것이었지만.

　"알겠습니다. 거 뭐라고."

　옥외 창고로 내려가 앰프를 챙겨 기재실로 들어왔다. 잠깐 쉴 겸해서 기재실 컴퓨터로 국방헬프콜을 보고 있었다. 문이 벌컥 열리더니 동기와 선임 몇 명이 들어왔다.

　"아, X발. 못 해먹겠다."

　동기였던 영헌이가 느닷없이 욕을 했다.

　"뭔데 갑자기. 왜."

　"후임들 봐라. 이게 해병 맞나 싶다."

　"뭐, 왜 또. 뭐가 해병인데 그럼."

　그때부터 오전 내내 병영문화와 '해병'이란 무엇인가에 대한 토론이 이어졌다. 병영문화 혁신의 바람이 분 이후 부대 분위기는 정말 눈 감아도 보일 만큼 많이 달라졌다. 당연히 그런 변화를 좋지 않게 보는 시선 역시 존재했다. 더 오도되고 강압적인 예전의 문화를 다짜고짜 주장하는 사람들 역시 있었다. 사실 나도 무엇이 '정답'인지는 모르겠다. 군대를 한 명 한 명의 구성원 각각으로 보면 병영문화가 혁신되고 밝은 분위기를 유지하는 것이 맞는 것이지만, 싸우기 위한 집단 자체로 보면 기존의 관습도 100% 전부 틀린 것은 아니라는 생각이 들었다. 혼란스러웠다. 생활반에 내려와서도 그런 고민을 하다가 자연스레 휴가 준비를 하고 배를 탔다. 인천에 내리자마자 생각이 바뀌었다. 역시 병영문화 혁신이 맞다. 악습과 가혹행위는 '군대놀이'에 지나지 않을 뿐이다. 사회에 나와 조금만 멀리서 봐도 후임병들의 인권을 지켜주고 그들을 보호하는 것이 맞는 것으로 보였다. 들어가면 이런 내 의견을 말해봐야지, 하고 생각했다.

휴가 셋째 날에 토익시험이 있었다. 첫째 날은 집에 들어갔을 때 이미 저녁이어서 아버지와 식사를 한 후 바로 잠에 들었다. 둘째 날은 종일 영어 공부를 했고. 아무튼, 시험을 시작하고 최대한의 집중을 다해 문제를 풀었다. 듣기는 그럭저럭 괜찮게 푼 것 같았지만 읽기는 답을 베껴 써 와야 한다는 쓸데없는 고집에 마지막 지문을 몇 개 풀지 못했다. 하지만 전반적으로는 만족스러운 시험이었다.

시험을 마치고, 바로 학교로 향했다. 그리고 학교를 다닐 때 매일 가던 PC방에 자리를 잡았다. 롤을 두 판 하고, 아무 영어 학원 사이트에 들어가 방금 친 시험의 가채점을 했다. 떨리는 마음으로 답 칸에 내가 쓴 답을 하나하나 채워 넣었다. '제출하기'를 눌렀다.

'850'

실눈을 뜨고 살짝만 보려고 했지만, 내 점수가 대문짝만하게 모니터에 나타났다. 그렇게 마음에 드는 점수는 아니었던 것 같다. 고등학교 3학년 같은 반 단체 메신저에 바로 물어보았다.

"야, 토익 850 어떤데?"

잠시 뒤 한의학과를 다니고 있는 친구에게 가장 먼저 답이 왔다.

"ㅋ"

바로 휴대폰을 집어 던지고 다시 게임을 했다. 역시 망한 건가. 얼마 뒤 나를 보러 온 대학 동기와 당구를 한 게임 치고, 맥주집에서 중국인 유학생 선배와 함께 셋이서 새벽까지 이야기를 나눈 후 집에 돌아왔다.

그 뒤로 다음 시험이 있던 일주일은 서울과 창원을 오가며 만날 사람들을 만나고, 남는 시간은 오로지 중국어 공부에 투자했다. 토익도 잘 못 쳤는데, 중국어까지 떨어져 버린다면 이번 휴가에는 아무런 의미도 없고, 내 군 생활도 망한 것이었다. 이재환이 메신저로,

"지훈, 뭐 하는데."

라고 보내면, 펴고 있던 책을 사진으로 찍어 보내며,

"보다시피."

하고 답을 했다. 황금 같은 휴가의 대낮에 책상에 앉아 중국어를 공부하고 있는 상황이라니. 내 스스로 생각해도 우습지만 그렇게 해서라도 그 시험에 붙을 수 있다면 상관없었다.

다행히 공부를 하니 휴가의 1분 1초가 화살처럼 빠르지는 않았다. 꽤나 한참의 시간이 흘렀다고 생각할 때쯤 시험 날이 되었다. 시험 전날 친 모의고사에서도 합격점이 나오지 않아 잔뜩 걱정과 긴장을 안고 시험장에 들어갔다. HSK는 듣기-읽기-쓰기의 3부분으로 구성되어 있고, 각 과목의 점수의 총합이 300점 만점에 180점만 넘기면 되는 시험이었다. 한 문제 한 문제 할 수 있는 만큼의 집중력을 발휘해서 풀어나갔다.

"드디어 HSK를 쳤다. 몇 달 동안 나를 괴롭히던 이 지옥 같은 굴레에서 탈출했다! 사실 시험 자체는 그리 어렵지 않았다. 어쩌면 붙을 수도? 마음이 후련하다." - 2017. 4. 22. 일기 중 일부

일기의 내용 그대로였다. 생각보다 시험은 어렵지 않았다. 공부했던 책

에 나오는 듣기 파일보다 실제 듣기가 훨씬 느린 것부터 시작해, 문제 난이도가 전반적으로 높지 않았다. 합격할 확률이 절반은 되는 것 같았다. 한자에 이어 또 하나의 짐을 내려놓은 것 같았다. 아직 합격이라고 단정 짓기에는 이르지만, 그래도 이 기쁜 소식을 바로 아버지와 어머니에게 전화로 알려드렸다. HSK는 정답을 확인할 수 있는 방법이 없기에 그냥 잊은 채 기다리기로 했다. 집에 돌아왔다.

"나 팔려감."

1201기의 조지훈이 단체 메신저에 말을 꺼냈다.

"?"

이재환이 대답했다.

"나랑 최영헌이랑 팔려간다. 이유는 모르겠다. 부대에서 전화 옴."

무슨 장난이지 싶었다. 하지만 이야기가 길어질수록 이게 장난이 아니라는 것을 깨닫게 되었다. 또 부대에 피바람이 한 번 부는 건가. 내가 생각한 병영문화 혁신에 대해 영헌이에게 말해줘야지 했던 생각은, 이제는 이룰 수 없게 되었다. 시험을 잘 쳐서 기분이 나쁘지는 않았지만, 왠지 부대로 돌아가기가 조금은 무서웠다. 어떤 폭풍우가 기다리고 있을지 걱정스러운 마음을 안고 복귀길에 올랐다.

후에 나오긴 했지만, 내 토익 점수는 850점이 아니었다. 가채점은 믿을 수 없다는 말이 진짜였다. 성적표가 부대에 도착하면서 처음 확인했던 내 토익 점수는, 가채점 점수보다 70점이나 높은 920점이었다. 절대 나쁘지 않은 점수였다. 두 번째 성적표를 자랑스럽게 내 침대 옆 관품함에 붙였다.

68

생활반장이지만 욕먹는 건 싫어 (2017. 4. 24. - 26.)

아니나 다를까 복귀한 부대는 시끌시끌했다. 입도했던 월요일부터 '정밀 부대진단'이라고 해서 모든 과업을 철폐하고 간담회와 설문 조사만이 이어졌다. 그런 혼란스러운 분위기 속에 나는 4월 24일부로 정작 2분대의 생활반장이 되었다. 진혁이는 이제 전역을 한 달도 남기지 않은 완전한 말년 병장이었고, 웅범이는 전문 하사 교육과 휴가 일정 때문에 생활반장을 하기가 애매한 상황이었다. 생활반장이 대단한 직책은 아니었지만, 나는 그 직책을 십분 활용해 우리 생활반만큼은 병영악습 사고가 없는 생활반으로 만들고 싶었다.

규민이 형에게 들었던 욕이 트라우마가 돼서 그런 건지는 모르겠지만, 어느 순간부터인지 나는 욕을 먹는 상황에 극도로 예민해져 있었다. 어쩌면 내 스스로가 '박규민이 아니고서야 누가 나한테 욕을 할까.'라며 자만하고 있었는지도 모르겠다. 그래서 그런지, 생활반의 책임을 홀로 안아야 하면서 남들에 비해 욕을 먹을(혹은 혼이 날) 상황이 비교적 많은 생활반장 자리에 부담이 없지는 않았다. 내가 할 수 있는 최대한으로 완벽한 모습을 보여 욕을 피해가려고 했지만, 예상치도 못한 상황에서 날아온 꾸지람은 나를 좌절하게 했다.

4월 25일이었다. 생활반장 뱃지를 단 지 정확하게 하루가 된 날이었다. 말직 근무를 서고 오침을 한 후 점심시간에 잠에서 깼다. 입맛이 없던 터라 밥은 생략하고 부식으로 나온 아이스크림만 하나 챙겨 돌아오던 상황이었다. 막 식당 문을 나가려는 찰나, 후임 중 한 명이 내게 속삭였다.

"김지훈 해병님, 저기서 부르십니다."

그 말에 뒤돌아보니 옆 중대의 행정관님이 화난 눈빛으로 나를 쏘아보고 계셨다. 급히 달려갔다.

"병장 김지훈. 부르셨습니까?"

"부르셨습니까!? 너 귀 먹었냐?"

"아닙니다."

"몇 번을 불러야 대답을 하냐. 너 어디야?"

"90대대 본부중대입니다."

"90은 예의가 그렇냐?"

무슨 말인지 나는 정확히 이해하지 못했다.

"아닙니다."

"병장 달면 다냐? 생활반장이라 이거야?"

"아닙니다."

"짬 좀 찼다 이거야? 병장 달면 뒷짐 지고 다니고. 잘 돌아간다."

그제야 이해가 갔다. 부식을 가지고 나오는 것이 잘못된 것은 아니었지만, 그래도 눈에 띄게 가지고 나오는 것이 껄끄러워 등 뒤에 가리고 나온 것이 뒷짐을 지고 다니는 것처럼 보였던 모양이다. 하지만 핑계를 대는 것은 보기에도 좋지 않고, 상황상 이미 늦었다고 생각했다.

"아닙니다."

"너 같은 애들 때문에 병영문화 혁신이 안 되는 거 아니야!"

"… 앞으로 그러지 않겠습니다."

"하. 가 봐라."

"알겠습니다. 필승!"

식당 문을 열고 나오는 그 짧은 시간 동안 식당 내 수백 명의 눈이 나를 향한 것이 느껴졌다. 기분이 정말 나빴다. 나는 내 스스로가 결코 병영문화 혁신에 역행하는 행동을 한 적이 없다고 생각했다. 그리고 누구 못지않게 후임들의 편안하고 즐거운 군 생활을 위한다고 생각했다. 그런 내가, 과업의 실수나 근무 간의 문제도 아닌, "너 같은 애들 때문에 병영문화 혁신이 안 되는 거야."라는 말을 듣다니. 너무나도 감정이 상했다. 돌아오자마자 가지고 온 아이스크림을 흡연장 재떨이에 박아버렸다. 욕을 먹지 않기 위해서라도, 나는 매사에 신중했다고 생각했다. 혹시나 누가 볼까 봐 남이 있을 것 같은 자리에서는 뒷짐을 져본 적이 없었고, 주머니에 손을 넣고 다니는 것 같은 행동들은 상상조차 한 적이 없었다. 상병이 꺾이고 난 뒤로부터는 후임들에게 말 한마디라도 함부로 하지 않으려고 노력했다.

바닥까지 내려앉은 기분은 저녁시간까지 이어졌다. 늘 그렇듯 세한이와 몸풀기 탁구를 하다가 내가 말을 꺼냈다.

"야, 세한아."

"일병 정세한."

"아까 점심때 식당에서 나 욕먹는 거 봤냐?"

"그렇습니다."

"어떻든?"

"… 아닙니다."

"아니, 솔직하게 한번 말해봐. 내가 너네들한테 그런 존재였을까."

"아닙니다. 어차피 다른 중대 행정관님이지 않습니까. 그냥 지나가는 말로 흘리시고 신경 안 쓰셔도 될 것 같습니다. 진심입니다."

"그런가. 후… 그래. 계속하자. 몇 대 몇이지?"

"16대 9입니다."

세한이는 그렇게 말했지만, 나는 그에 대해 더 생각해보았다. 사실 내가 부대의 병영문화를 어떻게 생각하던 간에, 그걸 다른 중대 행정관님까지 알기는 쉽지 않을 것이다. 겉으로 드러난 내 행동을 지적한 것이었고, 그 과정에서 감정이 격해져 그런 말까지 나온 것 같다. 아무튼 눈에 띈 내 '뒷짐을 진'행동은, 깊게 들어가면 '병영문화 혁신 저해'와 전혀 무관하지 않았기에 결과적으로는 그런 행동을 했던 나의 잘못이 맞다. 평소에도 조심하고 또 조심하지만, 나도 모르는 새 나오는 내 행동들마저도 한 번 더 생각하고 조심스럽게 해야겠다고 생각했다. 후임들에게 존경받고 간부들에게 인정받으며, 내 스스로마저 인정할 수 있는 그런 생활반장이 되기 위해서라도.

69
지금까지와 전혀 다른 공부 (2017. 4.)

2015.10   2016.01   2017.01

당시 예하 중대의 중대장이었던 이한솔 대위님께서 회의 때문에 본부로 오신 적이 있었다. 회의를 마치고 흡연장으로 담배를 피우러 오셨는데, 마침 그곳에 있던 나와 마주치게 되었다.

"필승!"

"어, 지훈아. 오랜만이다."

"하하, 그렇습니다! 잘 지내셨습니까!"

"뭐 똑같지."

서로의 안부를 물었다. 부대가 돌아가는 이야기들을 하다 내게 물었다.

"그건 그렇고, 요새는 무슨 공부 하나?"

"저 지금은 마지막 시험으로 한국어랑 한국사 하고 있습니다!"

"안 하는 게 없네. 역시 대단하다. 너 우리 중대로 와라."

"과찬이십니다. 시간도 남는데 할 게 뭐 있겠습니까."

"대원들이 다들 이러면 참 좋을 텐데."

"하하. 아닙니다."

"그래. 아무튼 오늘도 고생하고."

"감사합니다! 필승!"

그랬다. 이전까지 미친 사람처럼 공부해댔던 한자와 중국어, 영어는(적어도 군대에서는) 모두 끝났다. 이제는 5월에 시험이 있는 한국사와 한국어 공부를 하고 있었다. 한자와 중국어, 영어는 모두 '언어'를 기반으로 하는 공부라는 점에서 한국어와도 연관성이 있었지만, 막상 접하는 느낌은 매우 달랐다. 한국어는 늘 쓰는 언어였고, 한국사 역시 고등학교 때 사회탐구 과목으로 시험을 쳤기에 기존에 알고 있던 지식이 어느 정도 있었다. 하지만 시험을 치기 위해서는 과거의 지식에 기댈 것이 아니라 내 스스로를 백지 상태로 인식하고 새롭게 공부를 해야 했다. 그게 앞서의 세 과목은 가능했지만, 이번에 하는 두 과목은 힘들었다. 그런 마음을 잡는 것이 가장 어려웠던 것 같다.

'HUBRIS'라는 말이 있다. 아놀드 토인비라는 역사학자가 사용했던 말이었는데, 고대 그리스어에서 유래한 이 말은 간단하게 '과거의 성공에 집착하는 사람'의 뜻이라고 할 수 있다. 처음 한국사와 한국어 공부를 시작했을 때의 내 생각이 그랬던 것 같다.

'이 시험은 보너스다. 대충 공부해서 대충 치고, 자격증 따자.'

하지만 현실은 달랐다. 기출 문제를 모아놓은 한국사 책에서 첫 회차를 풀어보니, 나온 점수는 고작 47점이었다. 그나마도 과거의 기억을 살려 감으로 찍은 문제가 많아, 사실상 확실히 알고 푼 점수는 30점도 채되지 않을 것 같았다. 한국어 역시 마찬가지였다. 절반을 간신히 웃도는 점수가 나올 뿐이었다. KBS에서 주관하는 한국어 시험은 5월 14일에 있었고, 한국사 시험은 5월 27일에 있었다. 길게 잡아 한 달 안에 모든 공부를 끝내야 하는 상황이었다. 갑자기 앞이 막막하고 어두워졌다.

'혹시나 이번 회가 어려웠다거나, 내가 운이 안 좋았던 건 아닐까?'

막연한 기대를 안고 한국사의 기출문제를 한 회 더 풀어보았다. 한국어는 기출문제가 두 회밖에 없어서, 그렇게 써버리기엔 너무 아까웠다. 점수가 오르긴 했다. 49점. 발등에 불이 떨어졌다. 좌절해 있을 시간마저 아까웠다. 바로 계획 짜기에 들어갔다.

한국사나 한국어나 이해를 바탕으로 공부해야 하는 과목이 맞지만, 결국 암기가 필요한 과목이라는 것은 부정할 수 없다. 분명히 외워야 할 부분들이 많았다. 그래서 그나마 시간이 여유로운 한국사의 비중을 조금 낮추고, 한국어를 위주로 공부하기로 했다. 소등 후 공부 연등 시간은 오로지 한국어에만, 주말 낮에는 한국어도 조금씩. 그렇게 계획을 짰다.

한국어는 책에 나온 2주 합격 플랜이 나에게는 너무 비현실적인 것 같아 보여, 내 나름의 커리큘럼을 만들었다. 비교적 자신 있는 문학이나 비문학 파트는 딱 하루만 투자하고, 고유어/외국어/관용 표현 등 암기가 필요한 파트에 시간을 많이 투자하기로 했다. 그리고 여러 시인이나 소설가들의 배경을 알아야 하는 국어문화 파트는 과감하게 포기하기로 했다. 주말 낮에 하는 한국사는 오전과 오후로 나누어 각각 한 회씩, 하루에 두 회를 풀기로 했다. 한 회를 풀고, 문제를 맞추었든 틀렸든 해설지에 나온 내용을 문제지에 그대로 옮겨 쓰면서 외우려고 했다. 오전 오후 각각에 해야 할 분량을 다 하고 시간이 남으면, 주제별로 정리해놓은 개념 노트에 나와 있는 내용을 내 노트에 옮겨 쓰며 또 외웠다. 저녁 시간에 운동을 하고 시간이 남으면 사지방으로 내려가 무적핑크 작가의 웹툰 『조선왕조실톡』을 보기도 했다. 알게 모르게 그 웹툰이 도움이 많이 되었던 것 같다.

그렇게 지금까지와는 성격이 전혀 다른 공부 스타일에 적응하려고 노력했다. 늘 하던 것과 다르니 집중력도 많이 떨어지고, 말년이 다가옴에 따라 내 머릿속을 관통하는 온갖 잡념과도 많이 싸워왔던 것 같다. 애써 제쳐두고 하루하루 그날의 공부에만 집중했다. 내 노력을 알아주는지, 두 과목의 점수는 조금씩조금씩 오르고 있었다.

70
인생에 정답이 있습니까? (2017. 5.)

이재환이 생활반 최고 선임자가 된 이후로, 소등 이후 이빨 연등 시간의 정작 2분대는 '인생'에 대한 대토론장이 되곤 했다. 서로의 인생관을 공유하고, 갑론을박 누가 맞는지 싸웠다. 그런 논쟁 아닌 논쟁이 일어날 때면, 현실이냐 이상이냐를 두고 편이 확실히 갈렸다. 진혁이와 웅범이는 현실 쪽으로 기운 데 반해 나와 명재는 이상 쪽으로 기울었다. 그 와중에 상우는 양쪽의 입장을 모두 비판적으로 수용하면서 이상에 조금 가까운 중도적인 입장이었다. 이재환은 여과 없이 양쪽의 말을 모두 받아들였다. 항상 이재환이 그런 이야기를 먼저 꺼내면서 토론이 시작되었기 때문에, 그가 전역한 이후에는 더 이상 인생 대토론장은 열리지 않을 거라 생각했다. 하지만 이재환이 전역하니 생활반 최고 선임자 된 진혁이를 중심으로 진혁-상우-명재의 인생토론은 더욱 격렬해졌다.

5월경은 중대 전체에 '뱅'붐이 일었다. 윷놀이의 시대는 가고, 새로운 보드게임이 유행한 것이다. 서로 역할을 무작위로 부여해 죽고 죽이는 게임인 '뱅'은 일종의 전략이 있는 마피아 게임이라고 할 수 있다. 그 작은 보드게임 하나로 권모술수가 오가는 완벽한 정치판이 형성되었다. 서로에게 속고 또 서로를 속이는 재미로 게임을 했다. 뱅은 지원 2분대와 정작 2분대에 하나씩 해서 총 2개가 있었다. 그리고 주로 선임층이 우리 생활반에서 뱅을 즐겨 했다. 그 재미에 빠져 청소 시간 이후 소등까지는 항상 뱅 판이 열렸다. 때때로는 소등을 넘기면서까지도 당직 간부 몰래 계속하기도 했다. 지원 1분대의 최고 선임자인 명재와 정작 1분대의 최고 선임자인 상우 역시 예외가 아니었다. 소등을 하고, 그 둘이 나란히 우리 생활반 문을 열고 게임을 하러 들어오면 그때부터가 시작이었다. 나는 소등 이후에 늘 공부 연등을 하러 도서관에 내려갔기 때문에 그 시작을 직접 본 적은 없었지만, 대충 전해들은 바로는 이렇다.

김상우: 어, 오늘은 뱅 안 하나 보네?

이명재: 아 놔. 괜히 왔잖아. 오늘 지훈이랑 공부하려고 했는데.

김상우: 야, 명재야. 이렇게 된 거 우리 진혁이나 괴롭히자.

이명재: 오케이, 좋다.

최진혁: 아, 왜. 가라. 가서 잠이나 자라, 이것들아.

김상우: 가긴 어딜 가- 여기가 내 집인데.

최진혁: 으아아아!

동기들의 몸싸움으로 시작된 상우와 명재의 습격은 내가 공부 연등을 마치고 생활반에 도착할 때는 이미 인생에 대한 토론으로 이어지고 있었다. 다소 과격한 언사가 오가긴 했지만.

김지훈: (생활반 문을 열고 들어오며) 다들 뭐 함? 안 자고.

이명재: 지금 진혁이 참교육 중이다.

최진혁: 참교육은 무슨 참교육. 주입식 교육이지.

김상우: 아니, 주입이 아니라 니가 너무 현실적인 거라고!

최진혁: 현실적인 게 뭐가 나쁜 건데 도대체.

이명재: 야. 그래도 이 세상에 태어났으면 큰 포부 한 번쯤은 가져야 하지 않겠냐.

최진혁: 그건 니 생각이고. 나는 아니라니까? 그냥 이렇게 학교 졸업해서 대기업 가서 안정적으로 살 거다.

김상우: 좋지. 대기업 당연히 좋은데. 니가 좀 더 경험을 많이 하고, 생각을 해 보면 니 관점이 충분히 바뀔 수 있다니까? 왜 스스로 정해 놓은 길이 마냥 정답이라고 생각하는 거야.

이명재: 그래, 답이 어딨냐. 여행 같은 거라도 좀 다니면서 넓게 보고 넓게 생각 해봐라, 좀.

최진혁: 여행은 무슨 여행이야. 귀찮아-

김지훈: (책과 다이어리 등 정리를 끝내고 자신의 침대에 앉으며) 근데 이건 명재 말이 맞다. 여행 한 번 갔다 오는 게 진짜 좋긴 할걸.

최진혁: 와. 이러면 3대 1이냐.

김웅범: 맞선임, 나는 맞선임 편이야.

김지훈: 나도 옛날에는 내가 뭘 하고 싶었는지 감도 안 잡혔었다. 근데 짧게나마 미국 한 번 갔다 오니까 생각이 많이 바뀌더라. 앞으로의 계획도 조금씩 구체화되고.

최진혁: 연평도로 온 것부터가 나한텐 엄청난 여행이야. 뭘 더 바라.

이명재: 하아… 이 아이를 어떡하면 좋지.

김상우: 여행도 여행인데, 생각부터 바꾸는 게 진짜 중요할 것 같다. 진혁아, 늘 얘기하지만, 옳다고 생각하는 게 반드시 옳은 것만은 아니야. 조금만 더 넓게 관점을 가져 보자.

최진혁: 아니! 새끼들아! 너네도! 지금 나한테! 너네 생각만! 맞다고! 말하고 있는 거잖아!

이명재: 맞다. 맞다. 우리가 잘못했다. 어쩌면 우리도 고집부리고 있는 건지도 모른다.

최진혁: 그래, 맞다니까!

김상우: 후, 그래. 진혁이 생각이 틀린 거라고는 누구도 못하지.김지훈:

　　　　오늘은 이쯤 하자. 벌써 한 시가 다 되간다.

이명재: 오야. 오늘은 지훈이 자리에서 잘란다.

김지훈: 꺼져. 내 자리는 안 된다.

이명재: 필승. 1201기입니다.

김지훈: 참나.

이명재: 알았다. 알았다. 내일 보자.

김상우: 잘들 자라.

　　마무리는 항상 가벼운 장난이었지만, 대화는 결코 가벼운 주제가 아니었다. 진혁이는 늘 그래 왔듯 자신이 다니는 대학을 졸업하고 대기업에 취직해 평범한 가정을 꾸리고 사는 것이 목표였다. 반대로 명재는 세계적인 사업을 주도해 이름을 날리고, 누가 뭐래도 위대한 인물이 되는 것이 목표였다. 상우 역시 자신만의 목표가 있었으며 나 역시 그랬다. 서로의 꿈을 존중하지만, 그 방향이 워낙 극단적으로 반대였기 때문에, 의견 충돌이 잦을 수밖에 없었다.

　　명재와 상우가 가고 난 후, 생활반이 조용해지면 나는 그 토론을 곱씹으며 무엇이 맞는 것일까 생각하곤 했다. 하지만 아무리 고민을 거듭해도, 누가 '맞다'고 단정 지어 말할 수는 없었다. 나의 주장 발표 때만 해도 나는 군 생활에 '정답'은 없다고 공개적으로 단언했다. 비록 그 범위와 '정답'이 가르키는 주제는 다르지만, 인생과 군 생활, 하다못해 일상의 사소한 선택까지도 '정답'은 없다는 생각이 들었다. 현실과 이상. 엄밀히 말하면 나 역시 이상 쪽으로 치우친 사람이지만, 그 두 가지의 지향점은 방향만 다를 뿐 둘 다 맞는 길인 것 같다. 함부로 남의 꿈이나 인생의 지향점에 대해 왈가왈부하지 말아야겠다. 온라인상에서 유행하는 그것과 의미는 다소 다르지만, 정말 '노답'이었다. 모든 것이.

71
사소한 오해는 큰 앙금을 낳고… (2017. 5. 1.)

"전역의 달이 밝았다!"

진혁이의 첫마디로 5월 1일이 시작되었다. 나 역시 병장 2호봉이 되었다. 조금 더 말년에 가까워진 것 같았다.

그날은 배수로 공사로 전 부대가 단수였던 날이었다. 씻지 못해 찝찝한 몸을 이끌고 작업을 하러 예하 중대에 갔는데, 그곳에서 내 기분마저 찝찝하게 만드는 사건이 일어나고 말았다. 늘 하던 통신장비와 전산장비 점검이라 작업은 금방 끝났다. 이제는 무슨 장비가 중대 어디에 있는지와 그 생김새까지 머릿속에 들어 있어서, 척 보면 뭘 해야 할 지 알았다. 한광선 반장님이 작업 시간으로 2시간을 주었는데, 결국 20분 만에 모든 작업이 마무리되었다. 본부까지 충분히 걸어갈 수 있는 거리여서 반장님께 전화했지만, 그곳에서 기다리고 있으라는 대답이 돌아왔다. 하는 수 없이 응범이와 흡연장에 앉아 기다리기로 했다. 그때, 한때는 같은 중대에서 고난을 나누던 한 선임이 반갑게 인사를 하며 나타났다.

"여어- 잘 지냈냐."

"오, 이게 누구야. 우린 똑같지. 넌 잘 지냈냐."

"어, 그 어느 때보다. 본부보다 여기가 훨씬 좋은 것 같다."

"에이 야. 그런 말 함부로 하는 거 아니다."

"뭐 어때, 무적선봉 O중대! 하하, 근데 여기 왜 왔냐."

"작업하러 왔지. 근데 다 끝나서 시간이 붕 떴다."

"잘됐네. 여기서 이빨이나 까자."

시시콜콜한 이야기를 하다가 그 선임은 사뭇 진지한 표정으로 이야기를 꺼냈다.

"너 근데, 이재환이랑 아직 연락하냐?"

"당연하지. 무적의 통신 4인방인데."

"그래, 뭐. 아직 친한가 보네."

"왜, 왜. 무슨 문제 있냐?"

"아니, 니가 이재환이랑 얼마나 친했는지는 모르겠는데, 너무 믿지는 말라고."

"뭔 소린데 그게."

"이재환은 너를 그렇게까지는 생각 안 한다는 소리다."

"하?"

"니네 짬 늦게 풀린 거 기억나냐?"

"당연하지. 그걸 어떻게 잊겠냐."

"그때 니네 왜 안 풀렸는지 아냐?"

나는 1203기의 짬 논쟁을 휴가 때 라이브로 들었기에, 대충 알고 있었다. 하지만 모른 척했다.

"아니, 왜 안 풀렸는데?"

"오해하지 말고 들어라. 이재환이 니 걸고 넘어져서 그런거다."

"무슨 개소리냐."

"진짜야. 니 생활반에서 너무 편하게 있는다고, 그래서 그 때 김대호랑 남영우랑 다 풀어주자고 한 거 이재환이 뜯어 말려서 안 풀린 거야."

"하하…. 설령 사실이 그렇다고 해도, 그런 걸 지금 여기서 나한테 말하는 이유가 뭐냐?"

"그냥, 니가 믿는 거랑 실상이랑 다를 수 있다는 걸 알라는거지."

"뭐, 알았다. 담배나 하나 더 피우자."

그 내용이 사실이 아니라는 것쯤은 알았다. 이재환은 내가 있든 없든, 나의 행동에 대해 부정적인 발언을 할 사람이 결코 아니었다. 오히려 나와 웅범이를 더 편하게 해주지 못해 미안해하던 사람이었다. 하지만, 그의 날 선 발언은 정확하게 나를 겨누고 있었고, 그 말에 당연히 기분이 좋지 않았다. 우리를 데려가는 차가 올 때까지 나는 무거워진 분위기 속에 담배만 피우고 있었다. 예상보다 빨리 도착한 차를 탔고, 중대 문을 나서면서 웅범이는 딱 한 마디를 했다.

"걔는 상처 주는 말을 너무 잘하는 것 같다."

"… 그러게나 말이다."

각자의 생각에 빠져 침묵 속에 우리는 중대에 도착했다. 혹시나 그 선임이 했던 말이 사실이라면? 내가 휴가 때 보았던 1203기 짬 논쟁이 사실 나를 기만하는 것이었더라면? 그럼 내 군 생활은 무엇이 되는 걸까. 무적의 통신 4인방을 외치면서 항상 함께했던 우리 시간은? 그 모든 게 가식이었고, 이재환은 애초부터 내 뒤에서 나를 까고 다녔던 걸까? 생각이 꼬리에 꼬리를 물었다. 그 가정들이 모두 사실이라면, 내 군 생활은 통째로 부정당하는 것이나 다름없다. 애써 좋은 생각만 하려고 노력했다.

잊을 만하면 그 말들이 자꾸 떠올랐다. 나에겐 이재환을 포함한 선임들과의 관계가 그만큼 커다란 의미를 가졌기에. 그래서 다음 휴가였던 5월 중순에, 건국대학교 축제를 갔다가 술기운에 못 이겨 이재환에게 전화를 걸어버렸다. 한창 새벽이었던 시간에도 이재환은 전화를 받아 주었다. 나는 이야기를 꺼냈다. 이재환은 묵묵히 듣더니 짧게 대답해주었다.

"허허. 이거 뭐 어떻게 말해야 할지 모르겠는데, 일단 하나같이 다 사실이 아닌 것들이라 나도 당황스럽다. 나랑 진혁이가 얼마나 니네 생각했는지는 니네가 아마 더 잘 알 거다."

"그래, 그럼 됐다. 그거면 됐다. 들어가라. 새벽에 미안."

"아니다, 니도 조심해서 들어가고."

너무 간단하게 풀렸다. 사소한 한 마디로 시작된 오해가 이재환과 내 사이에 커다란 막을 만들 뻔했다. 내가 바로 이야기를 꺼내지 않고 마음속에 묻어만 뒀더라면, 아마 전역 이후 우리 사이는 지금처럼 가깝지 못했을 것이다. 이 이야기를 전해줌으로써 또 누군가에게 상처를 줄 수도 있고, 오해와 갈등을 일으킬 수 있다는 것을 알기에, 응범이를 제외하고는 아무에게도 말하지 않았다. 말이란 게 참 무섭다. 짐짓 아무렇지 않은 듯하는 말 한 마디로, 그렇게 가까웠던 사이가 철천지원수가 될 수도 있다는 사실을 새삼 깨달았다. 내 언행에 더 주의해야겠다는 생각이 들었다.

72

등짐 하이드로펌프! (2017. 5. 1. - 5. 2.)

2015.10   2016.01   2017.01

　　저녁이면 풀릴 줄 알았던 단수는 생각보다 오래 지속되었다. 본부는 부대 식당과 같은 급수 경로를 사용하기 때문에, 물이 끊길 일이 잘 없었다. 오히려 예하 중대에서 물이 나오지 않아 본부로 샤워 추진을 올 만큼 물이 풍부했다. 하루 이상 물이 나오지 않았던 적은 2016년 10월 단수 이후 처음이었던 것 같다.

　　"알림, 현재 중대 건물 앞에 급수 차량이 와있으니, 각 생활반 봉사 해병 2명은 등짐 펌프에 물을 받아 사용할 수 있도록 할 것."

　　언제 물이 나오나 하염없이 기다리던 우리에게 희망과 실망을 동시에 주는 방송이었다. 적어도 씻고 잘 수는 있겠다는 희망과, 샤워장에서 따뜻한 물로 기분 좋게 샤워하긴 글렀구나 하는 실망. 급수 차량은 내일 아침까지 있는다고 했다. 그 말은 곧 등짐 펌프에 물을 받아 오늘 당장 필요한 데 사용하고, 내일 차가 떠나기 전 한 번 물을 더 받아놓아야 한다는 뜻이었다. 지원 2분대의 생활반장이었던 재오를 필두로 등짐펌프에 물을 받아오기 시작했다. 얼마 지나지 않아 샤워장 앞에는 물이 가득 찬 등짐 펌프들이 나란히 서 샤워를 할 해병들을 기다리고 있었다. 지원 1분대부터 분대당 15분씩 샤워시간이 주어졌다. 분대 순이라면 우리 생활반은 가장 마지막 순서여서 또 기다리기만 했다. '뱅'을 두 판 정도 하니까 우리 차례가 돌아왔다.

"통신! 샤워해!"

당직간부님의 말에 따라 우리 생활반은 다 같이 샤워장에 들어갔다.

"이걸로 샤워를 하라고? 세상에. 말년에 별일이 다 있네."

진혁이가 투덜거렸다.

"뭐 어때. 이것도 추억 아니겠냐."

"물은 누가 쏴줘 그럼."

"음. 한 명씩 짝지어서 교대로 하면 되겠네. 난 세한이!"

"상병 정세한."

"내가 먼저 할까. 니가 먼저 할래?"

"제가 먼저 물 쏴드려도 되겠습니까?"

"그래, 그러자."

옷을 벗고 샤워장에 들어갔다. 샤워장은 탈의실이라고 할 수 있는 조그마한 공간이 있고, 안이 보이는 유리로 된 문을 하나 열면 6개의 샤워기가 있는 또 다른 조그마한 공간이 있는 2중 구조로 되어 있었다. 세한이를 비롯해 먼저 물을 쏘는 후임들은 탈의실에서 등짐 펌프로 우리를 겨누고 있었다. 흡사 인질들과 강도 같은 그림이 연출됐다. 샤워를 시작했다.

"쏴봐!"

"알겠습니다!"

"으아아아악! 잠깐만!"

"알겠습니다!"

까맣게 잊고 있었다. 등짐 펌프는 원래 그 용도가 불을 끄기 위한 것이라는 사실을. 생각보다 훨씬 강한 수압과 차가운 온도에 당황했다. 나도 모르게 몸이 배배 꼬이고 비명소리가 나왔다. 그 물의 두께가 조금만 더 굵었더라면 아마 몸이 물을 이기지 못해 밀려갔을 것이다. 진짜 저절로 씻어야 하나.

"야, 세한아. 천천히 하자. 머리부터 살살 쏴줘."

"알겠습니다!"

"으아아아악!"

간신히 샴푸를 마친 후에, 몸에 물을 뿌려야 하는 시간이 다가왔다.

"마음의 준비하고. 후. 오케이. 들어와라!"

"알겠습니다!"

"으악! 야 잠깐만!"

"큽. 프흡. 알겠습니다."

"야, 웃냐? 니 할 때 딱 보자."

"흡. 아닙니다."

"으아아악!"

나만 이런 반응을 보인 것이 아니었다. 샤워장은 억지로 샤워를 하는 모두의 괴성으로 시끄러웠다. 물을 맞은 곳이면 따가울 정도로 강력한 수압을 견디며 몸을 간신히 다 씻어냈다. 양치를 하다가, 입을 헹구기 위해 쏜 물에 뱉어내는 것보다 삼켜지는 물이 더 많은 것 같았다. 어떻게 선두 조가 샤워를 마쳤고, 순서를 바꾸었다. 이번에는 후임들의 차례였다. 분위기가 묘하게 바뀌었다.

"흐흐흐… 다 뒤졌어."

"기.. 김지훈 해병님, 저 그냥 샤워 안 해도 되겠습니까?"

"아니, 해야 해."

"… 알겠습니다."

"준비됐냐?"

"그렇습니다!"

"간다!"

"으아아아아아아악!"

후임들의 반응도 우리와 다를 것 없었다. 차가운 물에 자연스럽게 춤이 나오게 되었고, 우리는 귀신 들린 것처럼 웃으면서 물을 쏴댔다. 샤워장 안은 차가운 물 때문에 공기가 차고, 탈의실은 물을 쏴대는 우리의 열기 때문에 공기가 후끈거렸다. 샤워가 끝날 때쯤, 우리는 모두가 땀으로 흠뻑 젖어 샤워를 한 번 더 해야 할 판이었다.

"에라이, 우리가 나중에 할걸. 그래도 또 하긴 싫다."

"세한아."

"상병 정세한."

"기회 줄게. 복수 한 판 할래?"

"감사합니다!"

"와 아니다. 니 눈빛 보니까 더 했다가는 물에 쏘여 죽겠다."

"하하. 아닙니다."

"자, 다 들어가자. 고생들 했다."

"감사합니다!"

재미있었다. 샤워를 하는 동안 이렇게 많이 웃어보기는 처음이었던 것 같다. 두 번 다시 이렇게 샤워하기는 싫었지만, 딱 한 번 정도는 좋은 추억으로 생각할 만했다. 포켓몬스터에 나오는 거북왕의 하이드로 펌프를 맞으면 이런 기분일까. 내일은 그래도 물이 나오겠지. 낮에 있었던 일도 다 잊고 한껏 업된 기분으로 점호를 마치고 공부를 하러 갈 수 있었다.

다음 날. 예상과는 다르게 물이 나오지 않았다. 오전에 치과 예약이 되어 있어서 씻긴 반드시 씻어야 했는데 등짐 펌프는 너무 싫었다. 하는 수 없이 가장 먼저 보이던 1216기의 기완이와 서로 번갈아가면서 양치와 세수를 했다. 어제처럼 재미있지도 않았다.

73
소설 능력 테스트

2015.10   2016.01   2017.01

당신이 소설을 얼마나 좋아하는지 측정하기 위한 전혀 과학적이지 않은 문제입니다. 잘 보고 물음에 답하시오.

다음은 진지 내 단자 속 전선이 하나 끊어져 있을 때 소설 속 여러 인물들이 대화한 상황이다. 각 인물의 발언을 보고 이 인물이 왜 이런 말을 하는지 이해할 수 있는 보기가 몇 가지인지 세어 보시오.

---

① 차라투스트라(『차라투스트라는 이렇게 말했다』): 이 전선은 죽었다.

② 로버트 랭던(『천사와 악마』 등 다수): 이 단자 겉면에 있는 그림을 보세요! 이 삼각형은 분명….

③ 브리다네 아버지(『브리다』): 이 전선에 대해 알려면 그 안에 푹 빠져보도록 해봐!

④ 슬리퍼 형(『시인들의 고군분투 생활기』): 전선이 잘 붙어있을 땐 몰랐지. 이게 행복이란 걸.

⑤ 이병 김지훈(『638일의 기적』): ….(당황)

⑥ 제제(『나의 라임오렌지 나무』): 간단하잖아! 전선이랑 이야기를 해보는 거야!

⑦ 무키 아저씨(『개를 훔치는 완벽한 방법』): 때로는 만지면 만질수록 더 복구하기 힘든 법이다.

---

⑧ 박소녀(『엄마를 부탁해』): 너는 살아생전 소초와 진지를 연결해 주는 중대한 역할을 했었지.

⑨ 나가미네(『방황하는 칼날』): 죽여버리겠어. 이 전선을 끊어버린 사람.

⑩ 아쓰야(『나미야 잡화점의 기적』): 조금만 더 기다려 보자. 뭔가 새로운 메시지가 올지도 모르잖아?

⑪ 이형식(『무정』): 다 같은 전선으로 끊어지면 얼마나 끊어지고 붙으면 얼마나 붙으랴!

⑫ 아서 코스텔로(『지금 이 순간』): …? 여긴 또 어디야? 너넨 다 누구야? 뭐 하는 거야?

⑬ 마도카(『라플라스의 마녀』): 기다려 봐. 가만히 있으면 붙을 거야.

⑭ 샬럿(『오만과 편견』): 이런 표현을 써도 괜찮다면, 이 전선은 끊어질 권리가 있어.

⑮ 에마슈(『제3인류』): 임무 완료! 다음 전선 위치 전송 바람!

⑯ 벤(『빅 픽처』): …이건 내 실수야…. 아무도 나를 알아보지 못하는 곳으로 도망쳐야겠어.

⑰ 병장 김응범(『638일의 기적』) : … (말없이 전선을 브릿지한다.)

지금까지 읽었던 소설을 바탕으로 쉬어 가는 에피소드입니다. 이 보기들 중 몇 개를 안다고 소설에 조예가 깊고, 몇 개를 모른다고 소설에 관심이 없는 사람이 아니니, 오해 마시길.

74
꿈은 결코 도망가지 않는다 (2017. 5.)

시험을 치기 위한 휴가를 떠나기 직전, 한국어 공부를 하다가 책에서 나를 섬 하게 하는 문구를 발견했다.

"꿈은 결코 도망가지 않는다. 도망가는 것은 그대 자신이다."

공부와 운동으로 지쳐버린 심신 탓이었을까, 책에 짤막하게 쓰여 있는 그 말 한마디가 나에겐 커다란 위로로 다가오는 것 같았다. 잠시 책을 덮었다. 그리곤 눈을 감았다. 나는 무엇을 위해 이렇게 살고 있는가. 왜 굳이 남들보다 힘든 군 생활을 자처하고 잠도 줄여가면서 공부와 운동에 매진하는 것인가. 생각하는 시간을 가지기로 했다. 전역까지 두 달이 조금 넘게 남았다. 전역한 이후 내가 하고 싶은 것과 해야만 하는 것들이 상상 속에 파노라마처럼 펼쳐졌다.

하고 싶은 것은 정말 많았다. 언젠가 휴가 때 사 왔던, 표지에 'Junk'tList'라고 쓰여 있는 자그마한 공책에 내가 일생을 살면서 하고 싶은 일종의 버킷리스트를 기록해 놓았다. 그 중에는 '김세정과 친구 되기'나 '엠마 왓슨과 악수해보기' 같은 허무맹랑한 것들도 있지만, 대부분이 내 꿈과 밀접하게 관련이 있는 것들이었다.

우선은 전역하자마자 책을 내고 싶었다. 연평도라는 특수한 근무지에 부임해 남들이 겪어보지 못할 일들을 많이 겪어보았고, 빈손으로 들어온 군대에서 꽤나 많은 것들을 얻었다고 생각했다. 나는 그것을 '공수래 만

수거'라고 표현하곤 하는데, 내 나름대로 내가 군 생활에서 이루었다고 생각하는 것들은 내 노력을 바탕으로 한 '기적'이나 다름없었다.

책을 출판하는 데 성공하면 그 책을 바탕으로 군 부대를 돌아다니며 내가 겪은 군 생활을 이야기하고, 후임들에게 군 생활이 얼마나 의미 있는 것인지를 알려주고 싶었다. 내가 내 군 생활에서 기적을 이루었다고 믿는 만큼, 나로 인해 누군가가 자신의 군 생활동안 또 다른 기적을 이루어냈다고 한다면. 그것만큼 뿌듯하고 행복한 일이 없을 것 같았다.

그 이후에는 소설에 도전해보고 싶었다. 전업 작가를 꿈꾸는 것은 아니지만, 군 생활을 통해 '글을 쓴다는 것'에 무한한 흥미를 느꼈다. 내 글로 누군가에게 영감을 주고, 또 누군가에게 희망적인 어떤 메시지를 주고 싶었다. 그렇게 나와 내 글을 알리고, 만약 우리 사회가 나를 인정해준다고 하면 그 때부터 명재와 사업을 하고 싶었다. 우리가 힘을 합쳐, 더 좋은 사회에 공헌할 수 있는 무언가를 하고 싶었다.

그 사업마저 성공한다면, 재단을 세우고 학교를 만들어 사회에 역시 긍정적 에너지를 전파할 수 있는 인재를 키워내는 일까지 하고 싶었다. 가정이 꼬리에 꼬리를 무는 꿈들이지만, 모두가 단편적인 일이 아니기에, 인생을 걸고 하나씩 이뤄갈 수 있었으면 했다. 그 외에도 피아노로 즉흥 환상곡 완주하기나 접영 배우기, 유럽 여행 다녀오기 등 비교적 간단한 목표 역시 '쥰킷리스트'에 많이 쓰여 있다. 학교를 다닐 때만 해도 이런 내 '꿈'과 관련된 것은 흐릿한 잔상에 지나지 않았는데, 군대를 오고 생각할 시간이 많아진 이후 하나씩 구체화되어 이제는 완벽한 목표의 흐름이 생겼다. 군에 진정으로 감사하는 이유 중 하나이다.

해야 할 일은 간단했다. 내가 꿈으로 갖고 있는 일들과 병행해서 하면 되는 것이었다. 학교를 졸업하고, 나를 찾는 직장을 구해 남부럽지 않은 가정을 꾸려 사는 것. 그 과정이 이렇게 간단하게 말하기에는 너무나도 힘들 것이라는 사실쯤은 알지만, 나에겐 시점마다 함께하는 꿈이 있으니 그런 것쯤은 괜찮을 것 같다. 어떻게 보면 생활반에서 매일같이 열리던 토론을 내 마음속 스스로 하고 있었던 건지도 모르겠다. 이상과 현실 사이에서의 갈등. 그런 관점에서 나는 현실 속에 살지만 이상에 많이 기대고 있는 것 같다.

다시 책을 펴기 전에, 왠지 명재와 이야기를 나누어야 할 것만 같아 찾아 올라갔다. 당직근무를 서고 있던 명재를 흡연장으로 불러 생각했던 내용을 말했다.

"맞다. 진짜 신기하게도 니랑 내랑 가고자 하는 길이 비슷하네."

"그러니까 내가 너한테 와서 이런 이야기를 하는 거지."

"좋다. 한 번 불대워보자. 한 번 사는 인생이다이가!"

"맞다! 해보자!" 명재는 나와 거의 같은 꿈을 공유하면서도 항상 나보다 한 발짝 빨리 나갔다. 명재는 대학생활을 하고 늘 공부와 함께였던 나를 부러워했지만, 반대로 나는 꿈을 향해 직진하고 실제로 그 꿈을 하나씩 실현해가는 명재가 부러웠다. 서로에게 시너지가 되는 명재와 내가 함께라면 무엇이든 다 해낼 수 있을 것 같았다. 나는 '맨 땅에 헤딩'이라는 표현이 굉장히 좋다. 아무것도 가진 것이 없지만, 내가 하고자 하는 것이 성공할 수 있을 거라는 믿음을 가지고, 또 그만한 노력을 투자해 일단 시도해보는 것이다. 달걀로 바위 치기라고 해도, 그 달걀이 한 번이 아니라, 수십, 수백, 수천, 수만 번이 된다면, 혹시 모르지 않나. 바위에 금이 갈수도 있고, 바위가 깨질 수도 있는 것을. 그래서 나는 내가 이루고자 하는 꿈을 위해 오늘도 조금씩 다가간다. 꿈은 결코 도망가지 않는다. 도망가는 것은 그대 자신이다. 그리고 내가 도망가지 않을 것을 알기에 언젠가 나는 내 꿈에 도착할 수 있을 것이다.

도서관으로 내려와 다시 책을 폈다. 자신감과 희망이 넘쳤다.

75
훈련 검열 (2017. 5. 10. - 12.)

　신성한 애국심을 바탕으로 하는 국군 장병에게 훈련은 필수다. 더군다나 언제 상황이 터질지, 북한의 포가 날아들지 모르는 연평도에서는 더욱 실전 훈련이 중요하다. 하지만 나도 사람이었고, 말년 병장인지라 더 이상 훈련은 사양하고 싶었다. 5월 13일부터 휴가를 올려놓았는데, 5월 10일부터 12일까지 훈련을 한다고 했다. 피할 수 없으면 즐겨야지. 마지막 훈련이 될 거라 믿고 열심히 참여하기로 했다.

　구체적인 내용은 언급할 수 없지만, 연평부대에서는 실전과 관련된 훈련을 위주로 한다. 즉, 실제로 연평도에 포탄이 떨어지거나 북한군이 바다를 건너 침투한다고 해도, 훈련한 대로만 움직이면 거의 피해 없이 북한군을 몰아낼 수 있다는 이야기가 된다. 그럴 일은 없겠지만, 만약 이 글을 북한에서 읽는다면, 연평도로 침투하겠다는 계획은 포기하길. 일당백의 전사들이 지키고 있어 섬 자체를 들어내지 않는 이상 절대 뚫릴 일은 없으니까.

　아무튼, 첫날 훈련은 오후 과업시간에만 있었다. 아침부터 훈련 준비에 여념이 없었는데, 오전에는 훈련이 없다고 해서 창고 정리로 과업을 변경했다. 오세근 반장님과 함께 몇 명의 후임들을 데리고 옥외 창고로 내려갔다. 한창 물자들을 정리하며 기록하고 있는데, 언제부터인가 밖에서 눈이 오기 시작했다. 5월의 화창한 날씨임에도.

"이게 뭐야. 왠 눈이지?"

"눈은 무슨 눈이야. 송진가루잖아. 바보 아냐?"

"아…."

오세근 반장님이 나를 놀렸다. 살면서 송진가루라는 것이 날리는 모습을 처음 보았다. 눈가루처럼 흩날리는 게 보기 좋았다. 훈련으로 긴장한 마음이 다소 누그러지는 것 같아 기분 좋게 보고 있었다.

오후는 근무 시간과 겹쳐 근무지에서 훈련을 맞았다. 평소에는 널널한 오후 근무가 상황 유지와 훈련 간 통신망 유지 때문에 굉장히 바빴다. 6시간 동안 온갖 부대와 교신하고, 상황을 전파받고 전파하는 일들로 시간이 훌쩍 지나갔다. 적 격멸을 마지막으로 훈련 상황이 종료된 후에야 근무지에서 철수할 수 있었다. 머리를 식힐 겸 생활반 총원과 '뱅'을 한 판 하고, 세한이와 탁구를 좀 치고서 샤워를 하고 쉬었다. 훈련 기간이라 공부 연등은 허락되지 않아 오랜 만에 22시 소등 후에 바로 잠에 들수 있었다.

문제는 훈련 둘째 날에 발생했다. 오전 근무라 남들보다 일찍 일어났기 때문에 위에서 훈련 물자를 챙기는 것을 지켜보지 못했다. 통신장비와 전산장비를 관리하는 전산병이었던 내가 물자의 수량을 파악해주는 것이 맞는데, 익제가 이제는 어느 정도 일을 해냈기에 문제없을 것이라고 믿었던 것이 잘못이었다. 훈련 상황상 거점으로 지휘 통제실을 옮겨야 했는데, 옮겨놓고 지휘 통제실을 구성해보니 노트북이 하나 없었던 것이다. '그게 무슨 대단한 일이야'라고 말할 수도 있지만, 훈련은 실제 상황을 가정하고 하는 것이다. 실 상황에서 노트북이 하나 없어서, 만약에 그 노트북으로 받아야 할 상황을 못 받아 아군에게 피해가 발생한다면, 그 책임은 누가 질 것인가. 다행히 나와 오세근 반장님이 예정보다 조금 일찍 도착해 노트북이 없다는 사실을 미리 인지했다. 곧바로 본부까지 뛰어가 노트북을 가져왔으며, 훈련 자체는 일단 문제없이 진행됐다. 오전 훈련이 끝나고, 오세근 반장님은 대원들에게 거의 몇 달 만에 화를 내셨다. 우리의 잘못이 맞고 그 훈련의 중요성을 알기에 반박할 수 없는 말만을 하였다. 오후 훈련은 완벽하게 끝내나 했는데, 아쉽지만 그것도 아니었다. 세한이와 익제가 팀을 짜서 나간 통신병 조에서 문제가 발생해버린 것이다. 그것도 실제 상황이었으면 우리에게 커다란 타격이 될 법한 문제로. 덜컥 겁이 났다.

나는 이제 곧 전역하는데, 물론 웅범이가 전문 하사로 남겠지만 통신병을 이끌어야 할 차기 선임들은 바로 이 후임들이었다. 세한이는 이미 상병이었고, 익제도 곧 상병으로 진급을 할 텐데. 이렇게 놔두었다간 언젠가 큰 문제가 발생할 것 같았다. 훈련 상황이 종료되었다. 생활반에서 기다리고 있으니 세한이와 익제가 세상 다 잃은 표정을 하며 들어왔다. 좋은 말로 이야기하자, 하고 수없이 되뇌었는데 막상 그런 표정을 보니 화가 치밀었다.

"뭔데 그 따위 표정하고 들어오냐?"

"아닙니다."

"진짜 미친 거야? 어? 좋게좋게 해주니까 훈련까지 장난 같아?"

"아닙니다."

"뭐가 아니냐고. 정세한. 너 상병 아니야?"

"상병입니다."

"근데 아직도 정신 못 차려?"

"아닙니다."

"하… 그래. 아무튼 훈련간 고생했다. 무장 풀고 쉬어라."

"감사합니다."

말하자마자 미안했다. 평소에 좋은 선임이고 싶었지만, 내가 좋은 선임이라는 이유로 후임들이 과업이나 훈련에서 풀어지는 것은 절대로 용납할 수 없었다. 그래서 작업을 갈 때나, 실제 상황 및 훈련 때 나는 필요 이상으로 예민해져 있었다. 작은 실수에도 후임들은 내게 욕을 듣곤 했다. 욕을 안 해도 후임들이 스스로 자기 역할을 다할 수 있게끔 만드는 것이 진정한 선임으로서의 역할이라는 것은 잘 알고 있지만, 그렇게까지 되기에는 내 역량이 많이 부족했던 것 같다. 후임들에게 욕을 했던 날이면, 나는 나 스스로에게 또 한 번 질타를 가한다.

'저 후임들 역시 1년 전의 나와 똑같은 사람들인데. 내가 뭐라고 감히 얘네한테 욕을 하고 있는 걸까. 내게 그럴 자격은 어디에도 없는데. 더 잘해서 각자의 역량을 뽑아낼 수 있는 환경을 만들어 주자. 욕하지 말자.'

훈련이 끝났다. 짧았지만 말 많고 탈 많은 내 마지막 훈련이었다. 후임들에게 뭐라 한 것은 미안했지만, 이 경험이 후임들에게 더 발전하는 촉매로 작용했으면 좋겠다.

76
병장들의 고군분투 생활기 (2017. 5.)

나는 공룡병장이다 자랑스러운 90대대의.

필승 거수경례한다 지나가다가 나를 보면.

잘 주무셨습니까 아침 인사를 한다.

그래 너는 잘 잤냐 나도 아침 인사를 한다.

하하 그렇습니다 오늘 몇직이십니까 하고 물어본다.

하하 오늘은 말직이란다 밤 꼬박 새겠네 하고 대답한다.

아아 아쉽습니다 저는 오늘 3직인데! 같이 근무 서고 싶었는데.

아아 아쉽구나 로테이션대로 돌아가는 걸 어떡하겠니.

알겠습니다 먼저 가보겠습니다 필승- 하고 간다.

그래 즐거운 하루 보내렴- 하고 나도 간다.

"어이- 거기 슬리퍼-"

"병장 김지훈-"

"아직도 양말에 슬리퍼를 신나. 간담회에서 안 하기로 했을텐데-"

"아, 맞습니다. 바로 갈아 신겠습니다-"

아침 시간. 흡연장으로 가려다 중대장님의 말씀에 생활반으로 들어가 워커로 갈아 신는다. 맞다. 얼마 전 병영문화 혁신 간담회에서 잔존하는 호봉제를 모조리 없애자고 양말에 슬리퍼를 신는 것을 금지했다. 슬리퍼를 벗어던진다. 던지려는 뜻에서 던진 건 아닌데 남이 보기엔 던지려고 던진 것처럼 보인다. 웅범이가 말을 건다.

"지훈아, 왜. 무슨 일 있었냐."

"무슨 일? 허허… 뭐 한두 가지겠니."

"하긴…."

"알림. 알림. 금일 오전 과업 정렬은 병영 도서관에서 있을 예정이니 중대 총원은 참고할 것. 이상."

"또 간담회 하려나 보다. 준비하자 애들아."

"알겠습니다."

간담회를 한다. 오늘은 '군대'라는 주제로 마인드맵을 해보자고 한다. 병영 문화, 해병, 연평도, 북한, 안보 등 다양하게 소주제가 나온다. 한 후임이 '강제성'이라는 주제를 언급한다. 나는 '선택적 입대'라고 말한다. 중대장님이 10분간 쉬자고 한다. 흡연장으로 올라와 담배를 뻐끔뻐끔 피우고 있자니 상우가 말한다.

"원래 이런 거 하면 말 한마디에 애들 생각을 알 수 있는 법이지."

"그러게나 말이야."

"선택적 입대라니. 일침이야?"

"일침은. 말 안 해도 알겠지만, 나는 그렇게 생각한다. 후임들에게 무언가를 강요하고, 억압할 생각은 하나도 없거든. 근데 적어도 여러 군 중에서 본인이 선택해서 이곳으로 왔으면, 그 이유를 최소한은 보여줬으면 한다."

"그렇지. 병영문화 혁신 자체가 나쁜 건 아닌데, 그걸 역이용하는 아이들 역시 있다는 게 문제지."

다시 병영 도서관으로 내려간다. 간담회가 이어진다. 척 봐도 분위기가 이전과 참 많이 다르다. 저번 주에 들어온 이병들은 자신의 생각을 거침없이 말한다. 나는 병영문화 혁신이 좋다. 막내들이 자신의 생각을 당당하게 말할 수 있는, 이 분위기가 좋다. 하지만 그 자유로운 발언이 군 생활에 대한 원색적인 불평이나 푸념이라면, 그것은 싫다. 그런 말을 하는 아이들이 종종 있다. 어떻게 하면 모두가 긍정적일 수 있는 방향으로 병영문화 혁신이 될 수 있을까. 우여곡절 끝에 간담회가 끝난다. 나는 다시 흡연장으로 올라간다. 허공을 바라보며 한없이 담배 연기만을 내뿜는 내 머릿속이 왠지 공허하다. 오늘 밤은 명재, 상우와 밤새도록 토론을 해야 할 것만 같다.

간담회가 끝나면 여느 때처럼 과업을 한다. 이제는 아무 생각 없이 해도 문제없을 정도로 익숙한 과업들에 내 머릿속은 병영문화와 관련된 생각으로 가득하다. 병장으로서, 선임으로서, 어떻게 후임들을 좋은 방향으로 이끌어야 할까. 아니, 어쩌면 이끌겠다는 그 마음마저도 내 욕심은 아닐까. 그냥 '너의 갈길을 가시오' 하고 놓아두어야 하는 것인가. 과업이 끝난다. 밥을 먹으면서도, 탁구를 치면서도 내 머릿속은 병영문화에 관한 생각으로 다른 것이 비집고 올 틈이 없다.

> 나는 공룡병장이다 자랑스러운 90대대의.
> 필승 거수경례한다 지나가다가 나를 보면.
> 오늘 하루 잘 보내셨습니까 저녁 인사를 한다.
> 그래 너는 잘 보냈냐 나도 저녁 인사를 한다.
> 하하 그렇습니다 말년에 무슨 청소십니까 묻는다.
> 하하 말년에 무슨 청소냐니 말년과 이병이 어딨냐 답한다.
> 역시 병영문화 혁신의 선두주자이십니다 하고 말한다.
> 내가 할 일은 해야 나도 할 말이 있지 않겠니 하고 답한다.
> 그렇습니다 먼저 가보겠습니다 필승- 하고 간다.
> 그래 오늘도 고생했다 잘 자렴 하고 나도 간다.
> 청소를 마치고 말년 병장들은 흡연장에 모인다.
> 그날 하루 있었던 일들을 이야기하는 병장들이 왠지 쓸쓸하다.

77
거친 파도와 불안한 해무와 그걸 지켜보는 담배연기

(2017. 5. 13. 18.)

5월 14일에 있는 한국어능력시험에 응시하고, 5월 15일에 입대하는 동생을 배웅하기 위해 5월 13일에 휴가를 나가기로 했다. 5월 12일 저녁, 불안한 낌새가 슬슬 나기 시작했다. 바다 쪽에서부터 해무가 밀려오는 것이었다. 흡연장에서 담배를 피우며 바다 쪽을 보고 있자니 담배도 피우지 않는 웅범이가 흡연장으로 들어와 말을 걸었다.

"지훈아, 왜 이렇게 심각하니."

"해무 쏠려오는 거 봐봐. 안 심각할 수가 있나."

"어차피 내일 배 안 떠 바보야!"

"죽이기 전에 그 입 닫아라."

"에에- 이 거친 파도와- 불안한 해무와- 그걸 지켜보는 너어어- 그건 아마도-"

"하… 애가 위로는 못 해줄 망정."

"장난이야 장난. 뜨겠지!"

"그랬으면 좋겠다. 이 시험에 얼마나 많이 투자했는데."

연평도에서 군 생활을 하다 보면 느끼는 여러 단점 중 최악은 바로 하루에 배가 한 대뿐이라는 것이다. 인천에서 출발해 연평도를 찍고, 한 시간 계류 이후 다시 인천으로 돌아가는 플라잉 카페리호. 그 한 대였다.

당연히 날씨가 안 좋으면 배는 통제되고, 휴가는 다음 날로 밀릴 수밖에 없다. 그저 쉬러 나가는 휴가라면 하루 이틀 묶이는 것이 무슨 대수겠냐만은, 그 때 나는 한 달을 넘게 공부한 시험을 치러 나가는 휴가였기에 문제였다. 12일에 휴가를 나가기는 이미 늦었다. 13일에 배가 안 뜬다면, 14일에 휴가를 나가야 하고, 그럼 14일 점심에 있는 시험을 치는 것은 아무리 빠른 배여도 물리적으로 불가능했다. 내일 배가 뜨기를 온몸으로 기도하는 수밖에 없었다. 하필 또 그날따라 말직 근무에 걸려서, 자정부터 새벽 6시까지 긴장 속에 날씨만 지켜보고 있었다. 해안을 비추는 CCTV는 쓸려오는 해무를 실시간으로 보여주고 있었다. 지옥 같은 6시간이 지나 철수 후 아침밥을 먹고 오침에 들었다.

"아침에 핫도그를 먹고 불안한 마음을 안고 오침을 했다. 일어났더니 웅범이가 배가 안 떴다고… 기어이 묶였다. 한국어 시험이 공중분해 됐다." - 2017. 5. 13. 일기 중 일부

날씨를 봤을 때 희망이 없다는 사실을 짐작하고는 있었지만, 막상 배가 통제되었다는 이야기를 들으니 하늘이 무너지는 듯했다. 한 달 이상의 시간을 투자한 한국어능력시험이 통째로 날아갔다. 시험을 쳤는데 점수가 잘 안 나온 거라면 내 노력이 부족했기 때문이라고 자책이라고 할수 있었지만, 배가 안 떠서 시험을 치지도 못하다니. 이 기분을 무슨 말로 표현해야 할지 몰랐다. 11시 40분에 일어나 간단한 세면 후에 정신을 차리고 시험을 취소하기 위해 사지방으로 내려갔다. 사지방에는 1206기의 배종진이 있었다.

"하아. 종진아. 배가 묶였다."

"… 그렇습니다."

"내 시험 어떡하지?"

"휴가를 당기시지 그러셨습니까…".

"나 한 번도 배가 묶여본 적이 없어서, 이런 건 상상도 못했다."

"배 묶인 게 김지훈 해병님 잘못은 아니지 않습니까."

"그야 그렇지만. 빨리 시험 취소나 해야겠다. 응시료 몇 푼 안 되는 거라도 돌려 받아야지."

"알겠습니다."

컴퓨터를 켜고 내 사지방 아이디로 로그인을 했다. 날씨 탓인지 그날따라 느려 보이는 인터넷으로 KBS한국어능력시험 사이트에 접속했다. 또 로그인을 하고, 응시 정보에 들어갔다. 가장 밑에 보이는 '응시 취소' 배너를 눌렀다. 메시지가 떴다.

'응시 취소는 시험 전날 12:00까지만 가능합니다.'

이게 무슨 소리지? 하면서 모니터 우측 하단에 있는 시계를 보았다. 12:01. 믿을 수가 없었다. 옆에 있던 종진이에게 내 화면을 보여주었다.

"종진아, 지금 이거 실화야? 꿀잼 몰래카메라 맞지?"

"… 풉, 오늘 일진 정말 사나우십니다."

"와. 짜증이 치민다 정말로."

1분 차이로 응시 취소를 못한 나는 1:1 문의에 내 사정을 적어 올려 시험 취소가 가능한지 물었다. 며칠 뒤에 온 답은 그 날 배가 묶였다는 근거 자료를 제출하면 취소를 해 준다고 했다. 결국 무슨 자료를 어디서 구해야 할지 몰라 따로 조치하진 않았다.

어차피 동생의 입대 배웅도 있고 해서 휴가를 나가긴 나가야 했다. 다음날 배는 또 운 없게도 유독 늦은 배였다. 부대에서 출발해 배를 타고 인천을 거쳐 서울 집에 도착하니 이미 오후 여덟시 반이었다. 무언가를 하기에는 너무나도 늦은 시간이었다. 게다가 다음 날 논산까지 가려면 일찍 일어나야 하기 때문에 그냥 잠에 들었다.

입을까 말까 고민하다가 내 전투복을 입고 논산으로 향했다. 논산역에서 부모님과 동생, 동생 여자친구를 만났다. 간단하게 밥을 먹고, 훈련소로 동생을 데려갔다. 따로 입영 행사가 없어 그냥 보냈고, 나는 혼자 서울로 다시 올라왔다. 그냥 있기엔 너무 아쉬워 친구에게 전화를 했다.

마침 자기가 다니는 건국대학교가 축제 기간이라 놀러 오라고 했다. 지금은 잘 기억나지 않는 새로운 인연들을 축제 주점에서 만나고, 술을 진탕 먹은 후 막차를 타고 집에 들어왔다. 다음 날 부랴부랴 준비해 복귀길에 올랐다. 입대하는 동생을 보았다는 것 빼고는 아무런 의미가 없는 휴가를 보낸 것 같아 너무 아쉬웠다. 도파대에 있자니 너무 지루해서 얼른 복귀하고 싶었다.

다음 날, 배를 타기 위해 인천 연안부두로 갔다. 또 낌새가 이상함을 느꼈다. 안개로 바다가 보이지 않았던 것이다. 혹시나… 하는 마음은 역시나…가 되어버렸다. 또 배가 묶인 것이다! 휴가 출발 날과 복귀 날 배가 모두 묶이는 사상 초유의 사태가 발생했다. 하는 수 없이 생활반에 누워 TV나 보자고, 당시 방송했던 예능 프로그램 '언니들의 슬램덩크 2'를 시작부터 끝까지 VOD로 다 봐버렸다. 다음이라고 해 봤자 마지막 휴가 한 번 남았지만, 배와 날씨를 고려해서 휴가 계획을 짜야할 것 같았다. 그때부터 무언가를 할 때 날씨를 굉장히 중요하게 여기게 되었고, 전역한 이후 지금까지도 집을 나서기 전에 그날의 날씨와 온도, 습도를 체크하고 나가는 것이 습관이 되었다. 한국어능력시험은 결국 다시 치지 못했다.

78
맞선임도 집에 간다고? (2017. 5. 22.)

2015.10   2016.01   2017.01

다행히 배가 이틀 연속으로 묶이진 않았다. 길고 긴 대기와의 싸움에서 이기고 배를 타고 연평도에 도착했다. 배에서 내려 선착장에 도착하니 내 이전 담당관님이었던 한정호 상사님이 눈물의 연평도 비석 앞에서 사진을 찍고 계셨다. 반가운 마음에 인사를 드렸다.

"필승! 담당관님! 여기엔 어쩐 일이십니까!"

"어, 지훈아. 담당 오늘 전출이다. 몰랐나!"

"아! 전출. 이야기는 들었는데 그게 오늘인지는 몰랐습니다. 그간 고생 많으셨습니다."

"그래 임마. 사진 한 장 찍자!"

"감사합니다!"

복귀하자마자 이별을 했다. 마지막에 정통중대로 올라가서서 끝까지 함께하진 못했지만, 1년을 내 직속상관으로 지낸 담당관님이었다. 담당관님 덕분에 웃을 일도 많았고, 담당관님 때문에 힘든 일도 많았었다. 이렇게 보내니 왠지 서운한 마음은 어쩔 수 없었다.

다음 시험이자 마지막 시험인 한국사 능력검정시험은 5월 27일에 있었다. 그 시험을 치기 위해 복귀 후 정확히 일주일 뒤인 5월 25일에 또다시 휴가를 나가야 했다. 한국어에 투자했던 시간마저 한국사에 올인하니 점수는 생각보다 가파른 선으로 오르기 시작했다.

"오전에 한국사 개념정리하고 오후에 운동 조진 후에 축구했다. … 한국사도 점수가 안정적으로 나오기 시작했다! 좋다." - 2017. 5. 21. 일기 중 일부

모든 것이 잘 풀려가고 있던 중에, 그날이 찾아오고 말았다. 맞선임의 전역이었다. 늘 그렇듯 그 날도 평범하게 아침이 찾아왔다. 너무 아무렇지 않아서 그 날이 맞선임이 전역하는 날이 맞나 싶을 정도로.

"지훈아, 선임 간다!"

아침을 먹은 후 TV를 보며 쉬고 있자니 명재가 생활반 문을 벌컥 열고 들어와 말했다.

"가긴 어딜 가."

"집에 가야지!"

"누구 맘대로."

"내 맘대로다, 임마! 담배나 하나 피우자!"

명재와 군대에서 마지막으로 피는 담배이겠거니 생각하고 흡연장으로 따라갔다. 언제 왔는지 예하 중대로 전속됐던 조지훈도 흡연장에 와 있었다. 곧이어 영원한 내 맞선임인 진혁이도, 상우도 흡연장으로 들어왔다.

"여기도 이제 마지막이네."

담배를 피지도 않는 상우가 괜히 감상에 젖어 한 마디 했다.

"야 임마. 좋은 날인데 우울하게 그러지 마라."

조지훈이 대답했다. 물끄러미 나는 내 앞에 있는 네 명의 선임들을 보았다. 그들의 왼쪽 가슴과 팔각모에는 당당하게 전역 마크가 붙어 있었다. 실감이 났다. 정말 가긴 가는구나.

"고생들 했다. 정말로."

"뭘 임마. 고생은. 두 달만 더 해라. 밖에서 보자."

더 보고 있으면 눈물이 날 것 같아 서둘러 흡연장을 나왔다. 얼마 안 지나 건물 앞에서 대대장님께 전역신고를 하는 소리가 생활반 안에 들려왔다.

"웅범아. 진혁이까지 없으면 우리 어떡하냐 이제."

"그러게…."

생활반 분위기가 울적해졌다. 곧 과업이 시작되었다. 작업을 위해 통신밴으로 물자를 싣고 있었다. 조지훈이 나를 불렀다.

"지훈아, 사진 한번 찍자!"

조지훈의 핸드폰으로 나와 세한이까지 해서 세 명이 사진을 찍었다. 내가 말했다.

"조 햄. 언제가 될진 모르겠지만, 기회가 된다면 꼭 다시 볼 수 있었으면 좋겠다. 진심으로."

"마! 뭔 소리 하노! 당연히 보는 거 아이가!"

그 말이 왠지 내 감정을 격하게 했다.

"그래! 맞다! 당연한 거네! 고생했다! 잘가라!"

바로 세한이와 밴에 탑승했다. 작업 현장으로 가는 내내 한숨만 쉬었다. 비록 끝까지 보지는 못했지만, 그렇게 내 맞선임과 1201기들은 21개월의 복무를 성공적으로 마치고 전역을 했다.

"병 1201기 전역출도. 세상에. 믿기지가 않는다. 맞선임이랑 명재, 상우, 조지가 다 전역이라니. 시간이 흐르고 흘러서 여기까지 왔다. 우리 드라마의 마지막회도 이젠 끝났다. 에필로그만이 남았을 뿐. 어떻게 마무리를 해야 할까 참 고민이 많이 되는 하루다." - 2017. 5. 22. 일기

1200기가 가고, 1201기가 중대의 최고 선임자였던 시절, 본부의 문화는 정말 많이 변했다. 1201기 모두와 유일한 1202기 김경현, 그리고 1203기인 나와 웅범, 재오 전부가 병영문화 혁신을 긍정적으로 바라보는 선임

층이었다. 잔존하던 모든 인계와 악습들을 떨쳐내려고 많이 노력했던 것 같다. 후임들도 그런 우리의 마음을 아는지 선임과 후임 간의 마음의 벽은 점점 무너지고 중대 전체가 하나가 되고 있었다. 오피니언 리더로서 명재와 상우의 카리스마가 큰 역할을 했던 것은 맞지만, 중요한 것은 그들이 진정으로 후임들이 편하기를 원했다는 것이다. 그들이 일궈 놓은 병영문화 혁신을 우리 차례에서 꽃피워야 한다는 생각이 들었다. 동이 트기 전이 가장 어두운 법이라고 했다. 완벽한 혁신이 이루어지기 전 과도기 단계인 당시 상황에서 최고 선임자들의 역할은 그 어느 때보다 막중했다. 공부와 운동 역시 중요했지만, 내게는 후임들이 군 생활에 흥미를 느끼게 하는 것 역시 그만큼 중요했다.

전역 이후, 진혁이는 공부가 바빠 시간을 잘 내지 못했다. 그나마 명재나 재환이는 종종 만나곤 했는데, 그때마다 나오는 말이 "다른 건 몰라도, 나는 그 본부 흡연장이 자꾸 생각난다."였다. 선임들이 많았던 시절 말고, 우리가 말년이었던 시절의 흡연장 말이다. 힘든 과업을 다 끝내고, 해가 뉘엿뉘엿 저물 때 다 함께 흡연장에 모여 그날의 일상에 대한 이야기와 시시콜콜한 농담을 하면, 그게 그렇게 재밌어 시간 가는 줄 몰랐다. 그랬다. 지금은 어느새 아련한 추억이 되어버렸지만.

79
에필로그를 준비하며 (2017. 5. 24.)

이 글은 2017년 5월 연평부대에 있었던 '전우에게 편지쓰기 공모전'에 출품했던 작품입니다.

매일 함께 작업하고, 운동하고, TV보고, 이야기 나누고, 같은 공간에서 잠을 청하는, 서로에 대해 이 부대 안에서는 누구보다 잘 아는 사이니까 '미세먼지를 조심해 응범!' 하는 따위의 인사치레는 생략할게. 어제부로 우리 맞선임도 결국 전역을 해버렸네. 우리도 채 2달이 남지 않았고. 내일이면 마지막 휴가를 떠나는 이 시점에서, 좋은 기회를 만나 항상 마음에 품고 있었지만 낯간지러워서 하지 못했던 이야기들을 해보려고 해.

우리가 연평도에 오기 전, 대전 육군정보통신학교에서 만났던 시절을 난 아직 기억하고 있어. 비록 내가 1주일 빨리 왔고 특기도 달라서 할 얘기도 딱히 없었지만, 강한 친구들로 가득 찬 그곳에서 몇 명 안 되는 해병들은 그 존재만으로도 나한테 큰 위안이 될 수 있었거든. 당연히 너도 그랬을 거라고 생각해. 그렇게 교육이 끝나고 정신없이(헤어진다고 생각할 여유도 없었지만) 헤어진 후 나는 2015년의 크리스마스이브에 연평도에 들어왔고, 정확히 일주일 후인 2015년의 마지막 날, 병영도서관에서 배치될 부대를 기다리고 있는 너를 봤던 그때의 반가움은 말로 다 못할 정도였지. 그 장면이 바로 우리가 만들어 왔고, 만들고 있고, 앞으로도 만들어 나갈 '우리의 드라마'의 오프닝이었다고 생각해.

일 년하고도 다섯 개월이 지난 지금, 돌이켜보면 우리 드라마에는 정말 많은 에피소드들이 있었던 것 같아. 처음으로 진혁이한테 혼나면서 뭘 어떻게 해야 할지 몰라 안절부절 서로만 쳐다보던 기억이랑, 주말 오전에 선임들이 다 잘 때 몰래 둘이서 살짝 기재실에 올라가서 서로에 대한 이야기를 나누고, 힘내자고 서로를 다독이던 기억들과 함께 선임들 빨래를 하며 '왜 우리가 이런 것이나 하고 있지?' 하는 의문을 공유하던 기억들. 그런 서럽기만 했던 이병을 거쳐 치킨과 피자를(진짜) 배 터지게 얻어먹고서 "또 토했다"는 슬픈 말을 토할 때랑, 그런 힘든 생활의 순간들을 해안 8포 작업 나가서 잠깐의 말미에 바다를 보며 "이 또한 지나가겠지"라는 말을 할 때, 무지막지하게 쪄버린 살을 빼자는 포부로 구보를 뛰러 연병장에 갔다가 겨우 3바퀴 뛰고 "도저히 못 뛰겠다"라는 말을 할 때, 한 줄 늘어났지만 그래도 아직은 힘들었던 일병의 순간들도 거치고. 비가 억수같이 내릴 때 7거미에서 뛰어다니며 야전선을 깔았던 날, 너는 진혁이와, 나는 재환이와 휴가 동안 술을 먹고 와서 누가 술을 잘 먹네, 못 먹네 하고 밤이 깊도록 이야기하던 날, '상병 대 병장'이라고 너랑 나, 재환이랑 진혁이 이렇게 팀을 나누어서 내기탁구를 치던 날. 이제는 편했고 살 만했던 상병의 순간들도 거쳐 재환이가 전역하면서 '이젠 어떻게 지내야 하나' 하며 걱정하고, 드디어 마지막 계급이라고 행복해하기도 하며, 『연애의 발견』이라는 드라마를 보며 설레서 슬퍼서 어쩔 줄 몰라하기도 하고, 넌 전문하사를 신청해 새로운 미래를 개척하기도 했으며, 작업을 하면서 과거의 추억들을 곱씹기도 하고 그렇게 어제 결국 진혁이의 전역까지 오게 되었네.

이렇게 써내려도, 내 일기장과 머릿속에 있는 우리의 추억의 양에는 털끝만큼도 미치지 못하는 것 같다. 너무나도 많은 추억이 있었고, 돌이켜보면 그 추억의 순간들 속에서 나는 행복했어. 그리고 너에게 더 이상 적당한 표현이 없을 만큼 고마웠고, 보통 함께 가장 군 생활을 오래 하는 사람은 자기의 바로 아래 후임이라고 하는데, 나는 그게 후임이 아니라 동기라서 더욱 서로에게 공감하고, 서로를 이해할 수 있는 따뜻한 군 생활을 했던 것 같아. 그리고 그냥 동기가 아니라, 나의 말에 공감하고, 별 것 아닌 말에도 웃어주고 슬퍼해 줄 수 있는 너였기에 더욱 완벽했고. 3월, 재환이의 전역으로 '우리 드라마'는 마지막화에 접어들었고, 바로 어제, 진혁이의 전역으로 그 마지막화도 끝났네. 내일부터 시작되는 마지막 휴가가 끝나고 복귀하면, 그건 우리 드라마의 에필로그가 되겠지. 우리가 주연한 드라마는 이렇게 막을 내리고 언젠가 돌이켜 생각해보면, 그저 떠올리는 것만으로도 아련하고, 먹먹하고, 가슴 따뜻해지고, 또 한편으로는 설레는 그런 추억의 순간들이 될 거라고 믿어 의심치 않는다. -사실 지금도 벌써 조금은 그렇기도 해.- 내일 휴가를 나가면 너 전문하사 교육이랑 마지막 휴가 때문에 근 한 달은 못 보겠구나. 건강히 교육 잘 마치고 왔으면 좋겠다. 더불어서 너의 앞으로의 군 생활과 나의 미래 모두 꽃 처럼 활짝 피기를.

2017. 5. 24

P.S 11월에 내가 주연하는 우리 드라마 시즌 2에 특별출연으로 연평도에 들어올 테니 기대하고 있도록. 그리고 시즌 3은 내가 전역한 이후(아마 20년은 지나야 하겠지)에 다시 뭉쳐서 만들어 나가보자.

80
한국사능력검정시험 (2017. 5. 25. - 27.)

2015.10   2016.01   2017.01

마지막 시험을 치기 위해 마지막 휴가를 나왔다. 깔끔하게 정상 운행했던 배를 타고 깔끔하게 집에 들어왔다. 집에서 쉬다가 아버지와 삼겹살에 소주 한잔하며 그간의 이야기를 나누었다. 지금까지 딴 자격증들과 후임들에 대한 이야기를 해드렸더니, 아버지는 정말 좋아하셨다. 괜히 효도한 것 같아 뿌듯했다.

휴가 두 번째 날은 집에 누워 종일 휴대폰으로 웹툰 '조선왕조실톡'만 보았다. 저녁이 다 된 시간에, 기출문제 하나 풀어보자고 집 앞에 있는 PC방으로 향했다. 한국사능력시험의 기출문제는 시험 주최 측에서 무료로 배포하기 때문에, 가장 최신의 문제를 한 회 다운받아 풀어보았다. 모니터로 푼 것치곤 점수가 굉장히 잘 나왔다. 85점이었다. 해설을 보니 틀린 문제도 충분히 맞출 법한 것이었다. 그리고 그 결과가 나를 필요 이상으로 안심시키고 말았다. 집에 가려고 '사용종료'버튼을 누르려다가 바탕화면에 떠 있는 금색의 'L'아이콘을 봐버린 것이다. 뭐에 홀린 듯 그것을 눌렀다. 고 3때부터 입대 전까지, 최소한 내 인생의 4분의 1은 투자했던 그 익숙한 화면이 나타났다.

'그래, 이왕 켠 거 딱 한 판만 하고 가자.'

꼭 그런 날은 게임이 잘 풀린다. 오랜만에 방문한 소환사의 협곡은 나를 반갑게 맞아 주었다. 이기고, 이기고, 또 이겼다.

'그래, 이왕 이긴 거 질 때까지만 하고 가자.'

한 판 질 때까지 게임은 계속 이어졌다. 얼이 빠진 채로 게임을 하다가 휴대폰을 확인하려고 시계를 보았다. 날짜가 바뀌어 있었다.

'하…. 내가 미쳤지 진짜.'

잘못을 깨달은 순간 컴퓨터를 껐다. 다시 집으로 들어갔을 땐 이미 새벽 두 시를 넘겨 아버지는 주무시고 계셨다. 세수와 양치를 하고 내 방에 누웠다. 휴대폰으로 조선왕조실록을 이어서 보다가 잠에 들었다. 다음 날, 나를 깨운 것은 알람이 아닌 전화였다. 요란하게 울리는 벨소리에 전화를 받아보니 아버지였다.

"지훈아. 시험장 도착했냐."

"아뇨…. 이제 일어났어요."

"너 시험 열 시라고 하지 않았냐?"

"네. 열 시에요."

"근데 이제 일어났다고? 무슨 생각이냐."

"네…?"

휴대폰을 귀에서 떼고 시계를 보았다. 9시 34분. 시험이 시작하기까지 정확하게 26분 남았다. 이 상황이 내 머리를 때리기까지는 약 5초의 시간이 필요했다. 5, 4, 3, 2, 1. 망했다.

"아빠, 저 바로 준비해서 나가야 할 것 같아서 먼저 끊을게요."

"그래. 알았다. 잘 치고."

씻고 말고 할 시간도 없었다. 서울 집에서 약 1년 반을 살았지만, 그렇게 빠르게 준비해서 나오기는 처음이었던 것 같다. 필기구와 수험표를 가방에 넣고, 모자를 쓴 채 입고 있던 잠옷 겸 트레이닝복 차림 그대로 집에서 뛰쳐나왔다. 미친 듯이 달렸다. 그나마 다행인 것은 서울 집과 시험장인 인헌중학교는 지척거리라는 점이다. 부대 체력 검정 때 3km를 달리기했던 것만큼이나 열심히 뛰었다. 시험장은 금방 눈에 띄었다. 바로 학교로 들어가 내 교실을 찾고 자리에 앉아 시계를 보니 9시 50분이었다. 집에서 정신 차리고 시험장에 도착해 앉는 것까지 16분. 내 정신 상태를 칭찬해야 할지 욕해야 할지 모르겠다. 10분의 시간이 남아 화장실로 가서 숨을 돌렸다.

시험 문제는 예상보다 조금 어려웠다. 하지만 한국사 시험 자체가 문제를 푸는 데 그리 오래 걸리는 편이 아니라서, 금방 풀고 나름대로 점수를 계산하고 있었다. 애매한 문제도 다 틀렸다고 가정했을 때, 1급 합격점이 조금 모자란 66점이 나왔다. 그 말은 곧, 애매한 문제나 찍은 문제 중 두세 문제만 맞추어도 1급을 딸 수 있다는 말이었다. 시험이 끝난 사람은 퇴실해도 좋다는 말에 답안지를 제출하고 나왔다. 시험장 앞에서 바로 역사교육을 전공하는 친구에게 전화를 걸었다.

"야, 지금 통화 가능하냐."

"어. 왜."

"자산어보 쓴 정약전 있다이가. 어느 섬이지?"

"어? 흑산도. 왜?"

"오케이. 부들러 중립국 이야기가 갑신정변이랑 청일전쟁 사이에 나온 거 맞나?"

"어? 아니. 아니지 그건…."

"아, 망할. 그럼 무신 정권 후원받아서 만들어진 게 팔만 대장경 맞나?"

"어, 맞지."

"오케이 됐다."

"아니, 왜!!"

"아, 나 방금 한국사 시험 쳤는데, 애매한 거 몇 개 물어 본 거다. 고맙다!"

"아…. 맞나. 알겠다. 고생했다."

일단 합격점이 나온 것 같았다. 나머지 애매한 문제를 모두 틀린다고 해도 합격이었다. 더 걱정할 것이 없었다. 아버지께 전화를 드려 시험장에 무사히 도착했고, 합격점이 나왔다고 말씀드렸다. 아버지는 다행이라고 하셨다.

다행히 반전은 없었다. 오후 늦게 한국사능력검정시험 홈페이지에 정답지가 올라왔고, 가채점 결과 88점이 나왔다. 답지를 밀려 쓰지 않는 이상 무조건 합격할 점수였다. 군 생활 동안 계획했던 모든 공부가 끝나는 후련한 순간이었다. 한국어능력시험은 배 통제 때문에 응시하지 못했지만, 적어도 내가 친 모든 시험에서 합격하고(혹은 합격할 것 같고) 원하는 점수를 받았다. 그것으로 만족하기로 했다. 이제 더 이상 부대로 돌아가도 공부 연등 같은 것은 없었다. 후임들과 이빨 연등을 하면서 더 많은 시간을 보내야겠다고 생각했다.

81
남은 게 후임들뿐인데! (2017. 6. 1. - 5.)

무료한 휴가를 보내고 있었다.

"6월의 첫 날. 약속을 잡긴 귀찮고 아무것도 안 하자니 뭔가 아쉬운 휴가의 연속이다." - 2017. 6. 1. 일기 중 일부

휴가를 나올 만큼 나온 것도 맞는 데다 마지막 휴가였기 때문에, 친구들을 불러 왁자지껄한 분위기에 "와! 휴가다!" 하고 싶은 마음이 전혀 없었다. 그래서 쥐도 새도 모르게 휴가를 나왔다가 내가 해야 할 것만 하고 들어가고자 했다. 6월 1일에는 지난 4월에 쳤던 HSK시험의 결과가 나왔다. 듣기/독해/쓰기 순으로 64/87/61점. 세 과목 다 합격점이 나왔다. 총점 212점으로 커트라인 180점을 조금 웃도는 점수였다. 듣기와 쓰기는 그냥저냥한 점수지만, 독해 점수에서 다음 급수이자 마지막 급수인 6급의 가능성을 조금이나마 점쳐볼 수 있을 것 같았다. 또 하나의 짐을 내려놓았다.

만나는 사람이 없으니 돈을 쓸 일도 없었다. 나는 사람들을 만나는 것을 싫어하는 성향은 결코 아니지만, 굳이 억지로 없는 약속을 만들어내서 만나고자 하는 성향 역시 아니었다. 일이 없으면 방에 누워서 핸드폰으로 유튜브 영상을 보고 있는 것만으로도 나에겐 만족스러운 휴가 일정이 될 수 있었다. 하지만 6월 2일. 그날따라 왠지 집에 있기가 싫었다. 그래서 이참에 혼자 산책이나 다녀보자고 결심했다. 창원시 신월동에 위

치한 창원 집에서 출발해 모교인 신월초등학교를 거쳐 성산구청까지 쭉 걸어보았다. 역시, 하나도 변하지 않았다. 한없이 길게 느껴지던 2015년 10월부터 2017년 6월까지의 약 20개월은 사회에서는 일순간일 뿐인 듯하다. 초등학교 시절 학교를 마치고 매일 컵 떡볶이를 사 먹던 자그마한 문구점까지 그대로 남아있는 걸 보면 강산이 바뀐다는 10년의 세월 역시 그리 크지 않은가 보다. 고등학교 때 공부가 잘 안 풀릴 때면 독서실에서 뛰쳐나와 무작정 걸어 도착하곤 했던 성산구청 역시 그때와 똑같았다. 옛날 이 길을 지나다녔던 시간들을 생각하며 다시 집으로 돌아왔다. 집에 도착하자마자 갑자기 들었던 생각이, '후임들에게 선물이나 사 가자!' 하는 것이었다.

진혁이를 포함한 1201기가 전역한 지 딱 3일 되는 날에 휴가를 나왔다. 아직 그 분위기에 적응하지 못하고 나왔기에, 막상 복귀하면 중대에 1202기의 김경현 빼고는 전부 후임들 뿐인 상황이었다. 남은 게 후임들뿐인데. 왠지 챙겨주고 싶었다. 그래서 무엇을 사 줄까 집을 나오면서 고민했다. 백화점을 갔다가, 서점을 갔다.

역시 맞후임인 진기는 커피였다. 진기가 평소에 커피를 좋아하기도 했고, 관품함에 항상 커피를 두고 있어 아침 근무나 야간 근무 때 피곤하면 하나씩 몰래 꺼내먹곤 했다. 그리고 간혹 진기가 나에게 신상 커피를 권하기도 했다.

"김지훈 해병님! 이거 이번에 새로 나온 거라던데, 직접 내려먹는 것처럼 해서 신기합니다! 드셔보십니까?"

그래서 진기 것은 커피로 정했다. 돈이 남는다고 해도, 마냥 비싼 것을 사줄 수는 없었기에, 2만 원 정도 하는 카누 커피를 사주었다.

지홍이는 철봉을 할 때 사용하는 손목 보호대 같은 것을 사 주었다. 그것의 이름이 정확하게 뭔지는 잘 모르겠다. 하지만, 턱걸이를 주 운동으로 하는 후임들이 그것을 종종 사용했는데, 지흥이가 나도 하나 있었으면… 하고 지나가듯 말하는 적을 들은 적이 있어 그것으로 골랐다.

세한이는 책을 한 권 사 주었다. 이전 휴가 때 내가 사 왔던 기욤 뮈소 작가의 『브루클린의 소녀』를 빌려 주었는데, 쉬는 시간을 쪼개가며 읽는 것을 보고 감동을 받았던 적이 있기 때문이다. 세한이 역시 나처럼 책을 좋아하는구나, 싶어서 책으로 골랐다.

익제에게는 무엇을 사 줄까 고민을 굉장히 오래 했다. 우리보다 나이도 훨씬 많고, 취미 역시 우리와는 다소 다르기에 선택하는 것이 쉽지 않았다. 그래서 그냥 젊어 보이는 게 좋지 않겠냐는 뜻에서 마스크팩을 여러 장 사주었다.

광래에게 사줄 선물은 생각할 필요도 없었다. 주로 세한이와 탁구를 치긴 했지만, 나는 광래와 탁구를 칠 때가 그래도 가장 재미있었다. 정확한 FM식 탁구였다. 아쉬운 것은 중대에 탁구 채가 많이 없어 복식으로 탁구를 할 때면 막내인 광래는 안 좋은 채를 써야만 했다는 사실이다. 그래서 광래에게는 탁구 채를 하나 사 주었다.

다음으로 어느 순간 우리 생활반에 전입한 1215기 유연제에게는 섬유 유연제를 사 주었다. 오래 보지 않아 그 아이에 대해 그렇게 잘 알지 못해서, 그냥 이름에 맞게 섬유 유연제를 두 통 주었다.

마지막으로 당시 생활반 막내였던 1217기 김민석에게는 담배 케이스를 사 주었다.

"김지훈 해병님, 담배 없으시면 부담 없이 말하셔도 됩니다."

라고 말하거나, 혹은 생활반을 비울 때 생활반 탁자에 담배를 두고 가 혹시나 담배가 떨어졌을 때의 나를 생각해주는 민석이가 고마웠다. 그렇다고 민석이에게 담배를 사 주기는 뭔가 이상해서 괜찮아 보이는 담배 케이스를 하나 사 주었다.

정말 신기한 것은, 내 돈 주고 내가 선물을 사는 것인데도 내가 기분이 좋았다는 사실이다. 선물을 하나하나 고르면서 내 머릿속에는 그 선물의 주인과 함께했던 추억이 가득했다. 새삼 내가 이 후임들과도 정말 많은 일들이 있었구나 하는 생각이 들었다. 어느 순간부터 마음이 조금씩 바뀌고 있던 것은 맞았지만, 선임들이 중심이던 시절에도 후임들과 많은 추억들이 있었다는 것을 깨달았다. 남은 한 달이라도 더 잘해 줘야겠다는 생각이 들었다. 기분 좋게 선물을 가방에 넣었다. 꽤 많은 선물임에도 그 무게가 전혀 무겁게 느껴지지 않았다.

어느 새 서울. 6월 5일. 복귀 날이었다. 아침에 눈을 뜨니 서로 같은 날 입대를 했던 고등학교 3학년 친구들이 단체 채팅방에 동시에 메시지를 보냈다.

> 이동하 : 전역!
> 윤한보 : 전역!
> 홍지욱 : 전역!
> 김지훈 : 개 X, 나는 오늘 복귀다.

겉으로는 전역이 부럽고 복귀가 싫은 척했지만, 마음은 전혀 그렇지 않았다. 어서 빨리 후임들을 보러 가고 싶었다. 이 후임들은 나를 기다리지 않을지도 모르지만(사실 그럴 가능성이 더 크지만…) 나는 얼른 가족들을 보고 싶었다.

복귀 길에 신도림역에 있는 서점에 들렀다. 그리고 그 서점에 딸린 문구점에서 일반 사진용 액자를 하나 샀다. 그 액자에 지난 3월, 이재환의 전역 날 찍었던 내 군대 최고의 가족사진을 넣었다. 얼른 이것들을 후임들에게 보여주고 싶었다. 평소 휴가 복귀 시간보다 훨씬 빨리 복귀하면서 내 마지막 휴가는 끝났다. 다행히도 후임들은 내가 준 선물을 좋아했다. 내가 준 선물들은 후임들의 일상의 일부가 되었다. 선물을 받은 후임들은 내게 감사하다고 말했지만, 정작 더 감사한 것은 나였다. 후임들의 존재가 그 어느 때보다 고맙게 와 닿았다.

82
고민과 해결, 노력의 긍정적 순환 (2017. 6. 12.)

2015.10　2016.01　　　　　　　　　　　2017.01

"지훈아, 미안한데 잠시만 일어날 수 있겠니?"

오침 중인 날 깨운 건 다름 아닌 지원장교님이었다.

"아, 필승! 무슨 일이십니까..?"

또 프린터가 고장 난 건가. 오침 중에 깨울 정도면 급하긴 한 건가 보다. 하고 생각했다. 그런데 지원장교님의 입에서는 생각지도 못한 말이 나왔다.

"너 국방일보에 올라간 글 있잖아. 그거 어떻게 올린 거야?"

정신이 번쩍 들어 대답했다.

"그거, 국방일보 홈페이지에 기고 메일 있어서 거기로 보냈습니다."

"아. 그래? 일단 알겠다. 오침 중에 미안하다. 잘 자라."

뭔가 분위기가 싸-했다. 좋지 않은 느낌이 들었다. 군 생활을 마무리 지으면서 국방일보에 군에 대한 내 생각을 적어 기고했던 적이 있었는데, 운 좋게도 국방일보에서 받아주어 그것이 국방일보의 '독자마당'에 올라간 적이 있었다. 그것이 뭔가 문제가 있었나 보다. 지원장교님은 나가셨고, 갑자기 빠르게 뛰기 시작하는 심장 때문에 잠이 들지 못했다. 채 10분이 지나지 않아 지원장교님은 다시 생활반으로 들어오셨다.

"지훈아, 지금 대대장실 가 봐라. 대대장님이 찾으신다."

"예? 대대장님 말씀이십니까? … 알겠습니다."

뭐지 싶었다. 바로 정신을 차리고 물 한 잔 마신 후에 대대장실로 내려
갔다.

"필! 승!"

"어. 그래. 너 국방일보에 올린 글이 어떻게 올라간 거라고? 그 메일 있
다는 사이트 좀 나한테 보여줘 봐."

"알겠습니다!"

급히 인트라넷 국방일보 사이트에 기고 메일이 나와 있는 페이지를 열
어 대대장님께 보여드렸다. 대대장님께서는 그걸 보시더니 어딘가로 전
화를 하셨다.

"필승. 90대대장입니다. 얘 불러서 확인을 해봤는데, 이렇게 메일을 보
내는 곳이 있긴 합니다. 예. 예. 제가 얘기하겠습니다. 아닙니다. 얘 평소
에 생활도 잘하고 일도 열심히 해서 제가 잘 알고 있는 대원입니다. 예.
필승."

대대장님께서는 연평부대에서 두 번째로 계급이 높은 사람이셨다. 그
분께서 경례하실 만한 분은 부대에서 단 한 분밖에 없었다. 부대장님이
었다.

"지훈아."

"병장 김지훈!"

"이거 뭐 어떻게 말을 해야 할지 모르겠는데. 군인 신분으로 매체에 무
언가를 올릴 때는 반드시 부대의 지휘계통을 거쳐야 한다. 글이 올라갔
다고 사령부에서 부대에 연락이 갔는데, 부대장님은 그런 이야기 모른다
고 하면 입장이 어떻게 되겠니. 니가 좋은 의도로 이런 글을 쓴 건 알겠
지만, 이렇게 되면 결국 너한테 손해만 되는 거야. 일단 내가 부대장님한
테는 잘 얘기해 볼 테니까, 그렇게 알고 가 봐라."

"아… 알겠습니다! 감사합니다! 필! 승!"

그런 거였다. 나는 생각지도 못했는데, 군인 신분으로 어떤 내용이든 매체에 올리려고 하면 해당 부대의 지휘계통을 거쳐야 하는 것이었다. 너무 당황스럽고 부끄러웠다. 어디든 숨고 싶었다. 징계를 하라는 부대장님의 말씀이 있었다고 했는데, 대대장님께서 극구 반대해서 징계는 없었다고 했다. 규정을 지키지 않은 것은 내 잘못이고, 규정을 몰랐다는 것 역시 핑계가 될 수 없었기에 나는 딱히 할 말이 없었다.

　어떻게든 잠이 들었고, 오후에 부대 정훈과에서 전 간부에게 한 통의 메일을 보낸 것을 보았다. '매체 기고 간 유의사항 전파드립니다.'라는 제목으로 시작하는 그 메일은, 내용을 굳이 안 봐도 알 수 있을 것 같았다. 떨리는 손을 붙잡고 메일 내용을 읽어보았다. 군 내 매체와 외부 매체, 그리고 해외 매체에 글이나 인터뷰를 올릴 때 어느 수준의 허가가 있어야 하는지에 대해 말하고 있었다.

　'내 성급한 행동 하나로 이렇게나 많은 소요가 발생하는구나.'

　부끄러웠다. 이런 이야기를 하지 않으면 나는 단순히 국방일보에 글을 올릴 만큼의 명예로운 장병이 될 수 있겠지만, 나의 잘못을 반드시 인정해야 하는 부분이기 때문에 언급하지 않을 수가 없었다. 내 인생에 부끄러운 역사로 남을 수도 있는 글이지만, 이 글이 올라가고 나서도 내게 무한한 응원과 지지를 주신 대대장님, 대대 주임원사님과는 더욱 가까워진 것 같았다.

　국방일보나 국방홍보원, 기타 여러 가지 매체에 글이나 인터뷰를 올리려고 하는 장병들이라면 반드시 정상적인 절차를 거쳐 올리기를 바란다.

83

쌈, 마이웨이 (2017. 5. - 2017. 7.)

마지막 휴가 기간 동안 창원에 있을 때 어머니가 TV를 보고 계시던 것을 같이 봤던 적이 있었다. 웬 드라마였다. 옛날 『하이킥, 짧은 다리의 역습』을 봤던 시절부터 좋아했던 배우 김지원이 화면에 나오기에 가만히 보고 있었다.

"그래, 집어처넣어. 근데 너 나는 누군지 알아?"

"… 뭐, 넌 뭐. 뭐 있는데?"

"전주지검 판사 조카새끼보다 건들면 안 되는 나… 또라이야-"

이후에 이어지는 김지원의 속사포 같은 말들에 나도 모르게 피식 하고 웃어버렸다. 『태양의 후예』에서 보았던 김지원의 이미지와 전혀 다른 모습이 굉장히 매력적이라는 생각이 들었다. 하지만 잠깐 봤던 만큼 그 드라마는 내 머릿속에서 금방 잊혀졌다.

얼마 뒤, 휴가에서 복귀하고 평소와 다름없는 일상을 살고 있었다.

"김지훈 해병님, 쌈 마이웨이 한 번 같이 보십니까?"

지홍이가 갑자기 말을 꺼냈다.

"쌈 마이웨이? 그게 뭔데?"

"요새 하는 드라마인데, 그게 그렇게 재밌습니다. 김웅범 해병님 복귀하시면 같이 보기로 했는데, 못 참을 것 같습니다."

"그래? 연애의 발견 급 되냐. 나 드라마 그렇게 안 좋아하는데."

"일단 보시면 알 겁니다!"

"그래? 그럼 언제 한 번 보자."

"감사합니다!"

응범이가 당시 전문하사 교육을 가 있던 기간이라 나는 홀로 생활반 최고 선임자였다. 그래서 TV의 채널이나 생활반이 돌아가는 일 모두가 내 손에 달려 있었고, 그래서 지홍이가 내게 물어봤던 것 같다. 어느 날, 오전에 볼 것이 없어 그『쌈, 마이웨이』라는 드라마나 한번 보자고 얘기 했다. 말을 꺼내자마자 지홍이가 VOD를 찾아 틀었다.

드라마가 시작하고, 나온 얼굴은 다름 아닌 김지원이었다. 내가 휴가 때 봤던 그 드라마였던 것이다! 흥미가 일었다. 그 자리에서 1화를 다 봐 버렸다.

"지홍아, 이번 주말은 쌈, 마이웨이 정주행이다."

"오예! 감사합니다!"

당시『쌈, 마이웨이』는 7-8화 정도까지 나왔던 걸로 기억한다. 운동도 포기한 채 주말의 하루를 온종일 투자해 그때까지 나온 분량을 다 보았 다. 완전히 빠져버리고 만 것이었다.

『쌈, 마이웨이』는 20년지기 남, 녀 친구가 연인이 되어 가는 과정을 달 달하게 그리면서, 그 사이에 꿈이나 인생, 사랑에 대한 여러 메시지를 던 지는 드라마였다. 김지원이라는 배우 그 자체도 좋았지만, 극중에서 최애 라가 꿈꾸는 아나운서라는 직업과 그 꿈을 이루기 위해 분투하는 모습 이 어떻게 보면 지금의 내 모습과 다르지 않은 것 같아 더욱 애착이 갔 다. 그래서 남들이 "애라냐, 설희냐"를 논쟁할 때도 나는 두 말 않고 "애 라지!"라고 말하곤 했다.

어느새 전문하사 교육을 수료하고 온 응범이 역시『쌈, 마이웨이』열풍 에 휩쓸렸다. 밤 10시에 하는 드라마였던 탓에 본 방송을 사수할 수는 없어, 다음 날 아침 무료로 풀리는 VOD를 볼 수밖에 없었다. 아침이면 늘 뮤직 비디오를 보던 웅범이가 화요일과 수요일 아침에는 꼭 전날의『쌈, 마이웨이』를 틀었다. 아침이면 항상 커튼을 걷고 불을 켜 가장 생기가 넘쳤던 우리 생활반이 그때만큼은 어둠 속에 묻혀 다 함께 TV를 보았다. 애라의 한 마디에, 그리고 동만이의 한 마디에 귀를 기울이면서 한 장면도 놓치지 않으려고 TV를 뚫어져라 보고 있었다.

"으아아아! 안 돼! 애라야!"

"그렇지. 그렇지. 이래야지!"

드라마에 몰입한 10여 명의 해병들은 영락없는 10대 소녀 같았다. 양다리를 걸치려는 의사의 의도가 드러났을 때는 다 함께 시원하게 욕을 했다. 동만이와 애라의 사이가 멀어질 때는 "안 돼!" 하고 외쳤고, 그 둘이 본격적으로 사귀기 시작하는 장면에서는 자기도 모르게 헤벌레하고 웃고 있었다. 물론 생활반 불을 꺼놓아 그 모습이 보이지 않기에 굳이 숨길 필요는 없었다. 동만이가 아버지와 대화를 하는 장면이나, '설희의 세상이 무너졌다.'고 말하는 장면에서는 모두가 눈물을 훔쳤다.

사회에서 이 드라마의 영향력이 어느 정도였는지는 모르겠지만, 적어도 우리 부대에서는 엄청났다. 저녁 시간에 생활반을 돌아다니면 거의 항상 그 드라마가 TV에 나오고 있었고, 동만이의 540도 회전 킥을 따라 하는 모습도 심심찮게 볼 수 있었다. 나의 이병 시절『태양의 후예』만큼의 파급력은 아니었던 것 같지만, 육체적으로 또 정신적으로 힘든 모두에게 그 드라마는 커다란 위안이 됐던 것 같다.

모두의 생각이 다르겠지만, 사실 나는 드라마 속 애라와 동만이가 성공하지 않으면 했다. 그들이 자신의 꿈을 위해 피나게 노력하는 모습들은 누가 봐도 존경할 만하지만, 드라마 속에서 간혹 나오는 말들이 마음에 들지 않았다. 예를 들면, 동만이를 보고 "얘는 떡잎부터 알아봤었다."라거나 애라를 보고 "넌 어릴 때부터 마이크를 잡는 순간만큼은 하늘을 날아다녔지." 하는 것들 말이다. 내 생각이 꼬여 있는 것인지는 모르겠지만, 나는 그런 말들이 주인공인 동만이와 애라가 일종의 '천부적인 재능'을 가지고 있었다는 말처럼 들렸다. 그렇게 되면 동만이와 애라는 평범한 사람이 아닌 것이 되고, 꿈을 위해 노력하는 나를 포함한 일반적인 사람을 더 이상 대변하지 못하게 되는 것이 아닐까. 그런 생각을 해 보았다. 하긴, 그렇다고 완벽하게 평범하다면 또 드라마가 재미없었겠지.

아무튼, 『쌈, 마이웨이』는 7월 11일 화요일에 마지막회를 올리고 끝났다. 그 다음 주 월요일이 바로 내가 전역을 위해 출도하는 날이어서, 어떻게 보면 『쌈, 마이웨이』와 함께 전역하는 것이라고 해도 과언이 아니었다. 군 생활 마지막으로 정말 재미있는 드라마를 보았다고 생각했다.

"형, 형이랑 김웅범 반장님이랑 쌈, 마이웨이 보던 시절이 그립다."

지홍이는 아직도 휴가를 나와서 통신의 단체 채팅방에 이야기할 때면 가끔 이런 말을 하곤 한다.

84
하사 (진) 김웅범 (2017. 6.)

해무가 가득한 날, 어쩌다 보니 세한이가 근무 중이어서 혼자 체력단련실에서 쓸쓸하게 운동을 하고 있었다. 체력단련실은 중대 뒤편 언덕 위에 있었고, 철봉이 체력단련실 밖에 있어 턱걸이를 할 때면 중대 건물이 훤히 보였다. 평소처럼 턱걸이를 한 세트 한 후에 1분간의 휴식을 취하고 있었다.

"지훈아!"

누군가가 쉰 목소리로 나를 부르는 것이 들렸다. 해무 때문에 누군지 정확히 알아보기가 쉽지 않았다. 당시 나를 "지훈아!"라고 부를 수 있는 사람이면 1202기의 김경현, 동기인 재오와 웅범이, 그리고 간부님들밖에 없었다.

"지훈아!"

"누군데!"

"나야, 나! 웅범!"

웅범이였다. 교육을 마친 후 배를 타고 연평도에 도착한 웅범이를 오세근 반장님이 차로 데려오는 길이었던 것이다. 의낭을 메고 터덜터덜 걷는 웅범이는 영락없는 이병의 모습이었다. 운동 중이어서 웅범이를 맞이하러 내려가지는 않았다. 하지만 5월 25일 내 마지막 휴가부터 6월 18일 웅범이의 복귀까지 약 한 달 만에 보는 웅범이는 척 봐도 살이 많이 빠져 있었다. 교육이 힘들긴 했나 보다. 운동을 끝마치고 내려가서 오랜만에 보는 형제에게 인사를 했다.

"야, 잘 갔다 왔냐! 살이 왜 이렇게 빠졌냐!"

"한 번 해봐. 진짜 죽을 맛이었다니까! 목소리 쉰 거 보여?"

"어… 고생 많았다. 좀 쉬어라."

매일같이 소리를 질렀단다. 그래서 목이 쉬었고, 쉰 목소리에 또 소리를 질러서 교육이 끝난 지 3일이 지났는데도 목소리가 돌아오지 않았다고 했다. 역시 군 간부는 아무나 하는 것이 아니라는 생각이 들었다. 피곤한 웅범이는 곧바로 잠에 들었다.

전문하사 교육을 마치고 온 웅범이는 이제 비공식적인 하사(진)이 되었다. 사실 병사에게는 (진)이라는 계급이 없기에 하사(진)은 장난으로 하는 말이었지만, 어쨌든 하사 계급장을 조만간 달 것은 사실이었기에, 장난 삼아 하사(진) 김웅범이라고 불렀다. 교육 기간 중에 퇴소하면 병장 전역이지만, 교육을 완전히 수료하면 빼도 박도 못하고 최소 6개월은 하사 생활을 해야만 했다. '6개월 정도면 한번 해볼까' 하고 생각했던 적이 없진 않지만 나는 결국 전문하사를 신청하지 않았다. 하지만 웅범이는 이곳 연평도에서 18개월의 하사 생활을 더 하기로 마음먹었고, 군 생활에 뜻을 두어 장기복무까지 생각하고 있었다. 그 뜻과 포부가 존경스러웠다.

여러 재미있는 상황들을 생각해보았다. 비록 간부 계급장을 달고 있다고 하더라도 1203기에게 동기는 동기였다. 웅범이는 우리가 전역하는 날인 7월 18일에 정식으로 하사 계급장을 달고 출근하기로 되어 있었는데, 말 못 할 이유로 7월 18일에 전역하지 못하는 동기들과 웅범이가 만나면 어떤 상황이 연출될까.

"어, 하이. 오랜만이다. 아니, 필승?"

"야, 얻다 대고 반말이야?"

"아, 아닙니다. 아니, 아. 으아!"

상상만 해도 재미있었다. 내 두 눈으로 그 광경을 보지 못하는 것이 아쉬웠다. 오랜 시절 동고동락했던 동기가 갑자기 나보다 계급이 훨씬 높은 간부가 되어서 나타난다면 나는 그를 어떻게 대해야 할까. 후임들 역시 적응하기가 난처할 것 같았다. 웅범이를 본 기간이 비교적 짧은 연제나 민석이는 큰 상관이 없다고 하더라도, 진기 같은 경우는 웅범이가 '김웅범 해병님'이었던 기간이 무려 13개월이나 된다. 그런 웅범이를 하루 아침에 '반장님'으로 부르는 것이 마냥 쉽지만은 않을 것 같다. 애국심을 바탕으로 성실하게 복무해야 하는 전제는 똑같지만, 아무래도 병사와 간부가 군 생활에 임하는 자세는 다를 수밖에 없다. 그 문화나, 해야 하는 행동 역시 다르다. 웅범이도 하루아침에 바뀌는 생활에 적응하기가 힘들 것 같았다.

교육을 다녀온 웅범이는 부쩍 운동에 자신이 붙었다. 진혁이의 말년 시절부터 우리 생활반은 종종 '함께하기'라고 해서 다 같이 연병장 10바퀴 달리기 내기를 하곤 했다. 마지막으로 들어오는 사람은 2바퀴를 더 뛰는 벌칙으로 동기를 부여했는데, 보통 익제가 꼴찌를 하고 웅범이가 그 다음이었다. 부대의 연병장 10바퀴를 돌면 거의 3km 가까운 거리가 되었는데, 일병 시절 나와 살을 빼자고 함께 뛰었던 우리는 세 바퀴를 한 번에 뛰는 것도 힘들었다. 병장을 달고서도 웅범이는 열 바퀴를 한 번에 뛰는 일은 잘 없었는데, 교육을 다녀오고 나니 그게 가능해졌다! 웅범이가 1등을 하진 못했지만, 순위가 많이 올랐다. 오히려 이제는 광래와 익제가 마지막으로 들어오고, 그 다음이 진기, 지홍이 순으로 순위가 많이 바뀌었다.

7월 18일에 하사로 진급하는 것이 확정된 후에 주임원사님이나 대대장님께 동기들의 전역출도 날에 위로 휴가가 가능한지 물어봤다. 대답은 불가능. 말년에 휴가를 많이 나갔기 때문에 그것까지 배려해주기가 쉽지 않다는 말씀을 하셨다. 그렇게 결국 본부에서 함께 전역하는 사람은 나와 재오만 남게 되었다. 이병 시절 꼭 끝까지 함께해서 다 같이 인천에서 사진이나 찍자던 다섯 명의 동기들은 하나씩 떠나가더니 이제 둘이 되었다. 하지만 뭐 별수 있겠는가. 교육 복귀 3일 뒤 웅범이는 병사 생활 마지막 휴가를 떠나기로 했다. 복귀하면 7월 1일. 사실상 웅범이와 내가 함께할 수 있는 시간이 20일 정도밖에 남지 않았다. 전역 날 함께하지 못하니 남은 시간이라도 소중한 추억을 많이 만들자고 이야기했다. 함께 플라잉카페리호를 타고 나가지 못한다는 사실이 못내 섭섭했다.

85
두 번째 체육대회 (2017. 6. 30.)

  정확히 1년은 아니었지만, 거의 1년 만에 다시 체육대회를 하게 되었다. 작년과 달리 올해의 체육대회는 종목마다 휴가를 주지는 않았다. 어차피 휴가를 받는다고 한들 나는 쓸 수도 없어 마지막으로 즐겁게 행사 한 번 하자고 생각했다.

  본부의 만능 스포츠맨이었던 영헌이와 최영근 반장님의 부재로 본부는 축구와 농구에서 결승에 진출하지 못했다.(4개 중대의 행사였기 때문에 예선에서 한 번 이기면 결승, 지면 3, 4위전이었다.) 족구만 어떻게 결승에 진출할 수 있어서, 족구 보는 재미로 체육대회에 참가했다. 장소는 우리가 종종 사용하던 연평도 면민 운동장이었다.

  의례적인 식순을 거쳐 체육대회가 시작되었다. 천막에 자리를 잡고 내 왼쪽에 성빈이, 오른쪽에 세한이를 앉혀 놓고 다른 중대의 경기를 관람했다.

  "김지훈 해병님, 아이스크림 하나 드십니까?"

  "왜, 사주게?"

  "그, 그렇습니다!"

  "그래, 가자!"

  그날은 대대장님께서 예외적으로 면민 운동장 근처에 있는 편의점을 사용할 수 있게 해주셨다. 성빈이의 말에 바로 편의점으로 달려갔다. 물론 성빈이가 아이스크림을 사게 하지는 않았다. 아이스크림을 하나씩 물고, 운동장 근처 흡연장에서 담배를 하나 피운 뒤 천막으로 복귀했다. 우리 경기가 아니다 보니 생각보다 경기를 보는 게 재미있진 않았다. 오전 시간을 그렇게 보내고, 점심을 먹기 위해 본부로 복귀했다가 오후에 다시 운동장으로 와야 한다는 말을 듣고서는 '아, 괜히 참여했나?' 하는 생각이 들었다. 오후에 다시 돌아오고 나서도 본부가 계속 지기만 했기 때문에 체육대회에 흥미가 확 떨어졌다. 3, 4위전도 전부 지고, 그나마 결승을 간 족구도 져버렸다.

"에라이, 성빈아. 나 여기 왜 왔냐."

"허허. 아닙니다."

시간은 흘러 늦은 오후가 되었다. 게임 진행이 예상보다 느려, 당초 계획했던 시간보다 한 시간 정도 늦게 줄다리기를 시작했다. 이거라도 우승하자. 본부 자존심이 있지. 하고 생각했다. 예선전을 시작하기 전에, 줄다리기에 참가할 인원을 정렬시켰고, 본부는 딱 세 명이 모자란 상황이었다. 누군가 외쳤다.

"삼대장!"

중앙 스탠드에, 대대 참모인 보급 담당관님, 병기 담당관님, 그리고 수송 반장님이 나란히 앉아 계셨다. 세분 다 키가 크고 덩치가 산만해 힘으로는 어딜 가도 부족하지 않은 사람들이었다. 엄밀히 말하면 그분들도 본부 소속이었기에, 우리와 함께 게임을 하는 것이 가능했다. 시선이 그쪽으로 쏠렸다.

"삼대장!"

모두가 함께 외쳤고, 우리의 삼대장은 서로를 바라보며 어깨를 으쓱 한 후에 터벅터벅 대열에 합류했다.

"와아! 삼대장!"

삼대장의 합류로 인원 파악이 끝나, 밧줄의 가운데를 중심으로 본부와 예하 중대가 나란히 섰다. 작전 담당관님이 작전을 내려주셨다.

"그냥 누워, 쓸데없이 박자 맞추지 말고, 그냥 누워!"

"알겠습니다!"

긴장의 순간이었다. 주위가 조용해졌다.

"줄 잡아!"

심판이었던 예하 중대 행정관님의 목소리에 모두가 줄을 잡았다.

"삐이익!"

호루라기를 부는 순간 줄이 팽팽해지며 일제히 함성이 쏟아져 나왔다. 젖 먹던 힘까지 짜낸다는 말이 이런 상황을 보고 하는 말이었던가. 모두가 뭐에 홀린 듯 온 힘을 다해 줄을 당기며 드러누웠다. 아무 생각도 없이 당기는 데만 열중했다.

"삐이익!"

두 번째 호루라기 소리가 들렸을 때, 행정관님은 우리 쪽 방향의 손을 드셨다.

"와아아-!"

본부 모두는 서로 얼싸안고 뛰었다. 줄다리기가 그렇게 신나는 놀이였는지 지금까지 미처 알지 못했다. 여세를 몰아 다음 게임도 이겼고, 잠시 휴식 뒤에 이어진 결승전에서도 똑같은 전략으로 이겨 줄다리기에서 본부는 첫 우승을 차지했다. 삼대장의 도움이 컸던 것 같다.

다음은 계주였다. 작년 계주에서 본부가 우승하긴 했지만, 어디까지나 그건 최영근 반장님 개인의 역량이 매우 컸던 일이었다. 올해는 큰 기대를 하지 않은 채 운동장을 빙 둘러앉았다. 그나마 중대에서 좀 뛴다고 하는 1208기의 박현호, 1220기의 양경훈 등을 선수로 내보냈다. 시작은 그저 그랬다. 2등이었나, 3등이었나. 중간쯤에 머물러 있었다. 하지만 선수진이 간부 대열로 들어서면서, 2등을 제치고 1등과 경쟁을 하기에 이르렀다. 올해 우리의 마지막 주자는 지원장교님이었다.

"어, 어?"

반 바퀴가 남은 상황에서 지원장교님은 갑자기 속도를 내기 시작하더니 골인 지점 바로 앞에서 1위로 달리고 있던 중대를 추월해버렸다. 갑작스러운 상황에 본부는 순간 얼어붙었다. 1등, 1등? 1등! 상황 파악이 끝나자, 트랙 안쪽에 둘러앉아 있던 인원들 중 본부 중대의 총원이 자리에서 동시에 일어났다. 그리고 지원 장교님을 향해 일제히 달렸다. 순식간에 수십 명이 지원장교님을 둘러쌌고, 지원장교님은 그대로 헹가래를 당하셨다. 그 순간은 우리가 우승이라도 한 것 같았다.

그렇게 마지막 경기였던 계주가 끝났다. 순위 발표만이 남아있었다. 1등은 예상했던 대로 만능 스포츠맨인 영헌이의 중대가 차지했다. 중대 총원 1박 2일의 포상휴가. 문제는 2등이었다. 갑작스럽게 본부가 줄다리기와 계주에서 우승해버린 탓에, 예하 중대 중 하나와 공동 2등을 해버린 것이었다. 대대장님께서 말하셨다.

"공동 2등은 없습니다. 공동 2등의 중대가 응원전을 해서, 1등인 중대가 더 많이 선택하는 쪽으로 2등을 결정하겠습니다. 10분간 어떻게 응원할 것인지 회의할 시간을 주겠습니다."

순식간에 영헌이네 중대에 우리의 휴가가 달려버렸다. 최고 선임자였던 나는 후임들이 불편할까 봐 응원전 회의에서 물러나 뒤에서 지켜보고 있었다.

"이렇게, 이렇게 율동을 하자. 구호 …."

가만히 듣고 있자니 우리가 이길 것 같은 내용이 아니었다. 어차피 나는 '놀자!'는 입장이었고, 1일의 포상 휴가는 내게 중요한 것이 아니었으니 즐거운 분위기를 만들면 그만이라고 생각했다. 그래서 회의에 참여했다.

"다 들어봐, 그냥 다 필요 없다. 우리 차례 되면 클럽 노래 하나 트는 거다. 노래가 나오는 동시에 저기 앉아서 구경하고 있는 심판 중대 사람들 각자 한 명씩 데리고 나와서 춤추자 그냥. 무슨 응원이 필요하겠냐. 재밌게 놀면 그만이지."

곧 우리와 라이벌인 중대가 먼저 응원을 시작했다. 10분 만에 어떻게 저렇게 칼 군무를 만들어내서 율동을 할 수 있을까 하는 생각이 들 정도로 잘했다. 당초 계획대로 했었더라면 절대 이기지 못할 것 같았다. 우리 차례가 되었다.

"총원, 준비!"

우리는 일제히 스탠드 앞에 앉아있던 심판 중대를 향해 달려갈 준비를 했다. 정보 장교님이 사인을 주심과 동시에 우리의 노래가 나왔다.

"달려!"

쓰고 있던 체육모를 벗어 던지고 내가 가장 먼저 심판 중대를 향해 뛰어갔다. 그리고 놀란 영헌이의 손을 붙잡고 돌아와서 방방 뛰기 시작했다. 영헌이는 역시 프로였다. 정신을 차리자마자 어디에서인지 호루라기를 꺼내더니 비트에 맞춰 불기 시작했다. 운동장은 순식간에 클럽 스테이지로 바뀌었다.

"삑! 삑삑! 삑삑!"

소리에 맞춰 우리는 뛰고, 춤추었다. 우리의 라이벌 중대도 동참했다. 순위는 상관없이 모두가 한데 뒤섞여 놀았다. 노래 한 곡이 전부 끝날 때까지 우리 모두는 광란의 분위기 속에 시간 가는 줄 몰랐다. 약속한 시간이 지나고, 심판 중대가 2위를 결정해야만 했다. 그리고 웃기게도 우리는 선택받지 못했다.

"최영헌! 이 배신자 새끼야!"

장난삼아 영헌이에게 소리를 질렀다. 영헌이는 윙크 한 번으로 대답을 아꼈다.

체육대회가 끝났다. 챙긴 휴가도 없는 데다 몸은 웨이트 운동을 종일한 것만큼 피곤했지만, 그래도 재미있었다. 오랜만에 여러 동기들의 얼굴도 볼 수 있었고, 무엇보다 모두가 함께 웃고 즐길 수 있는 자리였다는 점에서 굉장히 만족스러운 행사였다.

86

전역 외출 (2017. 7. 8)

"지훈, 너네는 언제 나갈 거야?"

재오가 물었다.

"우리 확정은 아닌데 아마 7월 8일에 나갈 것 같아."

"오케이. 그럼 우리가 7월 9일에 나간다?"

"그래, 그렇게 하자."

전역 외출과 관련해서 응범이와 나는 많은 고민을 했었다. 전역자는 2명이었고, 후임들의 입장에서 더 많은 선물을 챙겨줘야 하기 때문에 충분히 부담스러울 수 있는 상황이었다. 그래서 응범이와 나의 결정은 전역 외출을 한 번만 나가되, 한 번 더 나갈 돈을 후임들에게 주어 전역 선물의 부담을 줄여주자는 것이었다. 맞후임인 진기도 흔쾌히 동의해 결정대로 전역 외출을 진행하기로 했다. 정작 2분대 총원에 더해, 성빈이까지 데려가기로 했다.

외출 당일이 되었다. 외출을 나간다고 운동을 생략할 수는 없어 세한이와 오전에 운동을 하기로 했다. 평소였으면 아침이라 힘이 없어 제대로 운동을 못 했겠지만, 지홍이가 휴가 때 가져온 부스터를 한 잔 타먹으니 없던 힘도 솟아났다. 많이 먹으면 안 좋다고는 하는데 한두 번쯤은 상관없을 것 같았다. 기대했던 것보다 운동을 만족스럽게 끝내고 간단하게 샤워한 뒤 외출을 나가기 위해 준비했다.

미리 얘기했던 대로 우리는 충민회관으로 향했다. 예약이 늦어 차량 지원은 없었다. 하는 수 없이 우리는 경치 구경이나 할 겸 걸어가기로 했다. 어느덧 여름, 생각보다 더운 날씨에 충민회관에 도착했을 때 우리는 이미 땀에 흠뻑 젖어 있었다. 오리 고기와 삼겹살을 주문했다. 섬 밖에서 보면 마냥 그렇지도 않겠지만, 연평도 물가에 비해 충민회관의 음식은 눈에 띄게 싼 데다가 맛까지 괜찮았다.

"내가 진작에 여길 알았더라면, 다른 외출 때도 여기로 왔을 텐데."

군 생활 통틀어 면회 한번 해본 적 없는 나에게 충민회관 음식의 양과 질, 가격은 충격 그 자체였다. 이렇게 괜찮은 곳이 있다는 사실을 왜 몰랐을까.

"더 먹어라, 얘들아! 먹고 싶은 만큼 먹어라!"

"감사합니다!"

"지홍아."

"상병 민지홍."

"진기야."

"상병 김진기."

"그동안 고생 많았다. 말 풀어라 이제."

"오! 필승! 고마워!"

전역을 정확히 10일 남겨두고 있었다. 나 때문에 고생도 많이 했고 힘들었던 적도 많았던 맞후임들만큼은 친구처럼 지내며 전역하고 싶었다. 말년에 말을 풀어준다는 것은, 단순히 '내가 곧 집을 간다'는 의미 외에도 '너의 고생을 인정한다. 이제 내가 있을 때만큼은 조금이라도 편하게 지내라'는 의미 역시 있었기에 그런 의미에서라면 지홍이와 진기가 가장 우선순위에 있었다.

"어이, 배승빈이."

"상병 배승빈이."

"니도 말 풀래?"

"감사합니다!"

"안 돼."

"… 알겠습니다."

"내 배 타고 나가는 순간부터 말 풀도록."

"알겠습니다."

군대가 돌아가는 이야기, 서로에 대한 이야기를 하며 우리는 맛있는 식사를 함께했다. 밥을 다 먹고, 이제 어디로 갈 지 결정해야 했다.

"노래방 가자!"

응범이가 말했다. 노래방을 좋아하긴 하지만, 나는 세한이와 한참 전부터 이야기했던 내기 당구를 해야만 했다.

"미안, 응범. 나는 당구장!"

생활반은 두 무리로 나누어졌다. 나와 세한이는 당구장으로 향했고, 나머지는 충민회관에 있는 노래방을 사용하기로 했다. 오후 네시 반에 마크사에서 만나자고, 휴대폰이 없으니 다소 원시적인 방법이긴 했지만 그렇게 약한 채 우리는 흩어졌다.

"정세한! 뒤졌어."

"알겠습니다."

"가자!"

지난 번 진혁이의 전역 외출 때 세한이에게 당구를 한 번 진 적이 있었는데, 그때의 치욕을 나는 잊지 못했다. 반드시 세한이를 이겨 그 수모를 갚아주고자 했다. 연평도 마을에 있는 연도 당구장에 도착했다. 서로 200점씩 놓고 시작한 당구는 생각보다 길게 이어졌다. 하지만 승부는 생각보다 싱겁게 끝이 났다. 내가 압승해버린 것이다.

"마! 잘쳤다!"

"… 알겠습니다."

"다시는 당구로 까불지 마라!"

"… 김지훈 해병님 전역하고 언제 한 번 더 치십니까?"

"자신 있나!"

"그렇습니다!"

세한이가 당구비를 내고, 우리는 약속했던 마크사로 향했다. 웅범이네 팀은 먼저 와 우리를 기다리고 있었다.

"왔냐? 복귀하자."

마크사에 진기가 맡겨 두었던 나와 웅범이의 전역 선물들을 바리바리 싸 들고 우리는 중대에 도착했다. 시작부터 끝까지 함께하지는 못했지만, 각자의 추억을 챙기면서 나와 웅범이의 전역 외출은 마무리되었다. 생활반에 돌아와 후임들이 내 전역을 위해 챙겨 준 선물들을 열어보았다. 해병대 체육복 바지부터, 온갖 뱃지, 전역마크, 팔각모, 편지, 그리고 반지까지. 눈물이 나려 하는 걸 간신히 참았다.

"진기야!"

"엉?"

"내가 진짜 집에 가긴 가나 보다."

"가지 그럼. 갑자기 뭔 소리래."

"고마웠다. 그동안."

"뭐래, 오글거리게."

"11월에 꼭 면회 올게. 그동안 어디 팔려가지 말고 잘 버티고 있어라."

이제 전역만이 남았다. 연평도에서 해야 할 모든 것을 다 마무리했던 하루였다.

87
마지막 과업, 마지막 후임 (2017. 7. 13.)

5월, 내 마지막 휴가를 나갔던 당시에 막내가 전입했다. 1220기였고, 이름은 윤영국이었다. 잘생기고, 착해 보여서 마음에 들었다. 그리고 6월, 영국이가 채 제대로 적응도 하기 전에 한 기수 차이인 1221기의 새로운 막내가 들어왔다. 이름은 서지훈.

영국이는 이재환의 빈자리를 채우기 위해 전입한 신병이었다. 즉, 세한이의 과업 맞후임이 되는 것이다. 그리고 서지훈은 내가 갔을 때를 대비해 전산병 보직을 받는다고 했다. 대체 인원을 전역하기 전에 채우는 경우는 처음이었지만, 교육할 시간이 넉넉하다는 뜻이기도 하기에 괜찮게 받아들였던 것 같다.

서지훈은 아마 나 때문에 마음고생을 좀 많이 했을 것 같다. 하필 이름이 흔하면서도 나와 같은 이름이라, 생활반에서 내가 '지훈아'라고 부르는 것을 금지해버렸기 때문이다. 결코 이 아이의 정체성을 무시하려는 의도는 아니었다! 다만, 나는 최고 선임자인데 이 아이는 막내였기에 후임들이 왠지 모르게 장난스럽게 서지훈을 부르는 느낌이 들어서 괜히 기분 나빠 그랬을 뿐이다. 그래서 서지훈은 내가 있을 때만큼은 '서 씨'가 되었다.

전입하자마자 전산병 보직을 받는 것이 확정이 나서, 나는 바로 서지훈의 교육에 돌입했다. 익제도 이제는 충분히 누군가를 가르칠 수 있을 만큼의 업무 능력을 보였지만, 항상 작업을 나가야 했다. 나는 이제 말년이라 내가 원하지 않으면 오세근 반장님께서 굳이 작업에 데리고 나가지 않으셨다. 뭐, 마침 서지훈도 흡연자여서 기재실에서 가르치다 한 번씩 담배를 피우러 나가는 것도 나쁘지 않았다.

서지훈에게 전산 일을 가르친 지 2주쯤 되는 날이었던 것 같다. 7월 13일. 목요일이었다. 금요일은 팸 투어, 그리고 주말을 지나면 월요일에는 전역출도를 하는 날이었다. 사실상 마지막 과업일이었다. 그날도 어김없이 오세근 반장님은 서지훈을 가르치라고 하셨다. 기재실에 있을 때, 누군가 문을 노크했다.

"들어가도 좋습니까, 상병 배성빈입니다."

"어, 들어와."

"김지훈 해병님. 얼음 좀 빌려가도 되겠습니까?"

"어, 가져가."

커피를 타기 위해 얼음을 가져가려는 성빈이었다.

"용무 마치고 돌아가겠습니다. 필승!"

"어, 야 성빈아! 얼음 쓰고 다시 기재실로 와라!"

"알겠습니다!"

가르치기만 하다 지루해서였을까, 문득 생각이 떠올랐다. 마지막 과업이었다. 오늘이 지나면 두 번 다시 기재실에 올라올 일이 없었다. '피카츄'라는 것이 있다. 군용 전화기의 자석 신호를 이용해, 전기를 몸에 흘려보내는 것이다. 이게 과하면 당연히 고문이지만, 통신병의 작업 특성상 전기를 먹을 일이 종종 있어 한 번쯤 경험해보는 것도 나쁘진 않았다. 실제로 그래서 옛날 통신병 인계에는 피카츄를 당하는 것이 있기도 했고. 전기도 3V라, 얇은 점퍼선 하나로 흘려보내면 손등에서 뭐가 기어 다니는 정도의 느낌밖에 들지 않았다.

"필승!"

성빈이가 왔다.

"어, 성빈아! 너 피카츄라고 아냐?"

"피카츄? 아닙니다."

"열로 와서 이거 한 번 만져봐."

"알겠습니다."

성빈이가 내 전화기에서 나온 선 두 가닥을 잡는 순간, 자석 신호 버튼을 눌렀다.

"흡?"

"뭐야, 아무 느낌 없냐?"

"있긴 한데, 사실 거의 아무렇지도 않습니다."

"그래? 됐다. 뭐 없지? 담배나 피우러 가자."

"감사합니다!"

그때 서지훈이 신기한 말을 했다.

"김지훈 해병님, 이거 제가 한번 해봐도 되겠습니까?"

피카츄를 자기가 스스로 당하겠다고 하는 후임은 난생 처음 봤다.

"어? 왜?"

"그냥, 궁금해서 그럽니다."

"어… 뭐… 자, 이렇게 전선 두 가닥에 손을 대고 자석신호를 누르면 된다. 난 무서우니까 니가 스스로 눌러봐라."

"아… 앗. 알겠습니다. 이런 거구나."

"그래. 너도 담배나 하나 피우러 가자."

"감사합니다!"

이 궁금증을 느꼈을 때부터 나는 서지훈을 높게 평가했다. 전기였다. 전기. 전기에 스스로 손을 댈 만한 호기심을 가질만한 사람이 몇이나 될까. 굉장히 짧은 그 순간에 나는 이 아이가 장차 전산 과업을 충분히 이끌 인재임을 느꼈다. 지금은 어떻게 지내고 있을까.

88
팸 투어 (2017. 7. 14.)

전역한 선임들이 진저리를 치는 것 중 하나가 팸 투어다. 정말 너무나도 재미가 없어서, 전역을 연기해버리고 싶을 정도라고들 종종 이야기했다. 내가 겪어본 결과, 결론부터 말하자면, 맞다. 재미없었다. 팸 투어의 정식 명칭은 전역교육이었다. 이름만 바꿔도 바로 재미없는 티가 나는 것만 같다.

"웅범아, 너도 팸 투어 참여해라."

오세근 반장님의 지침이 있었다. 원래 웅범이는 전역을 하는 것이 아니었기에 팸 투어를 가도 되고 안 가도 됐다. 하지만 팸 투어 당일 하필 통신장비정비 집체교육에 걸려 팸 투어를 못 가게 된 상황이었다. 오세근 반장님이 그것을 해결해주셨고, 덕분에 본부에서는 나와 재오, 웅범이가 나란히 팸 투어에 참여할 수 있었다.

교육이 시작하기 전까지는 좋았다! 강당에 내가 아는 모든 동기들이 다 모였기 때문이었다. 가족이었던 영헌이와 수훈이를 시작해 입도 전 도파대에서 본 이후 처음 본 반가운 동기들의 얼굴이 그곳에 가득했다. 웃고, 떠들고, 분위기가 피었다.

"자, 주목!"

팸 투어를 담당하시는 담당관님께서 단상을 치며 말씀하셨다. 정말 재밌는 것은, 이 "주목!"이라는 말에 떠드는 소리가 전혀 줄어들지 않았다는 것이었다. 웅범이와 내가 이 상황에 동시에 웃음이 터졌다.

"역시, 대한민국 예비군 짱짱이야!"

전역을 3일 남긴 병장들만 모아놓은 곳이었다. 당연히 마음대로 통제가 될 리 없었다. 행사를 맡은 담당관님은 진짜 간부였다. 그런 걸로 화를 내지 않으셨다. 오히려 말년 병장들이 스스로 따를 수 있게끔 온화한 모습을 보이셨다.

"그래! 좀 이따 하자! 까짓 거. 얼마 만에 보는 얼굴들이겠노!"

시간이 조금 지나서 담당관님께서는 다시 주의를 끄셨고, 그때는 우리 모두 담당관님께 집중할 수 있었다. 출석을 부르셨다. 휴가 복귀를 안 해서 출석하지 못한 인원이 꽤 있었다. 상관없다고, 바로 교육을 진행하겠노라고 하셨다. 첫 교육은 '예비군'에 관한 것이었다. 연평 면대장님께서 오셔서 예비군에 대한 교육을 하셨다. 사실 크게 기억나는 것은 없다. 마지막으로 면대장님께서 하신 딱 한 마디만 들었기 때문이다.

"다 상관없긴 합니다. 여러분들 전역하고, 딱 1년 먼저 전역한 대학 선배님한테 물어보는 게 제일 정확할 겁니다."

그 후에는 안보 교육을 했다. 교육이라기보다는 서약에 가깝긴 했다. 간단하게 구두로 설명을 한 후, 보안 서약서에 서명을 하는 것으로 안보 교육은 끝났다. 나를 포함해 모두는 군 생활을 하면서 보고 들었던 군사 기밀을 절대 밖에 나가서 유출하지 않겠다고 서약했다. 그런 연유로 내가 쓰는 글에도 누구나 알아도 문제가 되지 않을 이상의 정보는 나오지 않는 것이다.

안보 교육까지 끝나고 난 후에, 우리는 드디어 기다리던 밥을 먹으러 이동할 수 있었다. 아무도 시계가 없는 탓에, 지금 시간이 몇 시인지도 모른 채 버스를 기다리며 탔다. 도착한 곳은 충민회관. 인원이 인원인 만큼 비싼 밥은 기대하기가 그랬겠지만, 제육볶음에 달걀 프라이, 김과 김치찌개. 이렇게 간단한 메뉴였음에도 밥은 정말 맛있었다. 다음에 연평도에 들어오더라도 밥은 무조건 충민회관에서 해결해야겠다는 생각을 했던 점심밥이었다.

밥을 다 먹고, 충민회관 건물 앞에서 단체사진 퍼레이드가 시작되었다. 그 뒤부터, 팸 투어가 끝날 때까지 단체 사진 찍기만 연이어 계속되었다. 충민회관을 출발해, 바다 부근의 이름도 모르는 공원에서 사진을 찍었다. 그 후 작업을 하러 종종 갔지만 이름이 기억나지 않는 공원에서도 사진을 찍고, 망향공원이라는 공원에서도 사진을 찍었다. 돌아와서도 사진을 찍었다. 날씨가 생각보다 정말 덥고 습해 한 걸음 움직이는 것에도 말년 병장들은 귀찮아했다. 행사 담당관님 역시 마찬가지였다.

"이거 다음 기수부터는 안 해야겠다!"

는 말을 연거푸 하셨다. 연평도의 주요 관광지라고 할 만한 관광지들은 모두 돌아다니며 단체 사진을 죄다 찍은 후에, 다시 처음의 강당으로 돌아왔다.

"자, 지금부터 전역신고 연습에 들어간다!"

"에이-."

"어? 에이? 빨리 가고 싶으면 지금 하는게 좋을 걸? 딱 두 번만 하고 가자."

"예-."

헌병이었던 우도가 전역신고를 하게 되었다. 정말로 딱 두 번만 전역신고 연습을 하고 각자의 부대로 보내 주었다. 생활반으로 돌아와서 시계를 보니 오후 네 시였다. 몸이 녹초가 다 되었다. 바로 엎어져 잠에 들었다. 그 사진들은 다 어디로 간 걸까. 난 한 장도 안 받았는데. 아무튼 이 팸투어로 군인으로서 연평도에서 해야 할 일은 모두 끝났다.

89
평범하게도, 평범함이 제 무기였습니다

2015.10   2016.01   2017.01

본 글은 2017년 국방부 병영문학상에 응모했던 작품입니다.

"그냥 평범하네요. 집안도 평범하고, 학력도 평범하네요. 신문방송학과를 졸업했다고 아나운서가 그냥 될 줄 알았나 봐요? 키도 외모도 평범하고, 이렇다 할 공인어학시험 자격증도 없네요. 노래는 잘하세요? 춤은요? 요새 아나운서는 뭐든 다 잘해야 한다는 거, 모르셨나요? 이름도 평범하네요. 한국에서 제일 많은 김 씨에, 학창시절 한 반에 한두 명씩은 꼭 있는 지훈이라니. 더 볼 것도 없네요. 수고하셨습니다."

훈련소에 있을 때 꿨던 꿈이다. 정말 무서운 악몽은 집채만한 괴물이 나타나 내 몸을 한입에 꿀꺽 삼켜버리는 꿈이 아니라, 현실보다 더 현실적인 꿈이 잔인하게 내 이상을 찢어발기는 꿈이다. 하루가 지나면 잊혀 그런 꿈을 꿨다는 사실도 모른 채 지내는 단순한 악몽과 달리, 진짜 악몽은 잊을 만하면 생각나 내게 고뇌와 스트레스를 안기곤 한다. 바로 그 꿈이, 인기리에 방영했던 드라마 『쌈, 마이웨이』에서 주인공 최애라가 극중 방송사 KBC의 아나운서 면접시험에서 망신을 당하는 모습을 보며 떠올라버렸다. 훈련소 시절에 걱정했던 내 미래의 모습. 정확히 그것을 드라마가 보여주고 있었다.

돌이켜보면 훈련소 시절의 나는 스스로를 부정하고, 의미 없이 살아온 사람으로 낙인찍곤 했다. 매일같이 소등 이후 관품함이 선을 그어준 내 자리에 꼼짝없이 누워서 생각했다. '내 스스로가 대단하게 살아왔다고는 생각하지 않지만, 그래도 정말 내세울 것 하나 없이 평범하구나. 그 어느 때보다도 간절히 성공하고 싶다. 군대에서마저 뭔가를 하지 못한다면 내 인생은 끝이다.' 그렇게 자조 섞인 고뇌를 거듭한 끝에 나왔던 해답이 군대에 있을 때만큼은 누구보다 열심히 생활해 내 군 생활을 나만의 '특별함'으로 만들자는 것이었다. 이후 공개 부대배치를 통해 내 부임지는 연평부대가 되었고, 특별한 군 생활을 원했던 나에게는 어느 곳 못지않게 만족스러운 부대가 되었다. 그렇게 내 군 생활은 시작되었다.

2015년 12월, 연평부대 90대대본부로 소속이 확정되어 처음 의낭을 싸메고 철부지 훈련병에서 탈피, 이등병의 포부로 무장해 보무도 당당하게 연평도에 입성했다.

하지만 당시 연평도에서 이등병은 숨쉬는 것을 제외하고는 마음대로 할 수 있는 것이 아무것도 없었고, 그런 이병 김지훈에게 선임들은 냉정하기만 했다. 어떤 것 하나를 잘못해도 돌아오는 꾸지람과 질책은 감당하기 어려울 정도였다.

나는 다시금 좌절에 휩싸였다. 어떻게 해야 욕을 먹지 않을까? 수많은 밤마다 침낭을 덮고 엎드려 누워서 고민했다. 시간은 훌쩍 지나가 해가 바뀌고, 고민 끝에 우선 과업이나 잘하자!라는 결론에 이르렀다. 대대의 전산병 보직을 맡은 나는, 대대 내의 모든 통신장비와 전산장비의 관리를 주 업무로 했다. 처음 접한 업무이기에 장비의 모델명, 입고 과정 등 모든 것이 익숙하지 않았고, 그래서 장비들과 더 친해지기 위해 노트를 하나 구해 그날 만진 장비의 모델명, 제조번호, 관리번호 등 모든 정보를 적으며 하루하루 과업내용을 숙지했다.

그렇게 수개월 과업을 진행하다 보니, 엑셀파일 하나로 유지되던 90대대 장비현황의 한계점이 눈에 띄기 시작했다. 세부사항 없이, 그저 장비의 모델명과 개수만 빼곡하게 적혀 있었을 뿐이었다. 이에 나는 담당간부 님께 기획서를 제출해 90대대 전산과업의 혁신을 이뤄보자고 하였고, 담 당간부님은 흔쾌히 허락해주셨다.

이후 근 반 년간 90대 내 수백 개에 이르는 모든 장비에 가로, 세로 3cm의 태그를 부착하고, 그 옛날 대동여지도를 그린 김정호처럼 9개의 예하 중/소대 건물을 돌아다니며 각각의 장비가 건물 내 어디에 있는지 위치를 그림으로 그렸다. 작업을 마친 후 수집된 정보를 PC 내 문서 형식 으로 정리하고, 파일철을 따로 만들어 유사시에 들고 다닐 수 있도록 하 였다. 담당간부님께 건의드렸던 모든 전산과업 혁신의 내용을 달성한 것 이었다.

과업이 잘 진행되면서 주위 선후임들과 간부님들께 인정받기 시작했 다. 정신적으로, 육체적으로 여유가 생기다 보니 주위에 여러 문제로 힘 들어하는 해병들이 많다는 것을 실감했다. 그들에게 조금이나마 도움이 될 방법을 찾아보기로 했다. 때마침 해군본부에서 '해군 해병대 인권모니 터단'을 모집하고 있어 연평부대의 특수성과 다른 인원에게 도움이 되고 싶은 내 마음을 어필하여 제3기 인권모니터단이 될 수 있었다. 다른 이 들의 문제에 더 깊은 관심을 가질 수 있으면서 내 스스로에게 더 당당해 지는 기회가 되었다. 이후 국방부에서 주관하는 인권감수성교육을 수료 해 더 부드럽고 섬세하게 인권문제를 직시할 수 있었다.

여러 인권 활동들을 하면서 군 내 인권문제 해결의 시발점은 '인권'이라 는 개념을 머리에 넣는 것보다, '사랑'이라는 실천을 가슴에 넣는 것이라 는 생각이 들었다. 이에 생활반부터 시작해 함께 식사하고, 주말에 함께 탁구를 치며, 명절에는 윷놀이를 하는 등 무엇이든 함께하는 시간을 가 지면서 점차 부대의 분위기는 좋아져갔다. 이렇게 느끼고 실천한 점들을 수기로 작성해 해군본부 인권 공모전에 제출하여 수상하기도 하였다. 연평부대에서는 인권모니터단의 긍정적 효과를 받아들여 부대 내 자체 모니터단을 시행해 초대 90대대 인권모니터단이 되는 영광 역시 누릴 수 있었다.

상병 진급에 즈음하여, 난 '이제는 내 스스로를 위해 시간을 투자할 때가 되었다.'고 생각했다. 과업은 순조롭게 진행되고 있었으며 생활반 내 분위기는 그 어느 때보다도 좋은 시점이었다. 곧바로 무엇을 어떻게 할 것인지 고민했다. 그 결과로 하고 싶었던 혹은 해야 했던 공부와 독서, 운동을 하고 각종 공모전과 대회에 지원하기로 했다. 결심이 선 이후 아침, 점심시간에는 독서를 하고 저녁시간에는 운동을 하며, 22시 소등 이후 자정까지 연등시간과 주말을 활용해 매일같이 공부를 하고, 짬 나는 대로 일기를 쓰고 생각을 글로 정리하는 등 무언가를 쓰는 데 열중했다. 비록 하루라는 시간의 물리적 구성은 똑같았지만, 매일 더 나은 것을 읽고 공부한다는 생각에 전혀 지루하지 않았다. 오히려 뿌듯함의 연속이었다. 결국 공부를 시작한 지 8개월여 만에 한자능력시험 1급, 토익 920점, 新HSK 5급, 한국사능력검정시험 1급을 취득할 수 있었다. 또한 주옥 같은 문학, 인문학 서적 70여 권을 탐독할 수 있었으며, (역시 난 타고난 사람은 아니라는 씁쓸한 수긍과 함께) 대부분은 떨어졌지만 연평부대 내에서 주최하는 음어조해 경연대회, 연평도 포격전 6주기 수기 공모전에서 수상할 수 있었다.

이렇게 군대 내에서 하고 싶었던, 이루고 싶었던 모든 것들을 이뤘다고 생각했던 병장 진급 당시, 새로운 문제가 생겼다. 바로 '나처럼 아무것도 없는 사람도 열심히 노력하면 뭔가 이룰 수 있다. 이것을 절망에 빠진 다른 해병들에게 알려주고 싶다.'였다. 기막힌 타이밍으로 2017년 1분기 총결산 겸 합동과업정렬에서 '나의 주장 발표대회'를 실시한다는 전파를 받아 바로 참가를 신청하여 지금까지의 내용을 말로써 알리며, 다른 이들이 군 생활의 의미와 가치를 깨닫기를 바라며 발표를 진행했다. 최우수 상을 받았다는 것은 차치해 두고서라도, 자신의 군 생활에 목표가 생겼다, 감사하다는 등의 반응이 나와 너무나도 행복했다. 심지어 당시 나보다 선임이었던 한 해병에게 SNS를 통해, "왜 이런 발표를 이제야 했냐, 너를 조금만 더 빨리 알았더라면 내가 군 생활을 이렇게 하지는 않았을 텐데."라는 말까지 들었다. 그때 깨달았다. 그래도 내가 남에게 인정받을 정도만큼의 군 생활은 했다는 사실을.

나는 나 스스로가 평범한 사람임을 알았고, 그래서 그 평범함에서 탈출하기 위해 누구보다도 열심히 분투했으며, 1년 9개월여의 시간 동안 하나하나 천천히 목표를 이루어나갔다. 그렇기에 나는 군대를 겪으며 회의와 좌절에 빠져 있는 모든 장병들에게 말하고 싶다. 군대는 아직 있을 만한 곳이며, 오히려 사회에 있을 때보다 더 많은 것을 얻고 배워갈 수 있다고. 충분히 인생을 걸고 싸워볼 만한 곳이라고.

전역을 2주 남긴 지금의 목표는 연평부대에서 나아가 해병대 교육훈련단과 육군훈련소에서 군 생활의 의미와 가치를 깨우치는 강연을 하고, 관련된 책을 출판해 전 국민에게 노력과 인내의 의미를 전파하는 사람이 되는 것이다. 그 후 입대 이전부터 꿈꿔왔던 아나운서의 꿈에 다시 도전해 볼 생각이다. 나에게 새로운 목표를 갖게 해준 '군'에 감사하고, 앞으로도 나는 내 목표와 꿈을 위해 나아갈 것이다.

90
타임 인 연평 (2017. 7. 10)

본 글은 전역 전 연평부대원들에게 하고 싶었던 말을 편지 형식으로 써 대대장님을 포함해 간부님들에게 제출했던 글입니다.

필승! 90대 본부 병장 김지훈입니다. 잭작년 12월 전입 이후 시간은 속절없이 흘러 어느덧 7월, 전역의 달이 밝았습니다. 공룡부대원 여러분은 이윤창 작가의 웹툰, 『타임 인 조선』을 아십니까? 주인공 준재가 우연히 타임머신을 타고 조선시대에 도착해, 그곳에서 생활하는 모습을 담은 웹툰입니다. 준재는 휴대폰도 먹통이고, 입는 옷마저 적응하기 힘든 조선에서 매일을 좌절 속에서 살았지만, 점차 그곳에도 사람과 그들이 만드는 사랑, 그리고 그 사랑들이 얽힌 삶이 있음을 깨달아갑니다. 1년의 체류 후 타임머신이 고쳐지고 준재는 눈물을 흘리며 조선과 이별합니다. 시간이 흐르고, 백발의 노인이 된 준재가 "사무치게 그리운 그곳, 조선으로 돌아가고 싶다."며 타임머신을 찾아 타고 조선으로 돌아가면서 웹툰은 끝납니다.

저는 그렇게 생각합니다. 비록 장소나 시대의 차이는 있을지언정, 연평도에서의 우리의 군 생활도 이것과 다를 바 없다고, 오히려 준재의 1년보다 더 따뜻하고, 아련한 추억이 될 것이라고. 여러분들의 생각은 어떻습니까? 우리 모두 이병 계급장을 달고 연평도에 들어올 때는 그저 막막하고 두려울 뿐이었습니다. 당연하게도 휴대폰 사용이 불가능하며 옷도 원하는 대로 입을 수 없었습니다.

하지만 시간이 지나면서, 우리는 변해가는 우리 자신을 발견할 수 있었습니다. 주특기보다는 상황조치를 훈련하면서 자신감을 얻었습니다. 실제 상황이 벌어졌을 때 이를 유감없이 발휘해 완벽하게 대처해 말로 다 못할 통쾌함을 느꼈습니다. 해무와 파도로 배가 안 떠 휴가를 못 나갈까 봐 노심초사하기도 하고, 다행히 떴다 치면 거센 바닷바람에 날아가려는 팔각모를 잡고 보무도 당당하게 우리만의 배, 플라잉 카페리호에 올랐습니다. 일주일에 한 번 오는 황금마차를 목이 빠져라 기다려도 봤으며, 어쩌다 소대 외출을 나가면 지도에서는 찾기도 힘든 작은 마을이 한없이 넓어 보였고, 해장국 한 그릇과 당구 한 게임에 우리는 행복했습니다. 자고 일어났더니 끔찍하게 쌓인 눈을 치우느라 한겨울에 비지땀을 흘린 적도 있었고, 가을철 세차게 내리는 비를 뚫고 북한이 훤히 보이는 해안에서 작업을 하기도 했습니다. 앉아만 있어도 땀나는 여름에 구리동 해수욕장에서 더위와 스트레스를 날려버릴 하계휴양도 해보았고, 벚꽃이 만개할 봄이면 평화공원에서 평생 남을 기념사진도 찍었습니다. 영화 『연평해전』을 보면서 분노와 슬픔에 눈물을 흘리기도 하였고, 뉴스에 연평도 관련 기사가 나면 바로 우리가 이곳을 지킨다는 사명감에 뿌듯하기도 했습니다.

모두 우리가 연평도에 있기에 겪을 수 있는 순간들이었습니다. 그리고 오직 우리만이 공유할 수 있는 추억이었습니다. 준재의 조선에 사람과 사랑, 삶이 있다면, 우리의 연평도에는 해병과 전우애, 추억이 있었습니다. 그리고 이 모든 것들은 우리가 자부심을 가지기에 충분했습니다.

'그곳에 없던 자 그곳을 알지 못하고, 그곳에 있던 자 그곳을 잊지 못한다.'는 말이 있습니다. 비록 모두가 항상 물리적으로 함께하진 않았지만, '연평도'와 '공룡부대'로 항상 연결되어 있다고 생각합니다. 또한 이들이 존재하는 한, 우리는 언제나 연평도에서의 추억을 회상하며 닥친 현실의 문제에 다시 끓어오를 수 있을 것입니다.

1년 7개월여의 시간 동안 수많은 추억을 함께하며 슬플 때 같이 울어주고, 기쁠 때 같이 웃어주었던 공룡부대원 모두 진심으로 감사했습니다. 덕분에 제 '타임 인 연평'은 감사와 행복의 연속이었습니다. 여러분의 '타임 인 연평' 또한 마찬가지리라 믿어 의심치 않습니다. 감사합니다. 필승!

91
에필로그. 638일의 기적 (2017. 7. 17-18)

2015.10   2016.01   2017.01

모든 순간들이 지나고 어느덧 전역의 날이 밝았다. 월요일 아침이었다. 눈을 뜨자마자 재오와 아침을 먹고, 샤워를 한 후 미리 준비했던 출도복으로 갈아입었다. 아침 8시에 대대장님 신고, 10시에 부대장님 신고가 있다고 했다. 생각보다 빡빡한 스케줄이었다.

7시가 조금 넘어, 신고할 준비를 모두 마치고, 정들었던 사무실들을 돌아다니며 지냈던 간부님들께 인사를 드리러 갔다. 나는 과연 이분들에게 어떤 병사였을까. 나에게는 한 번밖에 없는 군 생활이고, 단 한 명의 상급자였지만, 이분들은 수많은 직책을 거치며 수많은 병사들을 만나왔을 것이었다. 시간이 지나고, 내가 이분들의 기억에 남을 수 있을까. 많은 생각을 하며 인사를 드린 후 시간 맞춰 신고를 위해 중대 앞에 나갔다.

"필-승! 신고합니다. 병장 김지훈 등 OO명은, 2017년 7월 18일부로 전역을 명받았습니다! 이에 신고합니다. 필-승!"

실제로 신고를 내가 하지는 않았지만, 마음속으로나마 내 이름을 넣어 대대장님께 신고를 드렸다. 곧바로 부대 본관 앞에서 부대장님 신고가 있었다. 신고를 위해 줄을 맞추기 시작할 무렵, 바다 쪽에서 해무가 쓸려오고 있었다. 어느덧 행사 시작인 10시가 되었다. 부대장님께서 집무실에서 내려오셨다. 쓸려오던 해무는 부대본관 앞을 완전히 덮어버려 마지막 날을 기념이라도 하듯 해무 속에서 우리는 전역신고를 했다.

신고를 마친 후 다시 중대로 돌아와 휴대폰을 받았다. 어차피 도서파견대로 가면 다시 제출해야 할 휴대폰이지만, 뭔가 '집에 간다'는 느낌이 사뭇 들었다. 마지막으로 흡연장에서 담배를 하나 피운 후, 생활반에서 모두와 마지막 인사를 나누고 부대 본관 앞에 대기하던 차량을 타고 선착장으로 나갔다. 출도 전 이틀 동안 배가 묶였던 탓에, 표를 사려는 사람들은 평소보다 훨씬 많았다. 재오와 나는 혹여나 표를 못 사는 건 아닌가 하는 걱정이 들기 시작했다. 30여 분을 줄 서서 기다린 끝에 결국 표를 살 수 있었다.

표를 산 후 밖을 나가보니 비가 억수같이 쏟아지고 있었다. 세차게 쏟아지는 비에 해무는 점점 물러나 저 멀리 바다는 오히려 점점 잘 보였다. 좋은 징조였다. 표를 사려고 오래 기다린 덕에, 배를 기다리는 시간은 길지 않았다. 바로 배에 탈 수 있었다. 선착장에서부터 우리의 배, 플라잉카페리호를 향해 가는 동안, 우리는 뒤를 자꾸만 돌아보게 되었다. 그곳에는 우리 군 생활의 무대였던 연평도의 곳곳이 우리를 향해 마지막 인사를 건네고 있었다. 눈물은 나지 않았다. 담담하게 배를 향해 걸어갔다. 그리고 가는 길에, 언제나 내 왼쪽 손목에 붙어 모든 액운을 빨아주던 염주를 끊어 바다에 버렸다. 마지막이자 새로운 시작을 위함이었다.

배가 출발하자마자 잠에 들어 눈을 뜨니 바로 인천에 도착해 있었다. 연안부두에 대기하고 있던 차량을 타고 늘 가던 도서파견대로 이동한 후, 마지막 생활반을 배정받고 그곳에 들어갔다. 한 생활반당 자리는 12개, 인원은 18명. 3명이 2개의 매트릭스를 깔고 자야 하는 상황이었지만, 아무럼 어떤가. 마지막 날인데. 게다가 다 동기들이고. 공간이 좁은 것은 큰 문제가 되지 않았다. 공교롭게도 나와 같은 매트릭스를 쓸 동기는 재영이었다. 잠시나마 한 생활반을 썼었던 사이였기에 마음이 편했다. 그렇게 자리에 누워 오지 않는 군대에서의 마지막 잠을 억지로 청하며 밤을 맞았다.

아침이 되었다. 까치 설날이 있고 다음날에 우리 설날이 있듯, 가짜 전역인 출도날이 있고, 진짜 전역날이 따로 있었다. 드디어 진짜 전역날이 된 것이었다. 6시 반이 총기상이었지만, 대부분은 6시가 되기도 전에 일어났다. 나 역시 일찍 일어나 세수와 양치를 하고, 겸허하게 전역을 기다렸다. 8시가 되자, 연평보좌관님께서 휴대폰을 나누어 주셨다. 모두 휴대폰을 받은 후에 위병소까지 다 함께 나갔다.

먼저 가신 보좌관님께서 위병소 앞에 서서 한 명, 한 명 부르며 전역증을 나눠 주었다. 운 좋게도 나는 첫 번째, 재오는 두 번째로 전역증을 받았다. 마지막으로 보좌관님께 크게 경례를 한 후 위병소를 떠나왔다. 진짜 전역인가, 싶었다. 연평도였기 때문에 마지막에 위병소에서 후임들이 도열해 환송해주는 그런 감동적인 순간은 없었지만, 연평도였기 때문에 얻은 것이 더욱 많아 아쉽진 않았다. 약속했던 대로 재오와 인천터미널 부근 사우나에서 목욕을 하고, 우리를 위해 휴가를 나온 지수, 지홍, 성빈, 광래, 그리고 인천으로 와준 재환, 상우를 기다렸다. 오후 4시쯤 모두가 다 모여 인천 예술회관역 근처의 사진관에서 기념사진을 찍었다. 군복을 입고 마지막으로 찍은 사진이었다. 그리고 난 후 감자탕집으로 이동해 저녁식사를 하며 이야기를 나누었다. 지금까지의 이야기. 그리고 앞으로에 대한 이야기. 어쩌면 이 얼굴들을 볼 수 있는 마지막 기회였는지도 모른다. 그렇기에 그 순간이 너무 소중했고, 1초도 낭비하기 싫었다. 천천히 식사를 마친 후, 여자친구 때문에 먼저 가야 한다는 광래를 선두로, 우리는 제각기 갈 길을 향해 흩어졌다. 나는 집으로 향했고, 나를 기다리고 있는 아버지를 향해 갔다.

이 글을 쓰고 있는 지금도 사실 전역이라는 것이 크게 와 닿지는 않는다. 아마 군 생활을 했던 모든 사람들이 그렇게 생각할 것이다. 마냥 좋지도 않고, '와! 전역이다!' 하면서 들뜨는 것도 잠깐이었다. 한 편의 긴 꿈을 꾼 것 같기도 하고, 휴가를 나와 복귀해야 할 것 같기도 하다. 하지만 이제는 이 모든 혼란스러운 감정을 정리해야 할 것 같다. 돌이켜보면 내 군 생활은 기적과 같았다. 아무것도 없이 입대한 군대라는 곳에서, 나는 여러 자격증을 땄고, 수많은 책을 읽고, 몸을 단련하고, 글에 대한 흥미를 얻었으며, 무엇보다도 억만금을 줘도 바꾸지 않을 소중한 인연들을 얻었다. 나는 그것을 감히 55123200초, 918720분, 15312시간, 638일의 기적이라고 부르고 싶다. 이 638일의 기적과 함께 내 새로운 인생을 시작하려 한다. 또한 이 책이 곧 입대를 해야 하는 모든 청춘들에게, 그리고 이미 군 생활을 하고 있어 활력이 필요한 현역들에게, 또 아련했던 자신의 군 생활 동안의 추억을 떠올리고 싶은 모든 전역자들에게 힘이 되었으면 좋겠다.